Knaur.

Knaur.

Von Evelyn Sanders sind außerdem erschienen:
Radau im Reihenhaus
Mit Fünfen ist man kinderreich
Jeans und große Klappe
Werden sie denn nie erwachsen?
Muß ich denn schon wieder verreisen?
Menschenskinder, nicht schon wieder!
Bitte Einzelzimmer mit Bad
Hühnerbus und Stoppelhopser
Pellkartoffeln und Popcorn

Eigentlich wollt ich Blumen kaufen. Geschichten
Alle Jahre wieder … der gleiche Stress! Weihnachtsgeschichten

Über die Autorin:
Evelyn Sanders' erster Roman entstand, als sie zum Geburtstag ihres ältesten Sohnes ein Fotoalbum zusammenstellte und die Bilder »mit ein paar Zeilen« kommentierte … Die geborene Berlinerin, gelernte Journalistin, fünffach gestählte Mutter und vielfach gekrönte Bestsellerautorin lebt in der Nähe von Heilbronn.

Evelyn Sanders

Das hätt' ich vorher wissen müssen

Roman

Knaur Taschenbuch Verlag

Besuchen Sie uns im Internet:
www.knaur.de

Vollständige Taschenbuchausgabe Januar 2005
Knaur Taschenbuch
Ein Unternehmen der Droemerschen Verlagsanstalt
Th. Knaur Nachf., GmbH & Co. KG, München

Umschlaggestaltung: LIQUID Agentur für Gestaltung, Augsburg
Umschlagabbildung: Andrea Dölling
Satz: Ventura Publisher im Verlag
Druck und Bindung: Clausen & Bosse, Leck
Printed in Germany
ISBN 3-426-62116-9

2 4 5 3 1

Das hätt' ich vorher wissen müssen

Kennen Sie Rom?«

»Natürlich kenne ich Rom! Ich hab ›Ben Hur‹ gesehen, ›Cäsar und Kleopatra‹ und nicht zu vergessen Fellinis ›Dolce Vita‹!«

Das mokante Grinsen von Frau Marquardt konnte ich durch den Telefonhörer förmlich sehen. »Ich meine doch nicht den Striptease von Anita Ekberg, sondern das richtige, echte Rom.«

Da mußte ich allerdings passen. Irgendwie hatte sich nie die Möglichkeit dazu ergeben, was wohl hauptsächlich daran gelegen hatte, daß sich unser fünffacher Nachwuchs immer mehr für das italienische Strandleben interessiert hatte als für die italienische Kultur. Dabei hatten wir alle denkbaren Tricks angewandt, um diesen kleinen Banausen den nötigen Respekt vor antiken Baudenkmälern einzutrichtern. Wir hatten Puzzles mit Abbildungen venezianischer Palazzi und den Skulpturen Michelangelos gekauft, aber an Ort und Stelle hatte Sven lediglich den fehlenden Pizzabäcker reklamiert, der auf seinem Bild direkt neben der Markuskirche gestanden hatte. Auch die andere Methode, 2 Kirchen = 1 Eis, hatte nicht viel genützt. Nach der dritten Eistüte war es Sascha schlecht geworden und sein ohnehin sehr lauwarmes Interesse für »diese alten Gemäuer« auf den Nullpunkt gesunken. Er wollte zurück zum Strand.

Auf der Heimreise von einer dieser maritimen Grillstätten

hatte ich wenigstens einen Blick auf den Mailänder Dom werfen können, aber nur von außen. Das Benzin war alle gewesen, und Rolf hatte wohl Angst gehabt, die letzten paar Tropfen würden bei einem längeren Aufenthalt in der Mittagshitze verdunsten und nicht mehr bis zur nächsten Tankstelle reichen. So hatte ich bloß ein paar Fotos geknipst, auf denen man später viel Vorplatz mit Tauben sehen konnte und wenig Dom.

Meine Kenntnisse italienischer Kulturdenkmäler bewegten sich also auf einem äußerst niedrigen Niveau und konnten sich durchaus mit dem nicht viel umfangreicheren Wissen meiner beiden jüngsten Töchter messen. Sie sollen in einem Jahr Abitur machen, halten aber noch heute den Tiber für einen römischen Kaiser und das Kapitol für den Sitz der amerikanischen Regierung. Irgendwie muß das mit der Schulreform zusammenhängen. Im Erdkundeunterricht lernen sie, wie man Eskimos in das Gemeinschaftsleben ceylonesischer Teepflücker integrieren könnte, aber Lappland suchen sie dann irgendwo in der Gegend von Kanada.

Ich erinnere mich noch an den Rückflug von Teneriffa, wo wir zwei Wochen Urlaub verbracht hatten. Der Pilot verkündete über Bordlautsprecher, daß wir rechts unten die Straße von Gibraltar sehen könnten. Meine damals dreizehnjährige Tochter Katja hängte sich auch sofort ans Fenster, starrte minutenlang auf die spanische Küste, um dann befriedigt festzustellen: »Jetzt habe ich sie gefunden! Aber unsere Autobahnen sind viel breiter.«

Doch wen wundert es, wenn die heutige Generation Nagasaki mit Nairobi verwechselt? Man braucht doch nur einmal einen Schulatlas aufzuschlagen. Da findet man seitenweise Diagramme der exogenen und der endogenen Kräfte, was immer das auch sein mag, dann Bildtafeln, die die Tektonik veranschaulichen sollen, unter der ich mir im übrigen auch nichts vorstellen kann, gefolgt von meteorologischen Karten – fällt unter die Rubrik Klimatologie –, danach kommen Tiergeographie, ein paar Seiten Staatenbündnisse und Beistandspakte, nicht zu vergessen die internationalen Luftverkehrswege ... und hintendran hängen tatsächlich noch einige Landkarten, auf denen wenigstens die größeren Städte eingezeichnet sind.

Zu meiner Schulzeit haben wir noch die genaue Kilometerlänge von Nil und Amazonas wissen müssen, und wer die Hauptstädte Südamerikas nicht in einem Atemzug herunterbeten konnte, bekam von vornherein eine Vier. Solchermaßen geschult, wußte ich also, daß Rom sowohl geographisch als auch geschichtlich interessant ist. Nur gesehen hatte ich es noch nicht.

»Dann kommen Sie doch mit!« sagte Frau Marquardt. »Fünf Tage einschließlich Flug und Halbpension zu einem äußerst günstigen Preis.«

Frau Marquardt ist zehn Jahre jünger als ich, zehnmal so couragiert und mindestens doppelt so unternehmungslustig. Wohl deshalb hatte sie auch ihren eigentlichen Beruf an den Nagel gehängt und sich aufs Reiseleiten verlegt. Nur war sie bisher meist mit einem Troß mittelalterlicher Damen und Herren nach Wien gefahren und hatte dort das übliche Programm abgespult: Donaudampfer und Heurigenseligkeit, morgens Fiakerrundfahrt und abends im Theater »Land des Lächelns« – also keineswegs das, was mich auch nur im entferntesten hätte reizen können.

»Statt Wien also diesmal Via Veneto und Papstmesse? Betrifft mich nicht, ich bin evangelisch.«

Sie lachte. »Sogar Mohammedaner besichtigen den Petersdom.«

»Auch wieder wahr. Trotzdem glaube ich nicht, daß ich mich für so einen Herdentrip begeistern kann. Ewig im

Kielwasser des Leithammels von Kirche zu Kirche schlappen, Städteführer in der Hand und Fotoapparat vorm Bauch ist nicht mein Fall. Dazu kriegt man pausenlos Namen und Daten um die Ohren geschlagen, die sich kein Mensch merken kann, und am Schluß der Besichtigungstour fragt jemand: Fräulein, ich hab nicht alles verstanden, können Sie mir noch mal sagen, wer die Figur auf dem Marc-Aurel-Denkmal war? – Nein, vielen Dank, ohne mich!«

»Man merkt, daß Sie noch nie eine Gruppenreise mitgemacht haben. Kein Mensch zwingt Sie, an jeder Führung teilzunehmen, aber das Programm ist wirklich interessant und nicht überladen. Es bleibt Ihnen genügend freie Zeit für Eigeninitiative. Soll ich Ihnen nicht doch mal die Unterlagen schicken?«

»Na schön, ansehen kostet ja nichts. Und überhaupt muß ich erst einmal abtasten, wie sich die Familie dazu stellt.«

Sie reagierte unterschiedlich. Ehemann Rolf, noch immer nicht an meine gelegentlichen Alleingänge gewöhnt, sagte gar nichts, holte den Rasenmäher und köpfte die ohnehin erst streichholzlangen Grashalme um ein weiteres Drittel. Auch eine Methode, seinen Unmut loszuwerden.

Sohn Sven, siebenundzwanzig Jahre alt, Junggeselle mit gelegentlichem Hang zur Zweisamkeit und deshalb hundert Kilometer vom Heimathafen entfernt wohnend, wunderte sich über meinen Anruf und empfahl mir lediglich Brustbeutel und Reiseschecks, »weil doch in Italien so viel geklaut wird«.

Sein zwei Jahre jüngerer Bruder Sascha, ebenfalls schon lange zum Nestflüchter geworden, wunderte sich noch viel mehr. »Es ist mir doch völlig Wurscht, wann du wie lange wohin fährst«, bellte er durchs Telefon, erbat sich die obligatorische Ansichtskarte aber diesmal im Hochformat, weil sie sonst auf seiner Pinnwand keinen Platz mehr hätte.

Stefanie dagegen war begeistert von meinen Reiseplänen und dachte sofort praktisch. »Kannst du nicht mal sehen, ob du da unten einen schicken mintgrünen Pulli für mich auftreibst? Bennetton oder so was in der Richtung. Die kommen doch alle aus Italien und sind dort bestimmt viel billiger als bei uns.«

Blieben also noch die Zwillinge. Sie würden in erster Linie die Leidtragenden sein, fühlten sich aber gar nicht als solche. »Natürlich fährst du«, erklärten sie unisono, »die paar Tage kommen wir schon alleine klar. Wir sind doch keine kleinen Kinder mehr!«

Das war nur bedingt richtig. Laut Geburtsurkunde sind sie siebzehn, haben die Mentalität von Fünfzehnjährigen und sind noch immer nicht in der Lage, eine Bluse zu bügeln, ohne daß sie hinterher aussieht, als habe jemand zwei Nächte darin geschlafen.

»Na ja, wenn ihr meint …« Noch immer zögerte ich, meine auf drei Personen geschrumpfte Familie ihrem Schicksal zu überlassen, ihr fünf Tage lang Pizza und Bratkartoffeln zuzumuten – zu mehr würde es ja doch nicht reichen – und mich selber an Scampi, Spaghetti alla Carbonara und ähnlichen italienischen Spezialitäten gütlich zu tun.

»Du mußt endlich mal deinen Gluckenkomplex ablegen«, zerstreute Nicole meine unausgesprochenen Bedenken, »und überhaupt wärst du schön blöd, wenn du diese Reise nicht mitmachen würdest. Schließlich kannst du sie dir doch jetzt leisten.«

Wie oft hatte ich diesen Satz in den vergangenen Jahren gehört! Genaugenommen seit dem Tag, an dem ich den Vertrag für mein erstes Buch unterschrieben und nicht geahnt hatte, was er für Folgen haben würde. Warum hatte mir das bloß niemand vorher gesagt?

Kapitel 1

Angefangen hatte alles irgendwann in den Sommerferien. Zum erstenmal war es uns gelungen, den auf fünf Köpfe angewachsenen Nachwuchs über die Verwandtschaft zu verteilen, und wir beiden Daheimgebliebenen freuten uns auf eine ruhige Zeit ohne Überfälle von Jugendlichen, die den Kühlschrank leer fraßen und das Haus als Schlachtfeld hinterließen. Nach einer Woche ging Rolf jedoch die ungewohnte Stille dermaßen auf die Nerven, daß er kurzerhand einen Freund anrief und mit ihm einen Angelurlaub an einem österreichischen See verabredete. Der Form halber wurde ich zum Mitkommen aufgefordert, aber nach meiner Ansicht gibt es nur eine Tätigkeit, die noch langweiliger ist als Angeln: Zugucken.

»Mußt du ja gar nicht«, sagte mein Ehemann, »du kannst dich durchaus nützlich machen. Köder suchen, Fische schuppen ...«

Ich lehnte dankend ab und war froh, als er samt geliehener Angelrute, Gummistiefeln und zusammenklappbarem Campinghocker ins Auto stieg. Mich erschütterte nicht einmal die Aussicht, in nächster Zeit nur auf meine Beine angewiesen zu sein. Spazierengehen ist gesund, außerdem wollte ich meine Taillenweite um mindestens zwei Zentimeter reduzieren und mich vorwiegend von Obst und Joghurt ernähren, das wiegt nicht viel, das kann man im Einkaufsnetz nach Hause tragen. Ansonsten wollte ich ganz einfach mal so richtig faulenzen, in der Sonne liegen, endlich die Bücher lesen, die ich vor anderthalb Jahren zu Weihnachten bekommen hatte, und es genießen, eine Zeitlang keine wie auch immer gearteten Verpflichtungen zu haben.

Nur hatte ich nicht voraussehen können, daß jenes Jahr in die Annalen der meteorologischen Geschichte als ein Sommer eingehen würde, der sich auf drei Tage im Mai und sieben Tage im Juli beschränkte. Es regnete pausenlos. Und wenn es wirklich mal aufhörte, war es kalt. Frierend stand ich am Fenster und starrte auf die tropfenden Terrassenmöbel. In Österreich schiene die Sonne, hatte Rolf am Telefon gesagt, und ob ich nicht doch noch nachkommen wollte? Nein, nun gerade nicht!

»Du hast mich mit deinem Anruf aus dem Liegestuhl gescheucht, und ich denke nicht daran, ihn in die Ecke zu stellen, um Regenwürmer auf Angelhaken zu spießen. Petri Heil!« Der Hörer flog auf die Gabel zurück, und ich schloß das Fenster, weil es reinregnete. Innerlich knirschte ich mit den Zähnen.

Die beinahe täglich eintrudelnden Urlaubsgrüße aus exotischen Gegenden trugen auch nicht zur Stimmungsförderung bei. Woran liegt es bloß, daß einem Bekannte, die man das ganze Jahr über kaum sieht, plötzlich vom anderen Ende der Welt schreiben, wie sehr sie es bedauern, daß man nicht mit ihnen dort sein kann? Wahre Freunde schicken einem keine Karte von den sonnigen Seychellen!

Um es genau zu sagen: Ich langweilte mich erbärmlich! Die Schränke hatte ich schon aufgeräumt, alle Fensterbrettblumen umgetopft, Kontoauszüge abgeheftet und sogar die letzten Ostergrüße der Verwandtschaft beantwortet. Es gab wirklich nichts mehr zu tun. Allenfalls konnte ich noch die Fotos sortieren und einkleben, die mir beim Herumstöbern in die Hände gefallen waren – Erinnerungen, konserviert in

Schuhkartons. Manche Bilder waren schon ein bißchen vergilbt, andere hatten Wasserflecken, waren zerknickt ... Wahllos zog ich eins heraus. Sascha grinste mich spitzbübisch an, in einer Hand einen Spaten, in der anderen eine tote Wühlmaus. Diese Aufnahme stammte aus Heidenberg, jenem 211-Seelen-Dorf im Schwäbischen, wohin es uns Großstadtpflanzen seinerzeit verschlagen hatte. Oder hier das Foto mit dem Bierfaß, in das wir den Weihnachtsbaum einzementiert hatten. Vier Meter hoch war er gewesen und hatte in keinen normalen Ständer gepaßt. Später haben wir ihn nicht mehr rausgekriegt.

Eine verrückte Zeit hatten wir erlebt, damals, als die Kinder noch klein und das gemietete Haus am Dorfrand so riesengroß gewesen waren. Eigentlich schade, daß man Fotos immer nur in Alben vergräbt, mit Daten umrandet und die kleinen Begebenheiten, die mit solchen Aufnahmen meistens zusammenhängen, allmählich vergißt. Sascha konnte sich bestimmt nicht mehr an seinen sechsten Geburtstag erinnern, zu dem er ohne mein Wissen die gesamte Dorfjugend unter zehn Jahren eingeladen hatte. Die Katastrophe war ja dann auch nicht ausgeblieben.

Man sollte diese Geschichten ganz einfach mal aufschreiben, Fotos dazukleben und den Kindern zum achtzehnten Geburtstag schenken. Dazu hätte ich auch entschieden mehr Talent als für den dunkelgrünen Pullover mit Rautenmuster, den sich Sven gewünscht hatte. Handgestrickt natürlich, das war gerade wieder mal »in«.

Kurz entschlossen setzte ich mich an die Maschine und fing an. Die ganze Sache machte mir so viel Spaß, daß ich den ursprünglichen Zweck dieser Schreiberei vergaß und einfach drauflosfabulierte. Immer mehr fiel mir ein zum Thema Heidenberg: Die Faschingsfeier in der ehemaligen Gemeindekelterei, dann Hannibal, mein sogenanntes Zweitauto, das vor jeder Anhöhe streikte und nie von selbst ansprang, und natürlich Wenzel-Berta, unser Faktotum mit dem unschlagbaren Mundwerk.

Als Rolf zurückkam, braungebrannt und blendend erholt, fand er mich mit durchgeistigter Stubenhockerblässe an seinem Schreibtisch sitzend, um mich herum Notizzettel, Fotos und vierundsechzig vollgeschriebene Manuskriptseiten.

»Bist du wahnsinnig geworden? Ich hab dir doch schon hundertmal gesagt, daß du meinen Schreibtisch nicht aufräumen sollst!«

»Hab ich ja gar nicht! Ich habe ihn lediglich seiner eigentlichen Bestimmung zugeführt und daran geschrieben. Du benutzt ihn ja doch bloß als Müllcontainer!«

Inzwischen hatte er das Manuskript entdeckt und zu lesen angefangen. »Was soll denn das werden? So eine Art Lebensbeichte?«

»Quatsch! Biographien sind Dichtungen, geschrieben von Leuten, die die Wahrheit kennen. Ich hab bloß mal ein bißchen zusammengefaßt, was wir damals alles in Heidenberg erlebt haben, quasi eine Gedächtnisprothese für die Kinder.«

»Wieso nur für die Kinder? Da hätten andere Leute bestimmt auch ihren Spaß dran.« Er hatte sich in einen Sessel gesetzt und in das Manuskript vertieft. Plötzlich lachte er laut auf. »Du, das ist ja direkt druckreif!«

Ich fühlte mich geschmeichelt. Immerhin war er ein paar Jahre lang Chefredakteur einer Jugendzeitung gewesen und hatte ein bißchen Ahnung von der Materie.

»Natürlich muß man hier und da noch etwas ändern, an manchen Stellen raffen – wenn ich Zeit habe, werde ich mich mal damit beschäftigen.«

Erstens hatte er nie Zeit, und zweitens … »Du wirst überhaupt nichts daran tun! Das wird mein Geburtstagsgeschenk für Sven, und das mache ich allein fertig. Von dir kriegt er ja den Führerschein. Da ist übrigens eine Mahnung von der Fahrschule gekommen, du hast die zweite Rate noch nicht bezahlt.«

»Wieso bin ich eigentlich verpflichtet, meinem Sohn die Fahrstunden zu bezahlen? Meine eigenen hat mir auch niemand finanziert.«

»Soweit ich mich erinnern kann, war das *deine* Idee!«

»Da muß ich besoffen gewesen sein!«

Ehemännern soll man nur im äußersten Notfall widersprechen. »Du meinst also, ich soll die Geschichte fertigschreiben?«

Offenbar interessierte ihn das aber schon nicht mehr. »Warum nicht?« sagte er im Hinausgehen. »Wenn's dir Spaß macht. Wann gibt es übrigens Abendbrot?«

Schriftsteller sind über so profane Dinge wie Essen und Trinken erhaben. Fast zwei Wochen lang hatte ich mich von Spiegeleiern, Toast und schwarzem Kaffee ernährt, dabei anderthalb Kilo abgenommen, und nun sah ich keine Veranlassung, diese Lebensweise wieder zu ändern. »Koch dir doch selber was, ich muß arbeiten.«

Dann kamen nach und nach die Kinder zurück und mit ihnen Berge von schmutziger Wäsche. Das Bügeleisen hatte Hochkonjunktur, die Schreibmaschine Pause. Der Herbst ging vorüber mit Elternabenden, Svens Tanzstundenball, mit gesellschaftlichen Verpflichtungen, vor denen man sich nicht drücken kann, wo man vorher zum Friseur und hinterher zum Arzt muß, weil der Geflügelsalat verdorben gewesen war; dann nahte Weihnachten mit Nikolausfeiern, Plätzchenbacken und Verwandtenbesuch, und dann kam Svens achtzehnter Geburtstag. Auf dem Gabentisch lagen neben dem Führerschein ein gekaufter dunkelgrüner Pullover sowie der Gutschein für eine »Überraschung ideeller Art«, auf dessen Einlösungstermin ich mich nicht näher festlegen wollte. Sven war auch nicht sonderlich interessiert. Von Überraschungen hielt er ohnehin nicht viel, sie waren meist unerfreulicher Natur, und von ideellen hielt er schon gar nichts, die waren ihm zu abstrakt. Bald hatte er die ganze Sache vergessen.

Rolf übrigens auch. Er kam nie wieder auf das Manuskript zu sprechen, und wenn er mich gelegentlich in Stefanies Zimmer auf der Maschine klappern hörte, dann verlor er kein Wort darüber. Zu meinen selbstverständlichen Pflichten gehörte auch die Familienkorrespondenz.

Heute weiß ich nicht mehr, wie ich dieses Manuskript jemals zu Ende bringen konnte. Mal eine Stunde zwischen Staubsaugen und Kartoffelschälen, mal am Abend, wenn die Kinder im Bett waren und Rolf in seiner Stammkneipe mit anderen streßgeplagten Ehemännern über die Ungerechtigkeit der Welt klagte, in der den Vätern die Arbeit und ihren Frauen das Geldausgeben zugeteilt ist. »Meine Familie braucht keine Konsumentenberatung«, hatte er mal geäußert, »das sind lauter geborene Konsumenten.«

Im Spätsommer, also fast vierzehn Monate nach Beginn meiner Schreiberei, war die Geschichte fertig. Ein recht umfangreiches Gedächtnisprotokoll, wie ich beim Durchblättern der fast zweihundert Seiten feststellte. Natürlich würde ich den ganzen Kram noch mal abtippen und Platz aussparen müssen für die Fotos, aber alles in allem war ich recht zufrieden. Zunächst verschwand der Schnellhefter in einer Schublade.

Da lag er, bis Rolf einmal einen Schal suchte und in meinem Schrank damit anfing. Den Schal fand er nicht, statt dessen entdeckte er den Pappendeckel, und da alles, was irgendwie mit Akten zusammenhängt, in sein Ressort fiel, nahm er ihn mit. Am nächsten Morgen bekam ich ihn zurück.

»Warum hast du mir nicht längst erzählt, daß du diese Heidenberger Geschichten fertig hast? Die halbe Nacht habe ich mir um die Ohren geschlagen, weil ich sie zu Ende lesen wollte.«

»Und, hast du?«

»Natürlich habe ich, und ich finde sie großartig. Ein Jammer, daß so etwas im Schrank verstaubt.«

»Also das ist nicht wahr! Zweimal im Jahr mach ich die Schubkästen auch innen sauber!«

»Du solltest das Manuskript einem Verlag anbieten.«

»Blödsinn, wer interessiert sich schon für Familieninterna? Und überhaupt – kennst du denn einen?«

»Wen?«

»Einen Verlag.«

»Nein.«

Rolf ist Werbeberater, zu dessen Kunden Bonbonhersteller und Möbelfabrikanten gehören, aber leider keine Verleger. Also war sein Vorschlag von vornherein utopisch. Trotzdem ließ mir die Sache keine Ruhe. Er hatte mir einen Floh ins Ohr gesetzt, und der rumorte.

»Versuch's doch mal«, flüsterte er immer wieder, »jeder Autor hat irgendwann als Unbekannter angefangen ...«

»... und die meisten sind dabei auf die Schnauze gefallen!« antwortete mein realistisch geschulter Verstand, während die kleine Gehirnecke, die für Träume und Illusionen zuständig ist, bereits Schlagzeilen begeisterter Kritiker produzierte: Neue Bestseller-Autorin entdeckt! Vielversprechendes Talent verkümmerte am Kochtopf! Und so weiter.

Beim nächsten Ausflug ins Großstadtleben graste ich sämtliche Heilbronner Buchhandlungen ab und sammelte alles ein, was an Verlagsprospekten und Leserinformationen herumlag. Es war eine ganze Menge, doch als ich zu Hause meine Ausbeute sortierte, mußte ich den größten Teil davon wieder in den Papierkorb werfen. Wer Böll und Grass verlegte, kam für mich natürlich nicht in Frage, mein Größenwahn hielt sich wenigstens noch in Grenzen. Die Kochbuchspezialisten konnte ich wohl ebenso abhaken wie die Herausgeber von Reiseführern, und wer sogar den letztjährigen Nobelpreisträger in seinem Programm hatte, dürfte über simple Unterhaltungsliteratur ohnehin erhaben sein. Da blieben wirklich nicht mehr sehr viele übrig, bei denen ich einen Vorstoß wagen konnte. Ich schrieb ein paar Namen auf verschiedene Zettel, breitete sie auf dem Fußboden aus und warf eine Münze über die Schulter. Sie drehte sich ein paarmal und kullerte zu einem größeren Verlag in Süddeutschland. Also würde dessen Lektor als erster die Chance bekommen, das neue Literaturgenie zu entdecken.

Er entdeckte es nicht! Das Manuskript kam zurück, und an den vier Seiten, die ich an einer Ecke zusammengeklebt hatte und die immer noch pappten, konnte ich erkennen, daß man mein bedeutendes Werk nicht einmal gelesen hatte. So was frustriert!

»Du fängst das auch falsch an!« sagte mein lieber Ehemann etwas herablassend. »Du mußt Leseproben verschikken! Zwanzig Seiten überfliegt man schneller als zweihundert. Wenn dein Stil ankommt, wird man das komplette Manuskript schon anfordern.«

Das leuchtete ein, nur »Wie muß denn so eine Leseprobe aussehen?«

Rolf wußte das auch nicht so genau. »Nimm irgendein Kapitel heraus, setz ein bißchen was davor und hintendran den Schluß vom Buch, damit die Sache ein Gesicht kriegt, und dann versuch's noch mal. Hast du überhaupt schon einen Titel?«

»Wieso? Braucht man den? Ich dachte immer, den sucht der Verlag.«

Über soviel Naivität konnte Rolf nur wissend lächeln. »Das Kind muß einen Namen haben.«

Mußte es wirklich? Außerdem war hier ja von fünf Kindern die Rede, die konnte ich doch unmöglich im Titel alle einzeln aufzählen. Wir hatten selbst schon bei jedem Neuankömmling Mühe gehabt, einen nicht allzu abgedroschenen Namen zu finden, bei den Zwillingen waren wir uns tagelang nicht einig geworden, Kinderreichtum hat auch seine negativen Seiten, – Moment mal, das klang doch gar nicht so schlecht: Mit Fünfen ist man kinderreich!

»Hoffentlich vermutet niemand eine soziologische Abhandlung dahinter«, dämpfte Rolf meine Begeisterung, aber etwas Besseres hatte er auch nicht zu bieten.

»Und so was schimpft sich nun Werbeberater! Hätte ich eine neue Sorte Leberwurst erfunden, wäre dir sofort der passende Slogan eingefallen!«

»Das ist auch wesentlich leichter, da braucht man sich nicht an Fakten zu halten.« Er grinste. »Die Seele einer Frau, der Magen einer Sau, das Inn're einer Leberworscht, die sind noch gänzlich unerforscht! Übrigens könnte ich jetzt ganz gut ein zweites Frühstück vertragen. Aber mit Schinken.«

Er bekam seinen Schinken und ich ein Vorsatzblatt für meine Leseprobe, handgemalt und dann in sechsfacher Ausfertigung fotokopiert. »Du mußt mindestens ein halbes Dutzend Eisen im Feuer haben! Je mehr Manuskripte unterwegs sind ...«

»... desto mehr kommen auch wieder zurück!« prophezeite ich.

»Das hast *du* gesagt!«

Der Rest war ganz einfach und wurde später zur Routine: Großen Briefumschlag beschriften, Schnellhefter samt Anschreiben hinein, zukleben, frankieren, wegschicken. Sobald die Manuskripte zurückkamen – und sie kamen mit schöner Regelmäßigkeit zurück, der Postbote beschwerte sich bereits –, Umschlag öffnen, Absagebrief vernichten, neues

Anschreiben, neues Kuvert, und wieder ab in den Briefkasten. Vorher mußte ich allerdings auf meiner immer länger werdenden Liste diejenigen Verlage abhaken, denen mein Opus bedauerlicherweise nicht ins Programm gepaßt hatte, oder – das war die andere Version – die in den nächsten drei Jahren leider keine Möglichkeit gesehen hatten, mein Werk zu publizieren.

Na schön, dann eben nicht! Mußte ja auch nicht sein! Hatte ich die kleinen Stories nicht ursprünglich für meine Kinder geschrieben? Sven wartete immer noch auf sein ganz spezielles Exemplar, zu dessen Fertigstellung ich vor lauter Eifer, mich nun auch in der Elite der schreibenden Zunft einzureihen, nicht gekommen war. Meine Höhenflüge sollte ich mir endlich abschminken und an den mir zustehenden Platz vor Kochtopf und Bügelbrett zurückkehren! Amen.

Doch dann geschah etwas, womit ich nicht mehr gerechnet hatte: Ein Schweizer Verlag erbat sich das komplette Manuskript. Unter den beifälligen Blicken der gesamten Familie wurde es sorgfältig verpackt, von allen dreimal bespuckt und per Einschreiben auf den Weg geschickt.

Nun begann das Warten. Jeden Vormittag lief ich dem Briefträger schon auf der Straße entgegen, aber meistens schüttelte er bereits von weitem den Kopf. Er war richtig glücklich, wenn er mir wenigstens eine zurückgesandte Leseprobe aushändigen konnte und ich ihm nicht völlig umsonst in die Arme gestürzt war. Nur der Brief, auf den ich so sehnsüchtig wartete, kam nicht.

Dafür kam ein anderer. Ein Bayreuther Verlag, den ich erst angeschrieben hatte, nachdem mein Vorrat an Adressen langsam zur Neige gegangen war, wollte ebenfalls das ganze Manuskript haben. Ich hatte aber gar keins mehr! Von meinem Opus hatte ich nur einen einzigen Durchschlag gemacht, das Original ruhte noch immer auf irgendeinem Schweizer

Schreibtisch, und die Kopie war bei Tante Käte in Düsseldorf. Am Telefon hatte ich ihr beiläufig etwas von meinen literarischen Ambitionen erzählt, und sie hatte sofort gefragt, ob ich ihr das Manuskript nicht mal schicken könnte. Dankbar, daß sich wenigstens einer dafür interessierte, hatte ich ihr den Gefallen getan. Jetzt lag es vierhundert Kilometer weit weg auf dem Klavier oder sonstwo, und ich kam nicht ran! Tante Käte weilte zu Besuch bei ihrer Tochter, wie mir die gerade Blumen gießende Nachbarin nach sieben vergeblichen Anrufen mitteilte.

Ob sie irgendwo in der Wohnung einen dunkelblauen Schnellhefter sehen könnte, fragte ich verzweifelt. Nein, ihr sei nichts aufgefallen. Würde sie vielleicht so liebenswürdig sein und einmal etwas gründlicher nachschauen? Nein, und wie ich überhaupt dazu käme, sie schnüffle doch nicht in anderer Leute Wohnungen herum.

Geduldig versuchte ich der guten Frau zu erklären, daß es um etwas Lebensnotwendiges ginge und Frau Zillich ganz bestimmt nichts dagegen hätte. Während ich nervös auf der Telefonstrippe herumkaute, suchte ich nach einem Ausweg, falls das Manuskript unauffindbar sein würde. Notgedrungen müßte ich die ganze Zweihundert-Seiten-Kladde noch einmal abschreiben.

»Auf'm Nachttisch han isch so en blaue Aktendeckel jefunde«, sagte die Stimme am Telefon, »isset dat, wat Sie meinen?«

»Ja, das ist es!« jubelte ich. »Nun seien Sie bitte so nett, stecken den Schnellhefter in einen Umschlag und schicken ihn per Eilboten an mich zurück.« Ich buchstabierte Namen und Adresse durch. »Gleich morgen früh geht ein Scheck an Sie ab, der alle Kosten decken wird.«

»Dat is nich nötich, weil ich nämlich die Akten nich aus dä Hand jeben tu«, sagte diese Gemütsperson. »Die Frau Zillich würd mich sonstwat verzähle, wenn isch ihre Sachen an fremde Leut so einfach durchs Telefon wechjeben tät.«

Alles Zureden half nichts. Frau Schmitz, wie sie sich inzwischen vorgestellt hatte, war nicht bereit, mir mein Eigentum zurückzugeben, »weil man jetzt immer so vill liest von Betrüjer und so«. Welche Betrugsmasche ich nach ihrer Meinung abzuziehen versuchte, blieb ungeklärt, aber wenigstens rückte sie die Telefonnummer von Tante Kätes Tochter heraus.

Also rief ich dort an, und Tante Käte wiederum rief Frau Schmitz an und erteilte ihr die Erlaubnis, diesen heißumkämpften Schnellhefter an mich abzuschicken. Und ob sie ihn noch mal haben könne, wenn er wieder zurückkäme, sie sei noch nicht ganz fertig geworden. Ich versprach ihr ein Freiexemplar mit Widmung, sobald das Buch auf dem Markt sei. Immerhin interessierten sich jetzt schon zwei Verleger dafür, einer würde doch wohl anbeißen.

Ich hatte mich geirrt! Ein paar Tage später war das Manuskript aus der Schweiz wieder da, zusammen mit einem Brief, in dem mir auf anderthalb Seiten mitgeteilt wurde, weshalb man mein Buch nun doch nicht einer Veröffentlichung für würdig befunden hatte. Der »rote Faden« fehle, und ich solle die ganze Geschichte noch einmal umschreiben und einen großangelegten Familienroman daraus machen. Das Talent dazu hätte ich auf jeden Fall.

Das klang zwar tröstlich, aber »Ich denke gar nicht daran!« entschied ich. Inzwischen konnte ich den Text schon rückwärts und hatte nicht die geringste Lust, alles noch mal in epischer Breite wiederzukäuen.

»Großangelegte Familienromane zeichnen sich doch wohl in erster Linie durch ihre Länge aus. Soll ich jetzt jede durchgewetzte Hose von Sascha im einzelnen beschreiben und mich drei Seiten lang über das muntere Glucksen des Wassers auslassen, als damals die ganzen Rosen ersoffen sind? Entweder nimmt mir jemand das Manuskript so ab, wie es ist, oder sämtliche Verleger Deutschlands und auch der Schweiz können mir im Mondschein begegnen!«

»Versuch's doch mal woanders im Ausland«, schlug Sven vor, und Stefanie fügte tröstend hinzu: »Soll ich meine Englischlehrerin fragen, ob sie dir das übersetzt?«

»Nein!!!« Ich knallte die Tür hinter mir zu, lief ins Schlafzimmer, warf mich aufs Bett und heulte erst mal ein bißchen, weil mir gerade danach zumute war. Das haste nu davon, kicherte mein besseres Ich schadenfroh, hätt'ste dich bloß nicht auf das ganze Unternehmen eingelassen! Dir wäre so manche Enttäuschung erspart geblieben! Bloß, weil dein Mann sagt, er findet dein Geschreibsel ganz nett, fühlst du dich zur Schriftstellerin berufen. Langsam solltest du doch wissen, daß Ehemänner nie objektiv sind.

Das andere Ich, dem ich meine Selbstüberschätzung verdankte, frohlockte auch ein bißchen. Wenigstens hatte Rolf das Titelblatt umsonst gezeichnet, und an Portokosten hatte er ein ganz hübsches Sümmchen herausrücken müssen, selbst wenn er es später wieder von der Steuer absetzen konnte.

Schließlich gab ich mir einen Ruck: Nach Ansicht des Familienministers hast du als Frau von Natur aus selbstlos zu sein. Tätigkeiten, für die Geld gezahlt wird – und für Bücher kriegt man welches! –, widerstreben also deiner eigentlichen Natur. Am besten begräbst du deinen kurzen Traum von Ruhm, Geld und Anerkennung und stopfst weiter Strümpfe, das kannst du besser. Tröste dich mit der Tatsache, daß der Hausaufsatz, den du für Sascha entworfen hast, immerhin eine glatte Zwei eingebracht hat. Lessing liegt dir eben mehr als leichte Literatur!

An den kahlen Weinranken hingen Papierschlangen, die morgens noch nicht dort gehangen hatten. Was sollte der Blödsinn? Zu Fasching hatten die Zwillinge in Ermangelung geeigneter Dekorationen das Haus mit Klopapier beflaggt, und jetzt wedelten mindestens ein Dutzend Papierschlangen trübselig im Märzwind. Wahrscheinlich hatten die Gören irgendwo noch eine Rolle gefunden und damit die Giebelwand geschmückt. Es sah ziemlich albern aus.

Ich stellte meine Einkaufstüten ab und drückte auf die Klingel. Nichts tat sich. Normalerweise stürzte mir immer die halbe Familie entgegen, aber diesmal knallten weder Türen noch wankte das Treppenhaus unter dem Getrappel herunterstürmender Clogs. War denn überhaupt keiner da? Ich kramte die Schlüssel heraus und öffnete selber. Totenstille. Offenbar war seit Stunden niemand mehr im Haus gewesen, denn die Post lag noch vor dem Briefschlitz auf dem Boden. Flüchtig blätterte ich sie durch. Telefonrechnung, Wasserrechnung, die Rechnung vom Glaser für das demolierte Kellerfenster (Sascha würde nie einen Elfmeter ins Tor kriegen, der traf immer meilenweit daneben), ein Brief von Tante Elfi, unwichtig, denn seitdem sie in Amerika lebte, zählte sie doch bloß immer die monatliche Verbrechensquote von Los Angeles auf, Reklame von einem Buchclub … hoppla, was sollte denn das? Quer über das Kuvert hatte jemand mit rotem Filzstift geschmiert: Brauchen wir nicht, wir schreiben selber!

Taktloses Volk! Müssen sie mir das immer wieder unter die Nase reiben?

Ich schleppte meine Tüten in die Küche und fing an auszupacken. Plötzlich öffnete sich die Wohnzimmertür, und ein sechsstimmiger Chor intonierte in voller Lautstärke »Hoch soll sie leben«. Heiliger Himmel, was hatte ich denn jetzt wieder für ein Familienfest vergessen? Hochzeitstag? War schon vorbei. Tag der ersten Begegnung? Nee, kommt erst. Tag der ersten ... nein, das war ein Geheimdatum, von dem die Kinder nichts wußten. Was also in drei Teufels Namen wurde hier gefeiert, und weshalb ließ man mich hochleben? »Euer Kalender geht falsch!«

»Nun komm doch endlich rein!« drängte Stefanie, nachdem das unmelodische Gebrüll mit einer dreifachen Kadenz geendet hatte.

Auf dem Tisch stand ein Rosenstrauß, daneben der Sektkühler, aus dem der Hals einer echten Champagnerflasche ragte, davor fünf Kelch- und zwei Weingläser.

»Wer hat denn jetzt schon wieder eins von den Sektgläsern runtergeschmissen? Silvester waren es noch sechs.«

»Du kannst dir ja neue kaufen, wenn du willst, sogar handgeschliffene«, sagte Rolf beziehungsvoll.

»Das Stück zu dreißig Mark? Hast du im Lotto gewonnen?«

»*Ich* nicht.«

»Wer denn sonst?«

»Na, du!!!«

»Quatsch! Schon als Kind habe ich nicht an den Weihnachtsmann geglaubt, deshalb habe ich auch nie einen Lottoschein ausgefüllt.« Langsam wurde mir die Geheimniskrämerei zu blöd. »Würde mir vielleicht mal jemand sagen, was hier eigentlich los ist?«

»Dann guck doch richtig hin!« Sascha tippte auf einen mittelgroßen Briefumschlag, den ich bisher noch gar nicht gesehen hatte. Er war mit Lorbeerblättern aus dem Gewürzregal bekränzt und trug als Absender jenen Bayreuther Verlag, an den ich schon gar nicht mehr gedacht hatte. Ich hatte mich lediglich geärgert, daß mein Manuskript in Bayern Wurzeln schlug, ohne Blüten zu treiben.

»Die haben dein Buch angenommen. und das nächste

wollen sie auch haben«, sprudelte Steffi heraus. »Steht alles im Vertrag drin.«

»Welches nächste?«

»Na das, was du jetzt schreibst«, erklärte Sascha.

»Aber ich schreibe doch gar keins.«

»Dann mußt du eben damit anfangen! Wir helfen auch alle mit, das haben wir schon besprochen.«

»Beim Schreiben?«

»Natürlich nicht, aber im Haushalt und so«, versicherte Sven. »Ich mähe ab jetzt freiwillig den Rasen, Sascha spült Geschirr, und Stefanie wischt auf.«

»Immer soll ich die Dreckarbeit machen! Rasen mähen kann ich genausogut. Und überhaupt sollte Määm eine Putzfrau anheuern, sie kann es sich doch jetzt leisten.«

Während die Kinder temperamentvoll die künftige Arbeitsteilung debattierten und jeden Vorschlag ablehnten, kämpfte Rolf mit der Champagnerflasche. So verzog ich mich samt Brief in die Küche – erfahrungsgemäß der einzige Platz im Haus, wo ich ungestört war.

Der Vertrag umfaßte vier Seiten und hatte achtzehn Paragraphen, von denen mich zunächst nur ein einziger interessierte: Was konnte man bei dieser Sache eigentlich verdienen? Erst kürzlich hatte ich beim Friseur einen Artikel über Konsalik gelesen, der irgendwo in einer Nobelgegend am Rhein eine Art Schloß bewohnte, ein Ferienhaus unbestimmbarer Größe auf den Kanaren besaß, sicher auch über ein ansehnliches Bankkonto verfügte und das alles nur mit seinen Büchern geschafft hatte. Allerdings hatte er schon mehr als ein halbes Hundert geschrieben, mußte also im frühen Schulalter damit angefangen und folglich einen unerreichbaren Vorsprung haben. Ich hatte fast anderthalb Jahre für ein einziges Manuskript gebraucht!

Aber nun wollte es tatsächlich jemand haben! Ich konnte

mir noch gar nicht richtig vorstellen, daß aus diesen 198 Schreibmaschinenseiten ein Buch entstehen sollte, das man demnächst im Laden kaufen konnte. Demnächst? Vom Erscheinungsdatum stand nichts im Vertrag, es wurde lediglich angegeben, daß es im Laufe von 24 Monaten herauskommen würde.

Das also war der erste Gummiparagraph. Der zweite betraf die Höhe der Auflage. Darüber stand auch nichts drin. Es wurde nur aufgelistet, wieviel Prozent ich bei soundso viel verkauften Exemplaren bekommen würde. Da ich nicht die geringste Ahnung hatte, wie viele Bücher man überhaupt verkaufen konnte, blieb der finanzielle Aspekt vorläufig im dunkeln.

Wesentlich realistischer war die Ankündigung, daß ich bei Abschluß des Vertrags dreitausend Mark Vorschuß bekommen sollte. So etwas hatte man mir freiwillig noch nie angeboten! Als ich meine Brötchen noch selber verdienen mußte, hatte ich immer kurz vor Ultimo um einen Vorschuß bitten müssen, der mir zwar zusammen mit einem Vortrag über sparsame Lebensweise und übertriebenes Modebewußtsein meistens bewilligt worden war, aber im nächsten Monat hatte es hinten wieder nicht gereicht, worauf ich erneut den Gang nach Canossa hatte antreten müssen. Und plötzlich warf man mir den Vorschuß sogar hinterher! Ich fühlte mich bereits der Elite freischaffender Künstler zugehörig.

»Na, wirst du denn unterschreiben?« Mit zwei gefüllten Gläsern kam Rolf in die Küche. »Nun wollen wir erst einmal auf die neue Bestseller-Autorin anstoßen!«

»Warum mußt du bloß immer so übertreiben?« Auf einen Zug leerte ich das Glas und stellte es auf das Spülbecken. Es rutschte ab. Jetzt hatten wir noch vier.

»Du wirst deinen Vorschuß in Gläsern anlegen müssen.«

»Das könnte dir so passen! Dafür kaufe ich mir endlich eine neue Waschmaschine und einen Trockner.«

»Und ich dachte, wir kriegen jetzt einen Farbfernseher.« Die Enttäuschung stand Sascha förmlich ins Gesicht geschrieben.

»Jetzt, wo ich endlich den Führerschein habe, brauchen wir wirklich einen Zweitwagen«, forderte Sven. »Paps läßt mich doch so gut wie nie ans Steuer. Und dich auch nicht«, fügte er schnell hinzu. »Für zweieinhalbtausend Mark gibt es schon sehr anständige Gebrauchtwagen.«

Die Zwillinge meldeten ebenfalls Wünsche an. »Aus den Kindermöbeln sind wir längst rausgewachsen«, moserte Nikki, während Katja auftrumpfte: »Unsere Lehrerin hat gesagt, wir müssen für die Hausaufgaben einen richtigen Arbeitsplatz haben. Als wir neulich den Dielenschrank gekauft haben, habe ich ganz tolle Schreibtische gesehen. Ich will einen roten.«

»Den will ich schon! Du nimmst doch sonst auch immer blau«, protestierte der andere Zwilling.

Nur Stefanie übte sich in edler Bescheidenheit. »Das ist Mamis selbstverdientes Geld, und damit kann sie auch machen, was sie will.« Später, als sich der Trubel etwas gelegt hatte, flüsterte sie mir leise zu: »Neue Turnschuhe brauche ich doch sowieso, kriege ich denn diesmal die neuen ›Allround‹?«

»Und was bleibt für mich übrig?«

»Ruhm und Anerkennung«, sagte Sven sofort. »Was ist dagegen schon schnöder Mammon?«

»Eins schließt ja das andere nicht aus.« Ich erbat mir seinen Schulfüller, weil man Verträge nicht mit einem profanen Kugelschreiber unterzeichnet, setzte meine Unterschrift unter das gewichtige Dokument und mußte mir von meinem Sohn sagen lassen, daß sie ausgesprochen popelig aussehe.

»Viel schwungvoller muß das werden! Du solltest mal üben! Für künftige Autogrammstunden.«

Beim Gutenachtkuß umhalste mich Katja und fragte ehrfürchtig: »Bist du jetzt eine richtige berühmte Schriftstellerin?«

»Ich bin keine Schriftstellerin, und berühmt bin ich schon gar nicht. Ich bleibe weiterhin eure Mutter, die gleich noch die Rouladen fürs Mittagessen anbraten und hinterher deine Latzhose bügeln muß, weil alle anderen schon wieder drekkig sind.« Dabei fragte ich mich im stillen, ob Herr Konsalik wohl auch eigenhändig die Bügelfalten in seine maßgeschneiderten Anzüge plätten mußte.

Kapitel 2

Was ich nun eigentlich erwartet hatte, weiß ich nicht, auf keinen Fall jedoch die ernüchternde Feststellung, daß der Alltagstrott genauso weiterlief wie bisher. Kein Reporter wollte ein Interview, kein Filmproduzent rief an und wünschte ein Drehbuch für eine zehnteilige Familienserie, nur Tante Käte erkundigte sich, wo sie denn das Buch kaufen könne, ihr Buchhändler hätte es nämlich nicht.

Auch mein Anhang, der mich wenigstens ein paar Tage lang mit ungewohnter Hochachtung behandelt hatte, ging wieder zur Tagesordnung über. Ich hatte ihn zu absolutem Stillschweigen verdonnert, aber wenn man mit einer künftig berühmten Mutter nicht mal renommieren darf, verliert die ganze Sache ihren Reiz. Die Bereitwilligkeit, im Garten die Blümchen zu bewässern und in der Küche das benutzte Geschirr zu spülen, ließ ebenfalls sehr schnell nach.

»Du schreibst doch sowieso nicht mehr«, sagte Sascha mürrisch, als ich ihn zum Einkaufen schickte.

»Woher willst du das denn wissen?«

»Ich wollte mir ein paar Bogen Schreibmaschinenpapier holen, aber es war gar keins da. Tippst du denn auf Butterbrotpapier?«

Nein, ich tippte überhaupt nicht mehr, ich ruhte mich vielmehr auf meinen imaginären Lorbeeren aus. Inzwischen war der Vorschuß gekommen, ich hatte ein eigenes Konto eröffnet, dreitausend Mark eingezahlt, für zweitausendachthundert Mark Schecks ausgeschrieben, war Besitzerin einer neuen Waschmaschine mit integriertem Trockner, besaß einen nagelneuen Heißluftherd mit Schaltuhr, und für eine Kaffeemaschine hatte es auch noch gereicht. Der alten hatte ich immer erst einen kräftigen Schlag auf den Deckel geben müssen, bevor sie tröpfchenweise Kaffee produzierte. Derartige Anschaffungen fielen normalerweise in Rolfs Ressort, aber er hatte sie rundweg abgelehnt. Solange die Reparaturkosten für die vorhandene Waschmaschine den Anschaffungspreis einer neuen nicht überstiegen, war er nicht bereit gewesen, das antike Möbel zum Sperrmüll zu stellen. An die ewig verfärbte Unterwäsche mit leichtem Blaustich hatte er sich gewöhnt. Kaffeeautomaten hielt er sowieso für überflüssig, die Prozedur dauerte ihm zu lange. Seine Mutter habe auch keinen besessen und brühe ihren Kaffee sogar heute noch nach Altvätersitte auf.

»Deshalb knirscht er ja auch immer zwischen den Zähnen!«

Wenn ich mein schwer erarbeitetes Geld in so profane Dinge wie Haushaltsgeräte stecken mußte statt in eine Kreuzfahrt durch die Karibik, dann lohnte es sowieso nicht, welches zu verdienen.

Und dann erhielt ich die schwarzumränderte Drucksache mit der Nachricht, daß der Herr Verleger, der mich auf den Thron der schriftstellernden Prominenz hieven sollte, »plötzlich und unerwartet verschieden« sei. Ich rechnete nach und kam zu dem Ergebnis, daß seine Unterschrift unter meinen Scheck eine seiner letzten Amtshandlungen gewesen sein mußte, bevor er gestorben war. Mir blieb nur die Hoffnung, daß beides nicht in ursächlichem Zusammenhang gestanden hatte.

»Muß ich da etwa kondolieren?«

»Natürlich mußt du«, sagte Rolf.

Also sprach ich der mir unbekannten Witwe in wohlgesetzten Worten mein Beileid zum Tod ihres mir ebenfalls unbekannt gebliebenen Gatten aus, worauf eine ebenso wohlformulierte Danksagung erfolgte.

»Und was wird jetzt aus meinem Buch?«

»Makulatur.« Tröstend fuhr mir Rolf durch die Haare. »Immerhin hast du eine neue Waschmaschine, in der die Unterhosen langsam wieder weiß werden, und den Vorschuß darfst du auch behalten.«

»Der ist sowieso schon alle.« Trotzdem rief ich einen befreundeten Rechtsanwalt an.

»Du gehörst quasi zur Erbmasse«, teilte er mir nach längerem Überlegen mit. »Wer immer auch den Verlag weiterführt, muß dich mit in Kauf nehmen.« Manchmal können Männer wirklich unausstehlich sein!

Es war eine Dame, die sich brieflich als neue Geschäftsführerin vorstellte und behauptete, sich schon sehr auf die künftige Zusammenarbeit mit mir zu freuen. Das Buch werde übrigens im Frühjahr des kommenden Jahres erscheinen.

Mein Triumphgefühl dauerte nicht lange. Ausgerechnet eine Frau! Vermutlich so eine karrierebewußte Emanze Mitte Vierzig, die ihre Garderobe aus Paris bezog und hinter dem Namen C&A, meiner bevorzugten Einkaufsquelle, bestenfalls einen ausländischen Investmentfonds vermutete. Wie um alles in der Welt sollte ich mit so was klarkommen? Männer in gehobeneren Positionen waren viel leichter zu nehmen. Es gab da so verschiedene Tricks, die ich schon erfolgreich bei Steuerprüfern, Oberkellnern und Studienräten angewandt hatte, aber sobald ich an eine Vertreterin meines eigenen Geschlechts geraten war, hatten diese kleinen Listen nichts genützt. Und jetzt sollte ich ausgerechnet mit einer Frau über Auflagenhöhen, Honorare und all den anderen geschäftlichen Kram verhandeln, von dem ich ohnehin nicht das geringste verstand? Großartig!

Für hundertneunundachtzig Mark kaufte ich mir einen Hosenanzug, obwohl mir der für zweihundertvierzig viel besser gefallen hatte, aber dazu hätte ich mein neueröffnetes Konto wieder auflösen und noch was vom Haushaltsgeld abzweigen müssen. Da gab's sowieso nichts mehr zu holen! Die neuen Gläser und Steffis Turnschuhe!

Wenigstens war ich für die zu erwartende Einladung nach Bayreuth gerüstet, hatte ich doch in Hildegard Knefs Memoiren gelesen, daß zwischen Verlegern und ihren Autoren freundschaftliche Bande obligatorisch seien. Aber dazu mußte man wohl zur bundesdeutschen Prominenz gehören, zu der ich mich nun beim besten Willen nicht zählen konnte. Deshalb verknüpften meine Verlegerin und mich lediglich ein paar hundert Kilometer Telefonkabel, die allerdings mitunter heißliefen. Einen Lebenslauf wollte sie von mir haben, über dem ich zwei Tage grübelte, weil er absolut nichts hergab. Dann brauchte sie ein reproduktionsfähiges Foto von mir, und das gab es erst recht nicht. In den vergangenen Jahren hatte ich mich lieber hinter der Kamera aufgehalten als davor, denn die Zeiten, in denen es geheißen hatte: »Die Kleine sieht aber niedlich aus!«, waren längst vorbei. Zum Fotografen wollte ich auch nicht, die letzte Sitzung vor zwei Jahren (Omi hatte sich zum Geburtstag ein Familienporträt gewünscht) hatte beinahe mit einem allseitigen Nervenzusammenbruch geendet. Seitdem ließ ich meine Filme in der Drogerie entwickeln.

»Ist doch gar kein Problem«, sagte Rolf, während er Lampen heranschleppte und Sven anwies, meterlange Alufolie auf ein großes Brett zu kleben. »Das machen wir selber! Ich habe schon ganz andere Objekte werbewirksam fotografiert.«

Nun besteht wohl doch ein gewisser Unterschied zwischen einer festmontierten Hobelbank und einer lebenden Person, die erst einmal Kostümproben veranstalten mußte, um den passenden Kontrast zum Hintergrund zu finden. Nach Ansicht des Fotografen eignete sich dazu ganz besonders die Ligusterhecke, zumal auch gerade die Sonne im richtigen Winkel stand. Nur hatte er nicht bedacht, daß ich mich dazu in die äußerste Ecke quetschen mußte. Die Zweige piekten durch die dünne Bluse, und statt anmutig zu lächeln, brüllte ich »Aua!«

Die Aufnahme wurde wiederholt, aber jetzt hatte Sven vergessen, das Brett hochzuhalten. Beim nächsten Versuch hatte sich eine Fliege auf mein langsam zur Maske erstarrtes Gesicht gesetzt, und dann ging gar nichts mehr, weil die Sonne hinter der großen Birke verschwunden war.

»Standortwechsel!« bestimmte der Fotograf, seine Utensilien zusammenpackend. »Vor dem Haus scheint sie noch.«

»Kommt überhaupt nicht in Frage, ich gebe doch für die Nachbarn keine Vorstellung als Pausenclown!«

Aber Rolf war nicht zu bremsen. Er schleppte einen Gartenstuhl nach vorne, stellte ihn in den Halbschatten, und dann mußte ich mich graziös auf das Maschendrahtgeflecht setzen. Die Kissen hatte er vorher entfernt, sie paßten nicht zum Hintergrund. Jetzt piekte es zur Abwechslung von unten, was die ungezwungene Haltung und den freundlich-verbindlichen Gesichtsausdruck doch ziemlich erschwerte.

»Ein paar Aufnahmen habe ich noch drauf. Lehn dich mal ganz lässig gegen die Blautanne!«

Das sollte er mir erst einmal vormachen! Das Biest hatte Nadeln, gegen die jede Injektionsspritze harmlos war, und wenn ich mich wirklich anlehnen würde, müßte ich eine Woche lang auf dem Bauch schlafen.

»Dann stell dich einfach zwischen die Zweige!«

Nach mehreren vergeblichen Versuchen mußte Rolf einsehen, daß sich diese romantische Pose nicht realisieren ließ. »Würde die Birke nicht denselben Zweck erfüllen? Da könnte ich wenigstens noch an einem Zweig knabbern.«

Er warf mir nur einen bitterbösen Blick zu. »Mir kann es doch Wurscht sein, wie du auf den Fotos aussiehst. Ich will ja nicht Playmate des Monats werden.«

Das wollte ich allerdings auch nicht, doch als ich später die Abzüge meines Hausfotografen sah, wurde mir bewußt, daß meine fotogene Zeit endgültig vorbei war. Auf den Bildern sah ich manchmal aus wie meine eigene Großmutter.

»Die Fotos werden mir wirklich nicht gerecht«, meckerte ich, aber in Wahrheit erwartete ich keine Gerechtigkeit, sondern Barmherzigkeit.

Die Zeit drängte, also schickte ich die am wenigsten scheußliche Aufnahme an den Verlag und hoffte, man würde angesichts dieser zerfurchten Stirn, die auch noch von einer Schmachtlocke halb verdeckt wurde, auf eine Reproduktion verzichten. Falls doch nicht, so würde mich wenigstens kein Mensch auf diesem Bild wiedererkennen. Auch in Zukunft könnte ich unbehelligt von Autogrammjägern und enthusiastischen Fans durch ein Kaufhaus bummeln, obwohl ich eigentlich das Gegenteil erhoffte.

Es muß kurz vor Weihnachten gewesen sein, als mich Steffi eines Nachmittags aus dem Keller holte, wo ich Bestandsaufnahme machte und gerade bei den eingeweckten Pfirsichen angekommen war. Ein Herr wünsche mich zu sprechen.

»Muß das denn sein? Allmählich könntest du diese Häkeldeckchenverkäufer auch mal selber abwimmeln. Sag einfach, deine Mutter sei nicht zu Hause.«

»Das ist kein Vertreter. Er hat gesagt, er kommt von deinem Verlag.«

»Was???« Entsetzt sah ich an mir herunter. Die Hose, deren ursprüngliche Farbe man nicht mal mehr erahnen konnte, war ebenso ausgeleiert wie Rolfs altes Oberhemd, über das ich wegen der lausigen Kälte hier unten das nächstbeste Kleidungsstück gezogen hatte, das mir in die Hände gefallen war. Ich hatte die grüne Wolljacke kurzerhand aus dem Altkleidersack gewühlt. Vorne reichte sie gerade über den Bauchnabel, hinten hing sie in den Kniekehlen. In diesem Aufzug konnte ich mich unmöglich sehen lassen. Warum hatte dieser Mensch denn nicht vorher angerufen? Und wer war das überhaupt? Wenigstens handelte es sich um einen Mann, das machte die Sache einfacher, allerdings nicht in dieser Kellerkluft. Die Haare hatte ich mir heute morgen auch waschen wollen, war bloß nicht dazu gekommen, weil das Bad ewig blockiert war, und dann hatte Sascha auch noch den Fön runtergeschmissen …

»Nun beeil dich ein bißchen, der arme Kerl kriegt ja Frostbeulen da oben!«

»Wo ist er denn?«

»Na, draußen vor der Tür!«

»Bist du wahnsinnig geworden?« Ich jagte die Treppe rauf. Steffi hinterher. »Dauernd bleust du uns ein, wir sollen keine Fremden so einfach ins Haus lassen, und nun ist es auch wieder nicht richtig«, keuchte sie beleidigt.

»In diesem Fall ist das doch ganz was anderes. Jetzt läßt sich endlich mal so ein Verlagsmensch hier blicken, und dann behandelst du ihn wie einen ganz gewöhnlichen Staubsaugervertreter.«

»Und wenn es nun eine Ausrede war? Bei XY warnt der Zimmermann immer wieder vor neuen Gaunertricks.«

»Du hast ein Hirn wie Mickymaus! Ein Wildfremder kann doch gar nicht wissen …«

Zu weiteren Erklärungen blieb keine Zeit. Ungeachtet meines ramponierten Aussehens riß ich die Haustür auf in der Erwartung, entweder überhaupt niemanden mehr oder zumindest einen sehr verschnupften Besucher vorzufinden.

Vor mir stand ein freundlich lächelnder Herr mittleren Alters.

»Entschuldigen Sie ...«

»Entschuldigen Sie ...«

Wir hielten beide inne, es herrschte sekundenlanges Schweigen, dann lachten wir laut los.

»Jetzt kommen Sie erst einmal herein, bevor Sie endgültig festfrieren. Meine Tochter hat Sie leider mit einem dieser Treppenterrier verwechselt.«

Er schälte sich aus dem Mantel. »Damit liegt sie gar nicht so falsch. Ich bin nämlich der Verlagsvertreter für Baden-Württemberg. Brühl ist mein Name.« Er gab mir die Hand, ich legte zögernd meine Fingerspitzen hinein. Am Rest klebte Pfirsichsaft.

»Zunächst bitte ich um Entschuldigung, daß ich hier so einfach hereinplatze, aber ich habe gerade Frau Eckert besucht, und da dachte ich mir, bei dieser Gelegenheit könnte ich doch unsere neue Autorin kennenlernen.«

So, haste gedacht! Dabei gehe ich jede Wette ein, daß man dich vorgeschickt hat. Mal ein bißchen das Terrain sondieren. Könnte ja sein, daß die Neue schiefe Zähne hat und schielt. Oder stottert.

»Frau Eckert hat übrigens keine Ahnung, daß Sie ein Buch geschrieben haben. Sie war ganz überrascht.«

Frau Eckert ist die Besitzerin der hiesigen Buchhandlung und aus naheliegenden Gründen die letzte, der ich etwas erzählen würde. Während ich Herrn Brühl ins Wohnzimmer führte und dort in den am wenigsten durchgesessenen Sessel komplimentierte (jetzt war aber wirklich mal eine neue Sitzgarnitur fällig!), erklärte ich ihm, weshalb ich zumindest hier im Ort mein Doppelleben verheimlichen wollte. »Als wir herzogen, galten wir mit den fünf Kindern schon beinahe als asozial. Diese Vermutung wurde noch bestärkt durch die Tatsache, daß mein Mann weder bei NSU arbeitet noch bei Kolben-Schmidt, wo jeder zweite Einwohner von Bad Randersau beschäftigt ist, sondern manchmal tagelang zu Hause rumhängt und scheinbar gar nichts tut. Von der Schreibtischarbeit kriegt ja niemand was mit. Die meisten glauben, wir leben vom Kindergeld. Inzwischen haben sich die Gemüter beruhigt, und jetzt möchte ich nicht schon wieder Mittelpunkt des Dorfklatsches werden. – Was darf ich Ihnen anbieten? Kaffee? Tee? Etwas Gehaltvolleres? Oder lieber einen Grog zum Aufwärmen?«

»Am liebsten einen Grog, aber ich muß noch fahren. Da ist Kaffee ungefährlicher.«

Vernünftiger Mensch, Rum war sowieso nicht da. Plötzlich kam mir wieder mein Gammellook zu Bewußtsein. »Bitte entschuldigen Sie mich für ein paar Minuten, aber ich muß mir wenigstens die Spinnweben von den Händen waschen. Ich habe nämlich gerade Pfirsiche gezählt.« Erst beim Hinausgehen wurde mir klar, welch horrenden Blödsinn ich eben von mir gegeben hatte, doch ich konnte schlecht wieder umkehren und meinem Gast verklickern, daß das eine Glas ganz hinten im Regal bereits total verstaubt gewesen war. Kein Wunder, Omi hatte es vor mindestens fünf Jahren angeschleppt. Und in Afrika wird gehungert!

In der Küche braute Steffi Erdbeerblütentee. Der ganze Raum roch süßlich. »Mach gefälligst das Fenster auf, wenn du diesen Sud kochst, hier stinkt es wie in einer Parfümerie.« Ich füllte die Kaffeemaschine. »Deck mal bitte drinnen den Tisch, aber wehe, du fährst wieder diese Steingutkübel auf. Nimm das Porzellangeschirr! Und vergiß die Servietten nicht! Aber die japanischen und nicht die billigen von Aldi.

Ein paar Weihnachtskekse kannst du auch aus dem Keller holen!«

»Ich denke, die hast du versteckt.«

»Hab ich auch.«

»Wie soll ich sie dann holen?«

Kluge Frage. »Sie sind in den Blechschachteln in der großen Truhe unter den Kissen von den Terrassenmöbeln.«

»Kein Wunder, daß wir sie neulich nicht gefunden haben.«

Jedes Jahr wiederholt sich das gleiche Spiel. Ich backe Plätzchen, von denen mir die Hälfte noch ofenwarm weggefuttert wird. Mit dem Rest ziehe ich wie ein Eichhörnchen von Versteck zu Versteck, immer damit rechnend, daß doch mal ein Suchtrupp fündig wird und ich am Heiligen Abend nur noch Krümel auf den Tisch stellen kann. Deshalb habe ich immer noch eine ganz geheime Geheimreserve, von der ich manchmal selber nicht weiß, wo ich sie vergraben habe. Einmal fanden wir sie mitten im Hochsommer, als wir die Federballschläger suchten.

Fünf Minuten später erschien ich frisch gewaschen und gestriegelt wieder auf der Bildfläche, bereit, mich den prüfenden Blicken meines Gastes zu stellen. Sogar Schuhe mit hohen Absätzen hatte ich angezogen, obwohl ich die zu Hause sonst nicht mehr trage, seitdem ich auf der Treppe damit hängengeblieben war und mir einen tellergroßen Bluterguß eingehandelt hatte.

Steffi musterte mich kritisch. »Jetzt siehst du wieder menschlich aus, aber ich bezweifle, ob das noch was nützt. Bekanntlich ist der erste Eindruck immer der entscheidende.«

Herr Brühl war anderer Ansicht. Er strahlte mich an. »Nun sehen Sie genauso aus wie auf dem Foto.«

Grundgütiger Himmel! Wenn das ein Kompliment sein sollte, dann hatte er aber haargenau danebengetroffen. »Finden Sie wirklich?« fragte ich gedehnt.

»Ja«, sagte er sofort – und sank in meiner Achtung.

Eine Zeitlang plauderten wir über dies und das, dann kam er zur Sache. »Wie gefällt Ihnen denn das Cover von Ihrem Buch?«

»Gut.« Was um alles in der Welt war ein Cover?

»Wir im Verlag finden es großartig. Es hat ja auch einer der besten Illustratoren gemacht.«

Bevor ich nun endgültig auf dem Glatteis ausrutschte, auf dem ich herumschlidderte, ging ich zur Offensive über. »Könnte ich es wohl noch mal sehen?«

Bereitwillig öffnete er seine Mappe und reichte mir einen Prospekt herüber. Und dann sah ich sie zum erstenmal, die fünf verstrubbelten Karikaturen, die meine Kinder sein sollten. In einer Blümchenwiese standen sie, aufgereiht wie Schießbudenfiguren, und grienten etwas einfältig vor sich hin. Als Zeichnung war das Titelbild exzellent, nur fiel es mir schwer, diese leicht beschränkt aussehenden Gestalten mit meinem geistig nun wirklich nicht zurückgebliebenen Nachwuchs zu assoziieren. »Die Kinder werden begeistert sein.«

»Sie etwa nicht?« fragte Herr Brühl erstaunt.

»Doch, natürlich.«

Meine lauwarme Zustimmung entging ihm nicht. »Sie müssen das objektiv sehen! Nicht Ihre Kinder sind es, die da auf den Margeriten herumtrampeln, sondern fünf Lauser, denen der Schalk im Nacken sitzt. So etwas läßt sich gut verkaufen.«

So lernte ich als erstes, daß der kommerzielle Aspekt immer Vorrang hat.

Zu allem Unglück platzte auch noch Rolf in die Kaffeestunde, dessen fachmännischer Blick sofort die Werbewirksamkeit dieses Buchumschlags erkannte, und danach hatte ich sowieso nichts mehr zu melden.

Als sich Herr Brühl verabschiedete, hörte ich ihn vor der

Haustür leise zu Rolf sagen: »Doch, wir können sie ohne weiteres der Öffentlichkeit präsentieren. Ich glaube, das wird sie ganz gut hinkriegen.«

Damit hatte ich die zweite Lektion gelernt: Einen Autor muß man – wo und wem auch immer – vorführen können.

Kapitel 3

Endlich kam der Tag, an dem mein Buch ausgeliefert und in den Buchhandlungen vorgestellt werden sollte. Ich platzte vor Neugierde, denn ein fertiges Exemplar hatte ich selbst noch gar nicht gesehen. Jedem Autor stehen zwar Belegexemplare zu, aber er ist meistens der letzte, der sie bekommt, weil sie dem Verlag nichts bringen, sondern ihn im Gegenteil etwas kosten. Genau wie die Honorare, die ohnehin nur den geringsten Teil der Kalkulationen ausmachen.

Meine Einkaufsrunde verschob ich auf den späten Vormittag, denn Frau Eckert mußte erst einmal Zeit haben, meine Bücher auszupacken und entsprechend zu dekorieren. Als ich betont uninteressiert an den beiden Schaufenstern vorbeidefilierte, sah ich Schmuckkartons mit Briefpapier – »Das ideale Geschenk zur Konfirmation« –, drei Meter *DUDEN,* der sich bei solchen Gelegenheiten auch immer ganz gut an den Mann bringen läßt, Kinderbücher mit Osterhasen drauf und zwischendrin Wattekükenn und viele buntbemalte Eier. Keine Blümchenwiese, keine grinsenden Kindlein – gar nichts! Aber vielleicht drinnen im Laden? Mir fiel ein, daß der Sohn unseres Nachbarn ebenfalls konfirmiert werden sollte, da mußte man sowieso etwas hinüberschicken, also warum auf die lange Bank schieben, Briefpapier kann man immer gebrauchen. Obwohl ich sehr lange und sehr gründlich wählte und dabei immer wieder die Bücherregale musterte, konnte ich mein Werk nicht entdecken. Fragen wollte ich natürlich nicht, mich fragte aber auch niemand, und so zog ich schließlich mit dem Briefpapier ab und tröstete mich mit der Gewißheit, daß man mit meinen Büchern natürlich erst die bedeutenderen Buchhandlungen in den großen Städten beliefern würde. Hatte Stefanie nicht erst gestern gesagt, daß sie einen neuen Anorak brauche, weil der alte zu klein geworden war?

Am nächsten Tag fuhren wir nach Heilbronn. Und dann endlich sah ich es! Ganz vorne bei den Neuerscheinungen stand es, unübersehbar und gleich in zehnfacher Ausfertigung. Jetzt gefielen mir plötzlich auch die fünf Kindsköpfe auf dem Titel. Lustig sahen sie aus, direkt zum Verlieben. Erwartungsvoll schlug ich eins auf und las ein paar Zeilen. Es ist schon ein eigenartiges Gefühl, zum erstenmal ein Buch in der Hand zu halten, das man selbst geschrieben hat, in dem man nun blättern und bei jedem einzelnen Absatz nachvollziehen kann, wie oft man ihn in den Papierkorb geschmissen und immer wieder neu formuliert hat.

Stefanie hatte nur einen flüchtigen Blick auf das Buch geworfen, »Hm, sieht niedlich aus« gesagt und war zu dem Ständer mit den Comics gegangen. Ich blätterte immer noch.

»Kann ich Ihnen helfen?« Eine Verkäuferin hatte sich herangeschlängelt. »Suchen Sie etwas Bestimmtes? Soll es ein Geschenk sein? Zur Konfirmation? Da würde ich Ihnen empfehlen ...«

»Nein, ich möchte es selbst lesen«, sagte ich, mit dem Buch unter ihrer Nase herumwedelnd, »kennen Sie die Autorin?«

Nur flüchtig streifte sie den Titel, dann bedauerte sie. »Nein, wir haben die Bücher erst vor ein paar Tagen hereinbekommen. Bekannt ist sie aber nicht.«

»Ist das denn ein Werturteil?«

»Natürlich nicht, aber ich kann Ihnen über den Inhalt des Buches nichts sagen, weil ich es nicht gelesen habe. Wahrscheinlich ist es etwas Lustiges, es steht ja ›Heiterer Roman‹ drauf. Wollen Sie es haben?«

Das hatte ich eigentlich nicht gewollt, doch es konnte noch lange dauern, bis ich die mir zustehenden Belegexemplare zu sehen bekäme, und überhaupt sollten es ja auch die anderen sehen, auf den Nachttisch wollte ich es legen, mich noch ein bißchen länger darüber freuen ... »Packen Sie es bitte ein!«

An der Kasse tauchte auch Steffi wieder auf. »Willst du etwa dein eigenes Buch kaufen???«

Schnell hielt ich ihr den Mund zu. »Kannst du nicht noch lauter herumbrüllen?« zischte ich leise, griff nach dem Wechselgeld und machte, daß ich schnellstens aus der Tür kam.

»Sie haben Ihr Buch vergessen!«

Also noch mal zurück in den Laden, wo ich bereits ungeteilte Aufmerksamkeit genoß, das Päckchen geholt und schleunigst wieder hinaus. Die würden mich bestimmt nie wiedersehen!

Draußen stauchte ich Stefanie zusammen. »Bist du denn von allen guten Geistern verlassen? Wie kannst du durch den ganzen Laden tröten ...«

»Na, ist doch aber auch wahr! Wer ist denn so beknackt und kauft sich für teures Geld sein eigenes Buch, wenn er es zu Hause umsonst hat?«

»Hab ich doch noch gar nicht.«

»Kriegste aber!«

Sie hatte ja recht, aber wie sollte ich ihr begreiflich machen, daß ich einfach nicht mehr warten, sondern das Produkt meiner Arbeit und auch meiner Illusionen endlich in der Hand halten wollte?

»Gehen wir jetzt den Anorak kaufen?«

»Natürlich. Und diesmal gucken wir auch nicht so genau auf den Preis.«

Strahlend hakte sie sich bei mir ein. »Kannst du dir das jetzt wirklich leisten?«

Als meine erste Honorarabrechnung kam und Rolf einen Blick auf den Scheck geworfen hatte, verschwand er fröhlich pfeifend in seinem Zimmer. Kurz darauf war er wieder da, in der Hand mehrere Karteikarten.

»Den Pelzmodenfritzen werde ich jetzt endlich abservieren, genauso wie den Choleriker mit seinen Friseurstühlen. Der Konservenonkel fliegt auch! Den habe ich sowieso bloß behalten, weil er einer der wenigen ist, die pünktlich zahlen. Und dann natürlich diese Bornfeld mit ihren schlitzverstärkten Unterhosen. Ein ekelhaftes Weib, emanzipiert bis zum Gehtnichtmehr, feilscht um jeden Pfennig und ist nie zufrieden. Bei der habe ich noch keinen Entwurf durchgebracht, bevor er nicht mindestens ein halbes Dutzend Mal geändert worden war.«

»Ja und?« Irritiert sah ich zu, wie Rolf die Karten zerriß und in den Papierkorb warf.

»Ich darf doch wohl voraussetzen, daß du dich jetzt an den Lebenshaltungskosten beteiligst?« Und mit einem beziehungsreichen Blick zu dem Scheck: »Für diese Summe muß ich mindestens drei Monate arbeiten.«

»Für diese Summe habe ich über ein Jahr gearbeitet«, sagte ich patzig.

»Aber nicht von morgens bis abends.«

»Selbstverständlich nicht. Fenster putzen, Hemden bügeln und das bißchen Kochen und Saubermachen erledige ich so ganz nebenbei. Deshalb bin ich mit meinem neuen Manuskript auch schon auf Seite 27. Geteilt durch zwei Monate ergibt das rund eine halbe Seite pro Tag. Unter diesen Voraussetzungen wirst du dich wohl noch eine Weile mit Bornfelds Unterhosen beschäftigen müssen.«

Das schmeckte ihm gar nicht. »Dann müssen wir den Haushalt eben umorganisieren. Seitdem die Jungs nicht mehr da sind, hast du doch sowieso nicht mehr so viel Arbeit.«

So kann auch nur ein Mann reden, dessen Mithilfe im Haushalt sich darauf beschränkt, gelegentlich einen Aschenbecher auszuleeren. Es stimmte zwar, daß unsere beiden Ältesten ihren ersten Schritt ins Berufsleben getan und sich dazu vorsichtshalber einen Ausbildungsplatz fern der Heimat ausgesucht hatten, aber das bedeutete noch längst nicht ihren endgültigen Abgang.

Zwei Jahre vor dem Abitur hatten sie in seltener Einmütigkeit beschlossen, die Schule hinzuwerfen und sich auf eigene Füße zu stellen. Wochenlang hatte bei uns das große Schweigen geherrscht, Vater und Söhne hatten nur per Notizzettel miteinander verkehrt, aber da Teenager bekanntlich die besseren Nerven haben, hatten sie schließlich gesiegt. Der enttäuschte Vater mußte sich damit abfinden, daß zumindest seine männlichen Nachkommen keine Akademiker werden würden, und die darüber auch nicht sehr glückliche Mutter tröstete sich immer wieder mit dem Gedanken, daß man seine eigenen unerfüllten Berufswünsche nicht unbedingt auf seine Kinder übertragen sollte.

So buddelte Sven also in der Nähe von Stuttgart Regenwürmer aus dem Boden mit dem Endziel, irgendwann als Gartenbauingenieur Parkanlagen und Golfplätze zu schaffen, während Sascha sich für die Hotellaufbahn entschieden hatte und bereits von einem eigenen Laden in der ungefähren Größe des Waldorf Astoria träumte. Die spätere Mithilfe der übrigen Familienmitglieder hatte er schon eingeplant, wobei er mich für den Posten der Wäsche-Else vorgesehen hatte. »Das kannst du bestimmt am besten. Paps kriegt den Weinkeller, die Mädchen kommen an die Rezeption, und Sven kümmert sich um Grünzeug und Gemüse.«

Zur Zeit balancierte der künftige Hotelier allerdings noch Kaffeetassen und leergegessene Teller durch den Nobelschuppen, in dem er lernte, und bei seiner chronischen Geldknappheit würde es wohl noch eine Weile dauern, bis er es auch nur zu einer eigenen Würstchenbude gebracht hätte.

Jedenfalls tauchte Sven regelmäßig am Wochenende zu Hause auf, beladen mit lehmverschmierten Hosen und ebensolchen Pullovern, die ich waschen, flicken und wieder in einen tragbaren Zustand versetzen sollte. Sascha kam nur alle drei Wochen, blieb dann aber gleich mehrere Tage und brachte jedesmal den ganzen Haushalt durcheinander. Durch seinen Beruf war er zum Nachtmenschen geworden, der bis mittags schlief, um drei Uhr frühstückte und ab elf Uhr abends die Küche blockierte, weil »ich ja irgendwann mal was essen muß«. Dann fing er an zu kochen, denn davon hatte ich plötzlich keine Ahnung mehr – »deine angebliche Rahmsoße ist eine kulinarische Vergewaltigung!« –, und wenn er irgendwann zwischen Mitternacht und Morgen ins Bett kroch, war die Küche ein Schlachtfeld und ich mit den Nerven am Ende. Das änderte sich erst, als er sich verliebte und diesen Zustand während der nächsten Jahre beibehielt. Die Objekte seiner Zuneigung wechselten, aber wenigstens brachte er jetzt meist jemanden mit, der nach seinen gastronomischen Höhenflügen die Küche wieder saubermachte.

Seine Illusionen von einem vorgezogenen Rentnerdasein wollte Rolf doch nicht so schnell begraben, und deshalb fing er an, den Haushalt zu reorganisieren. Subalterne Tätigkeiten wie Geschirrspülen und Toilettenreinigen delegierte er an die Mädchen, Kochen, Waschen und Bügeln fielen weiterhin in mein Ressort, und um den Garten würde sich künftig Sven kümmern müssen. Immerhin hatte der sich diese Tätigkeit als Lebensziel erkoren.

Nur hatte der große Organisator bei seiner Planung nicht

bedacht, daß die Mädchen immer noch schulpflichtig waren und Sven seine regelmäßigen Besuche bei uns einstellte, sobald er mitgekriegt hatte, daß zu Hause nur noch Arbeit auf ihn wartete. Statt dessen hielt er den wesentlich kleineren Garten seiner Zimmerwirtin in Ordnung, die ihm von nun an seine dreckigen Klamotten wusch und für ihn kochte.

Stefanie war nachmittags mit ihren Hausaufgaben und/ oder den Begleiterscheinungen des Tanzkurses beschäftigt, die mit schöner Regelmäßigkeit vor der Tür standen, in knirschendes Leder gehüllt und mit Zweitkopf unterm Arm, worauf unsere Tochter sich ebenfalls in ihren Astronautenlook warf und während der nächsten Stunden nicht mehr gesehen ward. Mopedgeknatter signalisierte ihren Abgang.

»Gestern hat man ihnen noch die Windeln gewechselt, und heute sitzen sie schon auf dem Motorrad und sind tätowiert«, knurrte der gestreßte Vater.

So blieb der Haushalt weiter an mir hängen, aber es bedeutete natürlich eine große Erleichterung, daß Rolf die Wochenendeinkäufe übernahm und ich immer nur noch das holen mußte, was er vergessen hatte. Seitdem hatten wir ständig einen beruhigenden Vorrat an Zigaretten und Getränken im Haus, aber Milch und Brot mußte ich mir häufig nach Ladenschluß in der Nachbarschaft zusammenborgen. Außerdem kam er jedesmal total entnervt von seiner Einkaufstour zurück und war dann nicht mehr in der Lage, auch nur den Mülleimer rauszubringen.

»Zu den schwersten Entschlüssen im Leben gehört der, bei welcher Kasse man sich anstellen soll. Du kannst Gift darauf nehmen, daß sich die kürzeste Schlange am langsamsten fortbewegt, weil immer jemand vor dir dran ist, bei dem erst eine Gipfelkonferenz des Geschäftspersonals klären muß, wieviel denn nun diese verdammte Klosettbürste kostet.«

»Du hast das Gummiband vergessen, den Kaffee, Waschpulver und die sauren Gurken! Ich habe dir doch die Einkaufsliste mitgegeben. Guckst du da nicht ab und zu mal drauf?«

»Ich mach mich doch nicht lächerlich!« wehrte er entrüstet ab. »Deine Bestellungen schreibst du auf Büttenpapier, und dann schickst du mich damit zu Aldi.«

»Das war die Rückseite von Tante Lisbeths Geburtstagsglückwunsch.«

»Na, wenn schon! Jedenfalls war sie aus Bütten. Mit so was in der Hand kann man keine Jagd auf Sonderangebote machen. Außerdem habe ich auch ohne Waschpulver und Gurken fast zweihundert Mark hingeblättert, das dürfte für ein Wochenende wohl genügen. Ich habe mir zwar immer gewünscht, das Geld mal mit vollen Händen auszugeben, aber doch nicht für Butter, Zucker und Mayonnaise!«

Im Klartext hieß das: Jetzt steuere auch endlich etwas zum Haushaltsbudget bei!

Dabei hatte ich ganz andere Pläne. Jedesmal, wenn ich an dem hiesigen Autohaus vorbeikam, liebäugelte ich mit den aufgereihten Gebrauchtwagen. Die meisten waren viel zu groß und deshalb unerschwinglich, aber seit einigen Tagen stand ganz hinten ein kleines silbernes Autochen, in das ich mich sofort verliebt hatte. Sobald die Sonne auf seine Scheiben fiel, schien es mir zuzublinzeln, und wenn mich niemand sah, ging ich zu ihm hin und streichelte es verstohlen. Seine besten Jahre hatte es zweifellos hinter sich, aber es sah noch ganz rüstig aus, und das bißchen Rost an den Seiten verlieh ihm eine gewisse Würde. Ich assoziierte die braunen Stellen in seiner Karosserie einfach mit meinen eigenen grauen Haaren, die ja auch mal dunkel gewesen waren. Wir würden bestimmt großartig zusammenpassen.

Eines Tages faßte ich mir ein Herz und betrat die Halle, in

der die chromblitzenden Neuwagen mit den Schaufensterscheiben um die Wette spiegelten. Allerdings gönnte ich ihnen keinen Blick. Ich hatte mein Herz an den kleinen Winzling draußen auf dem Hof verloren.

So ähnlich schätzte mich wohl auch der Verkäufer ein, denn er machte nicht die geringsten Anstalten, mir mit PS-Zahlen und Hubraumgröße zu imponieren, er hob nur fragend die Augenbrauen.

»Ich möchte gern eine Probefahrt mit einem Ihrer Gebrauchtwagen machen.«

»Da müssen Sie sich an die Werkstattleitung wenden!«

Also wandte ich mich an die Werkstattleitung, einen gütigen älteren Herrn Marke »Lieber Opa«, der mir auch bereitwillig die Schlüssel aushändigte und mit Strippe rote Nummernschilder an Autochens Stoßstangen befestigte. »Die Gangschaltung ist ein bißchen hakelig, aber sonst ist der Wagen in Ordnung. Genau das richtige für Sie.«

Das fand ich auch. Erst hoppelte er noch etwas, aber dann schnurrte er munter los. Nach drei Kilometern hatte ich den Bogen mit dem Schalten heraus, nach fünf Kilometern hatten wir uns aneinander gewöhnt, und als ich wieder auf den Abstellplatz kurvte, hatte Autochen einen neuen Besitzer.

Beim Unterzeichnen des Kaufvertrags zögerte ich einen Augenblick, aber dann setzte ich doch meinen Namen auf das Papier. Schließlich war es *mein* Geld, das ich in diesem Moment ausgab, es lag – noch! – auf *meinem* Konto, und Rolf fragte mich ja auch nie vorher, ob er sich ein neues Objektiv für seine Kamera kaufen durfte, wenn er das alte mal wieder irgendwo hatte liegenlassen.

Morgen nachmittag sollte Autochen TÜV-geprüft und zugelassen abholbereit sein. Mir blieben noch siebzehneinhalb Stunden Zeit, die Familie auf den motorisierten Zuwachs vorzubereiten. Wohlweislich suchte ich dazu die Stunde nach dem Abendessen aus. Gefüllte Bäuche wollen verdauen, wollen sich nicht durch Aufregungen davon abhalten lassen, wollen Ruhe haben.

Wie erwartet, war die Reaktion der drei Mädchen enthusiastisch. »Jetzt kannste uns endlich morgens zum Schulbus bringen, wenn es mal wieder wie aus Eimern gießt«, freute sich Nicki, während Stefanie die Taxidienste ihrer Mutter bereits gezielter einplante. »Du sagst doch immer, wir sollen im Dunkeln nicht allein auf der Straße sein. Nach dem Training ist es aber meistens schon dunkel, und wo doch jetzt die neue Turnhalle noch ein Ende weiter weg ist …«

Rolf hüllte sich erst einmal in Schweigen. Eigenmächtigkeiten dieser Größenordnung schätzte er überhaupt nicht, und schon gar nicht, wenn es sich dabei um technische Dinge handelte. Zwar hatte er davon genausoviel Ahnung wie ich – nämlich gar keine –, aber er war schließlich ein Mann, und für Autokäufe waren seit Erfindung des Automobils Männer zuständig. »Ich möchte nicht wissen, was du dir da hast andrehen lassen!«

»Es ist ja nur ein gebrauchter Kleinwagen«, verteidigte ich mich.

»Dann werden dir wenigstens die Raten das Gefühl geben, du hättest einen großen gekauft.«

»Ich hab ihn doch bar bezahlt.«

Das war nun auch wieder nicht richtig gewesen. Autos zahlt man nicht bar, weil man Schulden steuerlich absetzen kann.

»Du mußt noch viel lernen«, sagte mein Ehemann, während er vom Eßzimmerstuhl auf den Fernsehsessel wechselte. »Hast du noch irgend etwas zu sagen, bevor die Fußballübertragung beginnt?«

Hatte ich nicht. Ich war im Gegenteil froh, daß die erwarteten Proteste ausgeblieben und Autochen beinahe anstandslos akzeptiert worden war.

Rolf ließ es sich auch nicht nehmen, mich am nächsten Tag zu begleiten. Sogar zu Fuß, obwohl wir fast einen Kilometer laufen mußten. Mißtrauisch umrundete er das frischgewaschene, in der Sonne blitzende Auto, klopfte hier ans Blech, rüttelte dort am Kotflügel, bohrte mit beziehungsreichem Blick in einem Rostloch, faltete sich schließlich zusammen und kroch hinters Steuer. »Wird der Schuhanzieher mitgeliefert?«

»*Ich* passe gut hinein«, sagte ich schnippisch.

Der gütige Opa händigte mir Schlüssel und Papiere aus. »Sie werden bestimmt zufrieden sein. Wir stehen hinter jedem Wagen, den wir verkaufen.«

»Na schön«, meinte Rolf, »aber helfen Sie auch beim Anschieben?«

Da Autochen schon beim erstenmal ansprang und uns sogar willig nach Hause tuckerte, blieb es lediglich bei einem Knurren, nachdem sich Rolf endlich aus dem Sitz geschält hatte. »Zum Glück muß ich ja nicht in dieser Sardinenbüchse fahren.«

»Eben.«

Den Rest des Nachmittags verbrachte ich auf den Straßen der näheren Umgebung, fuhr die Zwillinge zum Friseur, die leeren Sprudelflaschen zum Supermarkt (zwei Kästen ließen sich mühelos im Kofferraum verstauen), die Hosen zur Reinigung, holte die Zwillinge vom Friseur, holte Steffi von ihrer Freundin ab, holte neue Sprudelkisten und fühlte mich endlich frei und unabhängig.

Am nächsten Morgen regnete es. Erwartungsvoll sammelten sich die Mädchen vor Autochen, das triefend auf dem Parkplatz stand, bedeckt mit klebrigen Blättern, und gar nicht mehr so strahlend aussah. Ach was, ein Auto ist ein Gebrauchsgegenstand wie Kühlschrank und Zahnbürste, Schönheit ist sekundär, Hauptsache, es funktioniert.

Und genau das tat es nicht! Nach dem sechsten Versuch, Autochen etwas mehr als nur ein müdes Röcheln zu entlokken, gab ich es auf.

»Da hast du dir ja eine schöne Karre eingehandelt«, moserte Katja.

»Wahrscheinlich ist sie wasserscheu«, vermutete Nicki. Nur Stefanie frohlockte. »Der Schulbus fährt gerade ab.«

»Wenn schon! Den holen wir noch spielend ein. Notfalls muß ich euch eben direkt zur Schule bringen.«

»Womit denn?«

Inzwischen hatte ich die Motorhaube aufgeklappt und mich in das Gewirr von Kolben und Kabeln vertieft. Das brachte zwar gar nichts, verschaffte mir aber einen Augenblick Ruhe vor den spöttischen Kommentaren meines Nachwuchses.

»Warum isses'n da so naß? Muß das sein?« Steffi wies auf eine Stelle, die wirklich sehr feucht aussah, nach meinen bescheidenen Kenntnissen aber hätte trocken sein müssen.

»Daran wird's wohl auch liegen.« Zuversichtlich ließ ich den Deckel wieder zufallen. »Es hat ja fast die ganze Nacht durchgeregnet, also kann es gut sein, daß ein bißchen Feuchtigkeit in den Motor gekommen ist.«

»Bißchen ist gut.« Mit dem Finger stippte Katja in die dunkle Brühe. »Da schwimmt doch alles.«

Das war natürlich übertrieben, aber von allein würde die Nässe wohl nicht verschwinden, und wenn doch, dann erst nach Stunden. So lange konnten wir nicht warten. Plötzlich hatte ich eine Idee. Ich lief ins Haus zurück, holte aus dem Keller das lange Zuleitungskabel für den Rasenmäher, suchte den Fön, fand ihn sogar, schloß ihn an und richtete ihn unter die Motorhaube. Minuten später sprang der Wagen an.

»Am besten läßt du das alles gleich im Kofferraum liegen, und ein Stromaggregat schaffst du dir auch noch an«, empfahl Katja. Sie war gar nicht begeistert, als wir den Schulbus vor dem vierten Dorf doch noch eingeholt hatten. »Warum hast du dich bloß so abgestrampelt? Kaputte Autos sind höhere Gewalt, und bei höherer Gewalt müssen wir nicht in die Schule.«

Autochen bekam einen Regenmantel aus Plastikfolie und auf Wunsch der Kinder auch einen Namen in Selbstklebebuchstaben: Goliath. Aus Dankbarkeit für beides machte er mir vorläufig keine Schwierigkeiten mehr. Die hob er sich für einen günstigeren Zeitpunkt auf.

Kapitel 4

Der Verlag fragte an, wann denn, bitte sehr, mit einem neuen Manuskript zu rechnen sei. Die fünf Kinderreichen verkauften sich recht gut, Heiteres werde vom Markt verlangt, und deutsche Autoren täten sich nun mal etwas schwer mit Humor. Und überhaupt sei mein Pseudonym wohl doch keine so gute Idee gewesen, es klinge zu amerikanisch und stoße deshalb auf gewisse Vorbehalte. Nichts gegen die Amerikaner, aber nun habe man endlich mal wieder eine deutsche Autorin der heiteren Muse, und dann trage sie einen ausländischen Namen. Leider lasse sich das jetzt nicht mehr ändern. Am besten kompensierte ich dieses Manko jetzt mal mit einem typisch deutschen Roman.

Wie man's auch macht, hinterher ist es immer verkehrt! Obwohl ich meinen angeheirateten Namen nicht sonderlich schätze, weil er in den meisten Fällen falsch geschrieben wird und dann noch sonderbarer klingt, hatte ich mich im Laufe von zweiundzwanzig Jahren daran gewöhnt und keinen Grund gesehen, ihn aus welchen Gründen auch immer zu ändern. Doch plötzlich sah die Sache anders aus. Die Möglichkeit, einem Einwohner von Bad Randersau könnte durch Zufall ein Buch von mir in die Hände kommen, war nicht auszuschließen, und wenn ich auch nichts dagegen hatte, außerhalb des Landkreises berühmt zu werden, so konnte dieser Ruhm ruhig an der Stadtgrenze haltmachen. Aber dazu brauchte ich ein Pseudonym.

»Wie wär's denn mit Bettina von Barnhelm?« Steffi hatte damals gerade ihre romantische Phase und las nur Klassisches.

»Renate Schulze«, sagte Rolf.

»Mit bloß Schulze wird man nicht berühmt.« Nicki legte ihre Stirn in Dackelfalten. Wenn sie so aussieht, denkt sie nach. »Es muß nach was ganz Besonderem klingen, irgendwas mit vielen Vokalen drin wie Marzipankartoffeln oder Surabaya. Angelina wäre schon mal ganz gut, und hintendran was Italienisches. Die haben doch alle so tolle Namen.«

»Angelina Corleroni«, schlug Katja vor.

»Bella Donna«, sagte Nicki.

»Das paßt!« Wiehernd schlug sich Rolf auf die Schenkel.

»Ihr spinnt doch alle miteinander!« Hätte ich bloß nicht dieses Thema angeschnitten. »Weder bin ich Fotomodell, noch will ich Stripteasetänzerin werden. Ich suche einen ganz normalen Namen, der mit S anfängt, damit wenigstens das Monogramm auf meiner Handtasche noch stimmt.«

»Na, wenn du auf solche Lappalien Wert legst ...«

»Lege ich! Wie findet ihr Sanders?«

»Ist doch nichts Besonderes.«

»Eben! Deshalb klingt es auch nicht herausgesucht.« Allerdings konnte ich nicht ahnen, daß man zu einer Zeit, in der aus Wiener Würstchen »Hot dogs« geworden waren und aus harmlosen Buletten »Hämbörgers«, eine deutsche Evelyn Sanders als vermeintlich amerikanische »Äwwelyn Ssänders« verkannt werden könnte.

Dabei ist der Name Sanders wirklich deutsch. Es hat ihn schon im vergangenen Jahrhundert gegeben, und zwar in meiner eigenen Familie. Er wurde des öfteren im Zusammenhang mit einer »Henny« erwähnt, und es hat lange gedauert, bis ich dahinterkam, daß es sich bei Henny um meine Urgroßtante Henriette handelte, deren Existenz jedoch aus der

Familienchronik gestrichen worden war. Henny hatte das getan, was eine höhere Tochter im 19. Jahrhundert auf keinen Fall hätte tun dürfen: Sie hatte geheiratet – natürlich standesgemäß etwas Passendes aus der preußischen Beamtengilde –, war dann aber mit einem einfachen Stallmeister durchgebrannt und hatte von ihm sogar ein Kind gekriegt. Ich bin nie den Verdacht losgeworden, daß Theodor Fontane meine Urgroßtante gekannt und ihr mit »Effi Briest« ein Denkmal gesetzt hat. Schon als Backfisch hatte mir Tante Henny wegen ihres heroischen Widerstandes gegen Konventionen imponiert (»Wahre Liebe bricht alle Tabus!!!«), und ich empfinde auch heute noch eine gewisse Hochachtung für sie. Weil ihr damaliger Name Sanders zufällig auch mit S anfängt, habe ich ihn mir einfach ausgeliehen.

Nun sollte ich also etwas typisch Deutsches schreiben, um die Buchhändler endgültig von meiner teutonischen Herkunft zu überzeugen. Aber was, bitte sehr, ist typisch deutsch? Schwarzwaldtannen oder Wenn abends die Heide blüht? Hartherziger Großgrundbesitzer, wenn möglich von Adel, wird durch die Liebe eines bildhübschen Naturkindes zum Philanthropen? So was Ähnliches hat Dickens auch schon verfaßt, kann also gar nicht typisch deutsch sein. Ganz abgesehen davon, daß man von mir keine Herz-Schmerz-Story erwartete, sondern gefälligst etwas Heiteres, möglichst noch mal was mit Familie, das käme immer an. Mit den Schölermanns im Fernsehen hat's angefangen, mit den Hesselbachs und den Unverbesserlichen ging's weiter, Familie ist »in«, Bafög war für alle da, warum nicht mitschwimmen im Trend? Meine Familie war schließlich groß genug, die würde bestimmt den Stoff für ein weiteres Buch hergeben.

Das stimmte sogar, und ich sammelte schon fleißig Aussprüche, notierte Stichworte und ging meinem Nachwuchs ziemlich auf die Nerven, weit ich überall Block und Bleistift herumliegen hatte. Aber noch war ich nicht soweit. Mir schwirrte etwas ganz anderes im Kopf herum, ein Buch, das aufgrund seiner Thematik eigentlich gar kein heiteres werden konnte, das dann aber doch eins wurde (was mir einige Kritiker ziemlich übelgenommen haben).

Die Idee dazu war mir bereits vor langer Zeit gekommen und nahm immer mehr Gestalt an, wenn meine wohlstandsgeschädigten Nachkommen ihre Wünsche äußerten, zum Beispiel bei Schuljahresbeginn.

»Also: Ich brauche acht DIN-A4-Hefte liniiert mit Rand, sechs ohne, vier karierte mit, zwei Studentenblocks, zwei Vokabelhefte, eine Packung Filzstifte, zwei Tintenkiller, vierzehn Umschläge in Rot, Grün, Schwarz, Blau ...« Und das war nur einer von fünf!

Wagte ich gelinden Protest und erwähnte meine eigene Schulzeit, während der ich jahrelang meine Matheaufgaben auf Zeitungsrändern und alten Telefonbüchern hatte lösen müssen, dann genoß ich minutenlang ungeteilte Aufmerksamkeit. »Erzähl mal, wie haste denn das gemacht?«

Oder wenn beim Abendessen die sechs Wurst- und vier Käsesorten nicht genügten, weil man ausgerechnet heute Appetit auf Ölsardinen hatte, und mir endlich der Kragen platzte: »Vor dreißig Jahren wäre ich froh gewesen, wenn ich mal etwas anderes bekommen hätte als künstlichen Brotaufstrich!« – Dann kamen wieder erstaunte Fragen. »Künstlicher Brotaufstrich? Was ist das? So was wie Nutella?«

Mir wurde klar, daß die Jugendlichen über den Krieg eigentlich gar nichts wußten. Natürlich kannten sie die geschichtlichen Fakten, konnten Namen und Zahlen nennen, aber sie hatten keine Ahnung vom Alltagsleben. Sie hatten zwar von Lebensmittelkarten gehört und von Verdunklungsvorschriften, aber das waren für sie abstrakte Begriffe geblieben, die sie auch in ihrer Phantasie nicht realisieren konnten.

»Was heißt Verdunklung? Da läßt man einfach die Rolläden runter. Machen wir doch jeden Abend.«

»In einer Berliner Mietwohnung gab es aber keine. Da mußten wir schwarze Papierrollen kaufen, über den Fenstern befestigen und bei Beginn der Dämmerung vorsichtig herablassen.«

»Hat das wirklich funktioniert?«

»Eben nicht! Spätestens nach vier Wochen war das Zeug kaputtgerissen.«

»Da habt ihr jeden Monat neue kaufen müssen?«

»Ja. Vorausgesetzt, man kriegte noch welche. Papier war knapp. Später sind wir auf Wolldecken umgestiegen. Meine Mutter ist bei so einer Kletterpartie mal vom Fensterbrett gestürzt und hat sich den Arm gebrochen.«

»Erzähl!«

Und dann erzählte ich. Von Geburtstagsfeiern im Luftschutzkeller, von der Kinderlandverschickung in die Tschechoslowakei, von der berühmten Schulspeisung – Kekssuppe mit Zellophanpapier-Einlage –, vom selbstgenähten Badeanzug aus Fallschirmseide und der abenteuerlichen Ferienreise nach Rügen.

Selten habe ich so aufmerksame Zuhörer gehabt wie in jenen Stunden. Svens und Saschas Freunde, die in der Regel wie Bienen um den Honigtopf durch unser Haus schwirrten, bekamen plötzlich Sitzfleisch, sobald wieder einmal die Rede auf meine eigene Kindheit kam. Andi, dank seiner permanenten Anwesenheit schon fast zu meinem sechsten Kind ernannt, erklärte mir einmal rundheraus: »Ich kann mir nicht helfen, aber Sie müssen einen ganz anderen Krieg erlebt haben. Wenn mein Opa davon spricht, dann erzählt er immer bloß, wie er in Frankreich einen Champagnerkeller ausgeräumt und sich fürchterlich besoffen hat. Und Oma jammert noch heute, daß die Marokkaner ihr beim Einmarsch das ganze Silber geklaut haben. Dann schüttelt sie den Kopf und sagt: ›Es war eine schlimme Zeit damals.‹«

Natürlich ist es eine schlimme Zeit gewesen. Besonders für die Älteren, die sich noch an Nächte ohne Bombenalarm erinnern konnten, an Tage ohne Schreckensmeldungen – eben an den Frieden. Für mich jedoch, die ich bei Kriegsausbruch fünf Jahre alt gewesen war, gab es in der Erinnerung keine »normale« Zeit. Rationierte Lebensmittel waren für mich genauso normal gewesen wie keine Seife zu haben, abends beim Licht einer blakenden Kerze zu sitzen und Maismehlbrei mit Süßstoff als Inbegriff alles Köstlichen zu empfinden. Und trotzdem würde ich niemals behaupten, meine Kindheit sei armselig gewesen, ich sei zu bedauern, weil ich doch nicht kindgerecht hätte aufwachsen können (Blödsinn, meinen Teddy mit den Hosenknopfaugen hätte ich auch gegen die schönste Barbiepuppe nicht eingetauscht), und überhaupt gehörte ich doch zu der bemitleidenswerten Generation, die so gar nichts von ihrer Jugend gehabt habe. Auch Blödsinn! Wir waren alle Optimisten, selbst wenn wir statt Pullis von Esprit nur selbstgeschneiderte Blusen aus gefärbten Bettlaken anziehen konnten.

Auf diesen Erwägungen heraus entstand das Manuskript zu »Pellkartoffeln und Popcorn«, Die Ankündigung wurde vom Verlag dankbar begrüßt. Kriegsromane würden auch heute noch gern gelesen, und wann ich denn wohl damit fertig sei? Na, die würden sich wundern! Vielleicht sollte ich mich doch auf der bevorstehenden Buchmesse blicken lassen und den maßgeblichen Herrschaften persönlich verklickern, daß ihre und meine Vorstellungen von dem neuen Opus offenbar ziemlich weit auseinanderdrifteten.

Zum erstenmal betrat ich die riesigen Messehallen mit dem Gefühl meiner eigenen Wichtigkeit. Natürlich war ich schon in früheren Jahren gelegentlich hergekommen, aber da hatte ich mich zum Fußvolk zählen müssen, vor dem sich immer erst mittags die Pforten öffnen. Jetzt war ich aber zum sofortigen Eintritt berechtigt, schließlich gehörte ich nun dazu.

Davon mußte ich allerdings erst den Zerberus am Eingang überzeugen. »Ham Sie'n Ausweis?«

»Nein.«

»Denn könn Se nich rein!«

»Ich bin aber Autorin.«

»Det sagen se alle.«

»So viele Autoren gibt's ja gar nicht.«

»Ebent!« Er drehte mir den Rücken zu und grüßte freundlich zwei Vertreter des fernöstlichen Kulturkreises, die sich mit deutlich sichtbaren Anstecknadeln als befugt ausweisen konnten.

»Vielleicht könnten Sie am Stand von meinem Verlag anrufen?« bohrte ich erneut.

»Nee, kann ich nich.«

»Und warum nicht?«

»Seh'n Sie hier etwa 'n Telefon?«

Was nun? Zweieinhalb Stunden warten, bis sich die Tore auch für das niedere Volk öffneten? Um diese Zeit wollte ich eigentlich schon wieder auf der Heimfahrt sein. Wenn ich doch bloß beweisen könnte ... Moment mal! Im Wagen auf der Hutablage fuhr doch immer ein Exemplar meines Buches mit spazieren – schön sichtbar, damit man auch den Titel lesen konnte. Ein bißchen ausgeblichen von der Sonne war es ja, aber vielleicht würde es doch seinen Zweck erfüllen. Also rein in den Pendelbus, zurück zum Riesenparkplatz, Auto gesucht, nach mehreren Irrläufen auch gefunden, wieder in den Bus und wieder in die Halle. Der schnauzbärtige Kontrolleur war abgelöst worden, eine Dame mit roter Weste und einer Art Tirolerhut hatte seinen Platz eingenommen. Auch gut. Sie kannte mich wenigstens nicht als vermeintlich Unbefugte. Ich wartete, bis sich ein ganzer Pulk durch die Sperre drängte, klemmte mir ein paar herumliegende Prospekte unter den Arm, in der Hand hielt ich das Buch, und dann eilte ich mit betont desinteressierter Miene an dem Tirolerhut vorbei. Er ließ mich anstandslos passieren.

Drin war ich, aber nun blieb die Frage zu klären, in welcher der acht Hallen »mein« Verlag denn wohl zu finden sein würde. Zum Glück gibt es überall Informationsstände, an denen sprachbegabte junge Damen jede nur gewünschte Auskunft geben. Sie sind immer schwer beschäftigt. Ich reihte mich in die Schlange ein.

Ein Engländer wollte wissen, wann der nächste Intercity nach Hamburg fährt. Ein Japaner suchte das Wiener Café, ein aufgeregter Vater seine vierjährige Tochter, die er im Gewimmel verloren hatte. Nach »befugt« sah der aber auch nicht gerade aus!

Endlich war ich an der Reihe und erfuhr, was ich wissen wollte. Halle 5, Mittelgang. Je näher ich meinem Ziel kam, desto mehr revoltierte mein Magen. Ich hatte einen Riesenbammel! Dagegen half auch der doppelte Kognak nichts, den ich im Stehen an einer dieser Plastiktheken kippte. Am liebsten wäre ich umgekehrt.

Mein letztes bißchen Selbstbewußtsein verschwand restlos, als ich den Stand erreichte und die hinter dem halbhohen Tresen aufgereihte Phalanx würdiger Herren erblickte, die offenbar alle sehr beschäftigt waren – oder zumindest so taten. Rechts davon stand eine kleine Sitzgruppe, und auf einem der Stühlchen saß breit und behäbig ein Herr, den ich schon mal irgendwo gesehen hatte, ich konnte mich nur nicht erinnern, wo. Neben ihm thronte eine rothaarige Dame, bei der mir zuerst das halbe Einfamilienhaus auffiel, das sie in Form von Schmuck an Händen und Ohren trug, und dann erst das betont schlichte Kleid, das ebenso einfach wie teuer aussah.

Da gehst du jetzt nicht hin, beschloß ich sofort, bleib erst mal in der Versenkung, irgendwann werden die beiden hoffentlich verschwinden. In deinen Hosen und dem Kaschmirpullover, aufgemotzt durch Tante Lottis geerbte Bernsteinkette, siehst du gegen diese Frau da drüben aus wie ein armer Leute Kind. Dazu der Trenchcoat, auch nicht gerade das Neueste vom Neuen – so was kann sich ein Henning Venske leisten, der gerade meinen Weg gekreuzt hatte. Ich hätte doch lieber das schwarze Kostüm anziehen sollen, das ich nicht leiden konnte und nur bei Beerdigungen trug. Angeblich sah ich darin sehr seriös aus.

Etwas Weibliches mit Nickelbrille steuerte auf den Stand zu. Ihm folgte ein Turnschuhjüngling, behängt mit Fotoapparaten. Während die junge Dame mit dem behäbigen Herrn plauderte, bemühte sich der Jüngling vergebens, sein Opfer ins rechte Bild zu rücken. Mal störte die Weinflasche auf dem Tisch, dann wieder die Menschentraube, die sich sofort zusammengeballt hatte, die Beleuchtung war ungenügend, und überhaupt sollte man lieber ins Pressezentrum gehen, da sei es doch etwas ruhiger. Minuten später war der Stand leer, und ich fand mich unversehens allein vor der Sitzecke wieder.

»Kann ich Ihnen helfen?«

»Ja – nein – ich weiß nicht, vielleicht doch ...« Ich hätte mich ohrfeigen können! Führte mich auf wie ein verlegener Backfisch, der vor lauter Ehrfurcht zu stottern anfing. »Ich bin Evelyn S.«

Der korrekt mit Weste und Pünktchenkrawatte gekleidete Herr nickte höflich und schien auf weitere Erklärungen zu warten. Schließlich zeigte ich auf mein Buch, das neben vielen anderen in einem der Schaukästen ausgestellt war. »Das ist von mir!«

Einen Augenblick lang sah er mich fassungslos an, dann hatte er sich wieder in der Gewalt. »Sie sind Frau Sanders? Herzlich willkommen.«

Ja, natürlich, das war's gewesen! Ich hatte mich unter meinem richtigen Namen vorgestellt, und damit hatte er nichts anfangen können. Das kommt davon, wenn man sich mit fremden Federn schmückt.

Nun war man sichtlich besorgt um mich. Ich durfte mich hinsetzen, durfte zwischen Kaffee, Saft und Alkoholischem wählen, durfte rauchen, durfte viele Hände schütteln, die ausnahmslos zu blau- oder graugekleideten Herren gehörten, über deren Funktionen man mich gnädigerweise im unklaren ließ.

»Schade, daß Sie Konsaliks verpaßt haben. Vor fünf Minuten waren sie noch hier«, bedauerte Herr Wegner, jener Mensch, der mich als erster aufgelesen hatte und nun dazu verdonnert war, Konversation zu machen. Ich beneidete ihn nicht darum, denn in mir hatte er einen wenig ergiebigen Gesprächspartner. Es hatte mir ganz einfach die Sprache verschlagen! Da hatte ich nur ein paar Meter entfernt vom Arzt von Stalingrad gestanden und ihn nicht erkannt! Das sollte Stefanie wissen! Sie hatte gerade ihre Liebe zur Taiga entdeckt und las alles, was nur entfernt nach russischer Seele klang. Vorneweg Konsalik.

Meine Verlegerin lernte ich auch noch kennen. Sie war sehr jung, sehr elegant und professionell liebenswürdig. Wir tauschten Artigkeiten, plauderten über Banales, aber als sie sich nach wenigen Minuten mit einem wichtigen Termin entschuldigte, war mir klar, daß uns wohl kaum jemals freundschaftliche Bande verknüpfen würden. Wir hatten nicht die gleiche Wellenlänge. Vielleicht war ich auch noch nicht emanzipiert genug, aber das würde ich ohnehin nie werden. Zwanzig Jahre Provinz, ein Stall voll Kinder und als einzige Abwechslung die vierteljährlichen Tagungen des Elternbeirats – so was prägt!

Erst auf der Heimfahrt fiel mir ein, daß ich mit niemandem über mein fast fertiges Manuskript gesprochen hatte. Auch egal, die Ablehnung konnten sie mir ja schriftlich mitteilen.

Kapitel 5

Für die ›Pellkartoffeln‹ planen wir eine Berlin-Premiere. Wären Sie damit einverstanden?«

»Aber ja, natürlich.« Ich war mit allem einverstanden, was der Publizierung meines neuen Buches nützlich sein konnte, auch wenn ich gar nicht wußte, worum es überhaupt ging. Premiere? Ein Theaterstück hat Premiere, eine Operninszenierung – aber ein Buch? Bloß nicht wieder etwas Falsches sagen, blamiert hatte ich mich schon oft genug. Krampfhaft umklammerte ich den Telefonhörer.

»Wann soll denn das sein?« Diese Formulierung war neutral und ließ keine Rückschlüsse auf mangelnde Kenntnisse der verlegerischen Terminologie zu.

»Würde Ihnen Mitte März passen? Oder haben Sie zu diesem Zeitpunkt andere Verpflichtungen?«

Hatte ich natürlich nicht, aber so etwas darf man als Autorin nunmehr zweier Bücher nicht sagen, es untergräbt das Image der vollbeschäftigten Karrierefrau.

Nach einer angemessenen Pause, während der ich geräuschvoll im Telefonbuch blätterte, sagte ich mit leicht desinteressierter Stimme: »Nein, nach dem 10. 3. liegt bis jetzt noch nichts vor.«

»Fein! Dann halten wir diesen Termin erst einmal fest. Einzelheiten gehen Ihnen schriftlich zu.«

Hoffentlich bald, dachte ich im stillen, damit ich weiß, was da eigentlich auf mich zukommt.

»Habt ihr eine Ahnung, was man unter einer Buchpremiere zu verstehen hat?« fragte ich beiläufig am Mittagstisch.

»Na, irgendwo 'ne Veranstaltung, wo ein Buch ausgezeichnet wird. Kriegst du etwa einen Preis?«

»Ich habe Premiere gesagt und nicht Prämierung.«

»Man kann sich doch mal verhören.« Beleidigt rührte Katja in ihrem Kartoffelbrei.

»Warum fragst du danach?« erkundigte sich Rolf.

»Weil der Verlag mit den ›Pellkartoffeln‹ eine Berlin-Premiere vorhat und ich nicht weiß, was das überhaupt ist.«

»Was soll das schon sein? Vermutlich werden sie die Bücher zuerst dort auf den Markt werfen und abwarten, wie die Leser darauf reagieren. Ist ja auch naheliegend, weil die Handlung in Berlin spielt.«

»Ob ich da hinmuß?«

»Wozu denn? Oder willst du dich auf den Kudamm stellen und dein Werk selber verhökern?«

Das Thema war so lange vom Tisch, bis der Brief kam. Ihm entnahm ich die Mitteilung, daß ich am 18. März nach Berlin zu fliegen – Ticket anbei – und mich ins Hotel Sowieso zu begeben hätte, wo ich mit Frau Schöninger zusammentreffen würde. Weder kannte ich Frau Schöninger, noch wußte ich, in welcher Eigenschaft sie mir beigeordnet wurde, aber das war nun auch egal, ich kam mir ohnedies schon vor wie seinerzeit bei der Kinderlandverschickung, als man mich – Schild mit Ankunftsziel um den Hals – in einen Zug Richtung Süden gesetzt und dann meinem Schicksal überlassen hatte.

Es ging noch weiter! Um elf Uhr würde mich ein Herr Kronenburger vom Sender Freies Berlin aufsuchen zwecks Interview für eine Magazinsendung. Ihm sollte ein Herr Ichweißnichtmehrwie von der BZ folgen, der dann von einem Herrn Lüders von der Bild-Zeitung abgelöst werden würde. Für den Abend war die »Buchpräsentation im Berlin-Museum«

vorgesehen. Am nächsten Tag sollte noch ein Rundfunkinterview stattfinden, aber diesen Termin bemerkte ich zum Glück erst später.

Meine erste Reaktion war Ablehnung. Das kannst du nicht, also machst du das auch nicht, am besten kriegst du eine Grippe oder Zahnschmerzen oder lieber gleich einen Nervenzusammenbruch, dann bringt man dich wenigstens in die Klapsmühle, wo du spätestens nach dem 18. März sowieso landen wirst. Mein bisher einziger öffentlicher Auftritt hatte sich darauf beschränkt, als stellvertretende Elternbeiratsvorsitzende der Bad Randersauer Grundschule Preise für hervorragende Leistungen zu verteilen, und da hatten sich die Kandidaten mehr für die Bücher interessiert als für meine Ansprache. Und jetzt sollte ich zwei Tage lang quasi im Mittelpunkt stehen, Interviews geben, womöglich noch in Kameras lächeln? Nie!!!

»Never say never«, sagte Rolf, nachdem er den Brief gelesen hatte. »Natürlich mußt du das machen. Du hast dir die Suppe eingebrockt, nun löffle sie gefälligst auch allein aus.«

»Du kommst doch mit nach Berlin?«

Er lächelte maliziös. »Ich denke gar nicht daran! Erstens habe ich keine Zeit, zweitens keine Lust, mich tagelang als ›Herr Sanders‹ apostrophieren zu lassen, und drittens muß sich jemand um den Hühnerstall hier kümmern.«

Der Hühnerstall protestierte. »Wir sind jetzt wirklich alt genug, auch mal selber fertig zu werden. Du kannst doch Mami nicht allein fahren lassen!«

»Doch, kann ich! Außerdem ist sie ja gar nicht allein, da würde ich nur stören.«

Heißa, klang da nicht ein bißchen Eifersucht durch? Worauf denn bloß? Auf ein paar Zeitungsreporter? Oder auf die Tatsache, daß zum erstenmal ich die Hauptperson sein würde und nicht er?

Dabei hatte er sich noch nie daran gestoßen, wenn ich bei offiziellen Einladungen, zu denen er mich aus Prestigegründen mitgeschleift hatte, »weil sich das nun mal so gehört«, als Mauerblümchen irgendwo herumgestanden und mich erbärmlich gelangweilt hatte.

Na schön, dann eben nicht! Ich würde also allein ins kalte Wasser springen müssen, und das war vielleicht auch ganz gut, dann wurde wenigstens niemand aus der Familie Zeuge meiner Blamage!

Kurz nach acht Uhr sollte die Maschine starten, um halb sechs fuhr ich los. Mit einem normalen Auto ist man von uns bis zum Frankfurter Flughafen eine gute Stunde unterwegs, mein kurzatmiger Goliath brauchte aber länger, außerdem war ich bisher immer von Stuttgart aus geflogen, kannte den Frankfurter Terminal also gar nicht, und überhaupt gehört zu meinen wenigen positiven Eigenschaften, daß ich immer und überall pünktlich bin. Diese Gewohnheit wird übrigens nicht von jedem geschätzt. Drücke ich zum Beispiel um 15.31 Uhr auf die Klingel, weil die Einladung zum Nachmittagskaffee für halb vier ausgesprochen worden war, dann kann es mir passieren, daß ich die Gastgeberin noch mit Lockenwicklern im Haar beim Sahneschlagen antreffe. »Ach, Sie sind aber früh dran!«

Auf halber Strecke fing Goliath an zu stottern. Er zog nicht mehr richtig durch, die Geschwindigkeit ging rapide zurück, und bald fuhr ich zügig im 60-Kilometer-Tempo auf der äußersten rechten Spur. Die nächste Abfahrt ist deine, redete ich mir gut zu, da findest du bestimmt eine Tankstelle mit fachkundigem Personal. Was Schlimmes kann es nicht sein, wahrscheinlich ist nur eine Düse verstopft, ein normal intelligenter Mensch würde den Defekt selbst beheben können, aber du bist nun mal ein technischer Idiot, also akzeptiere auch, wenn man dich gleich als einen solchen behandeln wird.

Die erste Tankstelle war geschlossen. Kein Wunder zu dieser nachtschlafenen Zeit. Bei der nächsten sortierte ein Lehrling Zigarettenpackungen ins Regal. Nein, der Chef käme erst in einer Stunde, und er selber sei nur für Benzin und Öl zuständig. Vielleicht sei mein Tank leer? Leider war er fast voll. Das Gegenteil hätte mein Problem wesentlich einfacher gelöst. Dann könnte ich ja mal versuchen, ob die Reparaturwerkstätte schon offen sei, meistens fingen die sehr früh an. Nächste Straße rechts, dann zwei Kilometer geradeaus, über die kleine Brücke und gleich danach scharf links.

Die kleine Brücke war wegen Reparaturarbeiten gesperrt, die andere drei Kilometer weiter vorne, zuzüglich drei Kilometer in entgegengesetzter Richtung zurück machte sechs – allmählich wurde die Zeit knapp. Zum Glück erbarmte sich gleich ein Vertreter der kraftfahrzeugmechanischen Zunft meines kleinen Invaliden. Während ich etwas von Flugzeug nach Berlin und wichtigen Terminen heraussprudelte, prüfte er Goliaths Innereien, fand aber nichts zu beanstanden. Schließlich unterbrach er mich: »Vielleicht erzählen Sie mir lieber, weshalb der Wagen nicht fahren soll. Sie sind doch ganz flott hier angekommen.«

Jetzt, wo er es erwähnte, fiel es mir auch wieder auf. Es stimmte! Goliath hatte überhaupt nicht mehr gestottert, er war sogar recht spritzig den ausgewaschenen Feldweg entlanggetuckert. »Aber auf der Autobahn ...«

»Geben Sie mir mal den Schlüssel!« Schon etwas ungeduldig, zwängte sich der Mann hinters Steuer, startete und fuhr mit quietschenden Reifen los. Wenig später war er zurück. »Mehr als hundertzwanzig bringt der Kleine ja wohl nicht, aber die hat er locker geschafft. Könnte es sein, daß Sie das Gaspedal mit der Bremse verwechselt haben?«

Was mir auf der Zunge lag, schluckte ich lieber herunter. Goliath *hatte* gebockt, aber wahrscheinlich wußte er genau, bei wem er sich solche Mätzchen erlauben konnte. Auch ein Auto hat eine Seele! Und die von Goliath war rabenschwarz.

»Was bin ich Ihnen schuldig?«

»Gar nichts«, sagte der Mann. Trotzdem kramte ich in meiner Handtasche. »Hier, kaufen Sie sich wenigstens eine Flasche Bier und trinken darauf, daß ich meine Maschine noch kriege.« Für das Geld hätte er einen ganzen Kasten kaufen können, aber ich war heilfroh, daß Goliath nichts Ernsthaftes fehlte und er mich allem Anschein nach doch noch pünktlich zum Flughafen bringen würde.

Das tat er auch. Eine Dreiviertelstunde vor dem Abflug parkte ich ihn ordnungsgemäß an einem Groschengrab, das aber nur Fünfpfennigstücke schluckte, und die hatte ich nicht. Also rein ins Gebäude, die erstbeste Zeitung gekauft, Wechselgeld in Fünfern erbeten, wieder raus, Parkuhr gefüttert, rein zum Schalter, einchecken lassen, damit ich endlich den Koffer los wurde, und dann zum Informationsstand. »Wo kann ich für vier Tage meinen Wagen abstellen?«

»In der Tiefgarage.«

»Danke. Und wie komme ich dahin?«

»Geradeaus, wieder in den Kreisel, und dann sehen Sie schon die Einfahrt.«

Beim erstenmal sah ich sie nicht. Bei der zweiten Umrundung fand ich sie erst, als ich schon halb daran vorbei war. Beim dritten Versuch glückte mir wirklich der Absprung, aber die Tücken der Automatik setzten meiner euphorischen Stimmung wieder ein jähes Ende. Computergesteuerte Parkhäuser gab es bei uns in der Provinz noch nicht, und bis ich meine Brille ausgebuddelt und die Bedienungsanleitung studiert hatte, war erneut kostbare Zeit vergangen. Endlich öffnete sich die Schranke, und nun brauchte ich nur noch einen freien Parkplatz zu suchen. Eine Box nach der anderen signalisierte durch vorgelegte Ketten, daß sie besetzt war. Immer weiter tauchte ich in das Tunnelsystem ein, bezweifelte allmählich, jemals wieder herauszufinden, sah keinen Menschen, sah kein Auto, das sich von der Stelle bewegte, regungslos standen sie Seite an Seite aufgereiht, als wären sie hier unten begraben. Und genauso kam ich mir auch vor, als ich endlich in der vorletzten Box eine Schlafstelle für Goliath fand und mich auf die Suche nach der Oberwelt machte. Während meiner Fahrt durch die Katakomben hatte ich ab und zu Hinweisschilder zu Fahrstühlen wahrgenommen, doch jetzt, wo ich sie brauchte, fand ich keins. Irgendwann entdeckte ich aber doch einen Lift, ließ mich nach oben baggern und kam am äußersten Ende des Terminals heraus, dort, wo sich Postpakete und Frachtgüter stapelten.

Ein sportlicher Mensch bin ich nie gewesen, doch an diesem Tag muß ich sämtliche Rekorde gebrochen haben, die ich in der Blütezeit meiner Schulturnstunden jemals aufgestellt hatte. Wie von Furien gejagt raste ich durch den Flughafen, rempelte Kinder an und zellophanumhüllte Blumensträuße, hetzte mit heraushängender Zunge über Laufbänder, vorbei an erstaunten und empörten Passagieren, und erweckte schließlich das dienstliche Interesse zweier Uniformierter. »Kommen Sie doch mal her!«

Auch das noch! Zuerst fiel ich einem alten Herrn in die Arme, der mein abruptes Abbremsen gerade noch abfangen konnte, dann zog mich der Polizist energisch vom Laufband. »Wohin denn so eilig?«

Dusselige Frage! »Zur Nikolausfeier«, keuchte ich atemlos, aber das hätte ich lieber nicht sagen sollen. Deutsche Beamte haben selten Humor, deutsche Polizisten noch seltener. Es dauerte eine ganze Weile, bis ich die beiden Ordnungshüter davon überzeugt hatte, daß ich weder verrückt noch Terroristin war, sondern lediglich versuchte, meine Maschine zu erreichen. Zum Beweis wedelte ich mit der Bordkarte.

»Wann fliegt sie denn ab?«

»Acht Uhr zehn.«

»Na, dann beeilen Sie sich mal!«

»Was glauben Sie wohl, weshalb ich so gerannt bin?«

Ich setzte zum Endspurt an, aber der nützte nun auch nichts mehr. Die junge Dame im adretten Dunkelblau klappte gerade die Puderdose zu, in deren Spiegel sie ihr Aussehen überprüft hatte, als ich hechelnd heranstürzte. »Ist die Maschine schon weg?«

Ein kurzer Blick auf die Bordkarte genügte, dann zeigte die Dunkelblaue auf das rückwärtige Fenster. »Da unten rollt sie.«

Ich fiel auf den nächsten Stuhl. Aus der Traum! Da hat man zum erstenmal im Leben einen wirklich wichtigen Termin, genaugenommen sogar mehrere, war vom Tag seiner Geburt an ein pünktlicher Mensch gewesen, würde vermutlich auch nicht außerhalb der ärztlichen Sprechstundenzeiten sterben, und nun das! »Was mache ich denn jetzt?«

»Am besten gehen Sie zum Schalter und lassen sich auf die Warteliste setzen. Die nächste Maschine nach Berlin geht in neunzig Minuten, ist aber selten ausgebucht. Vielleicht haben Sie Glück.«

»Und was ist mit meinem Koffer?«

»Der wird wohl gerade über den Main fliegen.«

Wie tröstlich, daß wenigstens einer von uns beiden pünktlich ankommen würde.

Nachdem die Formalitäten erledigt waren und ich ganz oben auf der Warteliste stand, weil es noch keinen weiteren Interessenten gab, setzte ich mich ins Restaurant und schüttete literweise Kaffee in mich hinein, immer den Blick auf der großen Uhr, deren Zeiger sich quälend langsam weiterbewegten. Zwanzig Minuten vor dem Start sollte ich noch einmal nachfragen, aber schon eine Viertelstunde früher stand ich wieder vor dem Schalter. »Klappt es?«

Es klappte. Wenn nun die Maschine pünktlich landete, wenn ich schnell meinen hoffentlich sicher deponierten Koffer fand, wenn ich gleich ein Taxi bekam, wenn wenigstens jede zweite Ampel grün war und auf dem Kudamm nicht gerade wieder eine Demonstration stattfand, dann, aber auch nur dann konnte ich es vielleicht noch schaffen.

Fünf vor elf stellte der Taxifahrer mein Gepäck auf die Straße. Ich nahm mir nicht einmal Zeit, mich ein bißchen umzusehen, ich wunderte mich nur, daß ein Viersternehotel nicht mal einen Pagen zum Koffertragen hatte. Was soll's? Selbst ist die Frau! Warum schwafeln wir auch immer von Emanzipation? Eine Frau, die intelligent sein will, fordert die Gleichberechtigung; eine Frau, die intelligent ist, tut es nicht. Ein Glück, daß ich mangels entsprechender Garderobe nicht mit einem Schrankkoffer reisen mußte.

Nachdem der Goldbeknopfte an der Rezeption zum drittenmal die Liste mit den vorbestellten Zimmern durchgegangen war und meinen Namen nicht gefunden hatte, kam mir endlich die Erleuchtung. »Sehen Sie doch mal unter Sanders nach.«

Erst guckte er mißtrauisch, dann fing er von vorne an. »Ah ja, hier ist es. Nummer 306.« Er wandte sich zum Schlüsselbrett, stutzte und drehte sich mit bedauernder Miene wieder zu mir um. »Offenbar ist das Zimmer noch nicht fertig. Würden Sie bitte in der Halle Platz nehmen? Ich lasse Sie sofort benachrichtigen, wenn es verfügbar ist.«

Das fehlte mir gerade noch. Ich brauchte dringend ein Waschbecken, von der in diesen Räumen üblichen anderen Installation ganz zu schweigen, denn der viele Kaffee machte sich bemerkbar, ich brauchte meinen Lippenstift, und kämmen sollte ich mich auch mal. Schön, ein Waschraum ließ sich wohl irgendwo finden, andererseits mußte ich meinen Koffer bewachen, auf den mir unbekannten Herrn Kronenburger lauern, der schon längst hätte dasein sollen, und wo war überhaupt mein Anstandswauwau, der mich hier in Empfang nehmen wollte? Ich begab mich wieder an die Rezeption. »Würden Sie mich bitte mit dem Zimmer von Frau Schöninger verbinden?«

Erneut Blick in die Liste. »Die Dame ist noch nicht eingetroffen.«

Nun reichte es mir. Klappte denn überhaupt nichts? Kleinlaut suchte ich den strategisch günstigsten Sessel, von dem aus ich sowohl die Rezeption als auch den Eingang im Auge behalten konnte, bestellte den ich weiß nicht wievielten Kaffee dieses Tages und wartete.

Ein Mann mit Bürstenhaarschnitt und Diplomatenköfferchen stolperte durch die Drehtür. Ob das eventuell Herr Kronenburger ...? Dann verlor er seinen Regenschirm, und da Reporter solch ein Utensil niemals mit sich führen, war ich beruhigt. Der war's also nicht.

Zwanzig nach elf. Eine Dame in Weiß betrat das Vestibül. Spätes Mittelalter, Intelligenzlerbrille, sehr selbstbewußtes Auftreten. Frau Schöninger? Sie würdigte aber niemanden eines Blickes und schritt geradewegs zum Lift. Also war sie's doch nicht. Die nächste konnte ich auch gleich abhaken. Zu jung, zu dick, auch wenn der schwarze Lodenumhang das erhebliche Übergewicht geschickt kaschierte, und viel zu quirlig. Ich steckte mir die vierte Zigarette an, drückte sie aber sofort wieder aus, als die schwarze Kugel auf mich zugeschossen kam. »Frau Sanders?« Und als ich stumm nickte: »Es tut mir so leid, daß Sie warten mußten, aber ich komme direkt aus Wien über München, und von da ist noch nie eine Maschine pünktlich gelandet. Es ist mir sowieso rätselhaft, wie etwas, das 900 Kilometer in einer Stunde fliegt, Verspätung haben kann. Sie müssen ja inzwischen Wurzeln geschlagen haben.«

»Dazu hatte ich noch keine Zeit. Ich hab nämlich auch mein Flugzeug verpaßt.«

Wir sahen uns an und fingen laut an zu lachen. Frau Schöninger war mir auf Anhieb sympathisch, zumal sie jetzt eine rege Tätigkeit entwickelte. Mein Zimmer war noch immer nicht fertig, aber ein Page erbarmte sich meines Koffers und verstaute ihn in einer Kammer, ein zweiter brachte mich zum Waschraum, und als ich zwar nicht schöner, aber zumindest frisch restauriert wieder in die Halle kam, hatte Frau Schöninger für das bevorstehende Interview den Grünen Salon requiriert.

»Da ist allerdings schon für ein Hochzeitsessen gedeckt, aber die Frischvermählten kommen erst um eins, und bis dahin sind wir fertig. Ich hab auch versprochen, daß wir uns nicht an den silbernen Löffeln vergreifen.« Ungeduldig sah sie auf die Uhr. »Wo bloß der Kronenburger bleibt?«

»Von mir aus braucht er gar nicht zu kommen. Ich hab nämlich einen Heidenbammel vor dem Interview.«

»Dem werden wir ganz schnell abhelfen!« Sie winkte einem Kellner, orderte eine Flasche Sekt, und als der Erwartete endlich durch die Tür fegte, hatte ich gerade das dritte Glas geleert und war bereit, es notfalls mit einer ganzen Heerschar von Reportern aufzunehmen.

Herr Kronenburger war wohlbeleibt, hatte wenig Haare, was er durch einen respektablen grauen Vollbart kompensierte, und wirkte sehr gemütlich. Seine Verspätung begründete er lapidar mit »Ich komme direkt von einer Pressekonferenz im Schöneberger Rathaus. Jetzt kann ich bloß hoffen, daß dieser Bauskandal vorübergeht, bevor ich die Zusammenhänge verstehen muß.«

Über das Interview decke ich lieber den Mantel des Schweigens. Als ich Wochen später eine Kopie der Tonbandaufzeichnung bekam und die Kassette im stillen Kämmerlein abhörte, hätte ich mich noch nachträglich am liebsten in irgendeiner Ecke verkrochen. Dreiundzwanzigmal »Äh« und siebzehn unmotivierte Pausen, die dem Zuhörer zweifellos den Eindruck vermittelt haben, ich sei vielleicht des Schreibens, auf keinen Fall aber des Sprechens kundig. Trotzdem versicherte mir Herr Kronenburger, ich hätte das alles sehr schön gemacht, und damals hab ich es ihm sogar geglaubt.

Herr Kokiarski von der BZ wartete schon. Ihm wurde ich allein überantwortet, deshalb verzogen wir uns in einen Winkel des Speisesaals, denn zwei Scheiben Toast morgens um fünf sind keine ideale Grundlage für literweise Kaffee und eine halbe Flasche Sekt. Während ich mit einer zähen Königinpastete kämpfte, blätterte mein Gegenüber in einem mitgebrachten Exemplar der »Pellkartoffeln«. Gelesen hatte er es offenbar nicht, denn er studierte zunächst die Inhaltsangabe, überflog mehrere Seiten, dann legte er das Buch wieder weg. »Nun weiß ich Bescheid.«

Da war ich mir nicht so sicher, zumal seine Fragen mehr allgemeiner Natur waren (Wann schreiben Sie? Warum schreiben Sie? Wie alt sind Ihre Kinder?), aber ich beantwortete sie brav und bemühte mich, auch dann noch höflich und liebenswürdig zu bleiben, als es hieß: »Und nun machen wir noch ein hübsches Foto. Am besten dort drüben am Fenster.«

Unter dem erstaunten Blick des Kellners – »Würden Sie bitte die Vase zur Seite rücken, sie stört!« – also Szenenwechsel, zunehmendes Interesse der übrigen Gäste, zwei kurze Blitze, dann war auch das erledigt. Am nächsten Tag konnte ich mein Konterfei in der Zeitung bewundern. Ich sah aus, als trüge ich nach einem Halswirbelbruch einen Gipsverband.

Zwischen dem Abgang von Herrn Kokiarski und dem Erscheinen der Herren Bild-Reporter blieb mir gerade Zeit genug, endlich mein Zimmer zu beziehen, den Koffer auszupacken und Irene anzurufen. Wir kennen uns seit dem ersten Schultag, haben gemeinsam die unfreiwillige Emigration nach Ostpreußen durchgestanden, haben zusammen die erste selbstgedrehte Zigarette aus geklautem Machorka geraucht, haben sowohl Pausenbrote als auch unsere spärliche Garderobe geteilt und für Cary Grant geschwärmt. Wir haben sogar im selben Jahr geheiratet, aber dann habe ich sie überflügelt. Während sie nur zwei Kinder großzuziehen hatte, war ich mit fünfen beschäftigt, was die bis dahin recht rege Kommunikation zwischen uns etwas zum Erliegen gebracht hatte. Ab und zu ein Anruf, eine Karte aus dem Urlaub, und wenn's hoch kam, auch mal ein Brief. Gesehen hatten wir uns seit Jahren nicht mehr, aber natürlich hatte ich sie über meinen Besuch hier in Berlin informiert und die Hoffnung geäußert, mich wenigstens für ein paar Stunden vom offiziellen Programm loseisen zu können. Jetzt hatte ich sie an der Strippe.

»Irene, du kommst doch heute abend? Ich brauche jemanden zum Händchenhalten.«

»Natürlich komme ich. Glaubst du, ich lasse mir deinen großen Triumph entgehen? Immerhin bist du die erste von uns, die mehr als nur lokale Berühmtheit erreicht hat.«

»Stimmt ja gar nicht. Denk nur mal an Irmchen.« Irmchen hatte es sogar bis zur Staatssekretärin gebracht und war neulich erst im Fernsehen interviewt worden.

»Na, wenn schon«, sagte Irene, »was ist schon schnöde Politik gegen die hehre Kunst des Bücherschreibens? Deine Memoiren haben mir übrigens großartig gefallen. Ich hab mal wieder festgestellt, daß Lebenserinnerungen eine prima Gelegenheit sind, die Wahrheit über andere zu sagen. Hast du eigentlich keine Angst, daß heute abend jemand mit Tomaten schmeißt?«

»Deshalb brauche ich ja seelischen Beistand.«

»Kriegst du! Soll ich Hans auch mitbringen?«

»Selbstverständlich. Je mehr auf meiner Seite sind, desto besser.« Hans war Irenes Mann und sah genauso aus wie das, was er war: Selfmademan.

Kaum hatte ich den Hörer aufgelegt, fing der Apparat zu bimmeln an. Der Portier war dran. Die Herren von der Bild-Zeitung seien da, und ob ich herunterkäme.

Ein letzter Blick in den Spiegel – hätte ich lieber bleibenlassen sollen, was ich da sah, war nicht gerade umwerfend –, und dann ab in die Arena.

Zwei männliche Twens, einer davon mit der obligatorischen Kamera vorm Bauch, standen wartend neben dem Lift. »Frau Sanders? Würden Sie wohl bitte Ihren Mantel holen? Wir möchten Sie nämlich entführen.«

»Wohin denn?«

»Lassen Sie sich überraschen.«

»Ich muß aber spätestens um sechs ...«

»In einer Stunde sind wir zurück. Ehrenwort.«

Na schön. Ich wurde in ein Auto gesetzt, das annähernd so betagt war wie Goliath, und dann ging es quer durch Berlin. Unterwegs stellte der Herr Reporter seine Fragen. Da er sich aber mehr auf den Verkehr konzentrierte als auf meine Antworten, muß ihm wohl einiges durcheinandergeraten sein, denn nur so ist zu erklären, daß das später veröffentlichte Interview herzlich wenig Ähnlichkeit hatte mit dem, was ich Herrn Lüders während der Fahrt erzählt hatte.

Allmählich kamen wir heraus aus der Innenstadt, die Autos wurden weniger, die Bäume wurden mehr, und dann wußte ich endlich, was die beiden mit mir vorhatten. Da war auch schon der U-Bahnhof Onkel Toms Hütte, und richtig, es ging rechts ab in die Riemeisterstraße.

»Konnten Sie mir das nicht ersparen?«

»Warum denn?« Herr Lüders latschte voll auf die Bremse. »Da drüben ist es doch, nicht wahr? Finden Sie es nicht originell, wenn wir hier ein paar Fotos schießen?«

Das fand ich gar nicht. Zögernd kletterte ich aus dem Wagen und sah mich um. Seit dem Tod meiner Großmutter war ich nicht mehr hier gewesen, aber es hatte sich kaum etwas verändert. Die Häuser hatten noch denselben fürchterlich grünen Anstrich wie vor vierzig Jahren, die Haustüren waren immer noch zweifarbig, nur die Bäume neben dem Radfahrweg hatten mächtig zugelegt. Sie überragten jetzt schon die flachen Dächer. Hopse konnte man auch nicht mehr spielen. Wo wir früher mit Dreirädern und Tretrollern herumgekurvt waren, standen jetzt geparkte Autos.

Verstohlen sah ich zu den Fenstern hinauf. Vor dem meines ehemaligen Zimmers hing Gittertüll; seinerzeit waren es Blümchengardinen gewesen. Das Küchenfenster nebenan zierte Gehäkeltes, und ein Stockwerk höher, wo Omis Wolkenstores jahrelang das Prunkstück der Straße gewesen waren, baumelte etwas Gelbes, das jetzt vorsichtig zur Seite gezogen wurde. Na bitte, ich hab's ja geahnt!

Nun übernahm Herr Lüders die Regie. »Stellen Sie sich mal vor die Eingangstür, aber so, daß man die Hausnummer noch sieht. Kopf mehr nach links, bitte, und dann lächeln.« Sein Adlatus knipste drauflos. »Und nun vielleicht mal mit einem etwas sentimentalen Blick, also ich meine erinnerungsträchtig – na, Sie wissen schon!« Ich wußte es nicht, legte mein Gesicht in nachdenkliche Falten und sah vermutlich aus wie ein melancholischer Dackel.

»Jetzt machen wir noch eine Aufnahme direkt unter dem Straßenschild!« (Inzwischen bewegten sich schon mehrere

Gardinen.) Herr Lüders drückte mir ein aufgeschlagenes Exemplar der »Pellkartoffeln« in die Hand. »Lehnen Sie sich ganz leger an den Laternenpfahl. Und schön das Buch hochhalten, damit man auch den Titel erkennt. Gucken Sie mal nicht in die Kamera, tun Sie einfach, als ob Sie lesen.«

»Finden Sie es nicht reichlich albern, hier im Wintermantel mitten auf der Straße so eine Art Lesung vorzutäuschen? Das nimmt Ihnen doch kein Mensch ab.«

»Lassen Sie mich nur machen, ich weiß genau, was bei unseren Lesern ankommt.«

Am nächsten Tag entdeckte ich mich dann wirklich auf Seite 7. Der Kopf war gar nicht ganz drauf, vom Buchtitel konnte man bestenfalls die letzten beiden Silben entziffern, und das Straßenschild war überhaupt nicht zu sehen.

Frau Schöninger strahlte, als sie mich wieder in Empfang nahm. »Na, das ist doch alles ganz prima gelaufen.« Woher sie das wissen wollte, war mir schleierhaft, aber die Erklärung kam sofort. »Die beiden Jungs von BILD waren ganz begeistert, weil Sie alles mitgemacht haben.«

Ach so! Ich hätte also ohne weiteres gegen diese blödsinnigen getürkten Aufnahmen protestieren können? Das hätte mir aber wirklich jemand vorher sagen können!

Kapitel 6

Im Zimmer schleuderte ich als erstes die hochhackigen Schuhe in die Ecke. Meine Füße brannten wie Feuer. Ich war einfach nicht mehr daran gewöhnt, den ganzen Tag auf solchen Stelzen herumzulaufen. Zu Hause trug ich zum Entsetzen der Mädchen fast nur ausgelatschte Treter, mit denen ich noch vor ein paar Jahren freiwillig nicht mal zum Milchholen zu unserem Bauern gegangen wäre. »Du wirst alt, meine Liebe«, sagte ich zu meinem Spiegelbild, während ich die Füße abwechselnd unter die Wasserleitung hielt, »du legst mehr Wert auf Bequemlichkeit denn auf Eleganz.«

Aber das Schlimmste stand mir noch bevor. Als ich mir für den heutigen Abend das schicke Jackenkleid kaufte, hatte ich nicht daran gedacht, daß die Mode für diese Saison Grün mit Blau vorschrieb und beigefarbene Schuhe bestenfalls in Form von Ladenhütern aufzutreiben waren. Sämtliche Schuhgeschäfte von Heilbronn lernte ich kennen, auch die, von deren Existenz ich keine Ahnung gehabt hatte, dehnte meine Suche auf die Vororte aus, bekam Schnürschuhe mit Blockabsatz angeboten, Abendsandaletten in mattem Gold (»Die können Sie ruhig nehmen, bei Lampenlicht glänzen sie überhaupt nicht mehr«) und einmal sogar dunkle Pumps mit der lapidaren Erklärung: »Schwarz paßt zu allem!«

Ein kleiner Laden, dessen Haupteinnahmequelle eigentlich aus Trachtenkleidern bestand, wurde meine Rettung. Aus der hintersten Ecke förderte die Verkäuferin einen aber schon sehr angestaubten Karton zutage, in dem genau das lag, was ich suchte: Glatte beigefarbene Pumps mit hohem Absatz. Sie hatten nur einen Nachteil: Sie waren genau eine Nummer zu klein.

»Wildleder dehnt sich immer etwas aus«, hatte die Verkäuferin versprochen und mir zwecks Unterstützung dieses Vorgangs eine Flasche sündhaft teuren Sprays angedreht, »Sie müssen die Schuhe nur erst richtig einlaufen.«

Eben das hatte ich dann tagelang versucht, aber jedesmal, wenn ich sie nach längstens zehn Minuten fluchend ausgezogen hatte, schienen sie noch ein bißchen enger geworden zu sein. Und jetzt mußte ich erneut in diese Futterale rein! Bis zum letzten Augenblick zögerte ich es hinaus, obenherum in voller Kriegsbemalung, unten mit Plüschpantoffeln. Als Frau Schöninger mich abholte, nickte sie mitfühlend. »Meine drücken auch.«

Durch das Vestibül kam ich noch mit aufrechtem Gang, im Auto konnte ich barfuß sitzen, aber schon der Marsch durch die endlosen Flure des Berlin-Museums bis zur Weißbierstube, wo der Auftrieb stattfinden sollte, war nur mit zusammengebissenen Zähnen zu schaffen.

Jupp und Hermann, die beiden Kneipiers, hatten mit viel Liebe ein Altberliner Büfett aufgebaut, bei dessen Anblick mein Magen unüberhörbar zu knurren anfing, denn die Königinpastete hatte nicht lange vorgehalten. Ich mopste mir ein Solei, mehr durfte ich nicht, weitere Diebstähle hätten die Harmonie dieses Stillebens gestört, und außerdem mußte ich ja Hände schütteln, Komplimente entgegennehmen und lächeln, lächeln, lächeln …

Der Raum füllte sich. Man kannte sich untereinander, begrüßte sich, umarmte Jupp und Hermann, die offenbar zur stadtbekannten Prominenz gehörten, und freute sich allem Anschein nach auf einen gemütlichen Abend. Bald stand ich etwas verloren inmitten des ganzen Getümmels und suchte nach meinem Babysitter. Frau Schöninger war nirgends zu sehen.

Ich machte mich auf die Suche und fand sie draußen auf dem Gang, wo sie mit einem Fleischermesser Plastikfolien aufschlitzte. »Es ist doch wirklich kein Verlaß auf diese Brüder! Wir haben extra hundert ›Pellkartoffeln‹ ankarren lassen und gesagt, daß die Bücher hier draußen vor der Tür schön sichtbar aufgebaut werden sollen, damit sich jeder ein Exemplar nehmen kann. Immerhin müssen die Buchhändler ja wissen, was sie verkaufen sollen. Und was ist dabei herausgekommen? Irgendein Idiot hat den Karton da hinten in die Ecke verfrachtet, wo ihn kein Mensch gesehen und folglich auch nicht ausgepackt hat. Jetzt ist der größte Teil der Meute schon drinnen, und ich kann nachher wie ein Schnürsenkelverkäufer von Tisch zu Tisch gehen, um die Bücher zu verteilen.« Wütend stach sie mit dem Messer in die Folie und zerfetzte versehentlich gleich den Schutzumschlag. »Verd ...«

»Warten Sie, ich helfe Ihnen. Sie schlitzen, ich wickle aus.«

»Das fehlte noch! Was sollen denn die Leute denken, wenn unser Star hier steht und Kisten auspackt?«

»Na und? Bis jetzt kennt mich kaum jemand, außerdem sind die alle noch mit sich selbst beschäftigt. Was soll ich also da drin?«

Verwundert sah sie mich an. »Ich bin ja schon mit einigen Autoren durch die Lande gezogen, aber ich habe noch keinen erlebt, der sich unters Fußvolk mischt, um subalterne Arbeiten zu verrichten. Das macht Sie noch sympathischer.«

»Ach, wissen Sie, ich bin doch noch Neuling in diesem Gewerbe. Nach dem sechsten Buch werde ich mir die nötigen Allüren schon angeeignet haben.« Ich fing an, die eingeschnittene Folie von den Büchern zu ziehen. Sofort nahm

Frau Schöninger sie mir weg und drückte mir statt dessen das Messer in die Hand. »Machen wir's lieber umgekehrt, Sie schnippeln, ich ziehe. Dabei geht nämlich mindestens ein Fingernagel flöten, vom Lack ganz zu schweigen. Solchen Verlust können Sie sich nicht leisten, weil Sie nachher noch signieren müssen.« Dann gab sie mir ein Handtuch. »Binden Sie sich das um, die Wellpappe staubt so.«

Einträchtig standen wir nebeneinander und wickelten Bücher aus. Ich hatte meine Schuhe ausgezogen, hüpfte erleichtert auf Strümpfen herum und war mir meiner mangelhaften Bekleidung gar nicht mehr bewußt, als Verlegers kamen. Sie sehr elegant in Samthose und Seidenbluse, er in Dunkelgrau mit Silberkrawatte. Davor ich mit rotweiß kariertem Küchenhandtuch vorm Bauch und leicht geschwärzten Händen. In solchen Situationen ist natürlich nie ein Fotograf da! Die hockten alle in der schon ziemlich verräucherten Weißbierstube und warteten auf ihren Einsatz. Der kam, als ich offiziell vorgestellt wurde – nunmehr gereinigt, restauriert, und wieder vollständig bekleidet.

Die formelle Begrüßung mit anschließender Eloge auf die neuentdeckte Autorin schwappte an mir vorüber, weil ich möglichst unauffällig hinter dem Blumenkübel zu verschwinden suchte, der die untere Hälfte meines Körpers verbergen würde. Da konnte ich mir wenigstens den rechten Schuh ausziehen, der drückte am meisten.

Plötzlich rauschte Beifall auf, jemand reichte mir ein aufgeschlagenes Buch, ich wurde nach vorne geschoben, und dann ging mir endlich auf, daß ich irgend etwas vorlesen sollte.

»Ohne Brille geht das aber nicht«, sagte ich schüchtern. Hier und da verständnisvolles Gelächter, sodann hektische Suche nach der verschwundenen Handtasche (sie fand sich halb unter Pappe vergraben in der Kiste), währenddessen ebenso hektische, wenn auch verstohlenere Suche nach meinem Schuh, in den ich so schnell nicht wieder hatte hineinschlüpfen können, und dann konnte das Programm endlich fortgesetzt werden.

Welche Stelle hatte man denn nun eines Vorlesens für würdig befunden? Ich konzentrierte mich auf den Text. Aha, die Luftschutzübung. Nicht besonders originell, aber wenigstens nur drei Seiten lang. Ich holte tief Luft und fing an: »Eine weitere amtlich bestellte Person ...«

Nun sollte ich vielleicht erwähnen, daß Vorlesen zu den Dingen gehört, die ich überhaupt nicht kann, nie konnte und nie können werde. Schon während meiner Schulzeit erntete ich ungewollte Heiterkeitserfolge, sobald ich die Minna lesen oder – schlimmer noch! – eine von Schillers endlosen Balladen vortragen mußte. Auch Homer wäre in seinem Grabe rotiert, hätte er mit anhören müssen, wie ich seine Hexameter zerstückelt habe. Später ging es mir nicht besser. Wollte ich – ganz liebende Mutter – den Hemdenmätzen eine Gutenachtgeschichte vorlesen, dann winkten sie längstens nach dem vierten Satz ab. »Kannst du nicht eine von den Märchenplatten auflegen?«

Deshalb bewundere ich noch im nachhinein die Geduld des Publikums, das klaglos mein Gestottere über sich ergehen ließ und hinterher sogar klatschte. Wahrscheinlich aus Dankbarkeit, weil's endlich vorbei war.

Damit war der offizielle Teil beendet, das Büfett wurde freigegeben, und ich konnte Irene begrüßen, die ganz hinten an der Wand saß.

»Das hast du aber fein gemacht, Mädchen. Hast du vorher geübt?«

Zu einer Antwort kam ich nicht mehr. Wir umhalsten uns ausgiebig, wobei ich mehr Schwierigkeiten hatte als sie, dann schob sie mich von sich und musterte mich gründlich. »Eigentlich hast du dich ganz gut gehalten, aber wir sollten uns trotzdem öfter sehen. Dann merken wir weniger, daß wir älter werden.«

»Und breiter!« konnte ich mir nicht verkneifen. Irene hatte eindeutig zugelegt.

»Weiß ich ja. Ich komme vor lauter Arbeit zu gar nichts mehr, nur zum Zunehmen finde ich immer noch Zeit. Jetzt habe ich endlich was gegen mein Übergewicht getan: Ich stelle mich nicht mehr auf die Waage!«

»Sie hat auch gerade erst die dritte kaputtgemacht«, sagte Hans, zwei Stein-Eier für meine Sammlung aus der Tasche ziehend. »Hier, für jedes Buch eines. Nun schränke deine Produktion ein bißchen ein, man kriegt so schwer Nachschub.«

Zum Quasseln blieb nicht viel Zeit. Frau Schöninger holte mich weg. »Sie müssen arbeiten!«

»Jetzt???«

»Natürlich. Oder haben Sie geglaubt, Sie seien zu Ihrem Vergnügen hier? Da drüben am Tisch sitzt Herr Reichelt von der Morgenpost und möchte ein Interview. Herr Stein von der Buchhandlung Steglitz will sich mit Ihnen unterhalten, und dann liegt da noch ein Stoß Bücher zum Signieren ... haben Sie überhaupt schon was gegessen?«

»Wann denn?«

»Ich hole Ihnen was. Der Kartoffelsalat ist aber alle.«

Es störte Herrn Reichelt nicht, daß ich meine Aufmerksamkeit zwischen ihm und dem Bismarckhering teilte; er stellte ohnehin nur die üblichen Fragen, die ich nun schon oft genug gehört hatte und mittlerweile recht flüssig beantworten konnte. Die Schwierigkeiten begannen erst, als ich mich über den Bücherstapel hermachte. Zum Teil lagen Zettelchen drin mit Anweisungen, was ich hineinzuschreiben hätte: Für Anni, für Frau Weise, für Herrn Heitermann, für die kleine

Tanja … und jedesmal hakte ich, wenn ich meinen Namen druntersetzen sollte. Es ist eben doch ein Unterschied, sein Pseudonym gedruckt zu sehen oder es plötzlich schreiben zu müssen. Anfangs kam ich mir dabei immer wie eine Hochstaplerin vor. Jemand tippte mir von hinten auf die Schulter. »Ich hatte immer geglaubt, mit meinen einsachtzig wäre ich nicht zu übersehen, aber bis jetzt hast du mir noch keinen Blick gegönnt.«

Überrascht drehte ich mich um und sah in das lachende Gesicht meines Vaters. »Wie kommst du denn hierher? Woher weißt du überhaupt …?«

Natürlich hatte ich Vati mein Kommen angekündigt, aber erst für den nächsten Tag. Familie war genau das, was ich mir jetzt am wenigsten wünschte. Den gleichen Eindruck hatte wohl auch Frau Schöninger. Wie zufällig schob sie sich heran. »Alles in Ordnung?«

»Nein, der Herr belästigt mich.«

Ihr liebenswürdiges Lächeln machte einer energischen Miene Platz. Sie baute sich vor meinem Vater auf, wobei sie mangelnde Größe durch doppelte Breite kompensierte. »Sind Sie Reporter?«

»Nein, nur Beamter. Außerdem habe ich keine unlauteren Absichten, ich möchte die Dame lediglich morgen zum Essen einladen.«

»Frau Sanders hat morgen Termine. Damit erübrigt sich wohl Ihr Angebot.«

»Och, abends bin ich doch fertig«, sagte ich scheinbar enttäuscht.

Entgeistert sah sie mich an und wirkte dabei so hilflos wie ein schmelzender Schneemann. Es wurde wohl Zeit, dieses neckische Spiel zu beenden. »Darf ich Sie mit meinem Vater bekannt machen?«

Und wieder war kein Fotograf zur Stelle, der diesen Augenblick festgehalten hätte. Der kam erst etwas später und holte mich nach draußen. »Wir brauchen jetzt noch etwas Offizielles. Am besten gehen wir nach oben.«

Nach oben hieß wieder lange Gänge, Treppen, noch mal Gänge – mühsam humpelte ich hinter ihm her. In einem Saal, an dessen Wänden übergroße Gemälde hingen, machte er endlich halt. Das ganze Mobiliar bestand aus einem riesigen Eichenschrank und einem nicht minder riesigen Refektoriumstisch, auf dem bereits eine Batterie Bücher aufgebaut war. Nur stand er leider nicht parallel zum Schrank, aber genau dort sollte er hin wegen des Hintergrundes, und weil da das Licht besser war.

»Können Sie mal mit anfassen?«

Aber gewiß doch, nichts lieber als das! Schuhe abgeschüttelt und hau-ruck. Der Tisch bewegte sich auch nicht einen Zentimeter von der Stelle.

»Das schaffen wir nicht allein. Ich hole Verstärkung.«

»Lassen Sie sich ruhig Zeit.« Seitdem ich die Schuhe los war, lebte ich wieder auf. Zahnschmerzen waren ja nichts dagegen! Ich schwang mich auf den Tisch und betrachtete die Bilder. Friedrich der Große mit Flöte, Friedrich der Große mit Windhund, Friedrich der Große hoch zu Roß – das Berlin-Museum wurde seinem Namen durchaus gerecht.

Der Fotograf kam zurück, in seinem Kielwasser folgten Jupp und Hermann sowie Verlegers.

»Das ist gut, bleiben Sie genau so sitzen!«

»Aber meine Schuhe …«

»Die Füße kommen nicht mit drauf.«

Der erste Blitz. Ihm folgten weitere, und immer war ich das Opfer. Mal mit Buch in der Hand, mal mit Arm auf dem schnell übereinandergestapelten Bücherberg, mal lässig an den Tisch gelehnt, mal mit Kugelschreiber beim Signieren. Und alles ganz natürlich und überhaupt nicht gestellt.

Endlich war der Fotograf zufrieden. Glaubte ich. Aber es ging noch weiter. Gemeinsam wuchteten wir den Tisch in die vorgesehene Position ohne Rücksicht auf die Schleifspuren im Parkett, und dann fing das Spiel von vorne an. Diesmal mit Verlegers und eilends herbeigeholtem Blumenstrauß. Frau Sanders in der Mitte, Frau Sanders etwas halblinks, Frau Sanders im Vordergrund – Frau Sanders hatte die Nase voll und gab das auch sehr deutlich zu verstehen. Der Fotograf packte seine Kameras ein, ich suchte mal wieder meine Schuhe, dann zogen wir ab. Der Tisch blieb, wo er war.

Die meisten Besucher waren gegangen, Irene ebenfalls, aber das war egal, wir würden uns ohnehin noch sehen. Vati hatte gewartet. »Darf ich dich denn nun zum Essen ausführen?«

»Na klar, ich weiß nur nicht, wann ich morgen fertig bin. Am besten rufe ich dich an.« Ich drehte an seinem Jackenknopf, eine Angewohnheit, mit der ich ihn schon als kleines Mädchen zur Verzweiflung gebracht hatte. »Woher wußtest du eigentlich von dem Auftrieb hier? Ich hab dir nämlich absichtlich nichts gesagt.«

Er befreite seinen malträtierten Hornknopf. »Ein Vöglein hat's mir ins Ohr geflüstert.«

Was vermutlich durchaus wörtlich zu verstehen war. Rolf pflegt zwar am Telefon nicht zu flüstern, eher ist das Gegenteil der Fall, aber das mit dem Ohr dürfte stimmen. »Das hätte ich mir ja denken können.«

»Ich bin ihm wirklich dankbar, daß er mich angerufen hat. Bedauert habe ich nur, daß deine Mutter den heutigen Abend nicht mehr erleben durfte. Sie wäre stolz auf dich gewesen.«

Diesen Punkt hätte er lieber nicht erwähnen sollen. Mami fehlte mir immer noch, obwohl sie schon vor einer Reihe von

Jahren gestorben war. Viel zu früh, die doppelten Enkelinnen hatte sie gar nicht mehr erlebt.

Tröstend fuhr mir Vati über den Kopf und zerstörte dabei die so mühsam hingefönte Frisur. Jetzt war's mir egal, auch der letzte Fotograf hatte inzwischen das Weite gesucht. »Ich glaube, du hast deiner Mutter mit dem Buch ein schöneres Denkmal gesetzt, als es ein Grabstein jemals sein könnte.«

Vielleicht hatte er recht. Er umarmte mich noch einmal und zog ab.

Verlegers baten zum Champagner. Viel lieber hätte ich ja eine Tasse Tee gehabt und eine richtige Schmalzstulle, von denen noch welche übriggeblieben waren, aber so etwas Profanes wagte ich nicht zu äußern. Wenigstens die Schuhe konnte ich unterm Tisch wieder ausziehen. Was ich morgen als erstes tun würde, wußte ich genau: Latschen kaufen! Ganz bequeme mit flachem Absatz und mindestens Größe 41. Später, wenn meine Füße wieder auf den normalen Umfang abgeschwollen waren, konnte ich mir ja immer noch eine Sohle reinlegen.

Jupp und Hermann fingen an, die Stühle hochzustellen. In feinen Restaurants würde man so etwas niemals tun, das wußte ich von Sascha, in einer Berliner Kneipe darf man das. Ich war sehr dankbar dafür, denn Mitternacht war vorbei, und mein Tag hatte immerhin morgens um fünf angefangen. Verlegers erhoben sich und mit ihnen das Fähnlein der acht Aufrechten, die noch übriggeblieben waren. Bis zur ersten Treppe schaffte ich es noch mit Schuhen, dann ging es beim besten Willen nicht mehr. Ich klemmte mir die Dinger unter den Arm, lief auf Strümpfen weiter und schickte ein Dankgebet gen Himmel, daß ich nicht Königin Silvia war oder Inge Meysel, sondern nur eine immer noch sehr unbekannte Autorin, deren wenig ladyliker Aufzug allenfalls sie selber störte.

Zum Frühstück hatte ich mich mit Frau Schöninger verabredet. Verlegers waren bereits mit der ersten Maschine abgereist, ließen mir aber noch Grüße ausrichten, und ich hätte meine Sache sehr gut gemacht.

Während wir unsere wabbeligen Drei-Minuten-Eier löffelten, horchte ich mein Gegenüber ein bißchen aus. Ich hatte noch immer keine rechte Vorstellung, wer sie eigentlich war und in welcher Eigenschaft sie mich als eine Art Leibwache bemutterte.

»Meinen Beruf kann man gar nicht mit einem Wort definieren. Ich bin für Public Relations zuständig, also Pressetante, Vermittler, Babysitter für Autoren, verantwortlich für die Werbung, und wenn's sein muß, besorg ich auch frische Oberhemden und Mousse au chocolat.«

»Wie denn das?«

Sie lachte. »Im vergangenen Jahr mußte ich Curd Jürgens auf einer Signiertournee begleiten. In Frankfurt stellte er fest, daß er keine sauberen Hemden mehr hatte. Zum Einkauf sollte ich mitkommen, damit am nächsten Tag nicht in der Zeitung stehen würde, er habe sich von seiner Frau getrennt und suche nun Vergessen, indem er Oberhemden kaufe.«

»Ist das nicht ein bißchen übertrieben? Wenn mal nichts über ihn geschrieben wird, wäre es ihm vermutlich auch nicht recht.«

»Stimmt. Aber Schauspieler sind nun mal ein Völkchen für sich. Erst setzen sie alles dran, bekannt zu werden, und dann setzen sie eine Sonnenbrille auf, damit man sie nicht erkennt.«

»Und was war mit der Mousse au chocolat?« Jetzt war ich neugierig geworden. Kulissenklatsch aus erster Hand hatte mir noch niemand bieten können.

»Das war Ilse, auch eine vom Showbusineß. Offenbar gehört dieser Schokoladenbrei zu ihren Leib- und Magengerichten, ich hab sie mal drei Portionen hintereinander davon verdrücken sehen. Jedenfalls hat sie mich eines Nachts in die Hotelküche gescheucht. Die war aber schon zu. Für zwanzig Mark Trinkgeld hat mir ein Kellner schließlich ein Schälchen aus dem Kühlschrank geklaut.«

Ich amüsierte mich königlich. »Warum schreiben Sie nicht selbst mal ein Buch, statt immer nur die Werke von anderen zu vermarkten? Wenn Sie diesen Job schon so lange machen, dürfte sich doch eine ganze Menge Stoff angesammelt haben?«

»Geht leider nicht. In meiner Branche muß man diskret sein, und Diskretion ist, wenn man es nur einem weitererzählt.«

Sie griff erneut nach einem Brötchen, legte es aber mit einem Seufzer zurück in den Korb. »Zwei sind genug, und Sie sind ja auch schon fertig. Besonders unangenehm beim Abnehmen ist nämlich, daß man nicht nur die eigenen Diätvorschriften beachten, sondern auch noch seinen Mitmenschen beim Essen zusehen muß.«

Hm. Zwei Brötchen mit Wurst und Käse, dazu ein Ei, das klang eigentlich nicht nach Diät. Den Kaffee hatte sie allerdings schwarz getrunken.

»Warum wollen Sie überhaupt abnehmen? Ich finde, zu Ihnen paßt das Rundliche.«

Das war sogar ehrlich gemeint. Als schlanke Twiggy hätte ich mir Frau Schöninger überhaupt nicht vorstellen können, zumal sie trotz ihrer problematischen Figur sehr elegant angezogen war. »Wo kriegen Sie eigentlich die schicken Klamotten her? Meine Nachbarin zu Hause, die auch entschieden mehr drauf hat, als sie braucht, läuft immer in unmöglichen Kittelkleidern herum.«

»Bei ›Mutter und Kind‹«, kam es prompt zurück, »es gibt nämlich sehr kleidsame Umstandsmode.«

Ein Page legte einen Stapel Zeitungen auf den Tisch. »Na, dann wollen wir mal sehen, ob die Herren der schreibenden Zunft mit Ihnen zufrieden gewesen sind.« Sie griff nach dem obersten Blatt, ich angelte mir das nächste.

»Seien Sie froh, daß Berliner Zeitungen bei Ihnen im Schwäbischen nicht gelesen werden, sonst wäre es aus mit Ihrer Anonymität. Herr Kokiarski hat dummerweise Ihren Wohnort genannt.« Schnell überflog sie den Artikel, dann reichte sie mir die Zeitung herüber. »Ist in Ordnung, klingt alles sehr positiv. Aber wann lernen die Brüder endlich, daß sie auch den Verlag erwähnen sollen? Wozu kriegen sie denn Rezensionsexemplare? Erstens ist das Werbung für uns, und zweitens sollte der potentielle Käufer wissen, bei wem das Buch erscheint.«

Das leuchtete ein, war mir im Augenblick aber ziemlich egal. Ich sonnte mich in meinem Ruhm und rechnete aus, wie hoch der Umsatz wäre, wenn nur fünf Prozent der Zeitungsleser ein Buch von mir kaufen würden. Wie sich später herausstellte, kauften nur nullkommaundetwas Berliner eins.

Herr Reichelt von der Morgenpost hatte gewissenhaft alles wiedergegeben, was ich ihm zwischen Bismarckhering und Autogrammen erzählt hatte, das Foto war aus Platzmangel weggefallen, worüber ich nicht traurig war, so legte ich die Zeitung zur Seite und schlug BILD auf.

»Jugenderinnerungen: Hausfrau schrieb ein Buch darüber« prangte als Schlagzeile über den paar Absätzen, die weniger Raum einnahmen als die Überschrift. Aus der Riemeisterstraße hatte Herr Lüders einen Riemeisterweg gemacht, was immerhin noch verzeihlich war, aber der letzte Satz war nun wirklich ein Hammer! Da stand doch tatsächlich …

»Das ist eine riesige Unverschämtheit! Und ein Schlag

ins Gesicht jeder Hausfrau! So etwas habe ich niemals gesagt!!!«

Empört hielt ich Frau Schöninger die Zeitung vor die Nase und wies mit dem Finger auf die betreffende Stelle. »Hier, lesen Sie mal! ›Wie die Mutter von fünf Kindern zur Schriftstellerei kam? Ich habe mich als Nur-Hausfrau so gelangweilt, sagt sie selber.‹«

»Na und? Stimmt das denn nicht?«

»Nicht in dieser Form. Wörtlich habe ich gesagt, daß ich Hausarbeit langweilig finde, unproduktiv, jeden Tag fängt man von vorne damit an, und daß ich mir deshalb einen Ausgleich gesucht habe, weil ich zum Handarbeiten zu dämlich bin und zum Malen zu untalentiert. Von Langeweile ist nie die Rede gewesen. Jetzt hört sich das so an, als ob sich bei uns zu Hause ein halbes Dutzend Dienstmädchen gegenseitig auf die Füße treten und ich lediglich die Rosen für den Mittagstisch zu schneiden habe. Das ist doch alles gar nicht wahr!«

Frau Schöninger drückte mich auf den Stuhl zurück. »Nun regen Sie sich doch wegen dieser Lappalie nicht so auf. Darüber liest man hinweg, und morgen hängt die Zeitung sowieso auf dem Lokus.«

Schon möglich, aber wütend war ich trotzdem. Wie konnte man mir die Worte so im Mund herumdrehen? In Zukunft würde ich jedes einzelne auf die Goldwaage legen, jeden Satz sorgfältig auf etwaige Sinnentstellungen abklopfen, jedem Mißverständnis vorbeugen – Erfahrungen kann man eben nicht kaufen, aber man kann dafür bezahlen. Und genau das hatte ich gerade getan.

Das RIAS-Funkhaus in der Kufsteiner Straße war groß, grau und sah sehr abweisend aus. Aber genau da sollte ich hinein. Herr Scholz erwartete mich zu einem Interview. Weder kannte ich Herrn Scholz noch wußte ich, weshalb nicht auch er mit seinem Tonbandköfferchen ins Hotel gekommen war, aber wahrscheinlich war er schon arrivierter als sein Kollege von der Konkurrenz und ließ seine Interviewpartner vor Ort erscheinen.

Vor einer Viertelstunde hatte mich Frau Schöninger in ein Taxi gesetzt, war selbst in ein zweites gestiegen und hatte sich mit den Worten verabschiedet:

»Das kriegen Sie doch bestimmt auch alleine hin. Ich hab um drei einen Termin in München, sonst wäre ich mitgekommen. Ihr Hotelzimmer ist bis morgen reserviert, also wenn Sie wollen, können Sie sich nachher noch ins Nachtleben stürzen.«

Ich bezweifelte sehr, ob ich das wollte. Im Augenblick hatte ich nur den einen Wunsch, dieses Interview hinter mich zu bringen, anschließend meinen Koffer zu packen und mich für zwei Nächte bei Vati einzuquartieren, wo ich nicht Frau Sanders war, sondern immer noch »Mutzchen«, und wo ich in Hosen und Pantoffeln herumlaufen konnte. Vorhin hatte ich mich wieder in diese fürchterlichen Stelzen quetschen müssen; ich hatte einfach keine Zeit gehabt, bequemere Schuhe zu kaufen.

Mein Herz klopfte bis zum Hals, als ich die Tür zum Funkhaus öffnete und zur Pförtnerloge stakste. Natürlich war ich mal wieder zu früh da, aber das ließ sich nun nicht mehr ändern. »Herr Scholz erwartet mich.«

»Vierter Stock«, sagte der Uniformierte, »da drüben ist der Fahrstuhl.« Dann griff er zum Telefon.

Oben nahm mich ein junges Mädchen in Empfang. »Wir sind ein bißchen schwer zu finden, deshalb hole ich Sie ab.«

Das fand ich sehr rücksichtsvoll, nur hätte ich mich lieber allein auf die Suche gemacht – mit den Schuhen in der Hand! Nun ging das nicht, und so stolperte ich dezent hinkend hinter meiner Führerin her. Noch ein Korridor, der knickte nach rechts ab, dann kam ein weiterer Korridor, der überhaupt nicht aufhörte, dann endlich eine geöffnete Tür, in deren Rahmen ein sehr aufgeregter Mann stand.

»Frau Sanders? Wunderbar, daß Sie schon da sind. Uns ist der Kultursenator ausgefallen, jetzt haben wir eine Lücke, da schieben wir Sie gleich rein. Ich bin übrigens Peter Scholz.« Er ergriff meine Hand, ließ sie vorsichtshalber nicht mehr los und zog mich in ein kleines Kabuff, das von dem übrigen Raum durch eine Glaswand abgetrennt war. Ich mußte mich vor ein eingebautes Mikrofon setzen, während er den Mannen nebenan letzte Anweisungen erteilte.

»Wenn die Musik durch ist, legt ihr irgendwas von Glenn Miller auf, und nach dem Interview spielt ihr ›Sentimental Journey‹ ein, das paßt ganz gut. Wie lange haben wir noch? Vier Minuten? Okay.«

Wie hypnotisiert starrte ich auf das Mikrofon. Weshalb denn bloß diese Hektik?

»Tja, Frau Sanders, es tut mir leid, daß wir keine Zeit mehr haben, uns ein bißchen abzusprechen, aber ich bin überzeugt, Sie werden es auch ohne Vorbereitung schaffen. Manchmal sind spontane Antworten viel zündender als vorfabrizierte.« Herr Scholz hatte neben mir Platz genommen und fingerte an irgendwelchen Knöpfen herum.

»Sollte ich zuviel Blödsinn reden, dann können Sie die betreffenden Stellen ja rausschneiden.«

Er lächelte. »Das wird sich schlecht machen lassen, wir gehen live über den Sender.«

»*Was* gehen wir?«

»Hat man Ihnen das nicht gesagt? Tut mir leid, aber das hier ist eine Livesendung.«

Heiliger Himmel! Mein Herz, das immer noch in der Halsgegend rumorte, rutschte einen halben Meter runter und saß jetzt in der Hose. Die Vorstellung, ein paar tausend Hausfrauen würden gleich beim Kartoffelschälen oder Staubwischen mein Gestammel hören, war alles andere als beruhigend. Normalerweise werden doch solche Interviews auf Band genommen, hinterher kann man notfalls daran herumschnippeln, Fehler korrigieren … So gern ich sonst Glenn Miller hörte, jetzt empfand ich jede Note als körperlichen Schmerz. Noch ungefähr zwanzig Takte …

»Würden Sie bitte Ihr Armband ablegen? Wenn Sie damit versehentlich ans Mikrofon stoßen, hört sich das draußen an, als ob ein Geschirrschrank umkippt.«

Nervös fummelte ich am Verschluß, und mit dem letzten Ton der Musik fiel es klirrend auf den Tisch.

Herr Scholz räusperte sich kurz, drückte auf eine Taste. »Auch heute haben wir wieder einen Gast bei uns im Studio …«

Nach zehn Minuten war alles vorbei. Das Interview unterschied sich vom gestrigen nur insofern, als ich etwas weniger »Äh« gesagt und dafür etwas mehr gestottert hatte, obwohl ich die immer gleichbleibenden Fragen mittlerweile rückwärts konnte.

Vor dem Glaskasten erwarteten mich ein Glas Orangensaft sowie ein Telefonhörer. Eine Frau Kern von der RIAS-Illustrierten hätte mich gern für eine zwanglose Unterhaltung, und ob ich nicht noch etwas Zeit hätte. Man werde das Gespräch zwar erst im Juni ausstrahlen, aber da ich doch gerade im Hause wäre …

Frau Kern residierte ein Stockwerk tiefer, war lieb und nett, aber andere Fragen als die üblichen stellte sie auch nicht. So käute ich zum ichweißnichtmehrwievielten Mal wieder, was mich zum Schreiben gerade dieses Buches bewogen hatte und warum es legitim sei, Heiteres über eine doch gar nicht heitere Zeit zu erzählen. Dann mußte ich noch zwei Seiten vorlesen – diesmal waren es andere und ausgerechnet die mit dem Druckfehler, den ich erst wieder zu spät bemerkte –, und endlich war auch das überstanden. Als ich mich gerade verabschieden wollte, wurde ein Anruf durchgestellt. »Eine Hörerin möchte Sie gern sprechen. Nehmen Sie an?«

Was blieb mir übrig? »Guten Tag, hier ist Evelyn Sanders.« Na also, langsam gewöhnte ich mich an den Namen.

»Evelynchen, bist du's wirklich?« Irgendwie kam mir die Stimme bekannt vor, ich konnte sie nur nicht sofort unterbringen. »Ich hab eben die Sendung gehört und bin völlig von den Socken. Das hat ja niemand hier gewußt!«

Offenbar kannte mich die Dame recht gut, sonst hätte sie mich nicht geduzt. »Entschuldigung, aber ich weiß im Moment wirklich nicht, mit wem ich spreche.«

»Brüning, Riemeisterstraße. Erinnerst du dich nicht mehr?«

Du liebe Zeit, natürlich! Sie hatte im Nebenhaus gewohnt, damals zusammen mit meiner Mutter Lebensmittel für alle Hausbewohner organisiert, und von ihrem Sohn Maugi hatte ich die fürchterlichste Dresche meines Lebens bezogen.

»Sag einmal, Evelynchen« – sie mußte wohl noch den propellergeschmückten Kindskopf in Erinnerung haben –, »bleibst du länger in Berlin?«

»Nur bis übermorgen.«

»Willst du mich nicht einmal besuchen? Ich lebe immer noch in der alten Wohnung.«

Bloß das nicht! Die Riemeisterstraße war der letzte Ort, an den es mich jetzt ziehen würde. Vielleicht hatten noch mehr Nachbarn das Interview gehört, mein Foto prangte in einigen Zeitungen, und auf Konfrontationen mit ehemaligen Mitbewohnern, die in meinem Buch weniger glimpflich davongekommen waren als Frau Brüning, legte ich nicht den geringsten Wert. Tomaten waren im Moment preiswert.

»Kann ich heute abend zurückrufen? Im Augenblick stehe ich nämlich auf dem Schlauch.« Das stimmte zwar nicht, genaugenommen war ich ab jetzt ein freier Mensch, aber das brauchte sie ja nicht zu wissen.

»Tu das, Evelynchen, ab sieben bin ich zu Hause.«

Und ich mit Vati beim Chinesen, dachte ich vergnügt, während ich den Hörer auflegte. Nun aber nichts wie weg hier, bevor sich eventuell noch weitere Hörer an die Strippe hängen. Ich hatte genug von der Fragerei, genug von den »Pellkartoffeln«, wollte wieder ich selbst sein und nicht Frau Sanders, die ja doch nur eine Rolle spielte und ihren Part leider sehr mangelhaft beherrschte.

Als Vati mich am Spätnachmittag vom Hotel abholte, grinste er zur Begrüßung. »Alle Achtung, du hast dich ganz wacker geschlagen. Seit heute bist du zur lokalen Berühmtheit aufgestiegen.«

»Zum Glück wohne ich sechshundert Kilometer weit weg. Das alles kratzt mich wenig, solange die zu Hause nichts erfahren.« Ich stutzte. »Woher weißt du überhaupt davon? Du hast doch sonst so einen Horror vor Hausfrauensendungen?«

»Man hat so seine Beziehungen! Wenn du das nächste Mal Frau Schöninger siehst, dann bestell ihr einen Gruß von mir.« Bevor er den Wagen startete, holte er ein Päckchen aus dem Handschuhfach. »Hier, kleines Souvenir.«

»Was is'n drin?« Neugierig wickelte ich das Papier ab.

Zum Vorschein kam eine Tonbandkassette, und darauf stand in roten Druckbuchstaben: Mein erstes Rundfunkinterview.

»Hast du das etwa aufgenommen?« Wütend kurbelte ich das Fenster herunter, warf die Kassette hinaus und sah mit Befriedigung, wie der hinter uns fahrende Möbelwagen sie platt walzte. »Ich bin nicht Goethe und lege deshalb auch keinen Wert darauf, daß jedes meiner Worte der Nachwelt erhalten bleibt.«

Zwei Tage später wurde ich bei meiner Rückkehr ins traute Heim von Glenn-Miller-Musik empfangen und mit den Worten begrüßt: »Auch heute haben wir wieder einen Gast bei uns im Studio ...«

Herr Scholz hatte mit freundlichen Grüßen einen Mitschnitt des Interviews geschickt.

Kapitel 7

Jetzt bist du wirklich wer!« Augenzwinkernd überreichte mir Rolf die goldbedruckte Einladung. Verlegers gaben sich die Ehre, Frau Evelyn Sanders nebst Gemahl zu dem anläßlich der Buchmesse stattfindenden spätabendlichen Empfang einzuladen. Beginn 22 Uhr. U. A. w. g.

»Was soll ich denn da? Ich kenne doch keinen Menschen.«

»Eben deshalb mußt du hin! Wie sollst du sonst jemanden kennenlernen?«

»Und wen müßte ich deiner Meinung nach kennenlernen?«

»Leute.«

»Ist doch Quatsch! Ich bin kein Werbeberater wie du, der sich auf solchen Veranstaltungen neue Kunden sucht. Kann ich auch gar nicht, denn etwaige Leser lassen die doch sowieso nicht rein, dazu ist dieser Auftrieb viel zu exklusiv. Frankfurter Hof, und dann auch noch abends um zehn. Kannste abhaken! Und überhaupt hätte ich gar nichts anzuziehen.«

Er grinste. »Das dürfte wohl der springende Punkt sein. Dann kauf dir doch irgend so einen Fummel, du kannst es dir doch jetzt leisten!«

Ich zögerte. »Paßt dir dein Smoking noch?«

Entschiedenes Kopfschütteln. »Nee, der war mir schon vor drei Jahren zu eng.« Etwas wehmütig sah er an sich herunter. »Wenn man bedenkt, daß eine Eiche hundert Jahre dazu braucht ... Warum fragst du überhaupt?«

»Weil die Einladung auch für dich gilt.«

»Weiß ich, und ich würde sogar mitkommen, aber vom Zehnten bis zum Vierzehnten ist diese Tagung in Amsterdam, da muß ich hin. Tut mir leid, Schatz, du wirst dir einen anderen Begleiter suchen oder allein gehen müssen. Ruf doch mal Felix an, vielleicht übernimmt der die Rolle deines Gemahls. Mich hat doch von deinem Verein noch niemand gesehen, also kannst du jeden x-beliebigen als Strohmann vorschieben.«

»Du bist wohl verrückt? Felix in der Rolle eines Vaters von fünf Kindern! Der verquasselt sich doch schon nach den ersten drei Sätzen.«

»Dann stellst du ihn eben als Hausfreund vor. Das ist er ja nun wirklich.«

»Und mache mir damit mein Image als untadelige Ehefrau und Mutter kaputt! Was glaubst du, wie die sich hinterher alle die Mäuler zerreißen!«

»Na, sooo prominent bist du nun auch wieder nicht!«

Damit hatte er natürlich recht, aber mit einem getürkten Ehemann wollte ich denn doch nicht aufkreuzen. Dabei wäre der wirklich harmlos und über jeden Zweifel erhaben gewesen.

Felix war seinerzeit von Rolf in die Ehe eingebracht worden, im Laufe der Jahre vom Trauzeugen zum Patenonkel aufgestiegen, gelegentlich zum seelischen Mülleimer degradiert worden, hatte tatkräftig bei unseren ersten Umzügen mitgeholfen, so manche Silvesterparty mit uns durchgestanden und seine diversen Freundinnen angeschleppt, bis er endlich geheiratet hatte und in Düsseldorf seßhaft geworden war. Wir sahen uns nur noch selten, aber als wahrer Freund ist er immer zur Stelle, wenn er uns braucht!

Trotzdem konnte ich mich nicht so recht für die Idee begeistern, mit ihm als Seitendeckung in den Frankfurter Hof zu marschieren und ihn als wen auch immer Verlegers zu präsentieren. Felix ist ein sehr unkonventioneller Mensch, der jede Art von Garderobenzwang haßt, zu seiner Hochzeit im geliehenen Frack antrabte, sofort nach der kirchlichen Zeremonie den Schwalbenschwanz über die Stuhllehne hängte und den Rest des Tages in einer senffarbenen Strickjacke verbrachte.

Er schied also aus, und weil ich nicht als Single zu diesem Empfang gehen wollte, beschloß ich, überhaupt nicht zu gehen. Womit sich auch das Problem des nicht vorhandenen Abendkleids erledigte.

Es war so lange erledigt, bis Sascha zu seiner Bundeswehrwochenendfreizeit nach Hause kam, die Einladung entdeckte und sofort wissen wollte, ob sein Vater mitgehen werde.

»Nein, und ich auch nicht.«

»Warum denn nicht?«

»Zu so was geht man entweder mit Mann oder gar nicht. Also gehe ich gar nicht.«

»Du bist wirklich ätzend intro!«

»Was bin ich?«

»Introvertiert. Du mußt mal ein bißchen aus dir herausgehen!«

»Meinetwegen, aber nicht gleich bis nach Frankfurt!«

Sascha bohrte weiter. Er bezeichnete mich als verklemmt, als hinterrückständig, weil ich mich nicht ohne Begleitung zu einer albernen Party traute, Kaiser Wilhelms Zeiten seien doch nun wohl endgültig vorbei, und wenn ich mich in meinen Büchern immer als so emanzipiert hinstellte, dann sollte ich das gefälligst auch mal beweisen.

Das saß! Trotzdem wollte ich mich nicht so ohne weiteres geschlagen geben. »Erstens habe ich nichts anzuziehen, und zweitens kriege ich fünf Wochen vor Messebeginn in ganz Frankfurt kein Hotelzimmer mehr. Glaubst du etwa, ich nuckel den ganzen Abend an einer Sprudelflasche, damit ich mich hinterher nüchtern ans Steuer setzen kann?«

»Hm«, überlegte er, »da müßten wir allerdings noch etwas organisieren, aber das dürfte nicht weiter schwierig sein. Notfalls nehme ich mir Urlaub und fahre dich.«

»Und wo verbringst du die Wartezeit?«

»Och, das wird wohl in Frankfurt nicht weiter schwierig sein. Ich wollte schon immer mal einen Streifzug durchs Bahnhofsviertel machen.«

Du lieber Himmel, nur das nicht! Am Ende versackte er dort, und ich konnte sehen, wie ich mitten in der Nacht heimkam. Vom moralischen Aspekt ganz zu schweigen. Mit seinen fast einundzwanzig Jahren konnte ich ihm zwar keine Vorschriften mehr machen, allenfalls Ratschläge geben, jedoch die beste Methode hierfür war nach meiner Erfahrung, daß ich erst einmal feststellte, was er eigentlich wollte, und ihm das dann riet. Diesmal ging das nicht. Ausgerechnet Bahnhofsviertel!!! Der Unterschied zwischen Halbstarken und Männern? Lediglich der Preis für ihre Spielsachen!

»Da habe ich eine viel bessere Idee! Du kommst ganz offiziell mit zu diesem Empfang.«

Sascha sah mich nur mitleidig an. »Sag mal, Määm, tickst du nicht ganz richtig? Ich geh doch nicht freiwillig zu einer von diesen Stehpartys, wo zehn Prozent der Anwesenden neunzig Prozent des kalten Büfetts auffressen und die anderen damit beschäftigt sind, über Leute herzuziehen, die gerade mal nicht da sind.«

»Aber mich willst du unbedingt hinschicken!«

»Bei dir ist das was anderes. Du gehörst ja jetzt zu diesem elitären Klüngel.«

Bei uns in der Familie herrscht Demokratie, und die macht es notwendig, sich gelegentlich den Ansichten anderer Leute anzupassen. Ich beugte mich der Mehrheit und schickte die

U.A.w.g-Karte mit einem Ja-Kreuz an den Verlag zurück. Alea iacta est!

Daß ich nichts Passendes anzuziehen hatte, war mir bei einer flüchtigen Inspektion meines Kleiderschranks sofort klar. »Spätabendlicher Empfang« bedeutete zweifellos etwas Bodenlanges oder wenigstens ein Kleid, das bis zur Wade ging und festlich aussehen mußte. Im Sommer ist das Angebot in dieser Branche nicht eben üppig, und was man mir an dunkelgrünem Taft und weinroter Halbseide offerierte, war ausnahmslos scheußlich und außerdem viel zu jugendlich.

»Das können Sie aber ganz ausgezeichnet tragen!« Emsig zupfte die Verkäuferin an den aufgebauschten Keulenärmeln herum, »50 ist heute das, was früher mal 40 war.«

Ich war zwar erst 47, aber das Altern hätte ich trotzdem lieber dem Kognak überlassen. Und überhaupt hatte die Verkäuferin trotz ihrer gefärbten Haare mindestens fünf Jahre mehr auf dem Buckel als ich, auch wenn sie es nicht wahrhaben wollte. Wie konnte man zu rotem Afrolook ein rosa Sackkleid anziehen? Die hatte sowieso keinen Geschmack, also nichts wie raus aus dem Laden!

Die anderen Geschäfte hatten aber auch nichts zu bieten, was nur im entferntesten meiner Vorstellung entsprach, und so kam ich abends mit zwei wunderhübschen Pullis für die Zwillinge zurück, während für mich lediglich Strumpfhosen abgefallen waren, die auch noch die falsche Farbe hatten. Bei Tageslicht waren sie grünlich statt grau.

Als Sascha das nächste Mal bei uns einfiel und eine Vorführung meines Festkleids forderte, mußte ich gestehen, daß ich nichts gefunden hatte und wohl doch auf mein Beerdigungskostüm zurückgreifen müßte. Worauf er beschloß, die Angelegenheit nunmehr selbst in die Hand zu nehmen. »Am langen Samstag fahren wir zusammen nach Stuttgart. Bei

Jeannettes Mutter kriegst du garantiert was. Da kauft Frau Kiesinger ein und Frau Rommel und Frau Späth – also die ganze schwäbische Prominenz.«

»Die bekommt vom Staat Aufwandsentschädigung. Ich nicht. Für eine Nobelboutique fehlt mir das nötige Kleingeld.«

»Dann nehmen wir Jeannette auch noch mit, die wird schon ein paar Prozente rausschinden.«

Vielleicht sollte ich bei dieser Gelegenheit erwähnen, daß Jeannette die (ohne Gewähr!) elfte Freundin meines Sohnes Sascha war. Eine Zeitlang hatten wir ihm ein Bräute-Mitbringverbot erteilt, weil die Damen zu häufig wechselten und ich den Überblick verlor. Äußerlich ähnelten sie sich alle, aber wenn sich die vermeintliche Kirsten vom letzten Mal als eine neue Sandra herausstellte, die sich freute, mich endlich kennenzulernen, dann wurden solche Begegnungen von Mal zu Mal peinlicher.

Angefangen hatte der Reigen langmähniger Weiblichkeit mit Karin, einem Mädchen aus der Nachbarschaft, das sich weder durch bemerkenswerte Schönheit noch durch bemerkenswerte Intelligenz auszeichnete. Ihr Vorzug bestand wohl im wesentlichen darin, daß sie Sascha anhimmelte und alles für gut befand, was er sagte oder tat.

»Verständnis brauche ich nicht, mir genügt Verehrung«, hatte er erwidert, als ich ihn einmal auf das doch reichlich naive Gemüt seiner Freundin aufmerksam machte.

Zu Weihnachten tauschten sie silberne Freundschaftsringe, von Rolf irrtümlich als Verlobungsringe angesehen, was einen wenig harmonischen Verlauf des Abends zur Folge hatte, und im Sommer planten sie einen gemeinsamen Urlaub im Allgäu. Sascha war noch nicht einmal ganz 18, seine Gespielin gerade 16 geworden. Schwiegermütterliche Ambitionen lagen mir fern, und zur Oma fühlte ich mich erst recht nicht berufen. Hilfe von Rolf war nicht zu erwarten; wenn's brenzlig wird, sind unser Nachwuchs grundsätzlich *meine* Kinder. So faßte ich mir ein Herz und rückte Karins Mutter auf die Pelle. Die wußte gar nicht recht, was ich eigentlich von ihr wollte. »Ha, die Kinner sin doch alt g'nug. Wie ich mein Bub kriagt hab, war ich noch koi neunzehn, un mei Mädel heb ich scho vor Woche zum Dokder g'schickt, die nimmt jetzt die Pill.«

Das beruhigte mich ein wenig, aber trotzdem: »Wenn Karin meine Tochter wäre, bekäme sie statt der Pille ein paar hinter die Ohren. Irgendwo hört die Toleranz auf, und mit knapp sechzehn sollte ein Mädchen noch etwas zurückhaltender sein.«

»Awer wenn se sich doch lieb hewe?«

Bei Sascha war ich mir da keineswegs so sicher, aber ich konnte meinem fast volljährigen Sohn ja nicht vorschreiben, wann und mit wem er in die Ferien fahren sollte.

»Na, hat deine Intervention Erfolg gehabt?« erkundigte sich Rolf, als ich schnurstracks zur Hausbar lief.

»Denkste!« Ich goß mir einen doppelten Whisky ein. »Die sieht in Sascha schon einen potentiellen Schwiegersohn. Aber nun ist mir das Wurscht. Bis jetzt habe *ich* mir Sorgen gemacht, jetzt ist *sie* dran!«

Das junge Paar fuhr also ins Allgäu, besser gesagt, es wurde gefahren, denn Karins Eltern kümmerten sich eigenhändig um ein gemütliches Doppelzimmer mit Blick auf den Alpensee, zahlten für eine Woche im voraus, »weil die junge Leit doch e bißle knapp sin mit dem Geld«, und bereiteten heimlich die Verlobungsfeier vor.

Dazu kam es dann aber doch nicht. Der Beinahe-Bräutigam begann mit seiner Berufsausbildung und wurde in Stuttgart seßhaft, worauf die Liebe an der Geographie zugrunde ging.

Seine nächste Freundin hieß Christin ohne e, war zwei

Jahre älter als er und Studentin. Sie wurde abgelöst von einer Silvie, der eine Vera folgte und eine Dagmar, ein ätherisch-bleiches Wesen mit einer Vorliebe für große Hüte aus durchbrochener Spitze, und dann verlor ich langsam die Übersicht. Am längsten hatte er es mit Maren ausgehalten, die Hotelsekretärin lernte und ihm dauernd vorwarf, daß er zwei Jahre vor dem Abitur die Schule geschmissen und sich dadurch den Weg zu einem Studium verbaut hatte. Eines Tages lernte sie einen Doktoranden der Jurisprudenz kennen und gab Sascha den Laufpaß.

Und nun war also Jeannette dran, zweifellos das hübscheste Mädchen, mit dem er sich bisher geschmückt hatte: Groß, lange dunkle Haare, ein schmales Gesicht mit hohen Wangenknochen, grünen Augen und traumhaft langen Wimpern. Rein optisch bildeten die beiden ein sehr dekoratives Paar.

Jeannette stammte aus begütertem Haus, hatte ihre Jugend überwiegend in Internaten verbracht, darunter auch in Salem, war aus den meisten Instituten wegen Renitenz wieder rausgeflogen und genoß schon aus diesem Grund Saschas uneingeschränkte Sympathie. Er hatte endlich jemanden gefunden, der nicht zimperlich war und jeden Unsinn mitmachte. Jeannette lernte Versicherungskaufmann, war aber in erster Linie Tochter wohlhabender Eltern und als solche an einer beruflichen Karriere nicht sonderlich interessiert. Papa hatte irgendwas mit Außenhandel zu tun, und Mami besaß eine gutgehende Boutique, in die mich Sascha nun unbedingt schleppen wollte, weil man da nur Exquisites bekäme. Ich willigte ein unter der Bedingung, vorher noch einen Streifzug durch andere Geschäfte der Landeshauptstadt machen zu dürfen. Irgendwo mußte sich doch etwas auftreiben lassen, was vielleicht weniger exquisit, dafür aber entschieden billiger sein würde.

Sascha trabte mit, begutachtete Paillettenbesticktes und Gekräuseltes, ließ mich in etwas Fließendes aus Goldlamé steigen (es kostete auch nur das monatliche Nettoeinkommen eines mittleren Beamten) und schüttelte immer wieder den Kopf. »Jeannette würde blendend darin aussehen, aber bei dir wirkt es, als hättest du einen Morgenrock an. Dein Jahrgang scheint völlig aus der Mode zu sein.« Prüfend sah er mich an. »Verstehe ich gar nicht, du könntest glatt noch für vierzig durchgehen.«

»Ja, plus Mehrwertsteuer!« sagte ich pampig.

Kurz vor Geschäftsschluß landeten wir dann doch noch vor Mama Jeannettes Boutique. »Glaubst du im Ernst, hier finde ich in einer halben Stunde das, wonach ich seit heute morgen suche?«

In dem einzigen Schaufenster war lediglich ein Jackenkleid dekoriert mit so dezent angebrachten Preisschildern, daß ich sie trotz Brille nicht entziffern konnte. »Was kostet denn dieser Kaftan?«

»Elfhundert. Ohne Gürtel.« Einladend hielt er mir die Tür auf. »Hallo, wir sind da!«

»Wird auch langsam Zeit. Wir warten schon seit zwei Stunden auf euch!« Während Jeannette meinen Sohn umhalste, sah ich mich um. Hellgrauer Veloursboden, ebensolche Wandbespannung, abgeteilte Nischen mit zwei Meter hohen Spiegeln, an den Wänden gutbestückte Kleiderständer hinter Glas. Alles sah sehr gediegen und sehr teuer aus.

Jeannette brachte uns in das angrenzende kleine Büro und machte mich mit ihrer Mutter bekannt, die mich nach der Begrüßung sofort an ihre Verkäuferin weiterreichte. »Da sind Sie in allerbesten Händen.«

Frau Krause, mit Vornamen Trudeliese, kam auch gleich zur Sache. »Sie suchen etwas für den Abend, nicht wahr? Da gehen wir am besten mal dort hinüber.«

Also gingen wir dort hinüber, wo Farbenprächtiges in jeder Länge hing.

»Größe 38?«

»Das war einmal, legen Sie ruhig etwas drauf.«

Sie wickelte mich gerade in rote Lochstickerei, die erst vorgestern aus Peru (!) hereingekommen war, als Sascha mit einem Glas Sekt in der Hand die Kabine betrat. »Hier, damit du nicht aus den Latschen kippst.« Dann besah er mich von oben bis unten und entschied: »Das ziehste am besten gleich wieder aus, sonst verwechselt man dich mit einem Feuerlöscher.« Was ich nur zu gerne tat, denn das Kleid kratzte.

Als nächstes bekam ich einen schwarzen Sack übergestülpt, in dem ich aussah wie Juliette Gréco zu ihrer Kellerkneipenzeit, als sie ihre Garderobe noch nicht bei Dior kaufte. Dem folgte honigfarbener Tüll, genau das richtige für Steffi zu ihrem Tanzstundenball, und als ich es mit Seegrün versuchte, blickte mich im Spiegel eine personifizierte Wasserleiche an.

Hektisch suchte Frau Krause weiter. Die hellgraue Seide lehnte ich gleich ab, so was hatte meine Großmutter immer getragen, nachdem sie siebzig geworden war, und für lila Jacquard konnte ich mich erst recht nicht erwärmen.

»Aber Violett ist in diesem Herbst die absolute Modefarbe«, versuchte Trudeliese mir diese Kreation schmackhaft zu machen.

»Schon möglich«, erwiderte ich, »aber die Frauen, die immer mit der Mode gehen, sind meistens solche, die es besser sein lassen sollten. Ich mache mich doch nicht lächerlich!«

Trudeliese war kurz davor, die Contenance zu verlieren, als Jeannettes Mutter sich zu uns gesellte. Immerhin war es gleich sieben, normalerweise hätte sie schon vor einer Stunde die Rolläden heruntergelassen, und nun stand ich noch immer hier und war genauso genervt wie Frau Krause.

»Jeannette, komm mal her!« Jeannette kam und brach in schallendes Gelächter aus, als sie mich in diesem lila Ungetüm sah. »Ist es nicht noch ein bißchen zu früh für Fasching?« Nach kurzem Zögern meinte sie: »Haben Sie schon mal an einen Abend*anzug* gedacht?«

Hatte ich nicht, ich hatte im Gegenteil total vergessen, daß es so etwas ja auch gab.

»Hier, ziehen Sie das mal an!« befahl sie und reichte mir eine schwarze Seidenhose.

»Die ist viel zu lang«, entschied ich, nachdem ich hineingestiegen war und feststellen mußte, daß sie sich in der Knöchelgegend bauschte.

»Das ist doch gerade der Clou dabei«, mußte ich mir sagen lassen. Na schön, woher sollte ich das wissen?

Trudeliese brachte eine weiße Bluse mit Volants vorne.

»Rüschen kann ich nicht tragen!« schrie ich entsetzt, aber es half nichts, ich mußte hinein, wurde vor den Spiegel geschoben und kam mir vor wie der Page aus dem Rosenkavalier.

»Obenrum muß noch was hin«, überlegte Jeannette, »ein Samtjäckchen vielleicht.«

»Da haben wir etwas!« Aus einem Schrank holte Frau Krause ein ärmelloses schwarzes Bolero, über und über mit Goldfäden bestickt.

»Was soll denn das sein? Die Ausgehuniform für Bundeswehrgeneräle?« Hinterher mußte ich zugeben, daß dieses Kleidungsstück angezogen weniger bombastisch aussah als auf dem Bügel. Jetzt konnte ich mich sogar mit der Rüschenbluse anfreunden, weil sie wirklich zu diesem Aufzug paßte.

»Irgend etwas fehlt immer noch«, grübelte Jeanettes Mutter, »ich weiß bloß nicht, was.«

»Vielleicht ein Gürtel?« schlug ich zaghaft vor.

»Genau das ist es!«

Allerdings hatte ich nicht an eine zehn Zentimeter breite Dekoration gedacht, die nicht nur ebenfalls goldbestickt, sondern darüber hinaus auch noch mit bunten Glassteinen besetzt war. Das Ding wog mindestens ein Pfund, die goldenen Quasten am Verschluß nicht mitgerechnet.

»Unmöglich!« sagte ich sofort.

Aber so unmöglich sah der Gürtel gar nicht aus, als ich ihn mir endlich umgewürgt hatte. Genaugenommen war er sogar das Tüpfelchen auf dem i.

»Phantastisch!« sagte Jeannette.

»Großartig!« sagte ihre Mutter.

»Ganz entzückend«, sagte Frau Krause.

Nun wurde Sascha zur Begutachtung geholt. Er hatte inzwischen die Sektflasche geleert und eine zweite angebrochen. »Seid ihr endlich fertig? Oder habt ihr bloß aufgehört, weil ihr mit der Kollektion durch seid?« Dann gab er jedoch zu, daß sich der Zeitaufwand gelohnt habe. »Doch, Määm, so kannste dich sehen lassen.« Was bei seinen sonst eher sparsamen Beifallsäußerungen höchstes Lob bedeutete.

Schon während der Anproben hatte ich immer wieder verstohlen nach den Preisetiketten geschielt, aber sie hingen alle dort, wo ich nicht rankam. Trotzdem war mir klar: Das gesetzte Limit von dreihundert Mark würde niemals reichen.

Frau Krause bemächtigte sich meiner neuerworbenen Garderobe und wickelte sie einzeln in Seidenpapier. Während sie nach einem passenden Karton suchte, wurde ich noch einmal ins Büro komplimentiert, wo wir den erfolgreichen Einkauf mit einem weiteren Glas Sekt begossen. Frau Krause bekam auch eins, als sie die Rechnung brachte.

»Wieviel hast du denn nun auf den Kopf gehauen?« wollte Sascha wissen.

Ich sah kurz auf das Papier und – bekam einen Hustenanfall. Das konnte doch wohl nicht wahr sein?!! Solch eine astronomische Summe für diese paar Fummel, auch wenn sie aus Seide waren und bestickt. »Alles Handarbeit«, hatte Trudeliese versichert, aber wenn schon, die Stundenlöhne für Heimarbeiter waren doch bekanntermaßen miserabel. Und jetzt sollte ich allein für diesen albernen Gürtel soviel hinblättern wie für zwölf Packungen Persil? Das kam ja überhaupt nicht in Frage!

»Na siehste, ist doch gar nicht so aufregend«, sagte mein Sohn, seiner derzeitigen Schwiegermutter zuzwinkernd, »wieviel Freundschaftsrabatt fällt denn noch ab?«

»Die fünf Prozent habe ich schon berücksichtigt«, beeilte sich Frau Krause zu sagen.

Und trotzdem blieb noch so viel übrig? Das machst du sofort wieder rückgängig, beschloß ich im stillen, für diesen Betrag kriegst du ja den Mikrowellenherd, den du schon so lange haben willst, und darüber hinaus das passende Geschirr. Sogar noch was übrigbleiben würde von dem Geld, das du dir jetzt in Form von eigentlich ganz überflüssigen Klamotten anhängen sollst, nur um damit einen Abend lang auf High-Society zu machen! Bleib gefälligst auf dem Teppich, liebe Evelyn, und zieh doch lieber das schwarze Trauerkostüm an.

Aber dann traute ich mich ganz einfach nicht mehr! Zwei Stunden lang hatten sich drei Leute um mich bemüht, hatten das Unterste zuoberst gekehrt und wirklich alles versucht, mich zufriedenzustellen, und jetzt, wo sie's endlich geschafft hatten, sollte ich sagen: Nein danke, aber hätten Sie es nicht ein bißchen billiger?

So füllte ich zähneknirschend den Scheck aus und schwor einen heiligen Eid, nie wieder mit Sascha einkaufen zu gehen, jedenfalls nicht dann, wenn *ich* bezahlen mußte. Als wir wenig später auf der Straße standen und er etwas von Essengehen murmelte, platzte mir der Kragen!

»Du hast wohl nicht mehr alle Socken auf der Leine? Erst lotst du mich in diesen sündhaft teuren Schuppen, wo man schon beim bloßen Rumgucken hundert Mark los wird, und dann soll ich deinen Größenwahn auch noch honorieren? Das schmink dir mal ganz schnell ab! Bis zum nächsten Ersten gibt es nur noch Pellkartoffeln mit Quark!«

Kapitel 8

Der Tag nimmt seinen Lauf, ob man nun aufsteht oder nicht. Nach Aufstehen war mir gar nicht zumute, am liebsten wäre ich bis zum nächsten Morgen liegengeblieben. Das ging aber nicht, ich mußte ja zu dieser vermaledeiten Party. Normalerweise ist nichts ärgerlicher, als wenn man zu einer Gesellschaft *nicht* eingeladen wird, zu der man sowieso nie gehen würde, aber heute wäre ich dankbar gewesen, hätte man mich ganz einfach übersehen.

Sascha war pünktlich. Ich hatte mich gerade fertig aufgezäumt, als er die Treppe heraufgepoltert kam. Zu meinem Bedauern trug er Jeans nebst einem lummeligen Pullover, womit meine stille Hoffnung begraben wurde, er könne es sich vielleicht doch noch überlegt haben und als meine offizielle Seitendeckung mitkommen.

Rolf sah mich gar nicht an, als ich zur Endabnahme in sein Zimmer trat. Er packte seinen Koffer. In einer halben Stunde mußte er auf dem Bahnhof sein. »Meinst du, vier weiße Hemden reichen?«

»Kommt drauf an. Fährst du zum Arbeiten nach Amsterdam oder zum Vergnügen?«

Er überlegte kurz. »Hast recht, ich nehme noch eins mit.« Während er es aus dem Schrank holte, schenkte er mir einen flüchtigen Blick. »Hui, ist da nicht ein bißchen sehr viel Lametta dran?«

»Hab ich anfangs auch geglaubt, aber Sascha meinte …«

»Na, wenn unser Modepapst das meint, wird es wohl in Ordnung sein.« Er schloß den Kofferdeckel, sah sich im Hinausgehen noch einmal suchend um, griff nach den Autoschlüsseln und drückte mir einen flüchtigen Kuß auf die Stirn. »Viel Spaß heute abend.«

»Von wegen! Ich wäre froh, wenn ich's hinter mir hätte. Irgendwie bin ich schrecklich aufgeregt. Ich habe überhaupt keine Ahnung, was ich reden soll.«

»Ist doch ganz einfach«, erwiderte mein lieber Ehemann. »Zu den Herren sagst du nein – und die Damen werden wahrscheinlich sowieso nicht mit dir sprechen.«

»Warum ...«

»Laß ihn doch, Määm«, tröstete Sascha, »Paps hat bloß Angst, dich könnte jemand anmachen. Wäre ja auch gar nicht ausgeschlossen! Und jetzt komm endlich, sonst schaffen wir's nicht. Ich bin noch nie in der Frankfurter City gewesen und hab keine Ahnung, wo wir dieses verdammte Hotel suchen müssen.«

Wir fanden es auch erst, nachdem wir dreimal am Bahnhof vorbeigefahren und jedesmal von der Großbaustelle für die U-Bahn gestoppt worden waren. Leider hatten wir auch jedesmal die berühmte Gegend mit den roten Laternen gestreift, und als Sascha mich wie versprochen vor der Hoteltür abgesetzt hatte, druckste er noch ein bißchen herum. »Kannst du mir einen Blauen pumpen? Wir kriegen erst nächste Woche Sold, und ich hab bloß noch zehn Mark.«

Im Hinblick auf seine weiteren Pläne entschied ich: »Fünfzig, und keinen Pfennig mehr!« Davon konnte er sich in dieser Gegend garantiert nicht vollaufen lassen, und die Damen des horizontalen Gewerbes waren bestimmt noch teurer.

Langsam stakste ich die Treppe zum Foyer hinauf. Wieder einmal war ich zwanzig Minuten zu früh, so setzte ich mich in die Halle, bestellte einen Mokka, weil meine übliche Schlafenszeit langsam heranrückte, und beobachtete die Gäste. Das ist eine heimliche Leidenschaft von mir, mit der ich mich stundenlang beschäftigen kann, nur hatte ich es sonst immer nachmittags in einem Straßencafé getan und nicht zu spätabendlicher Stunde in einer belebten Hotelhalle, aufgeputzt wie ein Weihnachtsbaum und den kritischen Blicken mitleidslos ausgesetzt. Weshalb nur wirkt in der Öffentlichkeit eine Frau ohne Mann verlassen, ein Mann ohne Frau aber romantisch? Der Herr da drüben zum Beispiel! Ab und zu streifte ihn ein verhaltenes Lächeln vorbeiflanierender Damen, während man mich ganz ungeniert musterte. Und der Dicke neben dem Eingang besaß sogar die Unverschämtheit, mir mit seinem Weinglas zuzuprosten! Frechheit so was! Jetzt stand er auch noch auf und kam auf mich zu! Na, da soll doch gleich … er ging – vorbei und begrüßte eine Matrone am Nebentisch.

Das Kaffeekännchen war leer, der Uhrzeiger rückte auf die Zehn vor, ich konnte mich also auf den Weg machen. Zu den Veranstaltungsräumen führte ein breiter Gang, flankiert von Glasvitrinen mit Schmuck und Haute Couture, hin und wieder halbgeöffnete Türen, hinter denen Gelächter zu hören war – dort hatte man mit den Partys schon früher angefangen und war entsprechend beschwingt –, ganz hinten endlich Saal Nr. 5. Einige der Herren in dunklen Anzügen kannte ich flüchtig, es waren die Außendienstmitarbeiter und heute zur Truppenbetreuung abkommandiert, alle anderen Gesichter waren mir fremd. So reihte ich mich erst einmal in die Schlange ein, die sich gerade zum Defilee formierte. Nacheinander schritten wir durch die Tür, neben der sich die Gastgeber aufgestellt hatten: Erst Verlegers, dann das Ehepaar Konsalik, von dem ich inzwischen wußte, daß es im Verlag irgendwie mit drinhing. Die Begrüßung war formell-höflich, Küßchen rechts und Küßchen links waren

Prominenteren vorbehalten, nur Herr Konsalik zog mich kurz zur Seite. »Ich hab ja so gelacht über Ihre Bücher!« Ich strahlte ihn an.

Die Gäste tröpfelten erst spärlich herein. Wer auf sich hielt, kam später, wer nicht eingeladen war, kam noch später, weil es dann nicht mehr auffiel. Cocktailpartys zeichnen sich in erster Linie dadurch aus, daß es immer zu viele Leute gibt und zuwenig Stühle. Deshalb hatte ich auch sofort einen angepeilt und mich darauf niedergelassen. Er hatte sogar den Vorzug, hinter einer Säule halb verborgen zu sein, und außerdem stand ein Tisch daneben, darauf ein Aschenbecher. Es macht keinen so guten Eindruck, wenn man mangels geeigneter Gefäße seine Zigarette jedesmal verstohlen im Blumentopf ausdrücken muß. Kellner in Weinrot servierten Alkoholika.

»Ist hier noch frei?« Vor mir stand etwas Platinblondes in einem viel zu engen Kleid aus schwarzem Lackleder. Dieses Futteral bewies zwar, daß es sich um eine Frau handelte, es bewies aber auch, daß sie keine Dame war. Sascha hätte doch mitkommen sollen!

»Ich war schon auf zwei anderen Partys, müssen Sie wissen, und nun kann ich nicht mehr stehen.« Sie ließ sich auf den zweiten Stuhl fallen, streifte ihre Pumps ab, rieb die Zehen aneinander. »Eigentlich gehöre ich ja gar nicht dazu, aber mein Freund ist bei der Zeitung, der kommt überall rein mit seinem Ausweis, der hat mich einfach mitgenommen. Ist ja auch hochinteressant, nicht wahr? Die vielen bekannten Leute. Seh'n Sie mal den da hinten, ist das nicht einer vom Fernsehen?«

Ich folgte ihrem ausgestreckten Zeigefinger. Doch, das war der Auslandsreporter mit dem Pferdegesicht, nur sein Name fiel mir nicht ein.

»Meinen Sie, ich könnte mir ein Autogramm holen?«

»Versuchen Sie es doch.« Immerhin wäre das eine Möglichkeit, dieses aufdringliche Geschöpf loszuwerden.

»Lieber nicht, da stehen so viele Leute herum. Das ist mir denn doch zu peinlich.«

Ich bezweifelte stark, daß dieser Person auch nur irgend etwas peinlich sein könnte, aber sie blieb sitzen und wandte ihr uneingeschränktes Interesse nun mir zu. Unter der gebleichten Mähne hatte sie ein rundes, leeres Gesicht, das aussah, als habe sie es noch nicht bezogen. »Wer sind *Sie* denn?« Und als ich nicht antwortete: »Haben Sie auch was mit Büchern zu tun?«

»Ja.«

»Ich lese nämlich sehr viel«, plapperte sie weiter, »am liebsten was mit Adel und natürlich Ärzteromane. Kennen Sie ›Die letzte Entscheidung‹? Hochinteressant, sage ich Ihnen. Mein Freund sagt immer, Lesen bildet. Da hat er ja auch recht. Aber neulich hat er mir ein Buch gebracht, das war gar kein richtiges, das war ein berühmtes Theaterstück, ich glaub, von einem Amerikaner. Shakespeare heißt er. Aber es hat mir nicht besonders gefallen. Da kamen lauter Sprichwörter drin vor, die hat er bestimmt woanders abgeschrieben. Mein Freund hat nämlich ein anderes Buch, da stehen die alle drin.«

Hilfesuchend sah ich mich um. Gab es denn niemanden, der mich hier loseiste oder – noch besser – diese Nervensäge abschleppte?

»Müßten Sie sich nicht einmal um Ihren Freund kümmern?« schlug ich vor.

»Ach nein, der kommt schon von allein. Wahrscheinlich steht er am kalten Büfett. Er hat ja immer so'n Hunger, aber bei der Party nebenan gab es nur Sandwiches. Deshalb sind wir auch hierhergegangen. Wir haben nämlich gesehen, wie die Ober Spanferkel hereingetragen haben und Würstchen.«

»Haben Sie sich da nicht geirrt?« Nach meinen bisherigen Erfahrungen wurden auf offiziellen Empfängen meistens Lachsschnittchen angeboten, Schinkenröllchen und ähnliche Appetithäppchen, die man so lange in sich hineinstopft, bis einem der Appetit vergangen ist. Sie haben aber den Vorteil, daß man sie bequem mit einer Hand essen kann, weil man ja in der anderen das Glas halten muß. Wenn es wirklich stimmte, was Blondchen erzählte, dann würden sich hier bald gewisse Schwierigkeiten ergeben. Spanferkel nach altgermanischer Sitte ist nicht jedermanns Sache.

Die ersten Hungrigen jonglierten auch schon ihre Teller durch die Menge, sahen sich suchend um, gruppierten sich zunehmend um den Blüthner-Flügel und kamen sich gegenseitig mit dem Besteck ins Gehege. Andere setzten sich kurzerhand auf den Boden; Rücken an die Wand, Teller auf den Knien, säbelten sie munter drauflos. Jetzt erst merkte ich, daß ich seit dem Mittagessen nichts mehr im Magen hatte, aber die Schlacht am Büfett war noch in vollem Gange. Ich dachte an das Chanson von Reinhard Mey und verzichtete fürs erste.

»Waren Sie schon mal in Berlin?« wollte Blondchen wissen.

»Ja.« Daß ich dort aufgewachsen war, brauchte ich ihr nicht auf die Nase zu binden.

»Eine himmlische Stadt, nicht wahr? Manchmal bin ich auch nachts da, dann machen wir jedesmal einen drauf, aber meistens muß ich mit der letzten Maschine wieder zurück.«

»Ach ja?«

»Ich bin nämlich Stewardeß, wissen Sie.«

»Ach ja?« Die scheinen heutzutage auch nicht mehr das zu sein, was sie mal waren.

»Man lernt ja wahnsinnig interessante Leute kennen, und immer werde ich eingeladen, neulich sogar von einem Filmproduzenten, der unbedingt Probeaufnahmen von mir machen wollte, weil ich so fotogen bin. Dummerweise habe ich seine Telefonnummer verloren. Malenke hieß er, Reinhard R. Malenke. Kennen Sie den zufällig?«

Nein, den kannte ich nicht. »Warum schlagen Sie nicht im Telefonbuch nach?«

»Da steht er nicht drin, hat er gesagt, weil er eine Geheimnummer hat, sonst könnte er sich vor Anrufen gar nicht retten, wo doch so viele junge Dinger zum Fernsehen wollen. – Hach, da ist ja mein Freund!« Sie sprang auf und wedelte mit beiden Armen in der Luft herum. »Huhu, Basti, hier bin ich!«

Basti war klein, dürr und trug eine dunkle Hornbrille, die ihm einen intellektuellen Touch verlieh. Er produzierte eine tadellose Verbeugung, murmelte »Gestatten, Schneeberger mein Name«, und wandte sich dem Blondchen zu. »Komm, Susilein, wir gehen. Hier ist ja doch nichts mehr los.«

Susilein wollte nicht. »Jetzt schon? Ich hab doch niemand Wichtiges kennengelernt. Sonst stellst du mich immer allen wichtigen Leuten vor.«

»Das kann ich heute nicht, Liebling, ich kenne ja auch keinen persönlich.«

Pech für Susi. Trotzdem wollte sie noch nicht weg. »Dann sag mir wenigstens, wer die Frau da hinten mit dem roten Kleid ist. Die habe ich schon mal gesehen.«

»Das ist Utta Danella.«

»Na, so was! Und wer ist der Mann da drüben mit dem Vollbart?«

O nein! Warum nur gibt es immer zwei Arten von Partygästen? Die einen, die nach Hause gehen wollen, und die anderen, die bis zum Schluß bleiben möchten. Und warum gehören sie meistens zusammen?

Schließlich siegte Bastis Beharrlichkeit über Susileins Schmollmund. Sie brachen auf. »Hat mich gefreut, Sie kennenzulernen«, versicherte Blondchen. Diese Freude war absolut einseitig, trotzdem brachte ich ein höfliches Grinsen zustande.

Der freie Stuhl wurde sofort von einem Jüngling mit Dreitagebart belegt. Er schaufelte Unmengen von Kartoffelsalat in sich hinein, spülte ihn mit Bier hinunter und verschwand unter Hinterlassung zweier Kaßlerknochen und einer zerknüllten Zigarettenpackung.

Die Riesenschlange am Büfett war inzwischen auf Blindschleichenlänge geschrumpft, so daß ich endlich auch einen Vorstoß wagen konnte. Spanferkel war alle, daß es sogar Gans gegeben hatte, sah ich an dem übriggebliebenen Gerippe, aber Sauerkraut und Rostbratwürstchen sättigen notfalls auch. Der vermeintliche Salat entpuppte sich hinterher als Kräuterkäse, den ich nicht ausstehen kann, und die Heringe reizten mich schon überhaupt nicht. Auf altfränkische Spezialitäten war ich nicht programmiert, ich hatte mich auf Kaviarbrötchen eingestellt.

Gerade wollte ich mich wieder auf meinen Stuhl setzen, als Frau Schöninger auf mich zukam. »Hier haben Sie sich versteckt! Ich hab Sie schon die ganze Zeit gesucht! Wollen Sie nicht zu uns rüberkommen? Wir haben uns da hinten in der Ecke zusammengeballt.« Sie zeigte auf den Flügel, hinter dem mehrere Tische standen. »Langsam nähern wir uns dem gemütlichen Teil. Ich hab zwar schon alle Hände geschüttelt, die ich schütteln mußte, aber ich möchte Sie doch noch gern mit einigen Buchhändlern bekannt machen, die sich besonders für Ihre Bücher eingesetzt haben. Haben Sie jetzt Zeit?«

Natürlich hatte ich Zeit, das Sauerkraut war sowieso schon kalt. Also begrüßte ich diverse Damen und Herren, die sich ausnahmslos freuten, mich kennenzulernen, Unverbindliches plauderten und wissen wollten, ob ich denn gelegentlich zu einer Signierstunde oder gar zu einer Lesung bereit wäre.

Ich murmelte ebenso Unverbindliches und wußte genau, daß es dazu doch nie kommen würde. Dann war ich genug herumgereicht worden und durfte mich wieder setzen. Ein diensteifriger Kellner hatte in der Zwischenzeit meinen noch unberührten Teller abgeräumt. Dafür kam ein anderer und goß die Weingläser voll. Ich fürchtete um meinen Gleichgewichtssinn und bestellte Orangensaft. Wenn ich doch wenigstens ein einziges Würstchen hätte essen können ... Herr Brühl kaute Laugenbrezel, bemerkte meinen hungrigen Blick und gab mir die Hälfte ab. Mampfend sahen wir zu, wie die Reste des kalten Büfetts hinausgetragen wurden.

Allmählich leerte sich der Saal. Es war kurz vor Mitternacht, und wenn Sascha pünktlich war, mußte er jeden Moment aufkreuzen – vorausgesetzt, er hatte ab und zu mal auf die Uhr gesehen. Jetzt konnte ich nur hoffen, daß er sich nicht allzusehr amüsiert hatte. Es würde sich kaum umgehen lassen, ihn den mittlerweile recht zahlreich versammelten Verlagsmenschen als meinen Filius vorzustellen, und dazu brauchte ich ihn in einem halbwegs präsentablen Zustand. Wegen seines Gammellooks machte ich mir keine Sorgen, damit würde er bestimmt nicht auffallen. Entgegen meinen Erwartungen war dieser Empfang alles andere als hoch offiziell, und ich war mir bereits in den ersten Minuten als »overdressed« vorgekommen. Sogar in meinem Beerdigungskostüm wäre ich noch überkorrekt gekleidet gewesen, und diesen goldglitzernden Fummel, der mich ebensoviel Nerven wie Geld gekostet hatte, hätte ich mir sparen können. Von wegen Abendgarderobe! Jeans trugen die Gäste, Rollkragenpullover, bestenfalls dunkle Anzüge und die Damen Hosen oder Schlabberkleider, mit denen sie schon mittags durch die Messehallen gezogen waren. Manche sahen ohnehin aus, als hätten sie seit dem Morgen kein Hotelzimmer mehr gesehen. Und ich hatte mich aufgetakelt, als wäre ich zum Dinner ins

Weiße Haus gebeten worden! Rausgeschmissenes Geld! Ein Glück, daß Steffi ungefähr meine Figur hatte. Zum Tanzstundenball braucht man heutzutage nicht mehr unbedingt eine Tüllwolke, und Schwarz stand ihr recht gut.

Frau Konsalik näherte sich dem Tisch. Sofort sprangen sämtliche Herren eilfertig hoch und boten ihre Stühle an. Lachend winkte sie ab. »So viele brauche ich nicht, ich hab doch gerade wieder abgespeckt. Zwei Wochen lang bloß Knäckebrot und Magerquark. In den letzten Tagen hätten wir aus lauter Verzweiflung am liebsten auch noch die Tischdekorationen gegessen. Mein Mann hat die Tortur viel besser überstanden als ich, der hat gleich elf Kilo abgenommen. Bei mir waren es leider ein paar weniger.« Sie seufzte. »Schön wär's, wenn einem ein vierzehntägiger Urlaub genauso lang vorkäme wie eine vierzehntägige Fastenkur.« Plötzlich weiteten sich ihre Augen in gespieltem Entsetzen. »Herr Brühl, schaffen Sie mir dieses Weib da vom Hals, bevor sie mich wieder mit Beschlag belegt! Eine halbe Stunde lang habe ich mir ihr langweiliges Geschwätz anhören müssen, jetzt kann ich nicht mehr!« Sie zeigte auf ein unterernährtes Geschöpf in pflegeleichtem Häkelkleid mit dazu passendem Topfhut.

»Wer ist das überhaupt?« erkundigte sich der Abkommandierte, als er sich zögernd erhob.

»Eine Agentin, glaube ich. Wenn ich sie recht verstanden habe, erscheint im nächsten Jahr bei uns das Werk eines ihrer amerikanischen Schützlinge. Deshalb habe ich mich ja auch geduldig von ihr vollbrabbeln lassen, aber nun reicht es wirklich!«

So erfrischend offen hatte ich mir die Frau meines berühmten Kollegen nicht vorgestellt. Ich mag Menschen, die sich nicht so furchtbar wichtig nehmen, die natürlich geblieben sind und auch mal über sich selbst lachen können.

Sie musterte die Übriggebliebenen, Unverdrossenen, die

in Grüppchen herumstehend Erfolg verkörperten oder ihn zumindest vortäuschten. Lektoren priesen desinteressierten Verlegern ihre literarischen Neuentdeckungen an, Übersetzer verteilten Visitenkarten, Autoren ließen sich vollaufen.

»Wer ist denn der junge Mann da hinten? Den habe ich noch gar nicht gesehen. War der den ganzen Abend über hier?«

»Nein, das ist mein Chauffeur, er will mich abholen.« Ich winkte Sascha zu, der sich etwas verlegen unserer Ecke näherte.

»Ihr Chauffeur?« Belustigung klang aus Frau Konsaliks Stimme.

»Nur heute. Sonst ist er mein Sohn Sascha.«

»Ist das der mit dem losen Mundwerk?« Offenbar hatte sie schon den Rohabzug meines neuen Buchs gelesen.

»Ja, das ist er. Sieht man ihm das etwa von weitem an?«

Sie nickte. »Er wirkt nicht gerade unbedarft.« Dann beugte sie sich zu mir herüber und fragte leise: »Seien Sie ehrlich, wenn Sie noch mal von vorne anfangen könnten, würden Sie sich wieder fünf Kinder wünschen?«

Darüber hatte ich noch nie nachgedacht. »Ich glaube schon«, antwortete ich zögernd, »aber bestimmt nicht dieselben.«

»Sind Ihre Jüngsten wirklich Zwillinge«, forschte sie weiter, »oder haben Sie das bloß erfunden?«

Ich bestätigte, daß es sich hierbei um Realität und nicht um die vielzitierte dichterische Freiheit handle.

»Dann kommen in Ihrer Familie wohl häufiger Mehrlingsgeburten vor?«

»Bisher noch nie«, sagte Sascha, »aber meine Mutter war jahrelang Sekretärin, da hat sie anscheinend aus alter Gewohnheit wieder mal die doppelte Ausfertigung geliefert. – Schönen guten Abend allerseits.« Artig gab er Pfötchen, ließ sich zum Platznehmen auffordern, lehnte den angebotenen Wein ab, trank statt dessen einen Fruchtcocktail, stand brav Rede und Antwort – kurz, er benahm sich ungewohnt gesittet.

»Stört es Sie eigentlich nicht, daß Sie in den Büchern Ihrer Mutter immer zu den Hauptpersonen gehören?« wollte Frau Konsalik wissen. »Ich habe mich über Ihre Streiche zwar köstlich amüsiert, aber haben Sie selber auch darüber gelacht?«

»Und wie!« grinste Sascha. »Hauptsächlich deshalb, weil meine Mutter von den meisten gar nichts mitgekriegt hat. Sonst wäre das Buch vermutlich wegen Verbreitung jugendgefährdender Schriften auf den Index gekommen.«

»Jetzt übertreib nicht so schamlos«, versuchte ich sein Mitteilungsbedürfnis zu bremsen, »so ein herausragendes Exemplar antiautoritärer Erziehung bist du nun auch nicht gewesen.«

Ihm lag eine Antwort auf der Zunge, aber er schluckte sie hinunter. War wohl auch besser.

Zwanzig Minuten lang hielt er den Schein des wohlerzogenen, höflichen jungen Mannes aufrecht, dann wurde er langsam unruhig. »Wir sollten sehen, daß wir Land gewinnen, Määm, immerhin haben wir noch anderthalb Stunden Autobahn vor uns.«

Er angelte im hinteren Bereich seiner Jeans herum und förderte einen total zerfledderten Geldbeutel zutage, den er erst geradebog, bevor er darin herumwühlte. »Määm, hast du …«

»Kannst du dein Portemonnaie eigentlich nicht woanders deponieren als in der engen Hosentasche?« Ich schämte mich entsetzlich für ihn.

»Das hat schon seinen Grund. Wenn ich es woanders hinstecke, finde ich es manchmal nicht gleich, aber wo ich die

Hose habe, weiß ich immer. Hast du ein bißchen Kleingeld? Ich muß deinen Straßenkreuzer aus dem Parkhaus holen.«

Man wünschte uns gute Fahrt, bedauerte, daß wir uns am nächsten Tag nicht mehr am Stand sehen würden, und nahm mir die Zusicherung ab, im kommenden Jahr mehr Zeit mitzubringen. Ich versprach alles, was man von mir erwartete, die nächste Buchmesse war erst in zwölf Monaten, und so weit plane ich selten voraus.

»Wie war's denn?« erkundigte sich Sascha, als er sich endlich zur Ausfallstraße durchgewurstelt hatte.

»Stinklangweilig. Jedenfalls am Anfang.«

»Na weißte, den Eindruck hatte ich nun wirklich nicht. Ich fand die Truppe ganz lustig, mit der du da zusammengehockt bist. Jetzt bedaure ich sogar, daß ich mich vorher abgeseilt habe.«

»Und ich dachte, wenigstens du hättest dich amüsiert.«

»Bei einem Glas Bier für sechsfuffzich?« Er kurbelte die Scheibe herunter, damit der Zigarettenrauch abziehen konnte. »Findet im nächsten Jahr wieder so eine Party statt?«

»Mach das Fenster zu! Für Temperaturen unter Null bin ich nicht angezogen!« Fröstelnd zog ich meine schon etwas räudige Calajosjacke zusammen. Da war dringend mal was Neues fällig. Mußte ja nicht wieder Pelz sein, schon wegen Grzimek nicht. Ein schicker Stoffmantel täte es auch. Hätte ich mir sogar leisten können, wenn dieser blöde und völlig überflüssige Abendanzug nicht gewesen wäre.

»Party? Weiß ich nicht. Wahrscheinlich. Ist mir aber egal, da kriegen mich sowieso keine zehn Pferde mehr hin. Nie wieder!«

»Auch nicht, wenn ich mitkomme?«

»Dann erst recht nicht!«

Kapitel 9

Selbstverständlich blieb es nicht bei dem »Nie wieder!«, denn im Laufe der Jahre lernte ich, daß Autoren zumindest einmal im Jahr da zu erscheinen haben, wo man sie mit Fug und Recht erwarten kann: auf der Buchmesse. Dort dienen sie in der Regel als Aushängeschild und sollen das Renommee ihres Verlags heben. Zu diesem Zweck verfügt denn auch fast jeder Verlag über eine große Pinnwand mit dem Hinweis: Unsere Autoren am Stand. Sobald sich einer von ihnen auch nur nähert, wird ein schon präpariertes Namensschild hervorgeholt und angebracht. Prominente Autoren könnten darauf verzichten (was sie aber nicht tun), weniger prominente erleben mitunter etwas groteske Situationen.

Einmal saß ich mit Hinrich Matthiesen an einem dieser niedlichen Boulevardtischchen, als zwei etwa elfjährige Knaben heranstürmten und mein Gegenüber um ein Autogramm baten. Bereitwillig malte er seinen Namenszug in das hingehaltene Buch, aber als sich die beiden wieder entfernen wollten, warf der eine von ihnen einen zweifelnden Blick auf mich, beriet sich mit seinem Freund und kam zögernd zurück. »Kriege ich von Ihnen auch eins?« Nachdem ich mich ebenfalls in dem Buch verewigt hatte, zogen sie ab, aber ich hörte doch noch, wie der eine zum anderen sagte: »Wer war'n das überhaupt?«

Ein anderes Mal erzählte einer unserer Außendienstmitarbeiter, er sei von einem Halbwüchsigen um seine Unterschrift gebeten worden, habe irgend etwas Unleserliches hingekritzelt, worauf der Autogrammjäger beglückt gestammelt habe: »Vielen Dank, Herr Konsalik.« Stundenlang haben wir versucht, zwischen den beiden Herren auch nur die geringste Spur von Ähnlichkeit zu entdecken.

So ziemlich jeder Bundesbürger dürfte schon einmal das Frankfurter Messegelände gesehen haben, denn dort werden ja nicht nur Bücher, sondern in regelmäßigem Turnus auch Autos, Pelzmäntel, Industriegüter, Stoffe und sonstige Erzeugnisse fleißiger Fabrikanten präsentiert, doch die größte Anziehungskraft hat vermutlich die jedes Jahr im Oktober stattfindende Buchmesse, für die besonders Hotelbesitzer dankbar sind, weil sie dann nicht nur die Zimmerpreise verdoppeln, sondern darüber hinaus auch noch die letzte Besenkammer profitabel an den Mann bringen können. Erfahrene Aussteller buchen ihre Unterkünfte grundsätzlich für die kommenden zehn Jahre im voraus, wissen sie doch genau, daß im Falle ihres vorzeitigen Ablebens die späteren Erben keine Schwierigkeiten haben werden, das reservierte Zimmer innerhalb von Minuten wieder loszuwerden.

Kluge Menschen, denen der tägliche Rummel in den Messehallen genügt und die keinen Wert auf eine abendliche Fortsetzung in den dafür reichlich vorhandenen Etablissements legen, nächtigen außerhalb. Außerhalb bedeutet vierzig bis sechzig Kilometer von Frankfurts Stadtkern entfernt, bedeutet Kriechverkehr auf den Zufahrtsstraßen, bedeutet aber auch entsprechend frühes Aufstehen am anderen Morgen, weil der Verkehr dann in die entgegengesetzte Richtung kriecht. Der einzige Vorteil: Man schläft halbwegs ruhig.

In eines dieser außerhalb gelegenen Hotels hatte man mich einquartiert zusammen mit einigen Kollegen und ein paar Mitarbeitern, deren pünktliches Erscheinen am Stand nicht obligatorisch war. Autoren gehören ebenfalls dazu.

Deshalb wohl brummt man ihnen auch gern die weiten Anfahrtswege auf.

Ich war bereits am Nachmittag nach Frankfurt gefahren, hatte allerdings einen großen Bogen um das Messegelände gemacht und statt dessen Wiedersehen mit Evchen gefeiert, einer Berliner Klassenkameradin, die ebenfalls aus unserer Heimat emigriert war. Wenn man sich nach über dreißig Jahren plötzlich wiedersieht, guckt man nicht auf die Uhr. Das war mein Fehler! Um halb zehn riskierte ich doch mal einen Blick, und dann wurde es hektisch! Koffer aus dem Auto geholt, Klamotten rausgewühlt – diesmal war's nur ein schlichtes Kostüm –, Evchen scheuchte den vor unserem erinnerungsträchtigen Geschwafel geflohenen Ehemann aus der Badewanne, holte Wimperntusche und Lockenstab, behielt die Ruhe, während ich immer nervöser wurde, und lotste mich sogar noch durch den Frankfurter Verkehr.

Die traditionelle Party lief ab wie alle vorangegangenen Partys, nur kannte ich jetzt im Gegensatz zu meinem ersten Besuch schon eine ganze Reihe von immer denselben Gästen, und Rolfs konstante Weigerung, mich wenigstens ein einziges Mal zu begleiten, verursachte mir keine Bauchschmerzen mehr. Ich unterhielt mich auch ohne ihn ganz gut.

An diesem Abend lernte ich eine neue Mitarbeiterin des Verlags kennen. Frau Maibach. Sie war das genaue Gegenteil von Frau Schöninger, nämlich dunkelhaarig statt blond. schlank statt rundlich, ruhig statt quirlig, aber sie hatte ein genauso loses Mundwerk wie ihre Vorgängerin. Wir verstanden uns auf Anhieb und hechelten genüßlich die Anwesenden durch. Am nächsten Tag allerdings waren wir ihre Opfer!

Als lange nach Mitternacht ein einzelnes verstohlenes Gähnen eine Kettenreaktion auslöste und alle anderen auch zu gähnen anfingen, wurde der allgemeine Aufbruch beschlossen. Eingedenk meiner Unfähigkeit, in fremden Gegenden unbekannte Ortschaften zu finden – nachts schon überhaupt nicht –, pirschte ich mich an Herrn Duwe heran, von dem ich wußte, daß er ebenfalls in jenem »außerhalb« gelegenen Hotel logierte. »Kann ich mich an Sie dranhängen?«

»Warum?« (Herr Duwe ist Norddeutscher und gehört nicht eben zu den Gesprächigsten.)

»Weil ich dieses Hotel allein nie finden werde.«

»Das ist kein Hotel, das ist eine Pension.«

»Na schön, dann ist es eben eine Pension, was spielt das schon für eine Rolle?«

»Eine große. Da gibt es nämlich keinen Nachtportier.«

»Brauche ich nicht. Mein Köfferchen kann ich auch allein tragen.«

Er grinste hinterhältig. »Wissen Sie denn auch, in welches Zimmer?«

»Nee. Aber ich denke, es ist eins für mich reserviert.«

»Das schon, aber welche Nummer?«

»Keine Ahnung, ich bin ja noch nicht dort gewesen.«

»Eben!«

Es stellte sich heraus, daß diese Pension ab 22 Uhr auf Selbstbedienung umgepolt wurde, d. h., man bekam schon vorher den Hausschlüssel ausgehändigt, verschaffte sich selbst Einlaß, holte den Zimmerschlüssel vom Brett und begab sich zur Ruhe.

»Ist doch kein Problem, ich nehme einfach den Schlüssel, der als letzter übrigbleibt. Das muß zwangsläufig meiner sein.« Ich war sehr stolz auf meine logische Schlußfolgerung – und erntete brüllendes Gelächter.

»Sie haben wohl keine Ahnung, wie viele Nachtschwärmer es gibt! Manche kommen doch bloß zum Wäschewechseln ins Hotel. Und ob Ihr Zimmer überhaupt noch frei ist, müßte auch erst geklärt werden. Wer sich bis 20 Uhr nicht gemeldet hat, gilt in der Regel als nicht angekommen. Dann wird einfach weitervermietet.«

Jetzt wurde ich doch ein bißchen unruhig. »Kann man in diesem Laden nicht mal anrufen?«

Herr Duwe nahm das als Aufforderung und trabte ab. Bald war er wieder da. »Geht keiner ran.«

Kleiner Kriegsrat. Der große entfiel, weil nur noch sieben Unentwegte übriggeblieben waren, die den Ausweg dieser etwas prekären Situation mitkriegen wollten.

»Kennen Sie denn niemanden in Frankfurt, bei dem Sie übernachten könnten?«

Nein, ich kannte keinen. Die Existenz von Evchen unterschlug ich. Man kann nicht bei jemandem, den man schon vorher bis zum Gehtnichtmehr genervt hat, nachts um drei vor der Tür stehen und um Asyl bitten.

»Ich hab eine Freundin hier in der Nähe. Vielleicht kann ich bei der schlafen, und Sie kriegen mein Zimmer.« Als Verlagssekretärin fühlte sich Frau Gröning offenbar mitverantwortlich für das Wohl der Autorin.

»Wo wohnt denn diese Freundin?«

»In Taunusstein.«

Das war bereits außerhalb von Außerhalb und kam nicht in Frage.

»Ich kann ja zur Bahnhofsmission gehen«, schlug ich vor. Das wurde genauso verworfen wie die Anregung von männlicher Seite, man könne doch nach Sachsenhausen fahren und sich den Rest der Nacht bei Äppelwoi um die Ohren schlagen. Auf die paar Stunden käme es nun auch nicht mehr an.

»Da habe ich eine viel bessere Idee: Ich fahre ganz einfach nach Hause!« Nachts würde die Autobahn leer sein, getrunken hatte ich kaum etwas – warum also nicht?

»Sie haben morgen um zehn einen Pressetermin«, erinnerte Frau Gröning.

Richtig, den hatte ich total vergessen. Irgend jemand wollte mal wieder irgend etwas von mir wissen, was -zig Kollegen vor ihm auch schon hatten wissen wollen.

Frau Maibach meldete sich zu Wort: »Ich habe ein Doppelzimmer, und das zweite Bett ist frei. Wenn es Ihnen nichts ausmacht ...«

Normalerweise pflege ich nicht Bett und Bad mit jemandem zu teilen, den ich erst seit ein paar Stunden kenne, aber hier handelte es sich um einen Notfall, müde war ich auch, also – »Ich nehme dankend an, verspreche Ihnen, daß ich nicht schnarchen werde, und somnambul bin ich bloß bei Vollmond.«

Viel geschlafen haben wir nicht mehr in dieser Nacht, und entsprechend munter erschienen wir am nächsten Morgen um acht am Frühstückstisch, begrüßt von den erstaunten Gesichtern der bereits Anwesenden. Ich war im örtlichen Hauptquartier des Verlags gelandet, wo die meisten zur Messe abkommandierten Mitarbeiter wohnten – Verlegers natürlich ausgenommen –, die wenigsten von ihnen hätten meinen nächtlichen Einzug mitgekriegt. Meine langatmigen Erklärungen wurden teils mit Bedauern, teils mit süffisantem Lächeln aufgenommen.

»Also *das* hätten wir nun doch nicht von Ihnen gedacht, wo Sie doch fünf Kinder haben!«

»Seien Sie froh, daß hier keine Journalisten wohnen, auf diese Weise bleibt es wenigstens unter uns!«

»Ja, ja, immer diese stillen Wasser!«

Ich kapierte noch immer nichts, aber der Groschen fiel doch endlich, als Frau Maibach ganz trocken sagte: »Man kann eben nicht ständig über seinen eigenen Schatten springen!«

Die Frotzeleien gingen den ganzen Tag über weiter und wurden nur unterbrochen, wenn sich Besucher zu uns gesellten. Trotzdem muß durch die geheimen unterirdischen Kanäle etwas nach außen gedrungen sein; Monate später wurde ich von einem alten Freund längst vergangener Journalistenzeiten gefragt: »Ich hab da so was läuten hören. Stimmt es wirklich, daß du lesbisch bist?«

»Natürlich, hast du das nicht gewußt? Fünf Gören und in zwei Jahren Silberhochzeit – alles nur Tarnung!«

Ich glaube, er rätselt noch heute.

Auch in den Hallen der Literatur gibt es eine gewisse Hierarchie, die an der Plazierung des jeweiligen Standes sichtbar wird.

Die Elite der Verlagsbranche residiert in der Mitte, also dort, wo die Gänge ein paar Zentimeter breiter sind und von den Größen aus Politik und Wirtschaft bei ihren Pflichtbesuchen durcheilt werden. An den Randbezirken der Hallen hausen die kleinen Verlage, die unbekannten, die neuen – kaum beachtet und von den meisten Besuchern nur dann zur Kenntnis genommen, wenn sich Warteschlangen vor den Toiletten gebildet haben. In zum Teil armseligen Bretterbuden, vollgekleistert mit Plakaten und den oft recht kümmerlichen Erzeugnissen ihres Hauses, hocken in diffusem Halbdunkel verschreckte Jung-Autoren neben ihren auch nicht viel älteren Verlegern und warten auf das Wunder, das ihnen Ruhm und die nächste bezahlte Telefonrechnung garantieren soll.

Ein Messestand ist nichts anderes als ein dreiwandiger Bretterverschlag unterschiedlicher Größe, lediglich an der Ausstattung läßt sich die Bedeutung der einzelnen Verlage erkennen. Dicke Teppichböden, beleuchtete Dias an den Wänden und gefüllte Blumenvasen signalisieren die elitäre Spitzenposition. Man sieht's auch an den Getränken. Whisky on the rocks in Kristallgläsern am Mittelgang, dazu Käsegebäck, weiter hinten Plastikbecher mit Wodkaverschnitt und Salzstangen.

Zu jedem Stand gehört ein »Kabuff« genannter Verschlag mit dem Volumen einer mittelgroßen Besenkammer, neugierigen Blicken nur sehr unzulänglich durch einen nie korrekt schließenden Vorhang entzogen, hinter dem sich alles stapelt, was vorne nichts zu suchen hat. Wichtigstes Möbel: Der Kühlschrank, in dem man wenig Alkoholfreies, dafür um so mehr Hochprozentiges findet. Lauwarmen Apfelsaft kann man notfalls anbieten, lauwarmen Gin auf keinen Fall. Auf dem Kühlschrank steht eine Kaffeemaschine, daneben die Plastikschüssel mit Spülwasser. Sobald sich diese Flüssigkeit von milchig-weiß zu dunkelgrau färbt, beginnt das Streichholzspiel. Wer das kürzeste Hölzchen zieht, ist dazu verdonnert, die Wanne mit der unappetitlichen Brühe zum Waschraum zu jonglieren, auszukippen und frisch gefüllt wieder zurückzubringen, was besonders am Nachmittag zu halsbrecherischen Balanceakten führt, weil sich bis dahin die Besucherscharen in den Hallen verdreifacht haben.

Um den Kühlschrank herum stapelt sich sonstiges: der ständig überquellende Müllsack, Handtaschen, Bücher, die irgend jemand irgendwo geschnorrt und vorsichtshalber aus der Schußlinie gebracht hat, Garderobe, herrenlose Regenschirme, Gläser, Tassen, Flaschen – volle und leere –, dazwischen das Telefon und gelegentlich ein abgestelltes Kleinkind. Es ist erstaunlich, was in diesem Kabuff alles untergebracht werden kann. Schwierig wird es nur, wenn jemand etwas herausholen oder gar -suchen muß, dann geht der Vorhang in die Waagerechte.

Je mehr Zuschauer sich vor einem Stand zusammenballen, desto mehr Bedeutung wird ihm zugeschrieben. Wer einen möglichst durch Film oder Fernsehen bekannten Autor vorzuweisen hat, ist fein heraus. Wer damit nicht aufwarten kann, läßt sich etwas anderes einfallen. Zum Beispiel einen Crêpes-Bäcker, der hauchfeine Pfannkuchen herstellt und dabei auf die rundherum drapierten Kochbücher hinweist. Oder zwei lebende Marionetten, deren Bewegungen mich immer an die Bärenfellmützengarde der englischen Königin erinnerten.

Vor einigen Jahren gab es bei uns am Stand einen Fernseher mit Videogerät, über den pausenlos die ersten zehn Sendeminuten der »Schwarzwaldklinik« flimmerten – unübersehbarer Hinweis auf das gleichnamige Buch. Sobald der Kurzfilm zu Ende war, spulte er automatisch zurück und begann wieder von vorne. Die erhoffte Wirkung blieb auch nicht aus. Menschenmengen stauten sich vor dem Kasten, aber die Standbesatzung war schon nach ein paar Stunden mit den Nerven am Ende. Unentwegt dieselbe Melodie, unentwegt dieselben Dialoge, unentwegt Klausjürgen Wussows väterlich-gütiges Lächeln ... nachts erschien er mir als Alptraum!

Dabei wäre dieser Blickfang gar nicht nötig gewesen, denn wir hatten ja Cleo. Endlich mal jemand, mit dem auch weniger belesene Messebesucher etwas anfangen konnten. Cleo machte Filme, Cleo machte Fernsehen, und nun schreibt Cleo auch noch Bücher. Großartig! Her mit ihr!

Ich hatte sie am vorangegangenen Abend auf der traditionellen Mittwochsparty kennengelernt und war gleich ins Fettnäpfchen getreten, weil ich mit ihrem Namen nichts anfangen konnte. Nördlich des Weißwurstäquators nimmt ihr Bekanntheitsgrad etwas ab, außerdem gehöre ich zu jener mittelalterlichen Generation, die noch Gary Cooper angehimmelt hat und nicht Sascha Hehn – kurz und gut, ich mußte mir erst erklären lassen, wer da vor mir stand. Und das war wirklich beeindruckend: Minirock, respektable Oberweite,

Haare fast bis zu den Hüften, nicht eben dezent geschminkt – ein Covergirl, aber ein recht dekoratives.

Wir wechselten die üblichen Banalitäten und sahen uns erst am nächsten Vormittag auf dem Stand wieder. Dort erfuhr ich, daß wir beide im selben Hotel wohnten, einer jener reibungslos funktionierenden Hochhausbettenburgen ›außerhalb‹, und ob es mir etwas ausmachen würde, Cleo ein bißchen unter meine Fittiche zu nehmen. Sie sei nicht motorisiert, käme immer mit dem Taxi, was auf die Dauer doch etwas zu kostspielig würde, und überhaupt wäre es angebracht, wenn man ein wachsames Auge auf sie habe. Sie sei nun mal ein lebenslustiger Typ, eben eine Künstlerin, und als solche auch mit den negativen Eigenschaften behaftet, die man dieser Menschengattung nachsagt: Nicht gerade zuverlässig, nicht gerade pünktlich und – na ja – eben lebenslustig.

Auf gut deutsch hieß das: Nimm sie abends mit ins Hotel, sorg dafür, daß sie auch dableibt und nicht ausbüxt, und bring sie am nächsten Morgen ausgeschlafen wieder zurück.

Diese Rolle war neu für mich. Babysitter bei einem späten Teenager irgendwo zwischen dreißig und fünfunddreißig hatte ich noch nie gespielt, und so ließ ich mich bereitwillig als Kindermädchen verpflichten.

Der erste Abend verlief ereignislos. Wir speisten ausgiebig im Hotel und gingen früh schlafen. Im Lift nach oben meinte Cleo: »Nun kennen wir uns doch schon so lange, da könnten wir eigentlich ›Du‹ sagen.«

Erst schluckte ich trocken, dann nickte ich. »Aber sicher.« Wie war das doch noch? Künstler haben ihre eigenen Gesetze.

Auch am nächsten Morgen war sie auf die Minute pünktlich im Frühstückszimmer, diesmal in hochgeschlossenem schwarzen Leder.

»Nanu, heute bis zum Adamsapfel eingenäht?«

»Im Moment muß ich ja nicht mein Image verkaufen. Nachher ziehe ich den Reißverschluß bis zum Bauchnabel auf.« Was sie auch sofort demonstrierte. Der Herr am Nebentisch bekam beim Anblick des winzigen Suntops Kulleraugen.

»Weißt du, eigentlich bin ich ja gar nicht so, wie ich aussehe.« Sie ließ Honig auf ihr Brötchen tröpfeln und sah mich mit lammfrommer Unschuldsmiene an. »Zu Hause in München erkennt mich kein Mensch auf der Straße, aber hier muß ich mich ja so aufmotzen. Die Leute erwarten das.«

»Welche Leute?«

»Na, die Jungs von der Presse und vom TiWi. Die kennen mich aus meinen Filmen und identifizieren mich damit. Genau wie die Barbara. Die ist im wirklichen Leben auch ganz anders.«

Wer zum Geier war jetzt wieder Barbara? Müßte ich die ebenfalls kennen? Zum Glück ersparte mir Cleo die Frage. »Ich meine die Barbara Valentin. Von der hast du doch bestimmt schon gehört?«

Und ob! Sie war ja oft genug als das deutsche Busenwunder durch die Illustrierten gegeistert.

Nun bekam ich einen tieferen Einblick in Cleos ›wirkliches‹ Leben. Vier Katzen beherbergte sie in ihrer Wohnung zusammen mit der platonischen Liebe Herbert, die auch kochen kann und Fenster putzen. »Den habe ich mal im Englischen Garten aufgelesen und mitgenommen, weil er nicht gewußt hat, wohin. Zwischen uns ist nie was gelaufen, jeder hat seinen Freiraum, aber meine Tiere sind in guten Händen, wenn ich unterwegs bin.«

»Was sagt denn Ihr – äh, dein Freund zu diesem Mitbewohner?«

Zur Zeit habe sie keine Beziehungskiste, die letzte habe sie gerade an ihre beste Freundin verloren. »Und ich Riesenrindvieh habe die beiden auch noch miteinander bekannt gemacht«, schimpfte sie, um dann gleich wieder umzuschwenken: »Aber dieser Mann ist mir sowieso nicht bestimmt gewesen. Meine ganz große Liebe lerne ich erst im übernächsten Jahr kennen.«

Wie bitte? Hatte sie sich etwa selber die Karten gelegt?

»Er ist mir prophezeit worden. Und daran glaube ich!«

Wohl dem, der das kann.

»Bisher ist alles eingetroffen, was mir für die Zukunft vorhergesagt worden ist. Deshalb weiß ich auch, daß dieser eine Mann mein Schicksal wird.«

Das hat schon so mancher geglaubt und hinterher sein Schicksal verwünscht!

Plötzlich sah mich Cleo durchdringend an. »Ich glaube, ich bin dir schon in einem früheren Leben begegnet. Wahrscheinlich im Mittelalter.«

Jetzt fing sie aber wirklich an zu spinnen! »Willst du damit sagen, du bist wiedergeboren worden?«

»Natürlich, das sind wir doch alle. Ich war schon viermal auf der Welt, das erstemal im alten Ägypten. Deshalb habe ich mir auch diesen Namen ausgesucht.«

Daß der nicht echt war, hatte ich schon vermutet, aber wie immer sie auch heißen mag, Cleo paßt viel besser.

Wir setzten das interessante Gespräch auf der Fahrt nach Frankfurt fort. Leider konnte sie mir nichts über meine frühere Vergangenheit erzählen, jedoch über ihre eigene wußte sie recht gut Bescheid. Soweit ich mich erinnere, ist sie sogar einmal als Hexe verbrannt worden.

Bevor sie mich in die Anfangsgründe transzendentalen Meditierens einweihen konnte, hatten wir das Messegelände erreicht, und sie wandte sich wieder der Gegenwart zu. »Wir haben doch nachher zusammen eine Talkshow?«

»Nein, die hast du heute abend allein. Aber wir müssen zur Signierstunde nach Mannheim.«

»Na also, ich wußte doch, daß da irgendwas war.«

Dieses Irgendwas spielte sich mittags um eins ab, also zu einer Zeit. wo die eine Hälfte der Bundesbürger am Mittagstisch sitzt und die andere schon wieder arbeitet. Dabei hatte sich der Kaufhof wirklich große Mühe gegeben. Um eine dikke Säule herum waren drei Schreibtische aufgebaut, bestückt mit Blümchen, Fruchtsaft sowie einer Kollektion Kugelschreiber, darüber hingen unsere Fotos, und drum herum stapelten sich unsere gesammelten Werke. Mit von der Partie war noch Hinrich Matthiesen, der sich sofort an seinen Platz begab. Die geballte Weiblichkeit – auch das Verkaufspersonal trug überwiegend Röcke – wurde wohl langsam zuviel für ihn.

Trotz der regelmäßigen Lautsprecherdurchsagen, mit denen auf die ›drei bekannten Autoren‹ hingewiesen wurde, tat sich anfangs gar nichts. Vereinzelte Kunden umkreisten in gebührendem Abstand die Tische, warfen verstohlene Blicke, gingen weiter, kamen langsam wieder zurück – niemand wollte der erste sein. Endlich kam ein Herr auf mich zu.»Wo bitte, finde ich einen Reiseführer für Irland?«

Nebenan bei Cleo herrschte reger Betrieb. Eine ganze Horde Jugendlicher hatte sich eingefunden, Cleo verteilte Küßchen und Unterschriften, und als der Schwarm abgezogen war, fragte ich interessiert: »Wie viele Bücher bist du denn losgeworden?«

»Bloß eins. Die wollten alle nur Autogramme.«

Wir haben dann aber doch noch eine ganze Menge Bücher verkauft und signiert, lediglich die etwas konfuse Dame wollte doch keines mitnehmen, obwohl sie anfangs richtig begeistert gewesen war. »Es wurde auch wirklich Zeit, daß mal jemand etwas über Linkshänder schreibt.«

»Wie bitte?«

Sie griff nach dem Buch und las den Titel. »Das mach ich

doch mit links! Da haben Sie mal was Vernünftiges geschrieben. Normale Leute wissen ja gar nicht, was wir Linkshänder für Schwierigkeiten im ganz gewöhnlichen Alltag haben.«

Nur mühsam konnte ich mir das Lachen verbeißen, obwohl die Dame, über ihren Irrtum aufgeklärt, mit ihrer Empörung nicht hinter dem Berg hielt. »Das ist ja richtiger Betrug!! Unter dieser Überschrift erwartet man doch ganz etwas anderes!«

Zu meiner Rechtfertigung muß ich allerdings sagen, daß sie die erste und bisher auch die einzige war, die hinter dem Titel einen praktischen Leitfaden für Linkshänder vermutete.

Gegen Ende der Signierstunde rückte der Herr Abteilungsleiter mit dem Gästebuch an. Ich hasse Gästebücher, habe selbst nie eins besessen und jedesmal einen Horror vor dem großen weißen Blatt, auf das ich etwas möglichst Originelles schreiben soll. Von einer Autorin heiterer Bücher wird das erwartet, auch wenn ihr bei solchen Gelegenheiten grundsätzlich nichts einfällt. Mir fiel auch diesmal nichts ein außer der üblichen Danksagung, aber beim Durchblättern des gewichtigen Buches stellte ich fest, daß Rosi Mittermeier und Reinhold Messner auch nichts anderes eingefallen war.

Für die Rückfahrt brauchten wir zweieinhalb Stunden, von denen wir anderthalb im Stau hingen. Cleo hatte sich neben mir auf dem Rücksitz zusammengerollt und schlief. Ich las derweil mit zunehmendem Vergnügen in ihrem Buch, das sie mir mit vielen Grüßen und Bussis gewidmet hatte. Normalerweise hätte ich es nach den ersten Seiten wieder zugeklappt, weil ich für Liebesgeschichten nicht allzuviel übrig habe. Aber nun kannte ich Cleo schon recht gut und merkte, daß sie ihre Herzschmerz-Story wirklich mit (Pardon!) ihrem Herzblut geschrieben hatte. Ohne Rücksicht auf Stil und Grammatik sprudelte sie die Geschichte heraus, himmelhoch jauchzend, im nächsten Kapitel zu Tode betrübt, normale

Menschen gibt es überhaupt nicht, alle Typen sind irgendwo ausgeflippt – ähnlich chaotisch muß sich wohl doch ihr Alltag abspielen, obwohl sie bei jeder Gelegenheit das Gegenteil behauptet. Cleo, das nimmt dir ja doch keiner ab!

Am Abend hatte sie ihre Talkshow. Nicht nur in meiner Eigenschaft als Chauffeur und Gouvernante trabte ich mit, mich interessierte ebensosehr der Ablauf dieses Spektakels, denn am nächsten Tag war ich für einen ähnlichen Auftritt vorgesehen.

In einem großen Einkaufszentrum hatte eine Frankfurter Zeitung während der Messewoche ein Bretterpodest aufgebaut, mit Mikrofonen bestückt, und war nun bemüht, täglich acht Stunden lang ein Nonstop-Programm abzuziehen. Die Darbietungen reichten von Seiltänzern und Clowns bis zum kompletten Straßentheater. Dazwischen gab es Musik und natürlich Interviews, hauptsächlich mit Autoren, davon liefen ja zur Zeit genug herum. Vor der improvisierten Bühne waren Tische und Bänke aufgestellt, die je nach Tageszeit und Witterung von kaum besetzt bis rammelvoll waren. Für zwei Mark gab es Erbsensuppe, Würstchen mit Pommes waren teuer.

Ich bestellte Äppelwoi, jenes hessische Nationalgetränk, das mir bereits von vielen Nicht-Hessen als kaum genießbar und mit fürchterlichen Folgen behaftet geschildert worden war, und auf dessen Genuß ich aus ebendiesen Gründen bisher verzichtet hatte. Bei diesem Entschluß hätte ich auch bleiben sollen! Als sich nämlich der aber schon sehr rundliche Herr am anderen Ende niederließ und mit seinen zwei Zentnern das sorgfältig ausbalancierte Gleichgewicht der Bank zu seinen Gunsten verschob, fand ich mich unversehens zwanzig Zentimeter über dem Boden wieder und rutschte mit zunehmender Geschwindigkeit auf den dicken Prellbock zu. Wie Äppelwoi schmeckt, weiß ich noch immer nicht, aber dafür weiß ich, daß sich seine Flecken nur schwer aus Mohairpullovern entfernen lassen. Deshalb habe ich auch von Cleos Interview nichts mitgekriegt, denn während sie da oben talkte, zwängte ich mich durch die Menschenmassen bei Woolworth auf der Suche nach Wollwaschmittel.

Mit meiner rosa Flasche unterm Arm kehrte ich zurück und bekam gerade noch den Schlußapplaus mit. Das Interview war gelaufen. Cleo auch. Und zwar weg. Nach längerem Suchen fand ich sie neben dem Übertragungswagen, wo sie fröhlich weitertalkte. Diesmal inoffiziell. Mit ihrem Interviewpartner. Ich mußte zugeben, daß er blendend aussah, und offenbar fand Cleo das auch. Ziemlich unwirsch reagierte sie auf mein verstohlenes Winken. »Moment noch, ich komme ja gleich!«

Na schön, auf die paar Minuten kam es nun auch nicht mehr an. Ohnehin müssen Kindermädchen über eine gehörige Portion Geduld verfügen.

Endlich verabschiedete sich mein Schützling von seinem Beau. »Ich komme nicht mit ins Hotel«, erklärte sie mir gleich, »ich habe nachher noch ein Rundfunkinterview.«

»Nennt man das jetzt so?«

Sie verstand sofort. »Es ist nicht das, was du glaubst. Der Junge hat heute abend eine Livesendung im Radio, und da will er mich unbedingt drinhaben.«

»Wo soll das stattfinden?«

»In Mainz natürlich.«

Aha. Soviel ich wußte, machte man dort lediglich Fernsehen, der Rundfunksender saß bestimmt ganz woanders, aber selbst wenn ... Cleo gehörte ins Bett und morgen früh um zehn frisch gewaschen wieder an den Stand. Dann hatte sie nämlich wirklich einen Termin.

»Wie willst du überhaupt nach Mainz kommen? Etwa mit dem Taxi?«

»Nein, das brauche ich nur für die Rückfahrt. Jetzt nimmt mich der Stephan in seinem Wagen mit.«

Also doch! Freundschaftlich hakte ich sie unter und zog sie etwas zur Seite. »Hör mal, Cleo, du bist doch nicht von gestern! Der Knabe will sich bloß einen netten Abend machen, und dazu paßt du ihm prima ins Programm. Es ist sogar möglich, daß er mit Tonbandköfferchen anrückt, dich fünf Minuten lang ins Mikro labern läßt und dir erzählt, demnächst werde das Interview über den Sender gehen. Früher mußten Briefmarkensammlungen als Köder herhalten, heute fährt man eben andere Geschütze auf. Ganz abgesehen davon, daß Verlegers sauer sind, wenn du morgen nicht pünktlich auf der Matte stehst. Und das Taxi bezahlen sie garantiert nicht!«

Dieses Argument mußte wohl den Ausschlag gegeben haben. Sie zögerte einen Moment und meinte dann: »Vielleicht hast du recht. Ich werde dem Stephan sagen, daß ich mir die Sache noch überlegen will.«

Sie überlegte sich die Sache während der ganzen Fahrt ins Hotel, und bevor die Überlegungen doch wieder in die falsche Richtung gingen, schob ich sie in den Speisesaal, wo sie für die nächste Stunde beschäftigt war. Und danach war es endgültig zu spät für eine Fahrt nach Mainz.

Als ich am nächsten Morgen um halb neun zum Frühstück herunterkam, war Cleo noch nicht da. Zwanzig Minuten und drei Tassen Kaffee später hatte sie sich noch immer nicht gezeigt. Am Telefon meldete sie sich auch nicht, also rein in den Lift und oben Trommelfeuer an ihrer Zimmertür. Endlich rührte sich etwas. »Wer is'n da?«

»Ich bin's. Cleo. Mach auf!«

Verschlafen, verstrubbelt und ein bißchen sehr neben der Kappe stand sie vor mir. »Wie spät isses denn?«

»Gleich neun. In einer Stunde müssen wir in Frankfurt sein!«

»Nur keine Hektik«, gähnte sie, »in zehn Minuten bin ich fertig.«

»Das glaubst du doch wohl selber nicht!«

Aber es stimmte. Noch heute ist es mir rätselhaft, wie sie sich in der kurzen Zeit vom Hemdenmatz in eine gutgekleidete, perfekt geschminkte und erstklassig frisierte Frau verwandeln konnte. Da war ein Profi am Werk gewesen!

Wie sich herausstellte, hatte Cleo die Einsamkeit ihres Hotelzimmers nicht ertragen, war nicht daran gewöhnt gewesen, mit den Hühnern ins Bett zu gehen, und hatte noch einen kleinen Abstecher in die Bar gemacht. Wie lange der gedauert hatte, fragte ich nicht, ging mich auch nichts an, obwohl ich dieses verrückte Geschöpf schon richtig gern hatte. Hauptsache, ich lieferte meine Schutzbefohlene ein letztes Mal pünktlich ab. Am Nachmittag würde sie nach Hause fahren. Ich übrigens auch. Vorausgesetzt, die angekündigte Masseninvasion kam nicht allzu spät.

Eine Duisburger Buchhändlerin hatte nämlich einen Bus gechartert und allen interessierten Kunden Mitfahrgelegenheit zum Besuch der Messe angeboten. Offenbar waren eine ganze Menge interessiert, denn sie meldete telefonisch das Eintreffen von ungefähr fünfzig Personen, die alle (???) Evelyn Sanders kennenlernen wollten. Und ob die beliebte (???) Autorin wohl da sei.

Natürlich war sie da, und sie fühlte sich ungeheuer geschmeichelt. Im Kabuff herrschte Hektik. Die Gäste sollten mit einem Willkommenstrunk begrüßt werden, dessen Herstellung reichlich kompliziert war. Anläßlich des Erscheinens von Konsaliks neuem Roman hatten Verlegers einen dazu passenden Cocktail kreiert und ihn »Sibirisches Roulette« genannt. Soviel ich weiß, bestand er in der Hauptsache aus Wodka, Blue Curaçao, Zitronensaft und Sekt, sah ziemlich giftig aus und ging fürchterlich in die Beine. In einem Wassereimer wurde die Grundsubstanz angerührt, gleichmäßig auf fünfundfünfzig Pappbecher verteilt, und als die Vorhut der Busbesatzung auftauchte, knallten die Sektkorken. Zu spät stellte sich heraus, daß die vorhandenen Flaschen nicht reichten. In der Nachbarschaft war auch keine Hilfe zu erwarten, denn am vorletzten Messetag herrschte überall Ebbe – sowohl an Büchern als auch an Alkoholika. Letzte Rettung: Das noch vorhandene konzentrierte Gift wurde kurzerhand in die letzten wegen Sektmangel nur halbgefüllten Becher gekippt. Jetzt waren sie wenigstens auch voll, und niemand konnte sich benachteiligt fühlen. Wie mir später berichtet wurde, soll ein Teil der Fahrgäste die Rückreise in sehr gelöster Stimmung verbracht haben.

Eine gute halbe Stunde lang blockierten »meine« Leser den Durchgang, ich schüttelte Hände, hörte Komplimente, verteilte Autogramme und kam mir fast so bedeutend vor wie Ephraim Kishon, der nur ein paar Meter weiter ständig von seinen Fans umlagert war.

Allmählich verkrümelten sich die Besucher, ich packte meine Sachen zusammen und verabschiedete mich. Für dieses Jahr war die Messe mal wieder überstanden. Aber im nächsten würde es eine weitere geben, im übernächsten auch und im überübernächsten. Kommen Sie ruhig mal vorbei! Das »Sibirische Roulette« kann ich inzwischen allein zusammenbrauen.

Kapitel 10

Als wir vor zwölf Jahren nach Bad Randersau gezogen waren, hatte die Familie aus Vater und Mutter, fünf Kindern, zwei Goldhamstern, einem Wellensittich und circa siebenundzwanzig Zierfischen bestanden. Hinzu kamen ständig wechselnde Hausgehilfinnen, deren längerer Verbleib meist daran scheiterte, daß sie zwar bereit waren, ihr Tagewerk ordentlich zu tun, nur wollten sie in der Regel einen Wochenlohn dafür. Außerdem hatte das Heizöl damals 13,5 Pfennige pro Liter gekostet, inzwischen war es um das Fünffache gestiegen – die Miete übrigens auch, aber nur um die Hälfte. Eines Tages waren dann auch noch die beiden Knaben zwecks Brötchenerwerb in die Ferne gezogen, hatten Hamster und Fische mitgenommen, Hausgehilfinnen hatten wir schon lange nicht mehr, vier Toiletten waren entschieden zuviel, und von den neun Zimmern blieben drei ungenutzt. In ihnen stapelte sich überflüssiger Krempel, der immer so lange aufgehoben wird, bis ein Umzug einen vor die Notwendigkeit stellt, das Zeug endlich loszuwerden.

Aus all diesen Gründen erwogen wir die Übersiedlung in ein bescheideneres Heim und lernten auf der Suche danach wieder einmal die Terminologie der Makler kennen. »Altdeutsches Giebelhaus« bedeutete, daß es vor der zweiten Adenauer-Ära erbaut worden war; »Jugendstilvilla« hieß Einfamilienhaus mit Vorgarten, Neuanstrich unerläßlich. Unter einem »romantischen Bauernhaus« hatte man eine umgebaute Scheune zu verstehen mit Pumpe im Hof, und »Bungalow in unverbaubarer Hanglage« bedeutete 140 Treppenstufen zur Straße.

Aber mußte es denn unbedingt ein Haus sein? Es gab doch auch großräumige Wohnungen, die zumindest den Vorteil hatten, pflegeleicht zu sein. Fortan besichtigten wir Wohnungen und lernten neue Vokabeln. »Gemütlich« hatte man mit »winzig« zu übersetzen, »zentrale Lage« hieß nichts anderes als Blick auf den Bahnhof, und »verkehrsgünstig« bedeutete, daß direkt vor dem Haus der Autobahnzubringer entlangführte. Die »große Loggia« entpuppte sich als bestenfalls zum Aufstellen eines Wäscheständers geeignet, der »Hobbyraum« als ehemaliger Kohlenkeller mit 25-Watt-Funzel, und was uns als »modernes Bad« angepriesen worden war, enthielt neben einem Waschbecken und einem Klo mit gesprungener Schüssel noch eine Duschkabine.

Wir verlegten uns nun doch wieder auf die Suche nach einem kleinen Haus, das weder romantisch sein noch verkehrsgünstig liegen mußte, aber wenigstens vor der Gründerzeit erbaut sein sollte. Endlich fanden wir eine Doppelhaushälfte in einem Neubau und zogen ein. Die Zwillinge bekamen die sehr geräumige Mansarde, nahmen klaglos die anfangs unausbleiblichen Beulen in Kauf – schräge Wände waren sie nicht gewöhnt –, und fanden schnell heraus, daß dieser Raum gegenüber ihrem bisherigen Zimmer unschätzbare Vorteile hatte. Er lag relativ weit vom Schuß und machte dank der knarrenden Holztreppe unverhoffte Kontrollgänge unmöglich, denn spätestens nach der dritten Stufe waren die Mädchen vorgewarnt. Ich hatte sie auch nie mehr dabei erwischt, wie sie statt Wilhelm Tell Teenie-Postillen lasen.

Ein bißchen eng war es ja geworden, besonders an hohen Feiertagen, wenn sich auch die Knaben zum Ansingen des Weihnachtsbaumes eingefunden hatten, aber wozu gab es

Luftmatratzen und Ausziehbetten? Wir fühlten uns jedenfalls wohl in unserer neuen Behausung.

Vier Jahre lang. Dann hatte Sascha – inzwischen unfreiwilliger Kradmelder bei der Bundeswehr – Urlaub und kein Geld zum Verreisen. Folglich gammelte er bei uns zu Hause herum, was bei ihm nach längstens fünf Tagen, wenn er endlich ausgeschlafen hatte, zu mitunter recht seltsamem Tatendrang führte. Einmal hatte er den halben Garten umgebuddelt, weil er Kiwis züchten wollte (sie haben nicht mal den nächsten Winter überlebt), ein anderes Mal kam er auf die Idee, sämtliche Kellerböden zu streichen (sie sind bloß nie fertig geworden), und nun schlich er schon seit Stunden mit einem Zollstock durch das Haus und bemalte mein Schreibmaschinenpapier mit Zahlenkolonnen.

»Darf ich mal fragen, was das werden soll?«

»Ich rechne gerade aus, wieviel Quadratmeter Teppichboden wir brauchen. Für dein Zimmer stelle ich mir moosgrünen Velours vor.«

»Für *mein* Zimmer? Ich hab doch gar keins.«

»Eben! Seitdem du deine eigenen Mäuse verdienst und uns sogar welche davon abgibst, steht dir eigentlich ein eigenes Zimmer zu. Du kannst es dir doch jetzt leisten! Papi hat ja auch eins.«

»Und wo, bitte sehr, willst du dieses Zimmer hernehmen? Sollen wir anbauen?«

»Nee, ich hatte mehr an das Schlafzimmer gedacht.«

»Gute Idee! Künftig ruhen wir in Hängematten, die wir morgens an die Decke ziehen.«

»Sei doch nicht so begriffsstutzig! Die Doppelbetten fliegen raus, wozu braucht ihr in eurem Alter noch 'ne Spielwiese, und jeder schläft in seinem Zimmer.«

Erst wollte ich ihm eine runterhauen wegen der Spielwiese, aber dann ging mir auf, daß der Knabe gar nicht so unrecht hatte. Schon oft hatte ich mir getrennte Schlafzimmer gewünscht, wenn Rolf bis zwei Uhr nachts am Schreibtisch gesessen hatte, betont leise ins Bett klettern wollte und bei diesem Versuch die Nachttischlampe runtergefegt hatte oder über den Hocker vor der Frisierkommode gestolpert war. Überhaupt ein sehr nutzloses Möbel. Ich hatte noch nie drauf gesessen. Umgekehrt hatte ich mir häufig den Zorn meines lieben Ehemannes zugezogen, der bei Licht nicht schlafen kann, während ich leidenschaftlich gern im Bett lese. Sonst komme ich ja doch nie dazu. Schon aus diesen Gründen wären getrennte Zimmer optimal, ganz abgesehen davon, daß ich mir seit Jahren ein eigenes Reich wünschte, aber zugunsten der lieben Kleinen, die ja ihren Freiraum brauchten, bisher verzichten mußte.

Rolf knurrte zwar, aber da ich mich nun regelmäßig an den Haushaltskosten beteiligte und er statt Marmelade und Weichspüler auch mal eins seiner geliebten teuren Kunstbücher kaufen durfte, konnte er sich meinen Argumenten nicht verschließen.

»Glaubst du, es macht mir Spaß, jedesmal ins Wohnzimmer zu rasen, wenn ich den Duden brauche? Nie kann ich irgend etwas liegenlassen, weil sonst Steffi meckert – mit Recht, es ist ja schließlich ihr Zimmer, in dem ich mich immer einquartiere –, und überhaupt gehen mir die Poster an ihren Wänden schon lange auf den Geist. Schreib du mal heitere Storys, wenn dir andauernd Silvester Stallone zuguckt. Ich kriege bei seinem Anblick jedenfalls Depressionen!«

Wir nahmen die Sache in Angriff. Ich wollte helle Möbel haben, eine Schlafcouch, in deren Tiefen irgendwo das Bettzeug verschwinden konnte, viele Regale und einen Schrank ganz für mich allein. Seinerzeit war ich ja gern bereit gewesen, mein Leben mit einem Mann zu teilen, aber doch nicht auch noch meinen Kleiderschrank!

Sascha notierte meine Wünsche, weckte Goliath aus seinem Mittagsschlaf und machte sich auf die Suche. »Erst mal fahre ich allein los. Du kannst dich ja doch nie entscheiden! Denk bloß an das Theater mit den Klamotten für diese Verlagsparty.«

Ich dachte daran und ließ Sascha ziehen. Zwei Tage lang klapperte er die Einrichtungshäuser der näheren und weiteren Umgebung ab, kam nur nach Hause, wenn das Benzin alle war, schleppte Prospekte an und Preislisten, schwärmte von Rattan-Möbeln (zu teuer) und lackiertem Korbgeflecht (noch teurer) und erklärte mich für rückständig, als ich mich weigerte, das von ihm als »der Heuler« apostrophierte Zimmer auch nur mal anzusehen. »Alles in Schwarz und Weiß gehalten mit viel Glas. Sieht echt super aus, Määm!«

»Ich will mein Zimmer nicht fotografieren, ich will drin wohnen!«

Er sah ein, daß unsere Vorstellungen wohl doch etwas zu weit auseinandergingen, und gestattete mir, ihn auf seinen Entdeckungsreisen zu begleiten. Sie führten uns schließlich in ein Möbelhaus, das von Eiche rustikal für zwanzigtausend Mark bis zu Jugendzimmern Marke Obststeige alles führte, was der deutsche Markt auf dem Sektor Wohnkultur zu bieten hatte. Sogar Kochtöpfe mit Blümchenrand.

Wir staunten uns durch Nappaledergarnituren, deren kleinste mein künftiges Zimmer bis zum letzten Winkel ausgefüllt hätte, besichtigten Plüsch, Velours und Rupfen, ich verliebte mich in einen Schaukelstuhl, sah mich schon darin meditieren, aber dann holte mich Sascha in die Wirklichkeit zurück. »Ich denke, du willst eine Regalwand haben? Die gibt es unten im Tiefgeschoß.«

Da sah es weit weniger gediegen aus, weniger vornehm, die Verkäufer trugen statt dezenter Anzüge blaue Arbeitskittel, die Möbel standen kreuz und quer durcheinander – was mir dieses Warenlager sympathisch machte, waren lediglich die Preisschilder.

»Guck mal, Mähm, käme das hier nicht in Frage?« Sascha war vor einer Regalwand stehengeblieben, ungefähr acht Meter lang mit Schubfächern, Schranktüren, viel Grünzeug und Buchattrappen. »Kiefer massiv, sieht doch gut aus. Und dahinter dann dunkelbraune Tapete. Kein Problem, wir müssen bloß die alte überpinseln.«

»Du spinnst ja! Von diesem Regal kriege ich nicht mal die Hälfte ins Zimmer!«

»Genügt ja auch. Das sind nämlich Anbaumöbel, und davon kannst du jedes Teil einzeln kaufen. Ich rechne mal aus, was wir brauchen.« Er zog Papier und Bleistift aus der Tasche, faltete den Zollstock auseinander und ging ans Werk.

Ich besichtigte weiter. Der Kleiderschrank dahinten mit den drei Schiebetüren gefiel mir, einen Schreibtisch brauchte ich, aber keinen so großen, ein kleines Tischchen, Sessel dazu und natürlich eine Schlafcouch. Die dort wäre das richtige. Dunkelbrauner Cord, Bettkasten drunter, also genau das, was ich suchte. Nur der Preis behagte mir nicht. Ich tippte ihn trotzdem in den Taschenrechner, addierte ihn zum bisherigen Gesamtbetrag und kam zu dem Ergebnis, daß die Idee mit dem eigenen Zimmer vielleicht doch nicht so gut gewesen war.

»Wo steckst du denn? Kannst du nicht mal ein paar Minuten ruhig sitzen bleiben?« Saschas paar Minuten hatten sich zu einer Dreiviertelstunde gedehnt, aber nun präsentierte er mir stolz seine Aufstellung. »Wir brauchen fünf Seitenwände zwei Meter zwanzig hoch, dann 23 Regalbretter à ein Meter, sechs Türen, drei Schubkästen und fünf kleine Bretter für das Mittelteil.«

»Bist du wahnsinnig? Was soll denn das kosten?«

»Ist gar nicht so schlimm.« Er zeigte auf die Endsumme.

»Außerdem sparen wir mindestens einen glatten Tausender, weil wir das alles selber zusammenbauen.«

»Wie bitte?«

»Hier unten ist doch die Abteilung für Selbstabholer. Da kriegste die Einzelteile, den Rest macht man selber. Wußtest du das nicht?«

Nein, das hatte ich nicht gewußt. »Wie stellst du dir das vor? Ich bin doch kein Schreiner.«

»Halb so wild. Die Montageanleitung wird mitgeliefert, und das Zusammenbauen ist eine Kleinigkeit. Als Jeannette ihre neue Wohnung eingerichtet hat, haben wir auch selber geschraubt und gehämmert.«

»Ja, einen achtzig Zentimeter hohen Blumenständer.«

»Und das Geschirr-Regal.« Er machte eine wegwerfende Handbewegung. »Es ist doch völlig Wurscht, ob du nun drei oder dreißig Schrauben in ein Brett drehst, es dauert nur etwas länger.«

In meiner Ahnungslosigkeit ließ ich mich überzeugen. Wir gaben unseren Bestellzettel ab, wurden zur Warenausgabe geschickt, erfuhren dort, daß etwa die Hälfte der gewünschten Artikel nicht vorrätig war, aber was sich trotzdem an folienverschweißten Brettern und Türen auf der Laderampe stapelte, hätte den Lagerraum einer mittelgroßen Tischlerei gefüllt. Ich hätte nie gedacht, daß ein Kleiderschrank aus so vielen Einzelteilen bestehen könnte. Sogar Sascha machte ein erschrockenes Gesicht.

»Und wie kriegen wir das Zeug jetzt nach Hause?«

»Das habe ich mir auch gerade überlegt.« Er musterte die neben der Rampe aufgereihten Autos. Zwei VW-Busse, in die soeben eine mehrteilige Polstergarnitur geschoben wurde, ein Pkw mit Anhänger, auf dem sich Gartenmöbel türmten, dazwischen ein kleiner Golf, der aber nur zwei Kinderstühlchen transportieren mußte, und ganz hinten Goliath, dem wir allenfalls das umfangreiche Sortiment an Schrauben und Dübeln zumuten konnten.

»Es hilft nichts, wir müssen einen Lieferwagen mieten.«

»Was kostet das?«

»Keine Ahnung, auf jeden Fall weniger, als wenn du dir den ganzen Krempel ins Haus bringen läßt.«

Das Möbelhaus war auf unbedarfte Kunden eingerichtet. Selbstverständlich vermietete man auch Transportwagen, stundenweise, Kilometergeld extra. Welche Größe sei denn wohl genehm? Die Verhandlungen überließ ich Sascha, der hatte mir die Sache eingebrockt, jetzt sollte er gefälligst auch sehen, wie er damit fertig wurde. Ich mußte mir noch meinen Teppichboden aussuchen. Moosgrün sollte er nicht gerade sein, aber vielleicht lindfarben?

Die folgenden Tage sind mir nur noch als das absolute Chaos in Erinnerung. Es blieb nämlich nicht bei der Renovierung des einen Zimmers, wir stellten gleich das halbe Haus auf den Kopf. Steffi hatte beim Anblick der zum Abstellschuppen degradierten Garage ihre Stirn in nachdenkliche Falten gelegt und nach längerem Überlegen festgestellt: »Genaugenommen wäre es doch *ein* Aufwasch!«

»Prima Gedanke«, sagte ich, »seitdem der alte Teppichboden im Schlafzimmer raus ist, staubt es bei jedem Schritt. Wenn du da mal durchwischst, hast du deine gute Tat für heute getan.«

»Du hörst mir ja gar nicht zu! Morgen rückt der Maler an, da könnten wir mein Zimmer doch auch gleich streichen lassen.«

»Und wohin stellen wir solange die Möbel? Wir rennen doch schon jetzt nur noch Slalom.«

»Sperrmüll! Ich will mir sowieso neue kaufen. Von Opas Sparbuch.«

»Das kriegst du erst, wenn du achtzehn bist.«

»Nun mach nicht solchen Terror wegen der paar Monate. Ob ich mir die Klamotten jetzt oder erst im November hinstelle, ist doch Jacke wie Hose. Bloß geht der ganze Umtrieb dann noch mal von vorne los.«

Diese Überlegung hatte etwas für sich. »Also schön, meinetwegen!«

»Du, ich hab da eine tolle Bude gesehen, genau das richtige für dich. Wollen wir schnell mal hinfahren?« Sascha nutzte jede Gelegenheit, dem häuslichen Tohuwabohu zu entfliehen, denn seine Baukastenspiele würden erst dann beginnen, wenn die niederen Arbeiten wie Wändestreichen, Teppichlegen und Saubermachen beendet sein würden. Subalterne Tätigkeiten mißachtete er. Steffi auch.

Plötzlich zeigte auch Rolf Interesse. Er begutachtete fachmännisch meine künftige Regalwand, prüfte Stärke und Tragfähigkeit der Bretter, und meinte schließlich: »Gibt es so was auch in massiver Ausführung?«

»Noch massiver? Mein Zimmer hat achtzehn Quadratmeter, vergiß das nicht. Gelegentlich will ich mich auch mal bewegen können.«

»Eigentlich hatte ich mehr an das Wohnzimmer gedacht.«

? ? ?

»Na ja«, begann er zögernd, »das zusammengenagelte Gestell, das wir immer noch so hochtrabend als Bücherwand bezeichnen, ist ja nun wirklich kein erfreulicher Anblick mehr. Ich wollte das schon längst ändern, und wo wir doch schon mal dabei sind … Einen neuen Teppichboden könnten wir auch gebrauchen.«

Jetzt war mir schon alles egal. Sascha stellte neue Berechnungen an, fuhr mit seinem Vater zum drittenmal in das bewußte Möbelhaus – mittlerweile kannte man ihn und behandelte ihn sehr zuvorkommend –, eine noch gewaltigere Menge von Kleinholz wurde herangekarrt, die Garagentür ging kaum noch zu, aber morgen abend schon würde sich das Chaos lichten, wir könnten mit dem Zusammenbau beginnen – alles halb so schlimm.

Um sieben Uhr wollten die Maler anfangen, für mittags hatten die drei Teppichleger ihr Erscheinen zugesagt, bis dahin waren mindestens schon zwei Zimmer fertiggestrichen – also nur die Ruhe bewahren und noch mal Pizza in den Ofen schieben. Wir konnten alle keine mehr sehen, aber Kochen war unmöglich geworden. Die Küche war vollgestellt mit Blumenvasen und Geschirr, alles Dinge, die normalerweise ganz woanders hingehörten, alltägliche Gegenstände wie Suppenterrine oder Salzstreuer wurden unerreichbar, es sei denn, man räumte erst das Sortiment von Sammeltassen und Weingläsern beiseite (wohin denn nur?). Wir benutzten Pappteller und Plastiklöffel, stellten eine Mülltonne in den Flur, weil der Abfalleimer immer gleich voll war, und das Wasser mußten wir oben aus dem Bad holen. Im Keller türmten sich Kartons und Möbel, bei den Zwillingen türmten sich Möbel und Kartons, in der Badewanne türmten sich Bücher, und als ich schließlich abends schlafen gehen wollte, mußte ich mir erst einen Weg bahnen durch übereinandergestellte Sessel und ein halbes Dutzend Lampen. Morgen früh, wenn alle mit der Katzenwäsche fertig waren, würden wir den Kram wieder zurück ins Bad schleppen.

Ich pustete die Kerze aus – die Lampe war abmontiert, an die beiden Steckdosen kam ich nicht ran – und verwünschte den Tag, an dem ich angefangen hatte zu schreiben. Ohne eigenes Geld hätte ich mir kein eigenes Zimmer leisten können, ohne meine neuen Möbel wäre Stefanie bestimmt nicht auf den Gedanken gekommen, sich auch welche zu kaufen, von Rolf ganz zu schweigen, ich könnte jetzt in einem gemütlichen normalen Bett liegen und nicht auf dieser schmalen Matratze unmittelbar über dem nackten Beton, von der ich in der letzten Nacht dreimal runtergerollt war. Wie, zum Kuckuck, war ich denn bloß in diese Geschichte reingeschliddert?

Statt um sieben kamen die Maler um neun, dafür war um zwölf schon im ersten Zimmer der Anstrich trocken und machte deutlich, daß ein zweiter nötig war. Die Farbe hatte nicht richtig gedeckt. Sascha fürchtete um seinen Zeitplan und griff selbst mit zu. Wegen der paar festgeklebten Pinselhaare sollte ich mich gefälligst nicht so anstellen, und wenn die Wand ein bißchen scheckig aussehe, sei das auch nicht schlimm, davor käme ja das Regal.

Am späten Nachmittag erschienen die Teppichleger. Es waren nur zwei, und eigentlich wollten sie uns bloß mitteilen, daß sie nicht kommen könnten. Ein Eilauftrag, sehr dringend, aber morgen früh seien wir bestimmt als erste dran.

»Bei uns ist es wohl nicht eilig? Sehen Sie sich doch mal um! Können Sie nicht wenigstens *ein* Zimmer fertigmachen, damit wir weiterkommen?«

Die beiden steckten die Köpfe zusammen, tuschelten, Sascha unterstützte die Gipfelkonferenz mit der Kognakflasche, ich mit einem Geldschein ... die Herren ließen sich breitschlagen. »Aber wirklich nur das kleinste Zimmer! In anderthalb Stunden müssen wir beim Herrn Chefarzt sein.«

Aha! Wahrscheinlich winkte dort neben dem Schwarzarbeitersalär noch eine kostenlose Blinddarmoperation. Ich hätte lediglich signierte Bücher bieten können, aber die Männer sahen nicht so aus, als ob sie daran interessiert wären.

Das kleinste Zimmer gehörte Stefanie. Sie hatte sich dunkelbraunen Velours ausgesucht, der auch wunderschön aussah, solange ihn niemand betrat. Später zeigte er ein täglich wechselndes Muster, bei dem die Profilsohlen der Turnschuhe am interessantesten waren. Der ewig fusselnde Flokati erledigte den Rest.

Dankbar verabschiedeten wir die Vertreter der Teppichlegergilde, als sie unter Hinterlassung zerbrochener Sockelleisten und vieler Fußabdrücke Größe 46 das Feld räumten. Morgen würden sie ja wiederkommen.

Nun begann Saschas großer Auftritt. Zunächst orderte er eine Kanne Tee. Die bekam er. Dann wies er seine Mannen – also uns! – an, die Einzelteile von Steffis künftigem Bett in der Garage zusammenzusuchen.

Hier sollte ich vielleicht erwähnen, daß sich unsere Garage nicht etwa neben dem Haus befindet, wo anständige Garagen hingehören, sondern fünfzig Meter weiter weg. Licht hat sie auch nicht.

Im Schein müde vor sich hin glimmender Taschenlampen krochen wir über Bretterstapel, suchten nach den Zetteln, die immer dort hingen, wo wir nicht rankamen, zogen hier einen Gitterrost heraus und dort ein Stück Rückwand, schleppten sie ins Haus, stellten fest, daß wir statt Querlatte eins vom Typ Alhambra Querlatte sieben der Serie Tundra erwischt hatten, brachten sie zurück und kramten weiter nach der richtigen. Sobald wir zwei zueinanderpassende Teile gefunden hatten, fing Sascha an zu schrauben. Auf diese Weise schaffte er es tatsächlich, daß das Bett um elf Uhr abends fertig war. Stefanie trat es mir großzügig ab und nächtigte noch einmal auf der Matratze.

»So hat das Ganze keine Zukunft!« Mit vom Schraubenzieher lädierten, dick eingecremten Handflächen wühlte Sascha im Dielenschränkchen. Endlich hatte er das Telefonverzeichnis gefunden.

»Wen willst du denn jetzt noch anrufen? Es ist gleich Mitternacht.«

Ich thronte auf der Mülltonne, die Beine auf sechs Brockhaus-Bänden, und überlegte, bei wem ich mich für die nächsten Tage einquartieren könnte. Mir reichte es.

Es tutete lange, bis sich am Ende der Telefonstrippe jemand meldete. »Ja, ich weiß«, sagte Sascha, »ich hab dich aus dem Tiefschlaf geholt, aber ich hab noch keine Zeit zum Pennen. Wie? Natürlich habe ich noch Urlaub, aber nicht mehr lange. Deshalb mußt du auch sofort herkommen!«

Mit wem um alles in der Welt palaverte er bloß? Er würde doch hoffentlich nicht auf die Idee kommen, seine gegenwärtige Gespielin als Hilfskraft anzuheuern? Zuzutrauen wäre es ihm.

»Jetzt stell dich nicht so an, du kannst doch mal blaumachen! Zahnschmerzen oder so. Wie lange? Mindestens drei Tage. Ich schreib dir auch 'ne Entschuldigung. Warum du kommen sollst? Das siehst du schon, wenn du hier bist. Jedenfalls stehst du morgen spätestens um neun auf der Matte, klar?« Er knallte den Hörer auf die Gabel. »Dieser Regenwurm-Archäologe glaubt tatsächlich, seine Firma geht pleite, wenn er mal nicht im Sand buddelt. So ein Trottel! Mit seinem Pflichtbewußtsein wird er es noch weit bringen.«

Nun wußte ich, mit wem er telefoniert hatte. Mit Sven.

Der kam auch tatsächlich. Allerdings hatte ihn nicht der diktatorische Ton seines Bruders hergetrieben, sondern simple Neugier. Die bereute er sofort, als er mit dem Kopf gegen die ausgehängte Wohnzimmertür gestoßen und gleich danach auf die Kaffeemaschine getreten war, die ich auf dem Boden abgestellt hatte, um wenigstens achtzig Quadratzentimeter vom Tisch freizuräumen. Irgendwo mußte ich schließlich mal Brot schneiden können!

»Ich glaub, ich knall auseinander! Was ist denn *hier* los?«

»Hast du dir etwa eingebildet, ich hätte dich bloß hergeholt, damit ich deinen Rübezahlbart kraulen kann?« Man merkte Sascha die Erleichterung an, mit der er seinen Bruder begrüßte. »Warum läßt du dir eigentlich dieses Sauerkraut wachsen? Den dreckigen Hals sieht man trotzdem. Baden allein genügt eben nicht, man muß auch mal das Wasser wechseln.«

Damit waren die Präliminarien beendet. Sascha informierte seinen Bruder in allen Einzelheiten über das Unternehmen Hausrenovierung, das so harmlos mit einem einzigen Zimmer angefangen hatte. »Jetzt müssen wir erst mal Steffis Zimmer fertig zusammenkloppen, dann können wir da drin wieder was abstellen und kriegen hier unten Platz. Wo bleiben eigentlich die Teppichmenschen?«

Die hatte ich völlig vergessen. Ein Anruf bei der Firma brachte keine Klarheit. Doch, die Herren seien heute früh losgefahren, hätten allerdings mehrere Aufträge. Nein, man wisse leider nicht, wo sie jetzt sein könnten. Wenn ich vielleicht mittags noch mal anrufen würde ...

Oben wurde geklopft und gehämmert. Dazu erklang überlautes Rockgedudel. Manches von der heutigen Musik sollte wirklich statt auf Kassetten auf Seismographen aufgenommen werden! Im allgemeinen bin ich allergisch gegen Krach, diesmal störte er mich nicht. Jeder Hammerschlag bedeutete einen Nagel mehr zur Vollendung des Werkes, bedeutete ein langsames Ende des Chaos, bedeutete saubere Handtücher in einem aufgeräumten Bad, bedeutete ein richtiges Mittagessen statt Tütensuppen, bedeutete ...

»Uns fehlt ein Teil! Die Rückwand von Steffis Schrank ist nicht da.« Sascha kam die Treppe heruntergepoltert und legte mir ein Stück Papier vor die Nase. »Ruf mal an, ob die das dahaben! Modell Alhambra, Schrank zweitürig, Teil A 17. Bei der Gelegenheit kannst du gleich fragen, ob inzwischen die restlichen Bretter von deinem Regal gekommen sind. Die Nackenrolle Susi fehlt auch noch.«

»Was fehlt?«

»Nackenrolle Susi. Ich kann nichts dafür, aber der Quatsch heißt nun mal so. Das sind diese runden Dinger für deine Liege.«

Die Rückwand war da, man hatte neulich nur vergessen, sie mit herauszugeben, jetzt habe man sie zur Seite gestellt in der Absicht, sie in den nächsten Tagen sogar frei Haus zu liefern. Die fehlenden Bretter auch, das sei Kundendienst.

»Was verstehen Sie denn unter ›in den nächsten Tagen‹?«

Erst hörte ich gar nichts, etwas raschelte, als ob jemand Papiere durchblätterte, dann kam die ernüchternde Auskunft: »Am Montag.«

Heute hatten wir Dienstag.

Sascha legte den Hammer aus der Hand, nahm statt dessen Svens Autoschlüssel, dessen Wagen ein paar Zentimeter größer war als meiner, und fuhr Bretter holen. Kaum war die Haustür zugeschlagen, beschwerte sich sein Bruder bei mir. »Määm, du glaubst gar nicht, wie der Kerl nervt. Das einzige, was noch schlimmer ist als Experten, sind Leute, die sich dafür halten. Dabei ist er zu dämlich, einen Schubkasten zusammenzuschrauben. Der Griff sitzt bei ihm hinten!«

Fast auf die Minute genau wie gestern standen die Teppichleger vor der Tür. Diesmal bedurfte es weder alkoholischer Anreize noch klingender Münze, sie machten sich sofort an die Arbeit und räumten erst das Feld, nachdem sie mein Zimmer in eine hellgrüne Wiese verwandelt hatten. Sogar die Fußabdrücke waren kleiner, der mit Größe 46 war nicht mitgekommen.

»Morgen um sieben sind wir wieder da, und spätestens um elf ist das Wohnzimmer fertig.«

»Sieben Uhr abends?« fragte ich vorsichtshalber.

»Morgens natürlich. Oder sind Sie da noch nicht auf?«

Ich hoffte nur, daß mein Blick verachtungsvoll genug war.

Das Puzzlespiel nahm seinen Fortgang. Stefanies Zimmer war fast aufgebaut, Kleinigkeiten wie das Einsetzen von Schranktüren, das Ankleben von Zierleisten und ähnlich unwichtiger Zubehörteile wurde auf später vertagt, wir schleppten erst einmal Geschirr und Gläser nach oben und füllten damit jeden Winkel in Steffis Zimmer. Rationell war diese Methode nicht, morgen würden wir alles wieder runterbringen müssen, aber wir brauchten Platz. Lediglich Rolfs Zimmer blieb verschont. Angeblich mußte er arbeiten. Zu diesem Zweck hielt er sich auch weitgehend außerhalb des Hauses auf.

Zum erstenmal schlief ich auf meiner neuen Liege, dem einzigen Möbel, das nicht montiert werden mußte, und stellte fest, daß sie quietschte. Ihr Pendant im Möbelgeschäft, auf dem ich probegelegen hatte, hatte nicht gequietscht. Das Ding quietscht übrigens heute noch, und ich bin die einzige im Haus, die sich daran gewöhnt hat.

Viereinhalb Stunden dauerte es, bis mein Kleiderschrank stand. Nach drei Stunden und fünfzig Minuten war auch das Regal fest verankert. Für den Schreibtisch benötigten die beiden Experten nur noch knapp zwei Stunden, den kleinen Tisch schafften sie sogar in der Rekordzeit von dreiundzwanzig Minuten. Nur für den Sessel brauchten sie wieder länger, weil er bei der ersten Sitzprobe zusammengebrochen war. Die Monteure hatten einige Schrauben übrigbehalten und sich dahingehend geeinigt, daß sie offensichtlich als Reserve gedacht waren. »Wenn ich mir 'ne Hose kaufe, kriege ich auch immer einen Ersatzknopf mit«, war Saschas logische Begründung gewesen.

Inzwischen war Donnerstag und die Frist abgelaufen, bis zu der ein deutscher Arbeitnehmer auch ohne ärztliches Zertifikat seinem Betrieb fernbleiben kann. Sven wurde zunehmend unruhiger, was sich an den schief eingeschlagenen

Nägeln bemerkbar machte. Bevor er sich eventuell selbst verstümmelte, mußte etwas geschehen. Unsere Hausärztin hatte seine Entwicklung von den Masern bis zum Sehtest für den Führerschein kontinuierlich verfolgt und war auch jetzt in der Lage, eine passende Krankheit zu diagnostizieren, obwohl der Patient weder rauchte noch trank und auch kein Übergewicht hatte. »Sehnenscheidenentzündung im linken Handgelenk« schrieb sie ins Attest, das ich per Eilboten abschickte. Sven konnte weiterschrauben.

Die beiden oberen Stockwerke waren halbwegs wieder bewohnbar, wenn man davon absah, daß sich in der Badewanne nun das Geschirr stapelte und rundherum der transportable Teil des Wohnzimmermobiliars. Sascha hatte die Entfernung sämtlicher Gegenstände gefordert, die nicht zu seinem Puzzle gehörten. Er saß inmitten von langen Brettern, ganz langen Brettern, kurzen Brettern, quadratischen Brettern und Bergen von Schrauben, Dübeln, Häkchen und studierte die Montageanleitung. »Das ist ja wieder ein ganz anderes System!«

»Sonst wäre es auch langweilig«, behauptete Sven, »aber schade ist es doch, daß die niedlichen kleinen Männchen nicht mitgeliefert werden, die sie hier überall hingemalt haben. Bei denen sieht das alles ganz einfach aus.«

»Ist es ja auch, man muß bloß erst mal wissen, wie.«

»Das dauert mir zu lange. Ich werde ein bißchen mitspielen.« Immerhin hatte ich im Laufe meines fast fünfundzwanzigjährigen Hausfrauendaseins schon Stecker repariert, Nägel in die Wände geschlagen und Fahrradschläuche geflickt. »Gebt mir mal einen Bausatz für die Schubkästen her!«

Wider Erwarten hörte ich keinen Protest. Offenbar hatten die Jungs auch allmählich die Nase voll und waren für jede Mitarbeit dankbar, selbst für die einer so unqualifizierten Person wie ihrer Mutter.

Im übrigen war die Sache ganz einfach. Man fügte Teil A mit Teil B rechtwinklig zusammen, vorausgesetzt, man fand die weggerollte Schraubenmutter wieder, setzte Teil C dran und versuchte, Teil D in die vorgestanzten Löcher von A und C zu kriegen. Was machte es schon, daß dabei ein kleiner Zakken abgebrochen war, viel brauchte der Kasten nicht zu halten, das Silber konnte ich später auch in einen anderen legen.

»Ich hab's schon zusammen!« Stolz zeigte ich den immer noch grübelnden Söhnen meine Bastelarbeit.

»Määm, du mußt erst den Boden einfügen, bevor du das Vorderteil einsetzt. Jetzt kriegst du ihn nicht mehr in die vorgefrästen Rillen«, sagte Sven.

Da hatte er zweifellos recht. Also noch mal von vorne. Nun brach auch die zweite Zacke ab, aber wozu gibt es Sekundenkleber, und überhaupt mußte ich endlich mal ein separates Fach für Papierservietten und Untersetzer haben. Bast wiegt nicht viel.

Der Boden war drin, ich schraubte den Griff an und betrachtete mein Werk. Sven ebenfalls. »Das hast du sehr schön gemacht«, bestätigte er. »Die Deckleiste sitzt zwar verkehrt herum, hinten gucken die Schrauben raus, der Boden ist schief, aber wenn du nichts reinlegst, kannst du die Schublade ruhig benutzen.«

Daraufhin ging ich in die Küche und kochte Gulasch.

Es war tatsächlich das allerletzte und natürlich das oberste Brett, das Sascha aus der Hand rutschte und Sven an die Stirn knallte. Sofort bildete sich eine riesige Beule. »Du mußt gleich mit dem Messerrücken draufdrücken, dann geht sie nach innen«, befahl Sascha. »Da hat sie auch mehr Platz!« Ungerührt stieg er von der Leiter, holte das Brett und setzte es ein. »Fertig! Und jetzt will ich nie wieder etwas von Schrankelementen, schichtverleimten Stützseiten und Sokkelfronten hören!«

Ich hatte den gleichen Wunsch. Von dem eingesparten Tausender blieb auch nichts übrig, weil Sven eine neue Batterie für sein Auto brauchte und Sascha ein neues Transistorradio. Der Rest ging drauf für Nerventonikum!

In einer stillen Stunde zog ich Bilanz: Nun hatte ich zwar ein eigenes Zimmer und sogar eine neue Schreibmaschine, andererseits einen Haufen Schulden und keine rechte Vorstellung, wie ich sie loswerden würde. Es half wohl alles nichts, ich mußte noch ein Buch schreiben.

Kapitel 11

Zahlen Sie gerne Steuern? Ich auch nicht. Aber ich muß. Damit ein paar Kommunalpolitiker nach Tokio fliegen und nachsehen können, was sie alles beim Frankfurter U-Bahn-Bau verkehrt gemacht haben.

Bis dato waren Steuern für mich immer das gewesen, was einmal im Jahr eine Familienkrise heraufbeschworen hatte, meistens im Frühling, und somit die Behauptung widerlegte, es sei die schönste Jahreszeit. Mein Beitrag zur Familienkrise hatte darin bestanden, Rolfs Unterlagen zusammenzusuchen, mittels Taschenrechner Telefongebühren, Briefmarken und Hotelkosten zu addieren, die übrigen Papiere in einen Schnellhefter zu stopfen und mir hinterher vom Steuerberater sagen zu lassen, daß ich alles falsch gemacht hätte. Das Ganze lief unter dem Oberbegriff: Die Steuererklärung ist fällig.

Mein erstes Buch war kaum im Handel, da flatterte mir ein Vordruck vom Finanzamt ins Haus, auf dem mir mitgeteilt wurde, daß ich nunmehr Unternehmer und somit einkommensteuerpflichtig sei. Das Rätselraten, wer denn wohl dieser ungeliebten Behörde einen heimlichen Wink gegeben haben könnte, verschob ich auf später. Ich war ja bereit, Steuern zu zahlen, aber doch nicht sofort! Und was hieß überhaupt Unternehmer? Herr Flick ist Unternehmer und der seriös aussehende Herr, der im Werbefernsehen immer mit so bewegenden Worten seinen Schonkaffee anbietet, aber doch nicht ich! Da mußte ein Irrtum vorliegen.

Herr Scheurer vom Finanzamt war anderer Meinung. Ich produziere Ware, die ich verkaufe, und folglich sei ich Unternehmer.

Welche Ware denn um alles in der Welt? Etwa die 300 Schreibmaschinenseiten pro Buch?

Exakt diese. Im übrigen sei ich auch umsatzsteuerpflichtig, und ich solle künftig darauf achten, daß auf den einschlägigen Belegen die Mehrwertsteuer angegeben sei.

»Welche Belege?«

»Na, Sie werden doch Betriebsausgaben haben! Papier, Farbbänder, Bücher, Auto ...«

Haha, ich hatte ja noch gar keins. Trotzdem bedankte ich mich für die Auskünfte, kaufte einen Aktenordner, schrieb FINANZAMT drauf und ging damit zu Rolf. »Ich brauche einen Steuerberater.«

»Wir haben doch einen.«

»Zu dem will ich aber nicht. Der ist mit dem halben Ort verwandt, und die andere Hälfte kennt er noch aus seiner Schulzeit. Warum hast du ihm denn unbedingt von meinem Buch erzählen müssen? Ist doch klar, daß er die Geschichte weitergetratscht hat, und irgendwo ist sie dann bei der falschen Adresse gelandet. Von allein wären die im Finanzamt nie dahintergekommen. Jedenfalls nicht so schnell.«

»Herr Gabler tratscht nicht, der hat Schweigepflicht.«

»Mein Doppelleben fällt aber nicht unters Dienstgeheimnis. Außerdem hab ich den Kerl nie leiden können, und für seinen Job ist er sowieso zu alt. Der hat sein Handwerk noch zu einer Zeit gelernt, als nur die Leute Steuern zahlten, die dazu in der Lage waren. Weißt du keinen anderen? Möglichst einen von außerhalb.«

Rolf erinnerte sich seines Bettnachbarn, mit dem er vor

zwei Jahren das Krankenhauszimmer geteilt hatte, nur fiel ihm weder sein Name ein noch erst recht nicht das Ressort, für das er zuständig war. »Er arbeitet aber beim Finanzamt, das hat er mir erzählt.«

»Hast du arbeiten gesagt? Und überhaupt brauchen wir keinen Beamten, sondern jemanden, der mit ebendiesen fertig wird!«

Wie es Rolf gelungen ist, Namen und Adresse des damaligen Magendurchbruchs zu erfahren, weiß ich nicht, aber es kostete ihn einen halben Nachmittag und eine Pfundpackung Pralinen. Als er zurückkam, brachte er neben der gewünschten Telefonnummer noch einen Prospekt von der neueröffneten Cafeteria des Kreiskrankenhauses mit.

Nach dem langwierigen Austausch von Krankheitsgeschichte, Diätrezepten und sonstigen Therapien, mit denen sich Wiedergenesene stundenlang beschäftigen können, kam Rolf endlich zum Kern der Sache.

Doch, sagte Herr Reizenstein, er wüßte schon jemanden, eine ehemalige Kollegin, die sich selbständig gemacht habe. Sehr tüchtige Person, da seien wir in besten Händen. Einen schönen Gruß sollten wir bestellen, ihr Nachfolger sei nicht beliebt, und ob sie nicht zurückkommen wolle.

»Bloß nicht«, protestierte Rolf, »dann haben wir ja wieder niemanden.«

Frau Grießbach wohnte eine halbe Autostunde weit weg, und als ich das erstemal zu ihr kam, wußte ich, weshalb sie auf das Tarifgehalt nach Besoldungsgruppe Sowieso verzichtet und sich auf eigene Füße gestellt hatte. Ich stand vor einem wunderhübschen Haus in exklusiver Wohnlage. Seitdem sind wir bemüht, ihren Wohlstand zu mehren, aber ich muß zugeben, daß sie ihn verdient.

»Ein Geschäft wird erst dann ein Geschäft, wenn man dem Finanzamt nachweisen kann, daß es kein Geschäft war«, erklärte sie mir rundheraus, nachdem ich mein Problem dargelegt und meine völlige Unkenntnis in steuerlichen Dingen zugegeben hatte. »Als freie Schriftstellerin haben Sie eine ganze Menge Abzugsmöglichkeiten. Allerdings muß ich mich in diese Materie erst mal reinknien, Künstler zählen bisher noch nicht zu meinen Klienten.«

Jetzt war ich nicht nur Unternehmerin, sondern sogar Künstlerin. Wenn das doch noch meine ehemalige Musiklehrerin erfahren hätte! In Zeichnen hatte ich auch immer eine Vier gehabt.

Wahrscheinlich haben wir es Frau Grießbach zu verdanken, daß wir auch heute noch die Miete bezahlen und gelegentlich in Urlaub fahren können, aber zum eigenen Haus und der Zweitwohnung auf den Bahamas haben wir es noch immer nicht gebracht – trotz meines Status' als Unternehmer. Die Psychologen sind der Meinung, man dürfe auf keinen Fall zu viel für sich behalten. Der gleichen Ansicht ist das Finanzamt!

»Spare in der Schweiz, dann hast du in der Not!« hatte mir Sven empfohlen, ohne mir allerdings sagen zu können, was ich denn dort sparen sollte. Es blieb ja nie was übrig.

»Zur Berechnung der Lebenshaltungskosten nimmt man am besten sein Einkommen und schlägt zwanzig Prozent dazu«, hatte Rolf gestöhnt, nachdem sein Haushaltsplan mal wieder vorne und hinten nicht gestimmt hatte. »So ziemlich das einzige, wovon man heutzutage mehr für sein Geld kriegt, sind Zahlungsaufforderungen. Was soll denn das hier heißen? Studf. Fr. Zw.?« buchstabierte er.

»Studienfahrt Frankreich Zwillinge«, übersetzte ich schnell.

»Und die kostet fünfhundert Mark?«

»Achthundert. Ohne Taschengeld. Das hier ist bloß die Anzahlung«, korrigierte ich.

»Kannst du mir mal verraten, was sie da eigentlich studieren wollen? Etwa das Pariser Nachtleben?« schnaubte er ärgerlich.

»Sie fahren in die Dordogne und besichtigen Höhlen.«

»Zehn Tage lang? Das könnten sie auf der Schwäbischen Alb billiger haben. Ist das Geld dafür wenigstens absetzbar?«

»Nein. Derartige Ausgaben sind im Kinderfreibetrag enthalten.« Soviel hatte ich schon gelernt.

»Zu meiner Zeit gab es keine Studienfahrten, da sind wir einmal jährlich im Harz herumgestolpert und haben vaterländische Lieder gesungen. Wandertag nannte man das, und studiert haben wir bloß die Speisekarte im Ausflugslokal, ob das Geld noch für Bockwurst und Brause reichte. Aber heute wird den Gören ja alles vorne und hinten reingestopft. Ich möchte nur wissen, von was für Dingen sie ihren eigenen Kindern einmal erzählen werden, sie hätten ohne sie auskommen müssen.«

Wenn Rolf so anfängt, ist es besser, das Thema zu wechseln. »Hast du die Unterlagen für Frau Grießbach endlich zusammen?«

»Ja, ich muß bloß noch unten hinschreiben, wieviel ich dem Finanzamt bezahlen kann, und von da an soll sie zurückrechnen.«

Bis zum nächsten Frühjahr war die Familienkrise wieder einmal überwunden, zumal ich festgestellt hatte, daß es kaum etwas gibt, was Ehepaaren ein größeres Zusammengehörigkeitsgefühl verleiht als eine gemeinsame Steuerveranlagung.

Diesmal hoffte ich nur, es würde unterm Strich genug für mich übrigbleiben, um auch den Rest meiner luxuriösen Neuerwerbung bezahlen zu können: Ein Käfer-Kabriolett. Gebraucht natürlich, aber immerhin!

Genaugenommen hatte ich den Wagen Sascha zu verdanken, und erst später ist mir klargeworden, warum! Seitdem er den Führerschein hat, träumt er von einem Porsche, nur muß er sich aus naheliegenden Gründen immer noch mit Autos begnügen, die seinem Ideal in keiner Weise ähneln. Beim Erscheinen meines ersten Buches hatte ich zwar versprochen, ihm seinen Traumwagen zu schenken, sobald sich eine der zweifellos Schlange stehenden Filmfirmen die Rechte an meinem Werk gesichert hätte, aber darauf warten wir noch heute. Auch der Matchbox-Porsche, den Sascha zu Weihnachten bekam zusammen mit einer Gießkanne, Düngestäbchen und der Anweisung, ihn regelmäßig zu bewässern, ist noch immer nicht größer geworden. So fuhr er weiterhin seinen Uralt-Renault, und ich ärgerte mich mit Goliath herum, dessen wachsende Reparaturkosten in keinem Verhältnis mehr zu seinem Anschaffungspreis standen. Eines Tages streikte er endgültig, und wieder mal zu einem Zeitpunkt, wie er ungünstiger gar nicht sein konnte.

Das alljährliche Straßenfest warf seine Schatten voraus. Unmittelbar bevor die Zufahrt gesperrt wurde, zwängte ich mich noch an halbaufgebauten Bretterbuden vorbei, kurvte um abgestellte Getränkekisten und kam schließlich vor einem mitten auf der Fahrbahn geparkten Lkw zum Stehen,

»Hier können Sie nicht weiter!« sagte der Mann mit der Lederschürze vorm Bauch. »Fahren Sie zurück!«

»Wenn's denn unbedingt sein muß ...« Ich schob den Rückwärtsgang rein, vielmehr, ich versuchte es, aber die Schaltung hakte mal wieder.

»Frau am Steuer!« knurrte die Lederschürze. »Können Sie sich nicht ein bißchen beeilen? Sie werden hier zum Verkehrshindernis!«

Ich beeilte mich ja, aber das nützte nichts. Die Vorwärtsgänge ließen sich mühelos bewegen, nur nach hinten tat sich nichts. »Versuchen Sie es doch selber, wenn Sie glauben, Sie könnten es besser!« forderte ich die hinterhältig grinsende Lederschürze auf und betete im stillen, Goliath möge nicht wieder die männliche Hand spüren und seinen Streik abbrechen.

Tat er auch nicht. Er muckte weiter.

»Wo haben Sie denn dieses antike Modell her? Aus der Haferflockenpackung?« Verärgert stieg die Schürze wieder aus. »Mir egal, wie Sie weiterkommen, aber der Wagen muß weg!«

»Glauben Sie denn, ich will hier überwintern?« sagte ich pampig. »Vorwärts kann ich ja fahren, aber fliegen kann ich nicht. Wie wär's also, wenn Sie samt Ihren Bierfässern erst mal zurücksetzten?«

»Wohin denn? Da steht doch schon das Zelt!«

Die inzwischen versammelten Schaulustigen sparten nicht mit guten Ratschlägen, aber erst, nachdem ein paar kräftige Männer die schon aufgestellten Tische und Bänke zur Seite geräumt und Goliath auf den Bürgersteig gehievt hatten, löste sich das Chaos. Im Schrittempo zuckelte ich auf dem Gehsteig an den Hindernissen vorbei, begleitet von vielen guten Wünschen und dem Vorschlag, Goliath doch dem Museum für vaterländische Altertümer zu schenken.

Bis nach Hause kam ich noch, aber der herbeigerufene Fachmann bestätigte später meine Diagnose. Goliath litte an zunehmender Altersschwäche, und das Beste wäre, ihm ein friedliches Plätzchen auf dem Schrottplatz zu gönnen.

Sein Dahinscheiden ließ die Familie wieder enger zusammenrücken. Wir hatten nur noch *ein* Auto, um das ein ständiger Streit entbrannte, denn an meine Bewegungsfreiheit hatte ich mich nur zu schnell gewöhnt. Außerdem war das Fahrrad inzwischen völlig verrostet. Ich begann mich wieder für Gebrauchtwagen zu interessieren, fand in der vertretbaren Preisklasse aber nur Autos, die ebensoviel Benzin wie Parkplatz brauchten, wobei letzteres ausschlaggebend war. Noch immer sah ich neidisch zu, wenn meine Söhne in eine Lücke einscherten, in die nach meiner Ansicht nicht mal ein Roller gepaßt hätte, und als ich in Heilbronn kürzlich zu Rolf gesagt hatte, ich werde »am besten dort drüben« parken, hatte er nur ungläubig geguckt. »Wo denn? Ich sehe keine leere Straße.«

Ein Wagen mit Kofferraum hinten raus – korrekt heißt das Stufenheck – kam also nicht in Frage, und mehr als fünfzig PS auch nicht. Im Unterhalt zu teuer! Frau Grießbach hatte gesagt, die Ausgaben dürften meine Einnahmen nicht unter das Sozialhilfeniveau drücken, sonst wäre das Finanzamt nicht einverstanden. Daß aber ausgerechnet Sascha neben mir saß, als wir das rote Auto stehen sahen, wäre nun doch nicht nötig gewesen.

»Halt mal schnell an!« befahl er. »Ich habe da eben was entdeckt!«

»Was denn?« Aber er war schon über die Straße gelaufen und umkreiste mit verzücktem Blick das Kabriolett. »Komm mal her, Määm, das wäre doch was für dich!«

Zugegeben, es gefiel mir auch, hauptsächlich deshalb, weil wir 28 Grad im Schatten hatten. Das aufgeklappte Verdeck signalisierte Kühle, darüber hinaus sind Kabriolett-Fahrer immer braun im Gesicht, was mir nur mit Unterstützung der Höhensonne gelingt, und daß Käfer sparsame Autos sind, war ja allgemein bekannt. Außerdem hatte der Wagen ein handliches Format.

»Ich frage mal, was die Mühle kostet«, beschloß Sascha.

»Steht doch dran!« Ich zeigte auf das Schild an der Windschutzscheibe. »VHB. Was heißt das? Vierhundert Blaue?«

»Quatsch! VHB heißt Verhandlungsbasis.«

»Na, dann verhandle mal schön!«

Es dauerte eine ganze Weile, bis er zurückkam. Ihm auf

den Fersen folgte der Inhaber dieses Gebrauchtwarenmarktes, ein schmierig aussehender Levantiner, der mich lebhaft zu meiner Wahl beglückwünschte. Offenbar hätte ich einen Blick für Raritäten, denn normalerweise sei der Wagen viel teurer, er werde ja gar nicht mehr gebaut, aber es herrsche Mangel an Abstellplätzen, und nur deshalb müsse er das Auto so billig abstoßen. »Nicht einen Pfennig verdiene ich daran! Wenn ich es recht bedenke, setze ich sogar noch zu.«

Nun erwarte ich von einem Auto nichts anderes, als daß es fährt und nicht grün ist. Grün steht mir nicht. Wie viele Zylinder so ein Wagen hat, ob Scheibenbremsen und Einzelradaufhängung, ist mir ganz egal, weil ich mir darunter sowieso nichts vorstellen kann, doch die Anpreisungen des Händlers machten mich mißtrauisch. Er führte sich auf, als wolle er mir einen Rolls-Royce verkaufen.

»Am liebsten wäre mir, wenn der Wagen so läuft, wie Sie reden!«

Das könne ich ja gerne ausprobieren. Im Handumdrehen hatte er den Zündschlüssel in der Hand, und im selben Augenblick saß Sascha auch schon hinter dem Steuer. Ich durfte neben ihm Platz nehmen.

Mein Sohn war begeistert. Es störte ihn gar nicht, daß wir obenherum gut gekühlt wurden, während es unten anfing, brenzlich zu riechen. »Die Heizung ist eingeschaltet, ich weiß bloß nicht, wo man sie abdreht.«

Nun ja, das würde man wohl herausfinden können. Ich zog die Beine auf den Sitz und ließ mich mit wehenden Haaren spazierenfahren. Nur schade, daß ich meine Sonnenbrille in Rolfs Wagen vergessen hatte, mit halbgeschlossenen Augen sieht man nicht viel.

»Määm, das Auto nimmst du! Das ist ja Spitze!«

»Kauf's doch selber!«

»Wovon denn? Du weißt doch, wie mies der Wörner seine Sklaven bezahlt!«

Das allerdings stimmte. Der Sold reichte bei Sascha immer nur bis zur Monatsmitte, deshalb stand er bei mir auch schon erheblich in der Kreide.

»Darf ich auch mal ans Steuer?«

Widerwillig tauschte er mit mir den Platz. »Du kannst mir ruhig glauben, der Wagen läuft einwandfrei.«

Das ließ sich nicht bestreiten, nur fiel mir erst jetzt die gewölbte Motorhaube auf, die mir irgendwie im Wege war. »Da kann ich ja kaum drübergucken.«

»Warum nicht?«

»Weil ich zwanzig Zentimeter kleiner bin als du.«

»Macht doch nichts. Dann kaufst du dir eben ein luftgefülltes Sitzkissen.«

Im Gegensatz zu Goliath, dessen glatte Stromlinienform keinerlei mathematische Berechnungen von mir gefordert hatte, besaß der Käfer ausladende Kotflügel, die ich bei künftigen Parkmanövern zu berücksichtigen hatte. Die Sicht nach hinten war auch nicht gerade optimal, da störte das zurückgeklappte Verdeck. Nein, ich war noch gar nicht davon überzeugt, daß der Käfer und ich zusammenpassen würden.

»Die ganze Sache hat doch sowieso einen Haken! Wenn es wirklich stimmt, was du sagst, und diese Kabrios allmählich antiquarischen Wert bekommen, dann müßte der Wagen viel teurer sein.«

Sascha nickte bestätigend. »Ich glaube, der Kerl weiß gar nicht, welchen Schatz er unter seinem ganzen anderen Gerümpel hat. Du solltest bloß mal sehen, was für Rostschleudern da hinten auf dem Hof herumstehen.«

»Und wenn schon. Ich traue dem Frieden nicht. Es sollte sich erst jemand mit dem Innenleben des Autos befassen, der mehr Ahnung davon hat als wir beide zusammen.«

»In Ordnung. Ich komme nachher noch mal mit Matthias her.«

Von Matthias wußte ich nur, daß er in den letzten beiden Jahren drei Motorräder zu Schrott gefahren hatte und den Wagen seiner Mutter. Schuld hatten immer die anderen. Die noch verwertbaren Überreste hatte er recht günstig an Bastler verkauft, aber ob seine technischen Fähigkeiten genauso groß waren wie seine kommerziellen, bezweifelte ich.

Der Autohändler bedauerte, daß ich mich nicht auf der Stelle zum Kauf dieser einmaligen Gelegenheit entschließen konnte. Es gebe noch genügend andere Interessenten, und wer zuerst käme … Scheinbar schweren Herzens rang er sich zu einem Kompromiß durch: Vierundzwanzig Stunden lang hätten wir das Vorkaufsrecht. Eine gründliche Überprüfung des Wagens sei ganz bestimmt nicht nötig, aber wenn wir Wert darauf legten, bitte sehr!

»Na siehste«, frohlockte Sascha auf dem Heimweg, »wenn der was zu verbergen hätte, wäre er nicht so bereitwillig darauf eingegangen.«

Fachmann Matthias inspizierte das Auto, fand keine Roststellen auf dem Boden, keine Löcher in der Karosserie, und die Hupe funktionierte auch. Er genehmigte den Kauf.

Noch am selben Abend war ich Besitzer des roten Feuerwehrautos, wurde von den Nachbarn beneidet, denn das warme, sonnige Wetter hielt an, und das Einkaufen war auch viel leichter geworden, weil ich die ganzen Sachen einfach von oben auf die Rücksitze fallen ließ. Ich mußte nur darauf achten, daß vor dem Verlassen des Wagens alle vier Scheiben hochgekurbelt und die Türen verschlossen waren, weil sonst kein Versicherungsschutz bestand. Wer diese blödsinnige Anordnung ausgebrütet hat, weiß ich nicht. Er kann nicht ganz richtig im Kopf gewesen sein.

Dann kam der erste Regentag, und damit ging der Ärger

los. Das Dach war undicht. Die Fahrradflicken fielen sehr schnell wieder ab, die Löcher mußten von einem Spezialisten geflickt werden, der offenbar mit Gummi überzogene Goldplättchen verwendet hatte, anders ließ sich der Preis für die Arbeit nicht erklären.

Wenige Tage darauf lief die Batterie aus.

»Die hatte aber ganz neu ausgesehen«, verteidigte Matthias sein technisches Know-how. »Vielleicht hat der Kerl die noch schnell ausgetauscht.«

Mußte er wohl. Genau wie den Auspuff, der plötzlich auf der Straße lag. Es war uns auch noch nicht gelungen, die Heizung abzustellen, weil der kleine Hebel, mit dem wir sie regulieren sollten, eingerostet war und beim ersten Schlag mit dem Hammer abbrach. Solange ich mit offenem Verdeck gefahren war, hatte es einen gewissen Temperaturausgleich gegeben, bei geschlossenem Dach saß ich in einer Sauna.

»Dann frierst du wenigstens nicht im Winter!« Sascha ließ sich noch immer nicht davon überzeugen, daß wir mit diesem »Superknüller« gründlich übers Ohr gehauen worden waren.

»Sobald ich beim Wörner fertig bin und wieder richtige Kohle mache, kaufe ich dir den Wagen ab«, versprach er. »Du hast einfach kein Feeling für das Auto.«

Das stimmte. Wenn es mich mit seinen runden Scheinwerfern anglubschte, kam es mir immer wie eine Katze vor, die mit einer Maus spielt. Die gewölbte Motorhaube verstärkte diesen Eindruck noch. Wir beide mochten uns eben nicht! Und es störte mich auch gar nicht, daß die Dellen in der rückwärtigen Stoßstange immer zahlreicher wurden. Bei geschlossenem Verdeck gab es hinten statt eines Fensters nur einen besseren Sehschlitz; kleinere Gegenstände wie Fahrräder, Blumenkübel oder Mülltonnen waren selten auszumachen, und als mich Nicki im letzten Augenblick daran hinderte, einen Kinderwagen über den Haufen zu fahren, hatte ich von diesem Auto endgültig genug und gab es an Sascha weiter.

»Na endlich!« sagte der, liebevoll über den noch immer glänzenden Lack streichend. »Ich hab doch von vornherein darauf spekuliert. Nur hatte ich nicht damit gerechnet, daß du es sooo lange fährst!« (Jawoll, genau fünfeinhalb Monate!)

»Und wo kriege ich jetzt einen neuen Wagen her?«

»Am übernächsten Ersten fange ich im Schloßhotel Friedrichsruh an, dann nehme ich gleich einen Bankkredit auf, und du bekommst dein Geld zurück. Bis dahin kannst du ja mein Mofa benutzen.«

Vier Jahre lang hat Sascha den von mir so verkannten Käfer gehegt, viel Geld investiert und ein Schmuckstück daraus gemacht, bis ihm jemand auf eisglatter Fahrbahn in die Seite gebrettert ist und den Wagen in einen Schrotthaufen verwandelt hat. Die Schürfwunden und die hühnereigroße Beule am Kopf haben ihn nicht sonderlich erschüttert, aber um sein Auto hat er geweint. Erst als die Versicherung den Liebhaberwert bestätigte und die doppelte Summe des Anschaffungspreises zahlte, war er etwas ausgesöhnt. Er hatte nämlich »gerade wieder was an der Hand! Englischer Sportwagen, einmalige Gelegenheit, Määm, und gar nicht teuer!«

Kapitel 12

Eine Rundfunkzeitung wollte einige Kapitel aus den »Jeans« abdrucken. Fünf Folgen sollten es werden. Natürlich freute ich mich. Der Verlag auch. Von wegen kostenloser Reklame und so weiter. Leider hatte ich keinen Einfluß auf die veröffentlichten Textstellen, denn als ich später die zusammengestrichene Story las, war ich entsetzt. Übriggebliében waren fast nur die ach so beliebten »Action-Szenen«, die in dieser massierten Form wie eine Klamotte wirkten. Aber das wußte ich noch nicht, als mich der Verlag informierte, daß die Zeitschrift eine Heimreportage wünsche. Angeblich würde es die Leser brennend interessieren, wie eine kinderreiche Familie lebt.

»Heißt das, hier taucht ein Rudel Reporter auf und nimmt uns auseinander?«

»Nur zwei«, beruhigte mich Frau Maibach. »Sie werden ein paar Fotos machen, die üblichen Fragen stellen, und es wäre schön, wenn die ganze Familie komplett wäre. Zum Glück sind ja noch Ferien.«

»Kommt gar nicht in Frage!« sagte Sascha sofort. »Ich spiele doch nicht Fotomodell! Wer bin ich denn?«

»Eine der Hauptpersonen im Buch!«

»Das ist *dein* Bier! Ich laß mich nicht zum Hänneschen machen.«

Dann bot er mir einen Kompromiß an: »Es weiß doch niemand, wie ich aussehe, da können wir ruhig ein Double nehmen. Matthias ist auch viel fotogener als ich. Der macht das gerne.«

Ähnlicher Ansicht war Sven. Auch er kannte jemanden, der ihn vertreten würde. Sogar einen Bart hätte der, so daß man ihm nicht mal eine gewisse Ähnlichkeit absprechen könne. Erst als Rolf ein Machtwort sprach und eine drastische Kürzung der finanziellen Zuwendungen androhte, lenkten die Knaben ein.

»Siehst du«, flüsterte er mir zu, »wenn Geld auch sicherlich nicht alles bedeutet, so hält es die Verbindungen mit den Kindern aufrecht.«

Die Mädchen waren natürlich hingerissen von der Aussicht, fotografiert und dann auch noch veröffentlicht zu werden. »Was soll ich bloß anziehen?« rätselte Katja vor dem geöffneten Kleiderschrank. »Das sind alles Kleinkindersachen. Den trägerlosen Pulli wollte Määm mir ja nicht kaufen.«

»Ob wir wenigstens *jetzt* einen Büstenhalter kriegen?« überlegte Nicole, die mich schon seit Wochen von der Notwendigkeit dieses Dessous zu überzeugen versuchte, obwohl noch gar nichts da war, was zu halten gewesen wäre. Pubertät ist, wenn alle anderen in der Klasse einen BH tragen und die eigene Mutter meint, man selbst solle warten, bis es einen Grund dafür gibt.

»Ich kaufe mir einen vom Taschengeld«, entschied Katja. »Soviel habe ich nicht mehr, es reicht gerade noch für einen Lippenstift.«

Das fehlte noch! Ich gab meinen Lauschposten am Treppenabsatz auf und ging nach oben. »Ihr werdet euch genauso anziehen wie immer, nämlich Jeans und T-Shirt. Ich will keine aufgetakelten Halbweltdamen haben!«

»Sonst sagste, wir sollen uns endlich wie Erwachsene benehmen, und nun behandelst du uns wieder wie Kinder. Das ist doch irgendwie beknackt.«

»Ich gebe ja zu, daß ich mich geirrt habe. Erwachsen werdet ihr erst in dem Augenblick, wenn ihr nicht mehr mit aller Gewalt versucht, euch älter zu machen. Und jetzt beenden wir das Thema, einverstanden?«

Psychologisch war das vermutlich wieder mal falsch, aber die ständigen Auseinandersetzungen über das, was die beiden zu ihrem Wohlbefinden angeblich brauchten oder nicht brauchten, gingen mir allmählich auf den Geist. Nachdem wir vor ihrer unüberwindlichen, brüllend kundgetanen Abneigung gegen das Flötenspielen kapituliert und den Unterricht gekündigt hatten, war zumindest ein Anlaß des täglichen Ärgers entfallen, aber wenn die Zwillinge trotzdem weiter an meinen Nerven sägten, so lag es wohl daran, daß sich bei ihnen konservierte Eigenheiten von Kleinkindern jetzt mit denen der Teenager mischten. Wenigstens war Stefanie ein tröstliches Beispiel, wie sich auch »kleine Ungeheuer« (Formulierung einer Tante aus gegebenem Anlaß) irgendwann einmal mausern.

Der Tag, an dem »unser Heim reportiert« werden sollte – Wortschöpfung von Katja! – rückte näher. Es wurde also Zeit, das Haus einer gründlicheren Inspektion zu unterziehen. Nun ist ein Hausputz, solange man heranwachsende Kinder um sich hat, wie Schneeschippen, wenn es noch schneit. Außerdem hatte ich meine Abneigung gegen jede Art von Hausarbeit schon mehrmals in die Öffentlichkeit getragen, es hätte somit meinem Image widersprochen, blankgewienerte Fußböden vorzuweisen. Trotzdem: Die Gardinen im Wohnzimmer mußten wenigstens gewaschen werden, vielleicht brauchte ich dann nicht auch noch die Fenster zu putzen. Während ich überlegte, was weniger auffallen würde, kahle Blumenbeete im Garten oder leere Blumenvasen im Haus, kam Nicki kleinlaut angeschlichen. »Ob die auch unser Zimmer besichtigen wollen?«

»Ich glaube schon. Vielleicht wollen sie wissen, ob ihr übereinandergestapelt schlaft.«

»Dann muß Sven, wenn er morgen kommt, zuallererst das Regal wieder zusammenkloppen. Katja hat nicht gewußt, daß der Fuß ab ist, und nun hat sie das Englischbuch drunter vorgezogen. Der Fernseher ist aber heil geblieben!«

Nachdem ich das Durcheinander von Brettern, Büchern und verstreuten Kinkerlitzchen gesehen hatte, nahm ich mir vor, das oberste Stockwerk als off limits auszugeben und den Rundgang in der ersten Etage zu beenden. Wohldosierte Unordnung kann ganz gemütlich wirken, aber das da oben war entschieden zuviel.

»Von den elf Paar Schuhen im Flur sind morgen früh mindestens sieben Paar verschwunden, ist das klar? Eure Winteranoraks könntet ihr auch langsam mal weghängen, wir haben August!«

»In zwei Monaten brauchen wir sie doch wieder, weshalb also erst nach oben schleppen?«

»Weil ich morgen in der Garderobe zwei leere Bügel brauche.«

»Im Wetterbericht haben sie gesagt, wir kriegen wieder über 25 Grad. Da rennt doch kein Mensch mit 'ner Jacke rum!«

Auch wieder wahr.

»Warum müssen die ausgerechnet am Wochenanfang einreiten?« maulte Sascha, als ich ihn endlich hochgescheucht hatte. »Der Montag ist noch nie mein Tag gewesen. Da komme ich mir immer vor wie Robinson: Ich warte auf Freitag.«

»Aber nicht im Bett! Und jetzt beeil dich ein bißchen, gegen zehn wollen die Reporter hiersein.«

»Weshalb denn diese Hektik? Es ist ja noch nicht mal neun.« Gähnend schlurfte er ins Bad, und ich hörte ihn noch murmeln: »Wer einsam ist, der hat es gut, weil keiner da, der ihm was tut.«

Unten juchzten die Zwillinge. »Wie siehst *du* denn aus?«

Die protestierende männliche Stimme gehörte Sven. »Ihr seid ja schon so verbauert, daß ihr nicht mal mehr wißt, wie man sich anständig anzieht.«

Mir schwante Fürchterliches. Wenn Sven sich in Schale wirft, sieht er meistens aus wie ein Zuhälter von der Reeperbahn. Er hat eine Vorliebe für Großkariertes und cremefarbene Schuhe, und in genau diesem äußerst dezenten Aufzug präsentierte er sich. Außerdem fehlte ihm ein Schneidezahn.

»Den hat mir vor drei Tagen einer von unseren Azubis rausgehauen. Aus Versehen natürlich. Mit'm Spatenstiel. Ich bin sofort zum Zahnarzt, der hat die Ruine gezogen, aber Ersatz kriege ich erst rein, wenn die Wunde verheilt ist.«

»Dann machst du am besten heute nicht mehr den Mund auf«, empfahl ich, mußte aber einsehen, daß das in Anbetracht der besonderen Umstände kaum möglich sein würde.

»Määm, du kannst doch sagen, Sven hätte Kehlkopfkatarrh und dürfe nicht reden«, schlug Steffi vor.

Probehalber krächzte er ein bißchen herum. Es hörte sich an wie ein asthmatischer Papagei und klang wenig überzeugend. Da fiel mir meine Mutter ein, die sich einmal mit genau dem gleichen Problem hatte herumschlagen müssen. Kurz nach Kriegsende war es gewesen, als ihr der rechte Vorderzahn abgebrochen war. Zahnersatz, sofern überhaupt erhältlich, ließ sich nicht von einem Tag zum anderen beschaffen, und so hatte sie zur Selbsthilfe gegriffen. Aus Kerzenwachs hatte sie eine Art Stiftzahn modelliert. Sogar der Farbton hatte einigermaßen gestimmt, nur essen durfte sie nichts.

»Zähne wie die Sterne – abends kommen sie raus!« hatte

Omi immer gelästert, wenn meine Mutter vor dem Abendbrot im Bad verschwunden war und ihre Behelfsprothese auf der Ablage über dem Waschbecken deponiert hatte. Wenn sie trotzdem mal kaputtging, wurde eine neue angefertigt. Ob ich das bei Sven auch probieren sollte?

Zuerst sträubte er sich, aber nach mehreren mißlungenen Versuchen hatte ich endlich etwas zusammengeformt, das halbwegs wie ein Zahn aussah. Der Sekundenkleber hielt, Sven sah wieder menschlich aus.

»Nicht mit der Zunge ran! Das Essen wirst du dir auch verkneifen müssen. Ist ja nur für ein paar Stunden.«

Jetzt mußte ich noch versuchen, meinen feingemachten Sohn zu einer etwas weniger auffallenden Kleidung zu bewegen. »Denk doch mal nach, Sven! Das Buch heißt ›Jeans und große Klappe‹, behandelt eure Teenagerjahre, als ihr allesamt vom Nabel aufwärts uniformiert herumgelaufen seid, und nun kommst du in diesem Sonntagsnachmittagsausgehdreß an. Das paßt einfach nicht zusammen! Tu mir den Gefallen und zieh dich um. Laß dir was von Sascha geben.«

»Die Hosen sind mir doch viel zu lang.«

»Menschenskind, dann krempel sie um! Ich denke, das spielt bei Jeans keine Rolle.«

»Das war mal. So was trägt heute kein Mensch mehr.«

»Dann bist du eben der erste, der wieder damit anfängt. Und jetzt sieh zu, daß du fertig wirst!«

In der Küche dekorierten die Zwillinge Kekse auf einer Tortenplatte. »Du mußt doch was anbieten.«

»Aber nicht auf rosa Preßglas. Holt mal die Kristallschale!«

»Willst du etwa dieses madige Gerät auf den Tisch stellen? Das Ding sieht doch ätzend aus.«

Das madige Gerät war aus handgeschliffenem Bleikristall und das bestgehütete Erbstück meiner Großmutter.

»Was soll es zu trinken geben?« Ich hatte gar nicht bemerkt, daß Rolf hinter mir stand. »Im Keller staubt eine Kiste mit leeren Colaflaschen vor sich hin, und sonst habe ich nur Apfelsaft und Mineralwasser gefunden.«

»Ist bei der Hitze auch viel gesünder«, entschied ich.

»Seit wann lebst du gesundheitsbewußt?« grinste er. »Vorsichtshalber werde ich zwei Flaschen Mosel kaltstellen.«

»Tu das! Die trinken wir heute abend, wenn der ganze Rummel vorbei ist.«

Steffi entkalkte den Kaffeeautomaten. »Schade, daß das nur bei Maschinen geht«, hatte sie gemosert, als ich sie darum gebeten und nebenbei erwähnt hatte, ich hätte es gestern noch tun wollen und dann doch vergessen.

»Sei ruhig, auch du wirst mal älter! Es ist nämlich die einzige Möglichkeit, lange zu leben.«

Drei Minuten nach zehn verteilten wir uns im Garten und hielten Ausschau nach den Besuchern. Um halb elf lagen die ersten Kippen in den frischgereinigten Aschenbechern, hatte Sven seinen Wachszahn verloren und mußte ihn neu festkleben, hatte Katja einen Brombeerstachel im Finger und Rolf den zweiten Kognak intus. »Pünktlichkeit ist die Höflichkeit der Könige«, sagte er und goß den dritten ein.

»Vielleicht sind sie bloß deshalb unpünktlich, weil wir sonst glauben könnten, sie hätten nichts Wichtigeres zu tun.«

Endlich rollte das Auto auf den Parkplatz. WESTDEUTSCHES FERNSEHEN stand auf der Tür.

»Ich denke, die kommen von der Zeitung?« Mit einer Kehrtwendung verschwand Sascha im Haus. »Schönen Gruß. und sag denen, ich mußte dringend weg. Ich weiß zwar noch nicht, wohin, aber ich werde mich beeilen.«

»Du bleibst hier!« brüllte der Vater.

»Ich hau ab!« brüllte der Sohn.

»Seid doch endlich ruhig!« brüllte ich.

Da flammte das erste Blitzlicht auf, und eine vergnügte Stimme meinte: »Ich glaube, wir sind hier richtig.«

»Das war wohl auch nicht zu überhören«, entschuldigte ich mich, »aber mein Sohn wollte die Flucht ergreifen, nachdem er den Schriftzug auf Ihrem Wagen gesehen hatte.«

»Der hat nichts zu sagen, ich habe das Auto von einem Kollegen geliehen.« Der junge Mann gab mir die Hand. »Frau Sanders, wenn ich recht vermute? Mein Name ist Jügelt, und das ist meine Kollegin Hellmers. Komm, Sandra, sag mal schön guten Tag.«

Sandra konnte nicht, sie hatte alle Hände voll zu tun. Aus dem Badezimmerfenster hing Sven und wollte wissen, wer schon wieder die Nagelschere weggeschleppt habe. Er brauche sie dringend. Knips, und schon war sein aufgerissener Mund – ohne Zahn! – der Nachwelt erhalten. Steffi teilte ihrem Bruder nicht eben leise und auch in nicht eben feinen Worten mit, was sie von ihm hielt, während Nicki, um eine Ablenkung bemüht, Herrn Jügelt anstrahlte: »Da müssen Sie sich nichts draus machen, so geht das hier immer zu.«

»Und ich wollte Ihnen gerade das Gegenteil versichern«, sagte ich kleinlaut, führte unsere Besucher auf die Terrasse und bat sie, Platz zu nehmen.

»Könnten wir nicht zuerst durch das Haus gehen?« wünschte Frau Hellmers. »Ich würde gern die Lichtverhältnisse prüfen.«

Also prüften wir die Lichtverhältnisse. Am besten waren sie im Bad, aber da wir dort weder schwarze Kacheln an der Wand noch ein Leopardenfell auf dem Boden hatten, war dieser Raum uninteressant. Rolfs Arbeitszimmer gab auch nicht viel her, außerdem sollte ja *mein* Schreibtisch fotografiert werden, obwohl der nicht viel anders aussah, und überhaupt »machen wir das am besten sofort, jetzt habe ich die Sonne noch im Rücken«.

Sehr schön, aber wie? Mein Schreibtisch steht direkt vor dem Fenster. Frau Hellmers zögerte nicht lange. »Die Fensterflügel machen wir ganz auf, Sie rücken den Tisch einen Meter zurück, und ich stelle mich auf den Balkon. Wir versuchen es mal, ja?« Sie schaute durch die Kamera. »Noch ein Stückchen nach hinten! Ja, so ist es gut. Kann mal jemand den Rahmen festhalten? Er kommt dauernd ins Bild.«

Katja quetschte sich in die Ecke und drückte die Fensterscheibe gegen die Wand, während ich mich vor die aufgeklappte Schreibmaschine setzte und ein nachdenkliches Gesicht zu machen versuchte. Die Autorin bei der Arbeit, oder so ähnlich.

»Und nun zusammen mit den drei Mädchen!« Frau Hellmers gruppierte um. Links von mir sollte Katja stehen, rechts Nicole und hinter mir Stefanie. Gemeinsam beäugten wir scheinbar amüsiert das leere Blatt Papier in meiner Hand. Einen halben Meter neben diesem Gruppenbild stand Sascha, hielt das Fenster fest und feixte.

»Da fehlt noch was!« Frau Hellmers rückte das Glas mit den Buntstiften näher heran. »So, jetzt kommt Farbe rein.«

»Das geht nicht! Das Glas würde keine drei Minuten dort stehenbleiben, weil es der Wagen von der Maschine sofort runterfegt.«

»Das merkt keiner.« Trotzdem war sie noch immer nicht zufrieden. »Haben Sie nicht ein paar Blumen?«

»Auf dem Schreibtisch? Die wären ja noch schneller unten als das Glas.«

»Vielleicht eine Tasse?« schlug Nicki vor. »Wenn meine Mutter hier oben sitzt, trinkt sie literweise Kaffee.

»Sehr gut. Könntest du eine holen?«

Nicki trabte ab und kam mit einer Sammeltasse zurück.

»Trinkt deine Mutter immer daraus?«

»Nö, die benutzen wir sonst nie.« Verstohlen wischte sie

die Staubschicht vom Goldrand. »Ich hab nur gedacht, daß sie vielleicht schöner aussieht als der olle Topf, den Mami immer nimmt.«

Stefanie trug die Sammeltasse weg und brachte den roten Keramikbecher mit dem angeschlagenen Henkel. »Den hat sie aber wirklich jeden Tag hier rumstehen.«

Es dauerte weitere fünf Minuten, bis die Komposition auf dem Schreibtisch Frau Hellmers' Vorstellungen entsprach. Danach kamen. wir dran. Kopf mehr nach links, bitte den Arm um die Schulter legen, ein bißchen näher an die Schwester heranrücken, nein, das ist zuviel, Kinn etwas höher, rechte Hand am besten in die Hosentasche stecken ... ich glaube, wir haben ausgesehen wie eine Ansammlung von Marionetten.

»So war es schön!« Zufrieden setzte Frau Hellmers die Kamera ab. »Und nun machen wir ein paar Bilder, wie eure Mutter mit euch im Kinderzimmer spielt.«

»Nein!!!« schrien wir entsetzt, und »Bloß nicht!« fügte Katja schnell hinzu. Ich suchte noch nach einer Ausrede, als Sascha die Situation rettete. »Wäre es im Garten nicht besser? Da haben doch alle mehr Bewegungsfreiheit. Wenn sie unbedingt spielen muß, nehmen wir das Krocket. Sie trifft zwar nie durchs Tor, aber das sieht man ja nicht.«

Auf der Terrasse hatten es sich die drei Herren gemütlich gemacht und die erste Flasche Wein geleert. Rolf holte gerade die zweite. Herr Jügelt unterhielt sich mit Sven. »Wenn man die Bücher Ihrer Mutter liest, hat man den Eindruck, daß Ihre Eltern sehr modern eingestellt sind. Stimmt das?«

»Überhaupt nicht!« widersprach Sven sofort. »Wir haben immer noch ein Wählscheiben-Telefon und einen Büchsenöffner mit Handbetrieb. Und als ich meinen Vater neulich mal mit in eine Videospielhalle geschleift habe, da hat er doch tatsächlich den Geldwechsler für einen Spielautomaten gehalten. Modern?« Er schüttelte nachdrücklich den Kopf. »Nee, ganz bestimmt nicht.«

Herr Jügelt notierte. »Und wie ist es mit der Toleranz?« forschte er weiter. »Haben Sie sich als Jugendlicher eingeengt gefühlt oder bevormundet?«

Auch diesmal brauchte Sven nicht lange zu überlegen. »Nein, wir haben immer an einer ziemlich langen Leine gehangen, aber komischerweise haben wir das nie ausgenutzt.« Und nach einer Pause: »Warum eigentlich nicht?« Diese Frage schien ihn schwer zu beschäftigen. Plötzlich bemerkte er, wie Herrn Jügelts Bleistift über das Papier flog. »Schreiben Sie das etwa alles auf?«

»Nur Stichworte, ich suche mir später das Beste heraus.«

»Dann können Sie ruhig schreiben, daß unsere Eltern im großen und ganzen okay sind. Natürlich haben sie Macken, Määms Ordnungswahn ist so eine, aber damit muß man eben leben. Wir kriegen unsere Eltern ja immer erst dann, wenn sie schon zu alt sind, ihre Gewohnheiten zu ändern.«

»Kannst du Sven nicht mal ablösen?« flüsterte ich seinem Bruder zu. »Der Knabe wird mir zu mitteilungsbedürftig.«

Nun ließ sich Sascha aushorchen, aber er parierte recht geschickt und ließ sich nicht aufs Glatteis führen. Da waren die Mädchen ergiebiger. »Wie alt seid ihr jetzt eigentlich?« erkundigte sich Frau Hellmers bei den Zwillingen.

Die sahen sich etwas ratlos an. »Wie meinen Sie das?« hakte Katja nach. »Wenn wir mit der Bahn fahren, wenn wir ins Kino gehen, oder in Wirklichkeit?«

Auf eine klare Antwort verzichtete die Fragerin. Scheinbar uninteressiert schob ich mich an die Gruppe heran. Sie stand an der Brombeerhecke, und als Steffi sich nach einer reifen Frucht reckte, drückte Frau Hellmers sofort auf den Auslöser ihrer Kamera. »Sehr schön, und nun noch mal alle zusammen! Würden Sie sich bitte dazustellen, Frau Sanders? Das gibt ein wunderhübsches Bild.«

Wir markierten gemeinsame Erntefreuden. Danach buddelten wir im Erdbeerbeet, rochen an den Astern, Rolf mußte mit einer Säge auf die Leiter, während wir um ihn herum die noch gar nicht abgefallenen Birkenblätter zusammenharkten, und dann entdeckte Frau Hellmers die Wäschespinne.

»Wie viele Maschinen haben Sie pro Woche?«

»Fragen Sie lieber, wie viele es pro Tag sind«, seufzte ich. »Meistens zwei, in der winterlichen Schlammsaison werden es mehr.«

»Und wo ist die Wäsche von heute?«

»Die habe ich gestern schon gewaschen.«

»Schade.« Ein bedauernder Blick streifte die leere Leine. »In der Vorstellung unserer Leser gehört zu einer kinderreichen Familie ein nie endender Berg Wäsche. Daß da nun gar nichts draufhängt, paßt nicht so richtig ins Bild.«

Wenn es nur darauf ankam, so war dem abzuhelfen. »Im Keller stehen zwei Körbe voll Bügelwäsche!«

Zusammengefaltet gab sie nicht viel her. Wir mußten sie nach oben schleppen und Stück für Stück wieder auf die Spinne hängen, sehr zum Erstaunen unserer Nachbarn, die ohnehin schon ringsherum in den Fenstern hingen und das absonderliche Treiben in unserem Garten verfolgten. Schließlich mußten wir uns zwischen die trockenen Handtücher und T-Shirts zwängen, möglichst unauffällig die hinderlichen Strippen von unseren Gesichtern fernhalten, und dann sollten wir »erschöpft«in die Kamera schauen. Es gelang uns ganz gut, denn allmählich waren wir es wirklich.

Besonders Rolf hatte von diesen albernen Spielchen genug. Er befahl gemeinsames Mittagessen. Aus alten Zeiten war ich mit hungrigen Journalistenmägen vertraut, wußte, daß man ihnen mit belegten Broten nicht imponieren kann, die kriegen sie bei offiziellen Empfängen viel besser, deshalb hatte ich schon gestern einen gehaltvollen Eintopf gekocht: Gelbe Erbsen mit Schweinepfötchen und Spargel drin. Ja, ich weiß, diese Mischung ist weitgehend unbekannt, sie schmeckt aber, was mir von unseren Gästen auch mehrmals bestätigt wurde.

Die Mädchen deckten den Tisch. Dazu mußte er längs hingestellt und ausgezogen werden. Sascha holte die noch fehlenden Stühle aus dem Keller, Rolf verteilte Gläser, Frau Hellmers knipste. Wie vor Beginn einer Vorstandssitzung sehe es aus, fand sie.

»Normalerweise ist unsere Tischrunde kleiner«, erinnerte ich. »Seitdem die Jungs aus dem Haus sind und sich nur noch an hohen Feiertagen um den mütterlichen Freßnapf scharen, kommen wir mit weniger Platz aus. Größere Umbauten vor dem Essen sind nicht mehr nötig.«

Sven hatte diskret seinen Wachszahn entfernt und löffelte mit gesenktem Kopf seine Suppe. Die Zwillinge dekorierten ihre Tellerränder mit Fleischstückchen. »Is so wabbelig.«

»Ach ja«, sagte Herr Jügelt, »das wollte ich noch fragen: Kriegen Sie Ihre Familie immer unter einen Hut? Ich beziehe das jetzt speziell aufs Essen.«

»Määm kocht sehr ausgewogen«, bestätigte Sascha, »mal schmeckt's meinem Vater nicht und mal uns nicht.«

Herr Jügelt notierte. »Dann können Sie auch gleich dazuschreiben, daß mein Sohn seine Abneigung gegen das Essen grundsätzlich mit vollem Mund erklärt«, ergänzte Rolf.

Endlich waren alle gesättigt, und ich konnte die Tafelrunde aufheben. Die ganze Zeit hatte ich wie auf glühenden Kohlen gesessen und darauf gewartet, daß irgend etwas passiert. Der Umgangston zwischen den Geschwistern ist auch heute noch nicht immer salonfähig, aber vor ein paar Jahren hatte man manchmal den Eindruck gehabt, die fünf seien in der Gosse aufgewachsen.

Stefanie übernahm den Küchendienst, die Zwillinge assistierten. Freiwillig. Frau Hellmers zückte schon wieder den Fotoapparat. »Haben Sie denn keine Spülmaschine?« fragte sie erstaunt, als Steffi die Teller im Abwaschbecken übereinanderstellte.

»Wozu denn? Eine billigere als mich gibt es doch gar nicht!« Dann machte ich sie auf unsere fünfkommaundnochwas Quadratmeter große Küche aufmerksam, in der sich eine Spülmaschine nun wirklich nicht mehr unterbringen ließ.

»So sieht das auch viel wirklichkeitsnaher aus«, meinte sie, »nur sind die paar Teller einfach zuwenig. Können Sie noch ein bißchen was dazustellen?«

»Was denn?«

»Na, Kaffeetassen, vier oder fünf Schüsseln, Töpfe natürlich und vor allen Dingen Besteck. Das lockert auf.«

Mit offenem Mund starrte Stefanie die Fotografin an. »Soll ich jetzt etwa das ganze saubere Geschirr aus den Schränken holen?«

»Bloß für einen Augenblick. Ich helfe dir auch beim Wegräumen.«

Aufeinandergestapelte Teller, auch wenn es zwei Dutzend sind, erinnern vielleicht an ein Sonderangebot im Kaufhaus, mit einer kinderreichen Familie haben sie wenig zu tun. Also mußte die Familie mit aufs Bild. Aus paritätischen Gründen hätte Frau Hellmers recht gern gesehen, wenn auch ein Vertreter des männlichen Geschlechts zum Handtuch gegriffen hätte, aber von denen ließ sich keiner blicken. Es hätte auch ein sehr unrealistisches Bild gegeben. Eine Auswertung von Polizeiakten hat zwar ergeben, daß noch kein Mann beim Geschirrabwaschen von seiner Frau erschossen worden ist, nur hat das meine Männer überhaupt nicht beeindruckt. Die ließen sich in der Küche nur sehen, wenn sie wissen wollten, wann das Essen fertig ist.

Nun sollten wir uns alle um das Spülbecken gruppieren. Das ging aber nicht, weil es mit zwei Seiten an der Wand steht; an der dritten ist die Arbeitsplatte befestigt.

»Stellen Sie sich mal in die Mitte!« kommandierte Frau Hellmers. »Die Kleine mit einem Teller in der Hand daneben, aber sie muß hierher zu mir gucken, die andere auf Ihre rechte Seite. Und die Älteste beugt sich mit einem Handtuch über Sie.«

Das soll sich mal jemand vorstellen! Ich hing mit dem Bauch schon halb über dem Wasserhahn, während Steffi mit dem Geschirrtuch vor meinem Gesicht herumfuchtelte. Katja hockte mit eingeknickten Knien neben mir unterm Hängeschrank, und Nicki balancierte auf einem Bein, weil sie das andere nicht mehr auf den Boden kriegte, denn da stand schon der Herd. Der Schnittlauchtopf vom Fensterbrett mußte auch noch mit drauf, den sollte Katja halten. Aber so, daß man's nicht sieht.

Zum Glück ist später keins dieser Fotos veröffentlicht worden, sie müssen wohl zu idiotisch geworden sein.

Im Garten ging es friedlich zu. Herr Jügelt hatte Rolf beim Wickel, was ich gar nicht so gerne sah, denn mir hatte schon die Bemerkung gereicht, die ich im Vorbeigehen aufgeschnappt hatte: »Die einzige falsche Angabe, die ich in meiner Steuererklärung gemacht habe, ist die, daß ich mich als Haushaltsvorstand bezeichnet habe.« Altes Ekel!!!

Sascha pflückte Brombeeren. Ich half ihm. Vielleicht brachten wir so viele zusammen, daß es für ein verspätetes Dessert reichte.

»Wann machen die endlich 'ne Fliege?« brummte mein Sohn. »Jetzt hängen sie schon den halben Tag hier rum, haben alles fotografiert einschließlich Kellertreppe mit dem ramponierten Geländer, nun könnten sie langsam mal abzischen. Oder haste etwa noch eine gemütliche Kaffeestunde vorgesehen?«

»Die Maschine läuft schon.«

»Dann werde ich mich vorher abseilen. Noch mal lasse ich mich nicht ausquetschen.«

»Statt dessen wird Sven in die Mangel genommen, und das wäre viel schlimmer. Der ist nicht so schlagfertig wie du.«

Dieses Kompliment schmeichelte ihm. »Na schön, der Klügere gibt so lange nach, bis er der Dumme ist.«

Katja verteilte unsere Beerenernte auf Tellern, Nicki spritzte Sahne aus der Sprühdose drüber, Steffi servierte. Ich warf Sven einen warnenden Blick zu, aber er kaute ganz vorsichtig und nur auf der rechten Seite. Allerdings hatten wir beide nicht bedacht, daß Brombeersaft sehr farbintensiv ist. Innerhalb weniger Minuten hatte sich sein Wachszahn dunkelblau eingefärbt. Das fiel sogar Herrn Jügelt auf. »Du liebe Zeit, wann ist denn das passiert?«

»Was?«

»Das mit Ihrem Zahn?«

Mit den Fingerspitzen überzeugte sich Sven, daß sein Behelfszahn noch an Ort und Stelle saß, dann lächelte er freundlich. »Welcher Zahn?«

Saschas Fußtritt, den eigentlich sein Bruder abkriegen sollte, landete an meinem Schienbein, und nun blieb mir nichts anderes übrig, als die ganze Geschichte zu erzählen. Herr Jügelt fand sie großartig, er bedauerte nur, daß sie sich nicht bildlich belegen ließ, weil Sven inzwischen das Weite gesucht hatte und nicht mehr zum Vorschein kam.

Trotzdem dauerte es noch fast eine Stunde, bis sich unsere Gäste verabschiedeten. Ein amüsanter Tag sei es gewesen, behaupteten sie, sehr aufschlußreich und so ungezwungen. Da hätten sie schon ganz andere Sachen erlebt! Meine

Bücher wollten sie sogar kaufen, denn jetzt, wo sie doch die ganze Familie persönlich kennengelernt hätten, würden sie die Lektüre doppelt genießen und so weiter. Als sie endlich abgefahren waren, kam ich mir vor wie eingeölt.

Seitdem sehe ich Heimreportagen über Größen der Wirtschaft und Kultur mit ganz anderen Augen. Beim Betrachten der Bilder weiß ich genau, daß die Bananenstaude rechts vom Couchtisch normalerweise ganz woanders stehen muß, weil man sonst die Terrassentür nicht aufmachen könnte, aber sie mußte dahin wegen der grünen Farbe. Und die Holzscheite, in dekorativer Unordnung direkt vor dem Kamin gestapelt, wären das Entsetzen jedes Feuerwehrmannes. Genau wie das Bärenfell, das schon längst in Flammen aufgegangen wäre, läge es tatsächlich immer vor der offenen Feuerstelle.

Auch bei uns steht der Schnittlauchtopf wieder auf dem Fensterbrett!

Kapitel 13

Leserbriefe sind das Salz in der Suppe eines jeden Autors. Im Gegensatz zu Sängern und Schauspielern, die Applaus oder auch mal das Gegenteil gleich auf der Bühne in Empfang nehmen, hängen Autoren quasi in der Luft und wissen oft monatelang nicht, wie ihr neuestes Werk bei den Lesern »ankommt«. Als mich einmal eine Freundin fragte: »Woran merkst du, ob sich deine Bücher überhaupt verkaufen?«, konnte ich nur antworten: »Daran, daß ich einen Scheck vom Verleger bekomme.«

Aber das stimmt nicht so ganz. Es gibt ja auch noch die Leserbriefe. Die meisten Schreiber melden sich allerdings nur dann, wenn sie ein Haar in der Suppe entdeckt, also einen offensichtlichen Fehler gefunden haben und einem auf zwei engbeschriebenen Seiten mitteilen, was man falsch gemacht hat. So hatte ich z. B. in den »Pellkartoffeln« den Hindenburgdamm erwähnt, über den wir auf einem mit Mehlsäcken beladenen Lastwagen nach Rügen gezuckelt waren. Prompt meldete sich ein Herr und teilte mir mit, daß es sich hierbei doch wohl nur um den Rügendamm gehandelt haben könne, denn der Hindenburgdamm verbinde bekanntlich die Insel Sylt mit dem Festland. Natürlich hatte der gute Mann völlig recht, aber es hat mich im nachhinein außerordentlich befriedigt, daß weder dem Lektor noch später dem Korrektor dieser Fehler aufgefallen war.

Den ersten Leserbrief erhielt ich von einer Dame namens

Dierka, die in mir eine ehemalige Klassenkameradin vermutete. Ich mußte sie enttäuschen, denn in Bayern war ich nie zur Schule gegangen.

Peinlicher war dann schon die Sache mit dem Grafen. Er bat mich in wohlgesetzten Worten um einen Hinweis, welcher Seitenlinie denn wohl die verstorbene erste Frau meines Großvaters entstamme, er habe sie weder im Gotha gefunden noch im Koblenzer Landeshauptarchiv, aber ganz offensichtlich müsse sie zu seiner Familie gehören, denn die spezielle Schreibweise dieses Namens sei sehr selten. Es kostete mich zwei Stunden intensiven Nachdenkens sowie mehrerer Entwürfe, um dem adeligen Herrn in ebenso wohlgesetzten Worten zu erklären, weshalb ich den bewußten Namen frei erfunden und ausgerechnet in dieser ihn so irritierenden Form zu Papier gebracht hatte.

Ein paarmal wurden mir mehr oder weniger umfangreiche Manuskripte ins Haus geschickt, die ich lesen, beurteilen und nach Möglichkeit gleich an den richtigen Mann bringen sollte. Ich habe keine Ahnung, weshalb man jemanden, der einige harmlose Bücher geschrieben hat, sofort für befähigt hält, die Arbeiten anderer zu beurteilen. Meistens weiß er ja selber nicht, ob das, was er da monatelang ausgebrütet hat, überhaupt Gnade vor den Augen der grauen Eminenz findet. Die hat jeder Verlag. Man nennt sie Lektor.

In der Regel hat ein Lektor irgend etwas studiert, meistens Germanistik, was ihn berechtigt, die Werke weniger gebildeter Mitmenschen auf stilistische und grammatikalische Fehler zu durchforsten. »Hier hätten Sie den Konjunktiv anwenden müssen!« heißt es zum Beispiel, worauf der genervte Autor zum Duden greift und nachschlägt, was denn um alles in der Welt ein Konjunktiv überhaupt ist. Immerhin liegt die Schulzeit schon ein paar Jahrzehnte zurück.

»Nebensätze dritten Grades sollten Sie vermeiden«, heißt

es bei einer anderen Gelegenheit, »sie verbessern nicht unbedingt die Ausdrucksweise.« Der Autor, dem dieser beanstandete Absatz ohnehin nie so recht gefallen hat, verweist trotzdem auf Thomas Mann, der es bekanntlich zu einer wahren Perfektion in Schachtelsätzen gebracht hatte. Worauf der Lektor dem Autor mitteilt, daß Thomas Mann erstens seit längerem tot und somit bereits den Klassikern zuzuordnen sei, und zweitens den Nobelpreis bekommen habe, den man selber wohl kaum erwarten dürfe. Der Autor kann sich der Richtigkeit dieser Prognose nicht verschließen und schreibt den betreffenden Absatz um.

Hat das Manuskript endlich das erste Hindernis überwunden, droht sofort das nächste. Diesmal heißt es Korrektor, und der ist – zumindest nach seiner Ansicht – der zweitwichtigste Mann im Getriebe.

Ein Korrektor hat in den seltensten Fällen etwas studiert, verfügt jedoch über eine jahrzehntelange Erfahrung im Aufspüren von falsch gesetzten Kommas und ähnlichen Feinheiten, über die der Autor während seiner geistigen Höhenflüge großzügig hinwegsieht, und die der Lektor auch nicht immer findet. Bekommt der Autor schließlich die Fahnenabzüge zugeschickt, um einen letzten prüfenden Blick auf sein fast fertiges Werk werfen zu können, stellt er mitunter fest, daß der Korrektor ihm unverständlich erscheinende Begriffe oder Zusammenhänge höchst eigenmächtig geändert hat. So las ich einmal mit Erstaunen, daß mein Sohn Sven Klavier spielte – ausgerechnet der einzige meiner Nachkommen, der wegen permanenten Falschsingens vom Schulchor befreit worden war. In meinem Manuskript hatte er ja auch nur *Kavalier* gespielt.

Sollten einem ehemaligen Luftschutzwart meine »Pellkartoffeln« in die Hände fallen, so wird dieses Buch bestimmt seine letzten Zweifel beseitigen, weshalb wir den Krieg verloren haben. Die darin geschilderte Feuerlöschübung habe ich hier bei uns im Garten noch einmal nachvollzogen, und zwar genauso, wie ich sie angeblich beschrieben haben sollte. Ich habe mir dabei fürchterlich die Finger verbrannt, und das verkohlte Rasenstück ist auch erst im nächsten Jahr wieder zugewachsen. Vermutlich gehörte jener Korrektor, der da in meinem Text herumgewurstelt hatte, zur Nachkriegsgeneration und war den Umgang mit sandgefüllten Papiertüten nicht gewöhnt.

Eine Quelle wochenlanger Erheiterungen waren die Briefe des Freiherrn aus Bayern, der sein Briefpapier mit Krönchen schmückt und auch sonst nicht gerade an fehlendem Selbstbewußtsein leidet.

»Ich glaube, jetzt kriegst du einen ersten Heiratsantrag!« vermutete Sascha, als ich das Foto aus dem Umschlag zog. Es zeigte einen flotten Sechziger in Uniform mit ordensgeschmückter Hemdbrust. Den beigefügten Fotokopien diverser Ausweise und Mitgliedskarten entnahm ich, daß er Ehrenpräsident mehrerer Vereine ist, Dr. h. c., Weltkrieg-Zwo-Teilnehmer, Pressemensch, Sektionspräsident von irgend etwas, Teilnehmer eines Seminars für slawische Philologie und natürlich eingeschriebenes Mitglied der CSU.

Während ich noch über Sinn und Zweck dieser eindrucksvollen Sammlung grübelte, hatte Sascha sich über den Brief hergemacht. »Du erlaubst doch?«

Es stellte sich heraus, daß der Freiherr ebenfalls in Berlin-Zehlendorf gewohnt hatte, allerdings ein Ende weg von uns, aber auch er hatte in der Ladenstraße eingekauft und kannte sowohl Rodelbahn als auch die Krumme Lanke. So weit, so gut. Nur dienten diese Gemeinsamkeiten lediglich als Präliminarien für den nachfolgenden endlosen Brief über den freiherrlichen Lebenslauf. Er begann mit der gräflichen Mutter, die in erster Ehe mit ich weiß nicht mehr welchem französischen Adeligen verheiratet gewesen war, und endete mit dem Stammbaum seiner gegenwärtigen dritten oder vierten Gattin noch lange nicht. Geduldig las ich mich durch den halben Gotha, aber nach dem zweiten engbeschriebenen Briefbogen hatte ich genug. »Was soll denn das überhaupt?«

»Der Junge hat doch 'n Rad ab, merkst du das nicht? Schmeiß den ganzen Quatsch in den Papierkorb, da gehört er hin!« Sascha sah das nicht so eng.

Nun gebietet es aber die Höflichkeit, daß man Briefe beantwortet. Das hatte mir Omi schon in frühester Kindheit eingebleut, wenn ich das längst überfällige Bedankemichschreiben an Tante Lotte immer wieder hinausgeschoben hatte. Jedes Jahr bekam ich von ihr zum Geburtstag handgestrickte Kniestrümpfe mit Zöpfchenmuster, die jämmerlich kratzten, sowie einen Zehnmarkschein. Auf die Strümpfe hätte ich gern verzichtet, und das Geld kam sowieso immer gleich aufs Sparbuch.

Ich setzte mich an die Maschine und tippte eine ebenso höfliche wie nichtssagende Antwort an den Freiherrn. Als Kuvert wählte ich einen langen Umschlag, sonst hätte ich die Adresse nicht draufgebracht – einschließlich »Königreich Bayern«. Das mußte offenbar sein, denn er hatte es auf seinem Absender dick unterstrichen. Für mich war die Sache damit erledigt.

Nicht so für den Freiherrn. Wenig später bekam ich einen zweiten, noch längeren Brief, dem jene Fotokopien amtlicher Zertifikate beilagen, die er beim erstenmal vergessen hatte, darunter eine Kurzfassung seines Lebenslaufes in Englisch, die in irgendeinem Nachschlagewerk veröffentlicht worden war. Ferner entdeckte ich die Todesanzeige einer schon recht betagten Prinzessin, offenbar eine Anverwandte, dann ein Konterfei des freiherrlichen Vaters aus den zwanziger

Jahren sowie zwei vergilbte Fotos einer bläßlichen Dame im Charleston-Kleid, vermutlich die Gattin des Jugendbildnisses.

Der Begleitbrief umfaßte diesmal vier engzeilige Schreibmaschinenseiten und ergänzte den im letzten Schreiben nur unvollständig aufgelisteten Stammbaum einschließlich der in allen adeligen Familien vorkommenden Mesalliancen.

Diesmal befolgte ich Saschas Rat und warf den ganzen Wust von Papieren in den Mülleimer, auch den privatpersönlichen (rot unterstrichen!) Brief an die Wg. Frau Sanders.

Wenn ich nun glaubte, den freiherrlichen Schreiber aufgrund meines Schweigens düpiert zu haben, so hatte ich mich geirrt. Nach geraumer Zeit bekam ich einen weiteren Brief, diesmal mit einem neueren Foto des Herrn und dem noch fehlenden Lebenslauf seines Sohnes, der gerade in einem Nobelinternat sein Einser-Abitur gebaut und auf einer Bundeswehruniversität – »wie es sich gehört!« – sein Studium angetreten hatte.

Nun langte es mir wirklich. Ich setzte mich hin und verfaßte folgende Antwort:

Sehr geehrter Herr Dr. von …

Dank Ihrer diversen Fotokopien sowie des ausführlichen Lebenslaufes einschließlich Ahnentafel weiß ich nun, daß Sie zumindest mit dem halben Gotha verwandt und mit der anderen Hälfte entfernt verschwägert sind, aber die Aufzählung der diversen Seitenlinien mütterlicher- sowie väterlicherseits samt der eingebrachten adeligen Namen macht es mir zugegebenermaßen ziemlich schwer, die korrekte Anrede für Sie zu finden. In derart erlauchten Kreisen pflege ich mich im allgemeinen nicht zu bewegen, und da zu meiner Internatszeit die Monarchie in Deutschland schon abgeschafft war, ist die höfische Etikette während des allgemeinen Benimmunterrichts wohl zu kurz gekommen. Soviel ich weiß, gibt es das Königreich Bayern nicht mehr.

Daß Ihr Herr Sohn die in ihn gesetzten Erwartungen zu erfüllen gedenkt – wie es sich gehört! –, freut mich für Sie. Zweifellos herrscht auf den bundeswehreigenen Universitäten mehr Zucht und Ordnung als auf den anarchistisch angehauchten freien Unis.

Im übrigen muß ich Sie korrigieren: Mein naturverbundener Ältester hatte bisher noch keine Gelegenheit, Ihre Vorstellungen eines Gartenbauarchitekten in die Realität umzusetzen. Parkanlagen im Stile von Versailles sind nicht mehr gefragt. Statt dessen legt er Golfplätze an und ganz profane Gärten für Seniorenheime und Wohnkomplexe. Einen Orden wird er dafür nie bekommen, aber es gibt ja auch keinen König mehr, der ihm einen verleihen könnte. Ich habe auch nicht den Eindruck, als ob mein Sohn Wert darauf legen würde. Selbst in dieser Hinsicht gibt es bei uns keine Familientradition, was uns jeder Verpflichtung enthebt, sie weiterhin aufrechtzuerhalten. Wie enttäuschend wäre es doch, wenn einer der Nachfahren von der ihm quasi vorgeschriebenen Bahn abweichen würde. Ich bin jedoch überzeugt, daß Ihnen ein derartiges Fiasko erspart bleiben wird.

Mit freundlichen Grüßen

Seitdem habe ich nie wieder etwas von dem Freiherrn gehört!

Die meisten Leserbriefe machen aber ganz einfach nur Freude. Da bedankt sich eine ältere Dame für »die vergnüglichen Stunden, die ich im Kreise Ihrer Familie verbracht habe«. Ihre eigenen Kinder seien im Ausland verheiratet, die Enkel kenne sie kaum, für eine Siebzigjährige seien lange Reisen zu anstrengend.

Ein junges Mädchen befürchtete, mir könne der Stoff für

weitere Bücher ausgehen, und bot mir leihweise ihren sechzehnjährigen Bruder an, der sei für mindestens zwei neue Manuskripte gut.

Ein anderer Teenager schrieb sich seinen ganzen Frust vom Leib einschließlich des letzten Krachs mit dem Freund und wollte nun von mir wissen, ob es mit »diesem Hallodri« überhaupt noch Zweck habe. Nun bin ich wirklich keine gelernte Psychologin, und als Briefkastentante hatte ich mich auch noch nie versucht; darüber hinaus weiß ich aus Erfahrung, daß man immer nur dann Rat bei anderen sucht, wenn man die einzige Lösung schon kennt, aber nichts davon wissen will. Ich nahm mir trotzdem die Zeit, dem verunsicherten Wesen einen ausführlichen Brief zu schreiben, und habe mich riesig gefreut, als ich einige Zeit später die Verlobungsanzeige bekam.

Amüsiert habe ich mich auch über das Schreiben eines Frankfurter Floristen. Weshalb ich denn ausgerechnet ihm unterstellen würde, verwelkte Blumentöpfe auszuliefern? Erst durch einen Anruf von der Innung sei er überhaupt auf diese offensichtliche Diskriminierung aufmerksam gemacht worden.

In diesem Zusammenhang sollte ich vielleicht erwähnen, daß ich die Namen in meinen Büchern überwiegend aus Telefonverzeichnissen verschiedener Großstädte zusammensuche, und nun hatte es der Zufall gewollt, daß in Frankfurt tatsächlich ein Geschäft mit dem gleichen Namen existiert wie mein vermeintlich fiktives Blumenhaus. Nachdem ich den Irrtum aufgeklärt und angeboten hatte, auch die Innung zu unterrichten, bekam ich sogar noch einen sehr netten Antwortbrief.

Mein erster richtiger Fan war aber zweifellos Michael. Eines Morgens klingelte das Telefon, und eine jugendliche Stimme, zwischen Bariton und Falsett schwankend, wollte von mir wissen, ob ich die kinderreiche Mutter sei. Das konnte ich kaum abstreiten. »Na endlich«, piepste die Stimme, »ich suche Sie schon seit zwei Tagen.«

»Warum denn das?«

»Weil mir Ihre Bücher so gut gefallen haben.«

»Aber das hätten Sie mir doch auch schreiben können«, lachte ich.

»Sie können ruhig du zu mir sagen, ich heiße Michael und bin erst fünfzehn. Und schreiben konnte ich nicht, weil ich Ihre Adresse nicht hatte.«

»Der Verlag leitet jeden Brief weiter. Verrate mir lieber mal, wie du an meine Telefonnummer gekommen bist?«

Michael hatte sich eine Wanderkarte des Landkreises Heilbronn besorgt und anhand der spärlichen Angaben in meinen Büchern herauszufinden versucht, wo denn nun unser Domizil sein könnte. Natürlich suchte er vergebens nach einem Bad Randersau, entdeckte aber einen Kurort, der so ähnlich klang. Dann kam das Telefonbuch an die Reihe, nur war darin keine Familie Sanders verzeichnet. Durch Kriminalromane und ähnlich lehrreiche Lektüre geschult, kombinierte Michael messerscharf, daß bei vielen Pseudonymen häufig nur der Nachname geändert wird, der Vorname jedoch bleibt. Also ging er das gesamte Telefonverzeichnis Spalte für Spalte durch und rief jede Evelyn an. Schon nach dem vierten Versuch wurde er fündig. Sein Glück, daß ich nicht Gisela oder Erika heiße.

Michael wollte wissen, woher ich den Stoff für meine Bücher nehme, wie man Schriftsteller wird, wann der nächste Roman erscheint, warum ich in seinem Heimatort noch keine Lesung gehabt hätte, wollte ein Autogramm und gleichzeitig die Versicherung, daß er mich auch ganz bestimmt nicht nerve. Das solle ich dann ruhig sagen.

Irgendwie machte mir der Bursche Spaß. Für einen Fünfzehnjährigen gehört schon eine ganze Menge Courage dazu, sich einfach an die Strippe zu hängen und jemanden anzurufen, den man nicht kennt und dessen Reaktion man nicht vorhersagen kann.

Jahrelang bekam ich Urlaubsgrüße von meinem jugendlichen Verehrer, jedesmal einen langen Brief, sobald er das neueste Buch von mir gelesen hatte, und eines Tages fragte er höflich an, ob er mich einmal besuchen dürfe.

Nun sind mir schon des öfteren Kurgäste ins Haus geschneit, die aus unergründlichen Quellen meine Adresse erfahren hatten, frisch onduliert und feingemacht vor der Tür standen und vermutlich ziemlich enttäuscht waren, wenn ihnen statt eines Hausmädchens mit Schürze und Häubchen eine Frau in Jeans öffnete, manchmal sogar mit Staubsauger oder Kartoffelmesser in der Hand. »Sie sind Frau Sanders??«

Zehn Minuten unverbindliches Geplauder, die erbetenen Autogramme in die mitgebrachten Bücher und meist auch noch der stürmische Auftritt eines meiner Nachkommen überzeugte die Besucher dann aber doch, selbst wenn ihre Vorstellung vom Ambiente eines Schriftstellers etwas ins Wanken geraten sein mochte.

Auf Michael war ich inzwischen schon selbst ein bißchen neugierig geworden, also lud ich ihn ein und versprach, ihn am Bahnhof abzuholen. Ganz wohl war mir nicht in meiner Haut. Wer weiß, vielleicht entsprach das Original so gar nicht dem Bild, das er sich aufgrund der Bücher von mir gemacht hatte.

Aus dem Zug kletterte ein baumlanger Kerl mit Lockenkopf, zünftigem Kleinrucksack auf dem Buckel und einem etwas scheuen Lächeln. Die Zwillinge hatten ihre Wette verloren! Schon tagelang hatten sie Vermutungen angestellt, wie unser Besucher wohl aussehen würde.

»Wetten, daß Mutti ihn feingemacht hat, so mit Bügelfaltenhose, gestärktem Oberhemd und Kulturstrick?« hatte Katja vermutet. »Zum Friseur hat sie ihn bestimmt vorher auch noch geschickt.«

Nicki war dagegen der Ansicht gewesen, er käme wahrscheinlich im Gammellook mit zerfransten Cordhosen und »irgendwas obendrüber«.

Nichts von allem stimmte. Michael trug Jeans und Sweatshirt, benahm sich ganz ungezwungen und war zu Katjas Erstaunen »richtig normal«. »Und ich hatte geglaubt, bei dem ist irgend 'ne Schraube locker. Wer tut denn auch so was, einfach bei fremden Leuten anrufen und sie dann anmachen?«

Jedenfalls verbrachten wir einen recht vergnügten Nachmittag zusammen, und nachdem Michael einen ganzen Film verknipst und jeden Winkel des Hauses nebst Autorin im Bild festgehalten hatte, brachte ich ihn wieder zum Bahnhof. Kurz bevor der Zug einlief, nestelte er aufgeregt an seinem Rucksack. »Jetzt hab ich doch glatt die Autogramme vergessen!«

Unter den erstaunten Blicken der Wartenden türmte er meine gesammelten Werke auf einem Gepäckkarren auf, lieh sich am Fahrkartenschalter einen Kugelschreiber, und dann signierte ich in Windeseile die Bücher.

»Das wäre vielleicht 'ne Pleite gewesen, wenn ich ohne nach Hause gekommen wäre«, grinste er, »aber es war so nett bei Ihnen, daß ich gar nicht mehr daran gedacht habe.« Und mit einem Blick auf den Rucksack: »Dabei ist das eine ganz schöne Schlepperei. Sie haben nämlich ziemlich viel Gewicht.«

Es blieb mir überlassen, ob ich diese Feststellung auf den Inhalt meiner Bücher beziehen sollte oder nur auf deren Kilogramm.

Kapitel 14

Eine weitere Notwendigkeit im Leben eines Schriftstellers sind Kritiker. Guareschi, der Schöpfer des unvergessenen Don Camillo, hat einmal gesagt, ein Kritiker sei eine Henne, die gackert, wenn andere legen.

Was ist Kritik überhaupt? Doch nur die subjektive Meinung eines einzelnen, der oftmals das schlechtzumachen sucht, was ein anderer gut zu machen versucht hat.

Als mein kinderreiches Muttertum erschienen war, wartete ich wochenlang auf die hoffentlich enthusiastischen Rezensionen der Literaturpäpste. Immerhin war in verschiedenen überregionalen Zeitungen eine Anzeigenkampagne gelaufen, die meinen Erstling den künftigen Lesern bekannt- und die Kritiker auf die potentielle Bestsellerautorin aufmerksam machen sollte. Zumindest letztere nahmen nicht die geringste Notiz davon. Die erste Besprechung erschien erst ein Vierteljahr später und dann auch noch in einem norddeutschen Provinzblättchen. Außerdem hatte man lediglich ein paar Zeilen aus dem Klappentext nachgedruckt. Er versprach ein »uneingeschränktes Lesevergnügen«. Das klang genauso wie »vielseitig verwendbar« oder »garantiert pflegeleicht« und sagte rein gar nichts über den Inhalt. Auch die im Laufe der Zeit etwas zahlreicher eintrudelnden Rezensionen gaben nur in Kurzfassung das wieder, was jeder auf dem Buchumschlag ohnehin lesen konnte. Anscheinend hatten sich in den letzten zwanzig Jahren die Methoden der

Feuilleton-Redakteure noch immer nicht geändert, und die kannte ich bestens. Nicht umsonst hatte ich lange genug bei solch einem Verein mitgemischt.

Seinerzeit pflegte Herr Dr. Lachmann, zuständig für Kulturelles, zwei- bis dreimal jährlich alles um sich zu versammeln, was des Lesens und Schreibens kundig war; sogar Mitglieder der Besenbrigade blieben nicht verschont und sahen sich unverhofft in die gehobene Position eines Rezensenten versetzt.

»Hier, Frau Lobkowitz, nehmen Sie das mal! Sie haben mir doch erzählt, Ihr Mann züchtet Brieftauben? Das Buch handelt zwar von Hühnern, aber Federn haben die auch. Schreiben Sie was darüber, dann können Sie es behalten. Fünf Zeilen genügen.«

Oder: »Haben Sie nicht mal Medizin studiert, Herr Petersen?«

»Ja, aber bloß zwei Semester.«

»Macht nichts, ein bißchen was wird wohl noch hängengeblieben sein. Da sind drei Ärzteromane, die liegen schon seit Monaten bei mir herum und müssen endlich raus. Jedesmal, wenn mir der Kreisler von der Anzeigenabteilung über den Weg läuft, macht er mir die Hölle heiß. Der Verlag will nur weiter inserieren, wenn wir seine Werke auch besprechen. Also tun Sie es! Aber nicht mehr als höchstens acht Zeilen pro Schmarrn!«

Mir drückte Dr. Lachmann gerne Liebesromane in die Hand. »In Ihrem Alter ist man dafür doch noch empfänglich, nicht wahr?« Ich war gerade zweiundzwanzig und Agatha-Christie-Fan. Trotzdem las ich mich gewissenhaft durch die Schnulzen und stellte sehr schnell fest, daß dieses Thema von Land zu Land anders abgehandelt wurde. In amerikanischen Romanen lieben er und sie sich von Anfang an, kriegen sich aber erst auf der vorletzten Seite. Bei den Italienern finden er und sie sich gleich zu Anfang, wollen dann aber bis zum Schluß nichts mehr voneinander wissen. Bei den Franzosen sind sie ebenfalls gleich ein Paar, und dann geht's bloß noch um die Frage, wie man es ihrem Mann beibringen soll. Einmal hatte ich sogar einen russischen Roman erwischt; da mochten er und sie sich nicht, haben aber doch geheiratet und die restlichen dreihundert Seiten nachgegrübelt, warum.

Als ich eines Abends meine Teilnahme an dem geplanten Altstadtbummel ablehnte, weil ich noch das letzte Drittel »Früher Frühling« durchackern müsse, erntete ich bei meinen Kollegen brüllendes Gelächter.

»Willst du etwa sagen, du liest die Bücher?«

»Selbstverständlich. Wie soll ich sonst darüber schreiben?«

»Ach, du ahnungsloser Engel! Über den Inhalt informierst du dich durch den Klappentext, und wenn du besonders gewissenhaft sein willst, dann guckst du auch mal innen rein. Meistens genügen ein paar Absätze, und du weißt, ob der Autor ein Macho ist oder die sentimentale Schreibe bevorzugt. Mehr brauchst du für deine zehn Zeilen nicht zu wissen. Am besten tippst du fünfzehn, damit der Lachmann welche wegstreichen kann. Das gehört zu den Privilegien eines Redakteurs und hebt sein Selbstbewußtsein.«

Als Volontärin war ich für die Ratschläge erfahrener Mitarbeiter natürlich dankbar, selbst wenn ich ihre Methode der Buchbesprechungen für etwas fragwürdig hielt. Ich hab mich auch immer bemüht, wenigstens die Hälfte jedes Romans zu lesen, bevor ich mich dazu äußerte. Fast immer positiv, denn ich durfte die Bücher behalten und bekam auf diese Weise für die gesamte Verwandtschaft meine Weihnachtsgeschenke zusammen. Onkel Henri hat jahrzehntelang den Bildband über Tabakspfeifen in Ehren gehalten, obwohl er überzeugter Nichtraucher gewesen war.

Dieses Buch mußte mir wohl aus Versehen zugeteilt worden sein, denn wir subalternen Mitarbeiter bekamen nur die unverlangt zugeschickten Verlagserzeugnisse, während die gehobene Literatur in den Schränken der Redakteure verschwand. Deren Rezensionen durften auch viel ausführlicher sein, was allerdings voraussetzte, daß sie die Bücher lasen. Hätte ich bei Steinbeck oder Norman Mailer auch gern getan, aber an so etwas kam ich gar nicht erst heran. In einem Anflug von Großmut schenkte mir Dr. Lachmann die Neuauflage von Gustav Freytags »Ahnen«. Er hatte sie schon. Ich auch. Wir hatten sie mal in der Schule behandelt.

»Haben Sie das Buch denn später noch einmal gelesen?«

»Nee, das ist Pflichtlektüre gewesen, da kriegt mich freiwillig keiner mehr ran!«

»Es ist immer dasselbe mit den Klassikern«, meinte er bekümmert, »jeder lobt sie und keiner liest sie.« Dann legte er mir noch Vicky Baum und Frank Yerby auf den Schreibtisch – »höchstens acht Zeilen!« – und verschwand.

Weshalb also wunderte ich mich, daß die Besprechungen meiner eigenen Bücher auch nicht anders ausfielen als die, die ich oft genug selber verzapft hatte? Andererseits pflegen alle Klappentexte das jeweilige Buch in höchsten Tönen zu loben, seinen Inhalt als »atemberaubend« und »zu Herzen gehend« zu bezeichnen und den Autor als »Meister der Spannung« und »virtuosen Menschenkenner« zu preisen. Letztendlich sei jeder zu bedauern, der sich die Lektüre des hochgejubelten Werkes entgehen lasse.

Bei mir stand auf dem Umschlag etwas von »tiefsinnigem Vergnügen« und »lebensechtem Lesespaß«, was ja durchaus positiv klang, aber nachdem ich in der dreiundzwanzigsten Besprechung und zum dreiundzwanzigsten Mal gelesen hatte, daß mein Erstling gleichermaßen verständnisvolles Schmunzeln und herzhaftes Lachen hervorrufe, konnte ich diesen Satz nicht mehr sehen! Daran änderte auch die Tatsache nichts, daß sogar Verlegers selbst diese Eloge produziert hatten. Sie stand am Ende des Klappentextes und wurde von nahezu allen Rezensenten anstandslos übernommen.

Bei den dann folgenden Büchern gab es nicht mehr nur Lobendes, und manchmal war ich sogar dankbar dafür. Da hatte doch ab und zu jemand wirklich das ganze Buch gelesen! Eine Kritikerin aus Köln bemängelte, daß ich die Kriegszeit so unangemessen heiter behandelt hätte (»Die Autorin hat wohl noch nie etwas vom Holocaust gehört?«), und wünschte allen Lesern, das Lachen möge ihnen im Halse steckenbleiben. Eine andere entdeckte zu viele Strickmuster der Trivialliteratur – an dieser Behauptung hatte ich schon ein bißchen länger zu kauen –, doch die vernichtendste Kritik kam von einem Buchhändler in Bad Kissingen. Trotzdem habe ich laut gelacht, weil sie so entwaffnend ehrlich war: »In dem Roman gibt es einen einzigen guten Satz: ›Herr, schmeiß Hirn vom Himmel!‹ Ein paar Gramm davon könnte die Autorin wirklich brauchen!«

Am meisten getroffen hat mich eigentlich ein Zeitungsmensch aus dem Ruhrgebiet, der seine an sich recht positive Besprechung mit dem Satz krönte: »Vielleicht hat sie ja wirklich Kinder!«

Er selber hat garantiert keine! Sonst müßte er nämlich wissen, daß man Bücher über Kinder und Jugendliche gar nicht schreiben kann, wenn man nicht hautnah mit ihnen zusammenlebt, ihre Reaktionen abzuschätzen versucht, bis zum Gehtnichtmehr ihre oft saudummen Sprüche hören muß, sich immer wieder fragt, womit man denn bloß diesen Verein von unerzogenen Flegeln verdient hat, um dann irgendwann festzustellen, daß man sie eigentlich gar nicht anders haben will. Auch wenn man sie gelegentlich auf den Mond schießen oder in die Erziehungsanstalt stecken möchte. In ganz extremen Situationen kommt es sogar vor, daß man sie am liebsten ersäufen würde!

Deshalb also allen Zweiflern das große Indianer-Ehrenwort: Ich habe tatsächlich fünf Kinder, die genauso normal (oder auch nicht!) sind wie die meisten anderen Kinder, und wenn ich manchmal den Eindruck erweckt haben sollte, wir seien eine typische Reader's-Digest-Familie (auch so ein Kritiker-Ausspruch), in der es keinen Krach und erst recht keine Probleme gibt, so ist das gleichfalls ein Irrtum. Auch bei uns knallen gelegentlich die Türen und segelt eine Untertasse durch die Luft, aber diese Art von Aggressionsabbau halte ich für nicht besonders erwähnenswert. Und Probleme? Die hatten wir in genügender Menge. Zum Beispiel damals, als ich Sascha im Geiste schon als Prozentzahl hinterm Komma in der bundesdeutschen Kriminalstatistik gesehen hatte!

In unserem Nachbarort steht ein Schloß, was an sich nicht weiter bemerkenswert ist, denn Schlösser gibt es hier überall. Immerhin war Götz von Berlichingen in dieser Gegend beheimatet, und noch heute lebt die hiesige Fremdenverkehrsindustrie vom Mann mit der eisernen Faust. Die meisten Schlösser sind verfallen, aber einige sind noch immer recht gut erhalten, und das sind vermutlich jene, in denen der Götz nie sein Unwesen getrieben hat.

Dieses Schlößchen im Nachbarort ist unbewohnt. Meistens. Gelegentlich nächtigen dort jedoch Leute, die man normalerweise in Schlössern nicht vermutet. Sie kampieren in Schlafsäcken auf dem Parkettfußboden, kochen im Park ihr Süppchen und preisen die Großmut ihres Mäzens, der ihnen diesen Zufluchtsort zur Verfügung gestellt hat.

Der Mäzen ist Ende Dreißig, einsneunzig groß, trägt einen Oberammergau-Bart im Gesicht und Jesuslatschen an den

Füßen. Ihm gehören die Kneipe gegenüber vom Schloß und der Schlüssel vom Schloßportal. Auf welche Weise er Kastellan dieses ehrwürdigen Bauwerks geworden ist, weiß ich nicht, angeblich hatte es etwas mit der angeheirateten Verwandtschaft zu tun. Beide – sowohl Kneipe als auch Besitzer – hatte ich kennengelernt, als ich nach einem Spaziergang über die schneebedeckten Felder dort gelandet war und mich mit einem Glühwein aufwärmen wollte. In erster Linie suchte ich allerdings ein Telefon, um zu Hause anzurufen und einen Chauffeur in Marsch zu setzen, denn ich hatte meinen Wandertrieb ganz gewaltig überschätzt.

Der Oberammergaubart überzeugte mich von der Schädlichkeit des Alkohols, der besonders morgens um elf verheerende Wirkung haben könne, und bot mir statt dessen die Auswahl unter vierzehn verschiedenen Teesorten an. Die seien bekömmlicher und würden ebenfalls wärmen. Während er einen Brombeerblütentee braute, der nicht nur wie Nagellackentferner roch, sondern auch beinahe so schmeckte, erfuhr ich Näheres über den merkwürdigen Kneipier. Er malte, dichtete, reiste viel und hatte irgendwelche Pfründe, die es ihm ermöglichten, seine Kneipe auf Kräuterteebasis und deshalb vermutlich mit Verlust zu führen. Sein Freundeskreis war groß, seine private Behausung relativ klein, und wohl aus diesem Grunde pflegte er gelegentliche Gäste im Schloß unterzubringen.

Wenn dort mal niemand schläft, dient das Gemäuer karitativen oder kulturellen Zwecken. An den Basar, auf dem vom chinesischen Seidenteppich für 23 000 Mark bis zum laubgesägten Hampelmann so ziemlich alles angeboten worden war, erinnere ich mich noch heute. Da ein Teil des Erlöses irgendwelchen kirchlichen Organisationen zugeführt werden sollte, kaufte ich eine sündhaft teure Terrakotta-Vase, die sich später als nicht wasserdicht herausstellte und jetzt auf dem Bücherregal langsam vor sich hin staubt.

Mindestens zweimal im Jahr wird im Schloß kammermusiziert, was bei der einheimischen Bevölkerung wenig Anklang findet, und mindestens viermal jährlich finden Ausstellungen meist unbekannter Künstler statt. Bisher hatte ich noch keine besucht, aber als ich nach der zweiten Tasse Tee das gastliche Haus verließ, war ich im Besitz einer Einladung zur Vernissage, die in der kommenden Woche sein sollte. Ein spanischer Maler (»In Deutschland hat er leider noch keinen Namen«) war es, dem der Oberammergaubart ein bißchen Starthilfe geben wollte. »Ich habe ihn vor zwei Jahren auf Lanzarote kennengelernt, ein sehr begabter Mensch.«

Rolf war wieder mal mehrere Tage auf Tour, von meinen Nachkommen konnte ich niemanden für spanische Malerei erwärmen, alleine wollte ich aber auch nicht gehen, so bat ich eine Nachbarin um ihre Begleitung. Frau Mertens batikt und töpfert in ihrer Freizeit, also durfte ich wohl ein gewisses Kunstverständnis voraussetzen. Doch, natürlich, sie käme gern mit.

Entgegen meiner Befürchtung, wir könnten die einzigen Kulturbeflissenen sein, herrschte in der Eingangshalle Gedränge. Ich entdeckte zwar kein bekanntes Gesicht, dafür viele späte Jugendliche mit Bart und Parka, die dazugehörigen Damen mit hüftlangen Haaren und bodenlangen Baumwollkleidern, bekordelt, beklöppelt oder bestickt. Es gab lauwarmen Sekt für drei Mark und altbackene Brezeln.

Der Künstler war ebenfalls anwesend. Er stand auf halber Höhe der Treppe und beäugte sein Volk. Alles an ihm war grau: Haare, Bart, die Hochwasserhosen, die sackleinenartige Tunika und die zierlichen Stiefelchen. Nur seine Socken leuchteten in sattem Grün.

Als nun wirklich niemand mehr in die Halle gepfercht

werden konnte, weil wir bereits wie aufrecht stehende Sardinen zusammengepreßt waren, begann der Künstler mit seiner Eröffnungsrede. Auf spanisch. Ich verstand kein Wort, Frau Mertens auch nicht, aber es mußten doch viele sprachkundige Mitmenschen unter uns sein, denn ich sah rundherum verklärte Gesichter und häufig zustimmendes Nicken.

Nach etwa zehn Minuten war die Ansprache beendet, worauf ein kleines Männchen vortrat, sich als vierter oder fünfter Botschaftssekretär vorstellte und anhub, die Worte seines Vorredners ins Deutsche zu übersetzen. Wenigstens machte er es kurz. Der Maler habe in seinem Heimatland schon beachtliche Erfolge erzielt und sei dank seines Gönners – lebhaftes Klatschen des Auditoriums – nun auch in der Lage, seine Werke dem deutschen Publikum vorzustellen. Man könne sie natürlich auch käuflich erwerben, der Preis sei unter dem jeweiligen Gemälde angebracht. Und wenn wir ihm nun bitte in die oberen Räume folgen würden …

Wir folgten so ziemlich als letzte in der Hoffnung, die Menschenmassen würden sich inzwischen ein bißchen verteilt haben. Im ersten Raum hing etwas Braunes, ungefähr vier mal sechs Meter groß, das im wesentlichen aus gespachtelten Flächen bestand.

»Du liebe Zeit«, sagte Frau Mertens erschrocken, »der muß die braune Ölfarbe zum Großhandelspreis gekriegt haben. Was soll das überhaupt darstellen?«

Ich beugte mich zu dem kleinen weißen Schild. »Impressionen«, las ich, »kostet siebzehntausend Mark.«

»Kein Wunder. wenn man seine Arbeit pro Quadratmeter verkauft.« Kopfschüttelnd ging sie weiter.

Es folgten noch viele Impressionen, die sich alle irgendwie ähnelten, auch wenn sie in der Farbe voneinander abwichen. Dann gab es noch ein paar Variationen genannte Werke in Braun und Grün, aber in einer Ecke entdeckten wir schließlich ein kleines, überwiegend in Gelb gehaltenes Bild, das als »Sonne am Meer« bezeichnet wurde.

»Soll das nun ein Sonnenaufgang sein oder ein Sonnenuntergang?« rätselte Frau Mertens.

»Sonnenuntergang«, sagte ein junges Mädchen neben ihr. »Ich kenne den Maler, so früh steht der nie auf.«

Das unziemliche Gelächter brachte uns vernichtende Blikke und wenig schmeichelhafte Bemerkungen ein, so daß wir schleunigst die Flucht ergriffen, den angrenzenden Saal vorsichtshalber ausließen und den nächsten betraten. »Hier waren wir schon.« Frau Mertens zeigte zum Fenster. »Ich erinnere mich an die zerrissene Gardine.«

Offenbar hatten wir unseren Rundgang beendet. Da uns keins der Werke zum Kauf gereizt hatte, obwohl es sogar welche unter tausend Mark gab, und der Sekt immer schaler schmeckte, entschlossen wir uns zur Heimkehr.

»Malen ist die Kunst, glatte Flächen wetterfest zu machen und sie gleichzeitig der Kritik auszusetzen«, sagte Frau Mertens, nachdem wir uns durch brezelkauende, fachmännisch diskutierende Gruppen und Grüppchen zum Ausgang gekämpft hatten. »Also mein Fall ist der Schöpfer dieser Monumentalgemälde jedenfalls nicht!«

»Meiner auch nicht«, pflichtete ich ihr bei. »Gehen wir noch irgendwo was trinken?«

»Kann leider nicht, muß nach Hause! Oskar hat Bauchweh und heute schon zweimal die Küche vollgekotzt.«

Oskar war der Abkömmling eines Hirtenhundes, vermischt mit ein bißchen Pudel, sah aus wie ein wandelnder Flokati und hatte eine Vorliebe für Nahrungsmittel, die ihm nicht bekamen.

»Macht ja nichts, es ist sowieso spät genug. Gleich elf. Hoffentlich liegen die Gören wenigstens schon im Bett.«

Sie lagen nicht. Oder wenigstens nicht alle. Als ich ins

Wohnzimmer kam, bot sich mir ein merkwürdiges Bild. Auf dem Fußboden saßen vier Gestalten, die ich in dem diffusen Licht der zwei Kerzen erst nach mehreren Sekunden als männlichen Geschlechtes identifizieren konnte, und qualmten. In der Luft hing ein eigenartig süßlicher Geruch.

»Hi, Määm«, sagte Sascha, »wieso bist du schon zurück?«

»Was heißt schon? Mir scheint, ich hätte viel eher kommen müssen. Wer sind diese Knaben überhaupt? Müßte ich sie kennen?«

»Das ist Klaus.« Mein Sohn zeigte auf einen krausköpfigen Jüngling mit Fünftagebart, der lässig seinen Arm hob und mich auf diese Weise begrüßte. Im Laufe der Jahre hatte ich mich zwar daran gewöhnt, daß die Freunde meiner Nachkommen grundsätzlich keine Familiennamen hatten, auch das von Sven abfällig als »Pfötchengeben« bezeichnete Händeschütteln war bei Jugendlichen aus der Mode gekommen, aber meistens pflegten sie bei der Begrüßung irgend etwas zu grunzen, was man bei viel gutem Willen als Anzeichen von Höflichkeit auslegen konnte.

Klaus tat nicht einmal das.

»Der neben dem Tischbein ist Hanno, bei dem habe ich in der Schule immer abgeschrieben, und Wolfgang solltest du eigentlich noch kennen. Immerhin waren wir mal ziemlich dicke zusammen«, beendete Sascha die Vorstellung.

Stimmt, an Wolfgang konnte ich mich erinnern, nur hätte ich ihn nie wiedererkannt. Seinerzeit hatte er kurze schwarze Haare gehabt, jetzt waren sie braun und schulterlang. Vom Gesicht konnte ich nicht viel sehen, denn was nicht von den Zotteln verdeckt war, verschwand hinter einem Seehundsbart.

»Hi!« sagte Wolfgang und versank wieder in den Dämmerzustand, aus dem ich ihn offenbar aufgescheucht hatte, Kopf an der Terrassentür, Beine auf dem Papierkorb, der Rest des Körpers auf einem Stapel Kissen.

»Was macht ihr hier eigentlich? Den großen Manitou beschwören?« Mir war inzwischen das kleine langstielige Pfeifchen aufgefallen, das von einem zum anderen weitergegeben wurde, nachdem jeder einmal daran gezogen hatte. Und ich hatte geglaubt, sie seien über das Winnetou-Alter längst hinaus.

»Wollen Sie auch mal?« Auffordernd hielt mir Klaus die Pfeife entgegen.

»Nee, danke. Wer weiß, was ihr da für Kraut reingestopft habt. Es riecht wie billiges Parfum.«

»War aber gar nicht so billig«, kicherte er.

Plötzlich dämmerte es mir. Der süßliche Geruch, die allgemeine Gleichgültigkeit, die Kerzen auf dem Boden … »Raucht ihr etwa Hasch???«

»Na, was hast du denn gedacht?« grinste Sascha. »Hier, probier mal. Du warst doch bestimmt noch nie high?«

»Darauf lege ich auch nicht den geringsten Wert. Wenn ich euch traurige Gestalten sehe, halte ich diesen Zustand für nicht besonders erstrebenswert.«

Diese scheinbare Gleichmütigkeit war allerdings nur gespielt. Krampfhaft überlegte ich, wie ich mich jetzt am besten verhalten sollte. Schreien, toben, den ganzen Verein rausschmeißen? Mit der Polizei drohen? Damit hätte ich die Geschichte nur an die große Glocke gehängt und vielleicht aus einer Mücke einen Elefanten gemacht. Wenn Engländer Nervenstärkung brauchen, kochen sie Tee. In Deutschland kocht man Kaffee. Der würde diesem geistig weggetretenen Kleeblatt ohnehin guttun, vielleicht kriegte man die Jungs damit wieder auf die Beine.

Während ich die Maschine mit der doppelten Portion Kaffee füllte und Tassen aufs Tablett stellte, überlegte ich den nächsten Schritt. Es hätte wohl wenig Zweck, die Knaben abzufüllen und dann nach Hause zu schicken. Wer weiß, ob sie überhaupt stehen konnten. Dank ihrer Bewegungslosigkeit hatte ich das noch nicht herausfinden können. Außerdem hielt ich es für unfair, wenn Sascha die anschließende Standpauke allein über sich ergehen lassen müßte, letzten Endes waren ja alle vier an diesem Tabakskolleg beteiligt.

Eine Menge Gedanken schossen mir durch den Kopf und verdichteten sich zu Horrorbildern. Man war schließlich aufgeklärt, hatte »Christiane F.« gelesen und die Statistik der Rauschgifttoten, man wußte, daß Haschisch die Einstiegsdroge war und zwangsläufig zu stärkeren Mitteln führen würde, man war über die Folgen informiert, über die steigende Jugendkriminalität ... Wie, zum Henker, waren die Bengels überhaupt an das Zeug herangekommen? In unserer ländlichen Gegend, wo der Polizeiposten um 17 Uhr seine Amtsstube zuschließt und nach Hause geht, manifestierten sich kriminelle Delikte allenfalls mal in einem aufgebrochenen Zigarettenautomaten. Deshalb hielt ich es für ausgeschlossen, daß die Jungs hier am Ort das Gras aufgetrieben hatten. Und Sascha war meines Wissens der einzige, der weiter aus Bad Randersau herauskam als nur bis zur nächsten Kreisstadt, weil er seinen Ausbildungsplatz in Stuttgart hatte. Sollte ausgerechnet er ...?

Nachdem ich die Kaffeetassen auf dem Couchtisch abgestellt hatte, bequemten sich die Herren sogar zum Aufstehen und verteilten sich über die verschiedenen Sitzgelegenheiten. Keiner schwankte, keiner lallte vor sich hin, sie erkundigten sich im Gegenteil sehr wortreich, ob ich nicht vielleicht etwas Eßbares im Haus habe. Ich holte Chips und Kekse, die dankbar angenommen und auch im Handumdrehen vertilgt wurden, und dann diskutierten wir. Stundenlang. Bis vier Uhr morgens.

»Weshalb qualmt ihr dieses Zeug überhaupt?«

»Just for fun«, sagte Sascha.

»Das ist kein Argument. Da müßt ihr schon mit stichhaltigeren Gründen kommen! Nur zum Spaß nimmt man keine Drogen.«

Wolfgang war der erste, der mir den Wind aus den Segeln nahm. »Trinken Sie Alkohol?«

»Ab und zu. Das ist ja nicht verboten.«

»Sind Sie Alkoholikerin?«

»Ob ich was bin?« Der Junge tickte wohl nicht richtig! »Wenn ich mal ein Glas Wein trinke oder einen Whisky, bin ich doch nicht alkoholabhängig.«

»Na, sehen Sie«, feixte er, »und nur weil wir mal einen Joint rauchen, glauben Sie sofort, wir seien drogensüchtig.«

»Ja, aber ...«, stotterte ich hilflos.

»Ich weiß, was du sagen willst, Määm«, unterbrach mich Sascha, »Hasch ist Einstiegsdroge, dann folgt Koks, danach Heroin – glaubst du denn, wir seien von gestern? Übrigens gibt es da noch ein paar Zwischenstationen, von denen du bestimmt keine Ahnung hast, aber das ist auch nicht so wichtig. Hasch ist wirklich harmlos, wenn man sich davon nicht abhängig macht.«

»Das leuchtet ein«, gab ich zu, »aber wie, bitte sehr, verhindert man das? Ein Alkoholiker merkt ja auch in den seltensten Fällen, daß er einer ist. Das fällt nur seiner Umgebung auf.«

»Eben! Und wann ist dir aufgefallen, daß ich Hasch rauche?«

Ich schnappte nach Luft. »Willst du damit sagen, daß sei heute nicht das erste Mal?«

»Natürlich nicht. Und wenn du nicht so unerwartet früh hier reingeschneit wärst, hättest du auch weiterhin nichts gemerkt.«

Es stellte sich heraus, daß mein Sohn, den ich zwar nie für einen Unschuldsengel gehalten hatte, den ich aber zumindest gegen die negativen Einflüsse einer Großstadt gefeit glaubte, schon seit Monaten ein Blechdöschen besaß, in dem er einen gewissen Vorrat an schwarzem, grünem oder sonstwelchem Afghanen hortete, der sich bei passender Gelegenheit in süßlichen Rauch auflöste.

»Nun glaub bloß nicht, ich hocke jede Nacht in meinem Kämmerlein und ziehe mir einen Joint nach dem anderen rein. Manchmal rühre ich das Zeug wochenlang nicht an. Allein macht's keinen Spaß, dazu gehört die richtige Clique, und du weißt ja selbst, daß ich in Stuttgart vor lauter Rödelei kaum Zeit habe.«

Das stimmte. Seine Lehrzeit war kein Zuckerschlecken, vor Mitternacht kam er selten aus seinem Nobelschuppen raus.

»Dann erklär mir doch bloß mal, weshalb du dieses Zeug überhaupt rauchst? Was bewirkt es? Wie fühlt man sich, wenn man high ist? Schwebst du durch rosarote Wölkchen?«

»Nee, so was erlebt man bei LSD, sofern man Glück hat. Ich hatte allerdings einen Horrortrip, deshalb habe ich diesen Kram nie wieder angefaßt. Außerdem ist mir hinterher jämmerlich schlecht geworden.«

Na bravo! Auf'm Trip ist er also auch schon gewesen! Schlagartig wurde mir klar, daß ich von Saschas Privatleben eigentlich recht wenig wußte. Er verbrachte seine freien Tage ziemlich regelmäßig zu Hause, mal mit, mal ohne weibliche Seitendeckung, er war abwechselnd charmant oder rotzfrech, an manchen Tagen hätte man mit ihm Pferde stehlen können, an anderen sprach man ihn am besten gar nicht erst an – genaugenommen war er ein völlig normaler Beinahe-schon-Twen. Und nun das! Hasch!! LSD!!! Wer weiß, was jetzt noch alles kam, nachdem er angefangen hatte auszupakken.

Der Knabe Hanno hatte bisher nur den Mund aufgemacht, um ihn mit Chips vollzustopfen, jetzt wurde er plötzlich redselig. »Sie müssen das nicht so eng sehen, Frau Sanders. LSD ist sowieso out, das schluckt kein Mensch mehr. Ich hab's übrigens nie probiert, bringt ja nichts. Aber nach 'nem Joint kann ich sogar einen ganzen Abend lang meine Eltern ertragen, und das will was heißen. Reden kann man mit denen nämlich nicht. Da läuft doch nichts mehr außer Fernsehen und der Klospülung.«

»Dann schaff dir eine Freundin an!«

»Hab ich ja. Die ist auch ganz okay, aber manchmal braucht man eben so ein richtiges Männergespräch.«

Ich sah mir die vier Männer der Reihe nach an und verschluckte lieber das, was mir auf der Zunge lag. Statt dessen sagte ich: »Reden kann man auch ohne Stimulanzien.«

»Aber mit ist es ergiebiger. Sie können sich gar nicht vorstellen, was wir schon alles für Probleme gelöst haben. Vom Weltfrieden bis zum Ladenschlußgesetz.«

»Das versteht sie ja doch nicht!« ergriff Sascha wieder das Wort. »Määm, die Sache ist ganz einfach. Mit ein bißchen Hasch im Hirn kann man herrlich träumen, spinnen, Illusionen rücken plötzlich in greifbare Nähe – man taucht für eine kurze Zeit aus der Wirklichkeit weg. Dann verfliegt der Rausch, die Realität ist wieder da, und man bemerkt, daß der Schnürsenkel im Schuh immer noch zerrissen ist und man endlich neue reinziehen muß. Das Geschirr von morgens steht auch noch rum, also rafft man sich auf und geht zur Tagesordnung über. Ende der Vorstellung.«

Das klang zwar ganz einleuchtend, aber – »Wie ist das nun, wenn das Bedürfnis, der Wirklichkeit zu entfliehen, weiter zunimmt? Die Gefahr besteht doch?«

»Kann schon sein, aber bestimmt nur bei den labilen Typen, die ohnehin auf der Kippe stehen und ihr Leben nicht in den Griff kriegen. Die brauchen schon morgens ihren Joint, bevor sie überhaupt die Augen aufmachen. Genau wie Alkoholiker, die erst mal einen Dreistöckigen frühstücken. Bei uns ist das wirklich eine ganz harmlose Sache. Früher haben wir hinterm Stromhäuschen gesessen und heimlich Zigaretten gepafft, die wir euch vorher geklaut haben, und jetzt rauchen wir ab und zu mal ein Pfeifchen. Sogar bar bezahlt! Glaubst du immer noch, wir seien deshalb akut gefährdet?«

Meine Zweifel hatten sie zwar trotz ihrer Beredsamkeit nicht ausräumen können, allerdings mußte ich zugeben, daß ihre Argumente etwas für sich hatten. Besonders der Vergleich mit den Alkoholikern leuchtete mir ein. Wenn die Burschen wirklich so vernünftig waren, wie sie argumentierten, dann sollte man die ganze Angelegenheit vielleicht doch nicht aufbauschen. Sie machten auch ausnahmslos einen völlig normalen Eindruck, Nachwirkungen schien das Zeug nicht zu haben. Höchstens bei mir, ich war nämlich hundemüde.

»Also gut«, kam ich zum Schluß, »ihr habt mich zwar nicht überzeugt, weil ich immer noch finde, daß man auch ohne Hasch leben kann, aber ihr seid alt genug, eure Grenzen zu kennen. Wenn dieses »Just for fun« auf gelegentliche Ausnahmen beschränkt bleibt, lassen wir den heutigen Abend auf sich beruhen. Einverstanden?«

Und ob sie einverstanden waren! Insgeheim hatten wohl alle befürchtet, ich würde umgehend ihre Eltern verständigen, was ich vielleicht sogar hätte tun müssen, dann aber doch unterlassen habe, nachdem ich mir Sascha am nächsten Tag noch einmal unter vier Augen vorgeknöpft hatte.

»Määm, nun glaub mir doch endlich! Hältst du mich für so beknackt, daß ich mir meine ganze Zukunft versaue? Ich ackere doch nicht umsonst wie ein Kuli, um eine anständige

Abschlußprüfung hinzukriegen. Und wenn du glaubst, ich könnte eines Tages auf Ätsch umsteigen, dann bist du auf dem falschen Dampfer. Ich sehe diese armseligen Gestalten doch jeden Abend rumhängen, wenn ich nach Dienstschluß in meine Bude pilgere. Geh mal nachts durch die Stuttgarter Altstadt! Oder tu's lieber nicht, womöglich kriegste eins auf die Omme. Die Brüder schrecken doch vor nichts zurück, wenn sie den nächsten Schuß brauchen! – Nee, Määm, einen besseren Anschauungsunterricht könnte ich gar nicht haben. Mich bringt niemand dazu, eine Spritze auch nur anzufassen. Aber konzediere mir ab und zu einen Joint. Danach kann man so herrlich abschalten und meditieren.«

»Na ja«, gab ich zu, »meditieren ist immer noch besser als herumsitzen und gar nichts tun!«

Soviel zu der Vermutung, in unserer Familie gäbe es offenbar keine Probleme beziehungsweise habe es nie welche gegeben.

Dabei hatten wir mit Steffi auch welche gehabt, obwohl ich die bei ihr am wenigsten erwartet hatte. Sie ist heute noch ein Kumpeltyp, der Freunden bereitwillig bei Renovierungsarbeiten hilft, auch wenn sie die himmelblaue Tapete statt ins Schlafzimmer an die Küchenwände klebt. Sie übernimmt bei Bedarf die Betreuung von Blumentöpfen und Springmäusen, und wenn's sein muß, kümmert sie sich auch um die bettlägerige Oma, weil die Nachbarin übers Wochenende mal zum Skilaufen fahren will. Steffi kennt garantiert jemanden, der »ganz billig« eine Hollywoodschaukel besorgen kann, ein todsicheres Mittel gegen die Ameisenplage weiß oder kostenlos ein Viermannzelt verleiht.

Ihre karitative Ader gipfelte an einem Sonntagmorgen, als ich in die Küche kam und auf dem Tisch einen Zettel entdeckte: BITTE NICHT INS WOHNZIMMER GEHEN. Natürlich ging ich schnurstracks hinein und fand auf dem Fußboden drei Stoffballen, die sich bei näherem Hinsehen als in Schlafsäcke gewickelte Mädchen entpuppten. Des Rätsels Lösung? Man war am Abend vorher auf einer Fete gewesen, die sich unerwartet in die Länge gezogen hatte. Mit öffentlichen Verkehrsmitteln waren die Nachbarorte, in denen meine Einquartierung wohnte, nicht mehr zu erreichen gewesen, und so hatte Steffi ihren Freundinnen kurzerhand Asyl angeboten. Ich borgte mir in der Nachbarschaft ein Dutzend Eier zusammen, fütterte die übernächtigte Gesellschaft ab und fuhr sie anschließend nach Hause. Meinem Renommee als ach so tolerante Mutter ist das sehr zuträglich gewesen.

Wenig später sah das alles ganz anders aus! Da war ich plötzlich rückständig, antiquiert, mit Vorurteilen behaftet und spießig – mit einem Wort: Untragbar! Ursache dieses Gesinnungswandels war natürlich ein Mann, und zwar ein ausgewachsener. Bisher hatte sich Stefanie mit mehr oder weniger pubertären Jünglingen umgeben, die Pickel und einen sehr geringen Wortschatz hatten. Deren Hausbesuche nahmen plötzlich ab, während Stefanie immer häufiger verschwand. Angeblich hatte sie eine noch nie geäußerte Vorliebe für Discos entdeckt. Ich wunderte mich, aber ich konnte meine fast volljährige Tochter nicht mehr zu Hause anbinden.

Die Bombe platzte, als sie mir auf dem Sommerfest über den Weg lief. In ihrer Begleitung befand sich ein Herr, der beinahe ihr Vater hätte sein können. Sie murmelte seinen Namen, den ich nicht verstand, der Herr murmelte ebenfalls etwas, das ich nicht verstand, und dann waren sie auch schon wieder im Gedränge verschwunden.

Am nächsten Morgen herrschte eisige Stimmung. Ich bohrte, Steffi schwieg beharrlich, Rolf sagte erst mal gar nichts, weil er heikle Aufgaben grundsätzlich an mich delegierte, und die Zwillinge suchten zu vermitteln. Sie kannten den Herrn bereits näher und fanden ihn »super«.

»Sobald ich achtzehn bin, ziehe ich sowieso aus!« erklärte mir meine Tochter nach der siebenundzwanzigsten Debatte über Altersunterschiede, zu frühe Bindungen und ähnliche Argumente, die Mütter von sich geben, wenn sie feststellen müssen, daß ihre Kinder plötzlich erwachsen geworden sind.

Stefanies Emigrationspläne nahm ich natürlich nicht ernst. Wovon wollte sie denn leben? Sie hatte zwar ihren Handelsschulabschluß in der Tasche, sogar einen recht guten, aber keine Stellung. Im Augenblick jobbte sie in einer kleinen Autoreparaturwerkstatt, wo sie morgens die Buchhaltung erledigte und nachmittags unter den defekten Karren lag, um mit fachmännischer Hilfe Kolbenringe und Auspufftöpfe zu erneuern. Ich fand das ganz nützlich. Meine technischen Fähigkeiten reichen nicht mal zu einem Ölwechsel.

Inzwischen hatte ich herausbekommen, daß der bewußte Herr in Heidelberg wohnte, nur seinen Namen kannte ich noch nicht. Horst hieß er, soviel hatten mir die Zwillinge verraten. Also setzte ich mich mit Steffis bester Freundin in Verbindung, von der ich mir nähere Einzelheiten erhoffte.

»Ich war schon drauf und dran, Sie anzurufen, hab's dann aber doch nicht getan, weil ich Steffi nicht in die Pfanne hauen wollte«, sagte Christiane aufatmend. »Ich hatte ja keine Ahnung, daß Sie Bescheid wissen.«

»Ich weiß gar nichts! Ich will im Gegenteil von dir etwas wissen. Wer ist der Knilch überhaupt?«

»Er heißt Horst Hermann, aber die Adresse kenne ich nicht. Ich hab ihn auch nur einmal gesehen, als ich Steffi im Krankenhaus besucht habe. Da hat sie ihn ja kennengelernt.«

»So lange geht das schon?« Stefanies Meniskusoperation lag mindestens ein halbes Jahr zurück.

»Eigentlich ist er ganz nett«, behauptete Christiane, »aber für Steffi ist er doch viel zu alt!«

Genau das war der springende Punkt! Hoffentlich hatte dieser Mensch Telefon. Er hatte. Aus dem amtlichen Fernsprechverzeichnis Band 76 suchte ich seine Anschrift heraus, schrieb ihm ein paar Zeilen und bat um seinen Besuch. Allein. Entgegen meiner Befürchtung, er könne sich vor einer Aussprache drücken, trabte er pünktlich an, war höflich, verbindlich und genauso dickköpfig wie meine Tochter. Argumente, die gegen eine Verbindung sprachen, widerlegte er, Rolfs Einwände zogen auch nicht, worauf er unseren Besucher nach einer halben Stunde vor die Tür setzte.

Drei Tage später wurde Stefanie achtzehn, vier Tage später zog sie aus. Zunächst mit einem Handköfferchen, dann mit einem etwas größeren Koffer, zum Schluß fuhr sie mit einem Kombi vor und holte Stereoanlage, Fernseher, Bücherregal und Herrn Hoffmann ab, einen schon etwas ramponierten überdimensionalen Teddy, seinerzeit bejubelter Hauptgewinn bei einer Losbude.

Ich heulte, Steffi heulte, keiner sagte etwas, schließlich klappte die Haustür zu, Steffi war weg. Endgültig. Oder vielleicht doch nicht? Die Sache konnte ja nicht gutgehen, zwei, drei Wochen möglicherweise, höchstens einen Monat. Steffi konnte nicht kochen, konnte nicht bügeln, hatte vom Haushalt so gut wie gar keine Ahnung ... Horst Hermann würde sehr schnell dahinterkommen, was er sich da eingehandelt hatte.

Horst Hermann kam nicht dahinter. Oder vielmehr doch, aber es machte ihm Spaß, Stefanie in die Kunst der gutbürgerlichen Küche einzuweihen. Als gelernter Junggeselle beherrschte er sie recht gut. Nach zwei versengten Oberhemden hatte das dritte nur noch ein paar Falten, wo eigentlich keine hingehörten, und wie man Knöpfe annäht, muß er ihr wohl auch beigebracht haben. Außerdem hatte er ihr einen Job bei einer Versicherung besorgt.

Alles das erfuhr ich natürlich erst viel später. Spärliche Auskünfte über meine entfleuchte Tochter erhielt ich nur durch die Zwillinge, die regelmäßigen Kontakt zu ihrer Schwester hatten, aber Steffi selbst meldete sich nie.

»Hast du etwas anderes erwartet?« fragte Rolf. »Ihren Dickkopf hat sie ja nicht von mir geerbt!«

Erstaunlicherweise nahm er die ganze Sache wesentlich leichter als ich. »Rechtlich können wir sowieso nichts mehr unternehmen, und wenn wir auf dem moralischen Aspekt herumreiten, machen wir uns nur lächerlich. Moral ist ohnehin bloß die Ausrede jener Leute, die keine Chance zur Unmoral haben.« Plötzlich lachte er. »Was meinst du? Wären wir überhaupt verheiratet, wenn es damals schon üblich gewesen wäre, ohne Trauring und behördlichen Segen zusammenzuziehen?«

»Dann hätten wir vermutlich auch keine Kinder und folglich keinen Ärger mit ihnen! Hoffentlich nimmt sie die Pille!«

Eines Tages hielt ich es nicht mehr aus und rief Steffi an. Ich wollte ihr ein Ultimatum stellen – bekanntlich die letzte Warnung, bevor man bereit ist, nachzugeben. Nein, sie denke gar nicht daran, zurückzukommen, sie stecke im Gegenteil mitten in Umzugsvorbereitungen, denn Horst habe eine größere Wohnung gefunden, ein bißchen außerhalb gelegen mit Gästetoilette und acht Meter langem Balkon.

Das klang nun überhaupt nicht nach Kapitulation. Jetzt hatte ich die Wahl: Entweder stur bleiben und mir meine Tochter entfremden, oder …

Vierzehn Tage später stand ich mit Papier und Zollstock in der neuen Behausung und nahm Maß für die Wohnzimmergardinen.

»Sooo schlimm ist der Altersunterschied ja gar nicht«,

meinte Rolf auf dem Heimweg von der ersten offiziellen Einladung des jungen Paares, »wenn Steffi hundert ist, ist er auch erst hundertsiebzehn!«

Die beiden leben immer noch zusammen, immer noch ohne amtliches Zertifikat, sind immer noch glücklich und haben gerade ein zauberhaftes Haus bezogen mit großem Garten und Kamin, zehn Kilometer von uns entfernt, was die Anfahrtszeit vermindert, wenn ich mal wieder Dackel Jojo und die Wellensittiche in Pflege nehmen muß. Das mache ich sogar gerne, denn Horst Hermann ist nicht nur ein sehr umgänglicher, sondern darüber hinaus auch ein sehr talentierter Mensch, der Fensterrahmen streicht, Hecken beschneidet und sogar Wasserhähne repariert. Kostenlos, und das ist im wahrsten Sinne des Wortes viel wert. Wer nämlich nicht glaubt, daß man aus Blei Gold machen kann, sollte warten, bis er die nächste Klempnerrechnung kriegt.

Kapitel 15

Haben Sie nicht mal wieder Sehnsucht nach Berlin?« »Überhaupt nicht! Seitdem mein Vater pensioniert ist, wird er immer unausstehlicher.«

Am anderen Ende der Telefonleitung hörte ich Frau Maibach lachen. »Das ist nur in den ersten Wochen so. Später gibt sich das. Mein Vater ist seit zwei Jahren Rentner. Wenn er morgens aufwacht, hat er nichts zu tun, und wenn er abends schlafen geht, hat er kaum die Hälfte geschafft.«

Eine Weile schwafelten wir über die Vor- und Nachteile des Ruhestands, der für uns beide noch in ziemlicher Ferne lag, dann kam sie zur Sache: »Wir haben in Berlin einiges für Sie in Vorbereitung, zwei Signierstunden sowie ein Rundfunkinterview. Wollen Sie?«

Wenn sie mich so direkt fragte, wollte ich absolut nicht. Wieder auf dem Präsentierteller sitzen, wieder die ewig gleichen Fragen beantworten, wieder Cheesecake-Lächeln... Anererseits pflegt die Kosten für derartige Öffentlichkeitsarbeiten der Verlag zu tragen, bei meinem letzten privaten Besuch war das Ticket schon wieder teurer geworden (warum eigentlich? Wenn die Welt angeblich immer kleiner wird, dürften sich doch nicht dauernd die Flugpreise erhöhen?), aber den Ausschlag gab Frau Maibachs Hinweis, eine der beiden Autogrammstunden würde in Onkel-Toms-Hütte stattfinden.

»Etwa in der Ladenstraße?«

»Ja. Kennen Sie die Buchhandlung?«

»Und ob! Da hab ich meine erste Fibel gekauft und später ab und zu gegen drei alte Zeitungen ein Schreibheft ergattert. Ich wußte gar nicht, daß der Laden noch existiert.«

»Nun wird mir auch klar, weshalb Herr Holzer so großen Wert auf Ihr Kommen legt. Ich kann also zusagen?«

Eingedenk der Pannen bei meinem ersten offiziellen Flug nach Berlin war ich diesmal eine Stunde vor dem Einchecken am Schalter, erwischte nach meiner Ankunft in Tegel auch gleich ein Taxi und holte wenig später Irene aus dem Kartoffelkeller. »Wieso bist du schon da? Ich denke, du kommst erst am Nachmittag?«

»Blödsinn, um fünf muß ich bereits in der Ladenstraße sitzen.«

»Siehste, dann hatte ich doch recht! Ich hab dem Hans noch gestern gesagt, daß da was nicht stimmen kann. Macht ja nichts, komm rein! Dann kannste gleich dein Bett beziehen!«

Auf das Viersternehotel hatte ich diesmal verzichtet, auf mein ständiges Asylrecht bei Vati ebenfalls. Mit seinem Ruhestand hatte er sich noch immer nicht abgefunden. »Wenn man pensioniert ist, verlieren sogar die Wochenenden ihren Reiz«, hatte er am Telefon gejammert und mir im gleichen Atemzug mitgeteilt, daß er jetzt Spanisch lerne und kaum noch Zeit für andere Dinge habe.

Aber nicht nur deshalb hatte ich Irenes Einladung angenommen. Bei ihr fühlt man sich immer gleich wie zu Hause. Niemals präsentiert sie ihren Gästen ein vorgefertigtes Besichtigungs- und Vergnügungsprogramm, das einem kaum ein paar Minuten Freiraum läßt; sie steht auch nicht stundenlang in der Küche, um den Besuchern ein Vier-Gänge-Menü servieren zu können. Statt dessen baut sie im Garten die Liegestühle auf, und während sie die Sektflasche entkorkt, erkundigt sie sich beiläufig: »Heute mittag gibt's bloß Bratkartoffeln mit Spiegeleiern und Salat, das stört dich doch hoffentlich nicht, oder? – So, und jetzt muß ich dir von Anita erzählen!«

Man bekommt von ihr Haus- und Wagenschlüssel, wird im Umgang mit Motten-Malwe geschult, die eigentlich Malwine heißt und als drei Wochen altes Kätzchen von Irene aus einer Mülltonne gerettet worden war (»Sein Fell hat ausgesehen wie mein Lambswool-Pulli, nachdem die Motten über ihn hergefallen waren«), und wenn man mal morgens nicht aus dem Bett findet, gibt es auch um elf noch Toast und heißen Kaffee. »Marmelade ist alle, aber Wurst steht im Kühlschrank. Zweites Fach von oben hinter der Puddingschüssel.«

Mir gefällt es bei Irene, deshalb war ich auch gar nicht erbaut, als Telefongebimmel unseren spätvormittäglichen Kaffeeklatsch unterbrach. Frau Maibach wollte sich von meiner Ankunft überzeugen. »Ist es recht, wenn ich Sie gegen halb fünf abhole?«

»Kommt gar nicht in Frage, ich fahre U-Bahn.«

»Ja, aber ...«

»Fünfzehn Jahre lang bin ich in Onkel-Toms-Hütte aus der U-Bahn gestiegen. Glauben Sie, dieses nostalgische Vergnügen lasse ich mir heute entgehen?«

Sie hatte Verständnis. »Na gut, dann erwarte ich Sie am Ausgang.«

Das Empfangskomitee war auch vollständig versammelt. Neben Frau Maibach hatte sich Herr Löffelhardt aufgebaut, der für Berlin zuständige Verlagsmensch, sowie Herr Holzer, der mit fast überzeugender Miene behauptete, mich sofort wiedererkannt zu haben.

»Das glaube ich Ihnen sogar, mein Foto auf den Plakaten ist doch erst sechs Jahre alt!« Worauf er das Süßholzraspeln einstellte. Von da an kamen wir prächtig miteinander aus.

Stolz führte er uns vor sein Schaufenster. Mindestens zwanzig Pfund saubergewaschene Kartoffeln hatte er aufgetürmt, zwischen denen hier und da meine Bücher herausguckten. An der Scheibe klebte unübersehbar das übliche Plakat, von dem ich gar nicht mehr so begeistert war wie an dem Tag, als ich es zum erstenmal gesehen hatte. Man wird so ungern mit seinem Jugendbildnis konfrontiert. Ein Exemplar hatte Sascha innen an unsere Kellertür gehängt. Seitdem haben wir angeblich längst nicht mehr so viel Spinnen wie früher.

»Wir haben noch Zeit, gehen wir schnell einen Kaffee trinken?«

Damit hatte mich Irene schon zur Genüge abgefüllt, und außerdem wollte ich ganz etwas anderes. »Bitte nicht böse sein, aber ich würde so gern noch mal durch die Ladenstraße gehen, eine Seite rauf, die andere runter.«

Verständnisvolles Nicken meiner Eskorte, die die entgegengesetzte Richtung einschlug. Wenn nicht inzwischen der Besitzer gewechselt hatte, schmeckte das Gebräu in dem kleinen Café oben an der Ecke bestimmt noch genauso scheußlich wie früher. Klosterbrühe hatten wir es seinerzeit genannt, weil seine Farbe so ähnlich aussah wie die Kutten der Franziskanermönche.

Ein bißchen wehmütig bummelte ich an den Geschäften vorbei. Da war der Fischladen, den ich früher ungern betreten hatte, weil es da so penetrant gerochen hatte. Die dicke Elfriede stand aber nicht mehr hinter der Theke, statt ihrer wieselte eine junge Verkäuferin herum. Eine graue Gummischürze trug sie auch nicht, vor ihrem Bauch glänzte weißes Plastik. Nicht mal mehr eine Heringstonne konnte ich entdecken.

Der Bonbonladen war verschwunden und auch der Seifenonkel, zu dem ich vor fast jedem Waschtag mit hängender

Zunge ins Geschäft gestürzt war, weil Omi mal wieder das Einweichmittel vergessen hatte. »Hol schnell zwei Pakete Henko, aber beeil dich, Kind, die machen gleich zu!«

Auch das Kino existierte nicht mehr, es hatte einem Supermarkt weichen müssen. Dabei war es richtig vornehm gewesen mit seinen Samtsitzen und den rot ausgeschlagenen Logen. Siebenmal hatte ich dort drinnen »Quax, der Bruchpilot« gesehen und fünfmal »Der große König«, die beiden einzigen Filme, in die man auch unter zwölf Jahren hineindurfte.

Aus dem Bäckerladen duftete es noch genauso verführerisch nach Liebesknochen wie damals, als man Fett- und Zuckermarken dafür abgeben mußte und sich eine mit künstlicher Schlagcreme gefüllte zähe Masse einhandelte. Trotzdem hat sie mir besser geschmeckt als alle Eclairs zusammen, die ich seitdem gegessen habe.

Das Geschäft, mit dessen Überleben ich am wenigsten gerechnet hätte, gab es aber immer noch. Sogar der Namenszug »Sakautzky« prangte in seiner ursprünglichen Form über dem Schaufenster, nur Posamentierwaren schien man nicht mehr zu verkaufen. Aber wer braucht denn heute noch diese große Auswahl an Knöpfen, Schleifen, Litzen und Kordeln, die mich in meiner Kindheit so fasziniert hatte? Heute werden Kinderkleider per Katalog gekauft oder im Warenhaus, und damit die lieben Kleinen, für die die Sachen ja bestimmt sind, nicht stören, dürfen sie in der Zwischenzeit für dreißig Pfennig auf dem automatischen Kamel reiten.

Wenn ich heute daran denke, wieviel Geduld Omi immer aufgebracht hatte, bis ich mich für die silbernen Knöpfe entschieden hatte, obwohl die hellblauen zu dem selbstgenähten Sonntagskleid viel besser gepaßt hätten, dann kann ich sie im nachhinein nur bewundern. Dabei hatte sie bestimmt nie etwas von Kinderpsychologie gehört.

Fast hatte ich meinen Rundgang beendet, als ich das Schaufenster von Kaffee-Otto passierte. Den gab es also auch noch! Hier hatten wir alles eingekauft, was nach Omis Terminologie unter den Begriff »saubere Lebensmittel« fiel – also Zucker, Reis, Grieß und so weiter, nur hatte es diese Dinge damals noch nicht abgepackt gegeben, sie hatten sich vielmehr in großen hölzernen Schubkästen befunden und waren je nach Bedarf abgewogen worden. Bevor wir das Geschäft verließen, hatte ich jedesmal mein Betthupferl geschenkt bekommen, das mir Herr Otto mit einer kleinen silbernen Zange über den Ladentisch gereicht hatte. »Heute mal wieder ein Pfefferminzplätzchen?«

Verstohlen lugte ich durch die Scheibe. Bis auf eine einzelne Dame war der Laden leer, aber dort neben der Kasse stand doch tatsächlich ... Ich gab mir einen Ruck und ging hinein. »Bitte zweihundert Gramm Pfefferminztaler, und dann möchte die kleine Evelyn noch ihr Betthupferl.«

Wie vom Donner gerührt drehte sich Herr Otto um. Einen Augenblick zögerte er, dann kam er mit ausgestreckten Händen auf mich zu. »Auf der Straße wäre ich glatt an Ihnen vorbeigelaufen. aber jetzt erkenne ich Sie natürlich wieder. Wie nett, daß Sie hereinschauen. Wie geht es Ihnen denn?«

Ein paar Minuten lang tauschten wir Erinnerungen aus, dann mußte ich mich verabschieden. Es war kurz vor fünf.

»Wir sehen uns noch, ich komme nachher zur Buchhandlung rüber. Mein Exemplar von den ›Pellkartoffeln‹ ist zwar schon ziemlich zerlesen, weil ich es immer wieder verliehen habe, aber Sie schreiben mir doch trotzdem noch was rein, nicht wahr?« Lachend schüttelte er den Kopf. »Wissen Sie eigentlich, daß Sie wochenlang das Gesprächsthema hier in der Ladenstraße gewesen sind?«

Das wußte ich nicht, und bei dem Gedanken daran war

mir gar nicht sehr wohl. Immerhin war ich einigen Leuten ganz gehörig auf den Schlips getreten. Was sollte ich bloß machen, wenn mich einer von denen in aller Öffentlichkeit zusammenstauchte? Mich verteidigen? Zurückbrüllen?

»Wir passen schon auf«, sagte Frau Maibach, aber erst nachdem sich Herr Löffelhardt neben der Tür aufgebaut hatte, war ich einigermaßen beruhigt.

Punkt fünf Uhr nahm ich an meinem Tischchen Platz. Neben dem üblichen Sortiment an Kugelschreibern und Filzstiften stand sogar ein Aschenbecher, ein in Buchhandlungen verpöntes Requisit, das ich vermutlich Frau Maibach zu verdanken hatte. In den ersten Minuten tat sich gar nichts. Ab und zu sah ich hinter der Schaufensterscheibe eine plattgedrückte Nase, einmal öffnete sich auch die Tür einen Spalt, wurde aber sofort wieder zugezogen, als der Kunde unsere erwartungsvollen Gesichter sah.

»Die boykottieren mich!«

»Ach wo«, sagte Herr Holzer, »es will bloß niemand den Anfang machen.«

Also warteten wir weiter. Noch mal fünf Minuten. Dann endlich klingelte das Glöckchen, und ein etwa zehnjähriges Mädchen steuerte geradewegs auf mich zu. »Ich möchte ein Buch von Ihnen für meine Mami zum Muttertag.« Aus der zusammengeballten Faust fielen ein Zwanzigmarkschein und etwas Kleingeld auf den Tisch.

»Das reicht nicht ganz«, bedauerte die Verkäuferin, »da fehlen noch sieben Mark. Am besten holst du den Rest und kommst noch einmal wieder. Frau Sanders bleibt noch ein Weilchen hier.«

»Mehr habe ich aber nicht.« Enttäuscht sammelte die Kleine ihre Münzen wieder ein. Ihr trauriger Blick ging mir durch und durch.

»Weißt du was«, sagte ich spontan, »dieses Buch hier ist

ein bißchen dünner als die anderen, deshalb kostet es auch nicht so viel. Da bleibt sogar noch eine Mark übrig.«

Selten habe ich Kinderaugen so plötzlich aufstrahlen sehen. »Schreiben Sie mir auch was rein?«

»Natürlich. Was soll ich denn schreiben?«

Sie überlegte kurz. »Für die beste Mutti der Welt.«

Hoffentlich weiß die beste Mutti der Welt auch, daß sie die beste Tochter der Welt hat. Als sie selig abmarschiert war, gab ich der Verkäuferin den Differenzbetrag und hoffte nur, diese kleine Kundin möge nicht die einzige bleiben. Die Sache wurde langsam peinlich. Da hockt man auf seinem Stühlchen, rundherum die aufgetürmten Bücher, für die sich kein Mensch zu interessieren scheint, der Buchhändler täuscht Geschäftigkeit vor und blättert in irgendwelchen Listen, die Verkäuferin fummelt mit dem Staubtuch im Regal, und die Abgesandten des Verlags überbieten sich in Beispielen, wann und wo es viel prominenteren Autoren so ähnlich ergangen sei, denn da sei überhaupt niemand gekommen.

Doch plötzlich ging es los. Zwei spätmittelalterliche Damen stürmten herein, umhalsten mich, eine setzte ihre Brille auf, musterte mich gründlich, um dann festzustellen, daß ich mich ja kaum verändert habe. »Ja, Äwweliiinchen, jetzt bist du richtig berühmt geworden! Unsere ganzen Bekannten beneiden uns, weil wir dich so gut kennen!«

Leider war das kein Anhaltspunkt. Eine ganze Menge kannte mich, immerhin war ich rund um die Ladenstraße aufgewachsen. »Tut mir leid, aber im Moment weiß ich wirklich nicht ...«

»Wir sind die beiden Schröder-Zwillinge, erinnerst du dich nicht? Du hast doch immer unseren Mops spazierengeführt.« Sie seufzte. »Der ist ja nun auch lange tot. Jetzt haben wir schon den dritten, ein Weibchen diesmal, Felicitas heißt es.«

Ob es wohl genauso verfettet war wie dieses watschelnde

Tönnchen, mit dem ich seinerzeit hatte herumziehen müssen? Spätestens am dritten Baum war das Vieh keuchend stehengeblieben. Gehaßt hatte ich dieses Gassigehen, aber die beiden Schwestern waren Nichtraucherinnen gewesen und hatten meiner Mutter die monatliche Zigarettenration spendiert. Von einer intensiveren Bekanntschaft konnte also gar keine Rede sein, trotzdem schrieb ich etwas von »alten Freunden« in das mitgebrachte Buch und sah erleichtert hinterher, als die beiden heftig winkend abzogen.

Der nächste gute Bekannte war ein Herr mit Brille, wesentlich jünger als ich. Er mußte damals noch in den Windeln gelegen haben. »Ich bin Bernie.«

Aha. Nur – wer war Bernie? »Würden Sie mir ein bißchen auf die Sprünge helfen?«

»Bernie Wittberger. Wir haben im Nebenhaus gewohnt. Meine Mutter wohnt heute noch da.«

Ja natürlich, Bernie! Jetzt erinnerte ich mich an das wenige Monate alte Baby, das immer gerade dann in seinem Kinderwagen auf dem Balkon schlief, wenn wir hinten im Gärtchen herumtobten. Die ewig gleichen Dialoge habe ich noch heute im Ohr.

»Könnt ihr nicht woanders spielen?« brüllte Frau Wittberger.

»Kann der nicht woanders pennen?« brüllte Maugi zurück, worauf Bernie zu schreien anfing und vom Balkon entfernt wurde.

Es kribbelte mir in den Fingern, die Intensität unserer Bekanntschaft durch eine entsprechende Bemerkung hervorzuheben, aber dann schrieb ich doch nur eine allgemein gehaltene Floskel, womit Bernie voll zufrieden war.

Jetzt drängelten sich die Menschen schon um den Tisch. Ich schüttelte Hände, von denen ich oft nicht wußte, zu wem sie eigentlich gehörten, erfuhr vom Ableben offenbar bekannter Personen, an die ich mich beim besten Willen nicht erinnern konnte (»Aber Sie *müssen* doch den alten Herrn Regierungsrat gekannt haben, der jeden Morgen die Brötchen geholt hat! Zweiundneunzig ist er geworden, vorigen Monat haben wir ihn begraben.«), und schickte hilfesuchende Blicke zu Herrn Löffelhardt, wenn ich überhaupt nicht mehr weiter wußte.

Es kamen jedoch auch echte Freunde, bei denen ich mich über das Wiedersehen freute. Lothchen zum Beispiel, mein Intimus aus dem Buddelkasten, noch genauso schüchtern wie früher und immer noch mit von Muttern selbstverfertigter Strickjacke. Oder die Eltern von Mümmchen, bei der ich immer mit Puppen spielen mußte, obwohl ich dafür gar nichts übrig gehabt hatte. Weil wir aber auf dem elektrischen Puppenherd Grießbrei kochen durften, nahm ich diese leblosen Geschöpfe notgedrungen mit in Kauf. Und jetzt hatte Mümmchen schon selber fast erwachsene Kinder – unvorstellbar!

Frau Maibach notierte Namen, Adressen, Telefonnummern, die mir zugerufen wurden, während ich zum x-ten Male »mit allen guten Wünschen« in ein hingehaltenes Buch schrieb, und später versuchten wir verzweifelt, ihre Notizen auseinanderzuklauben. »Ich weiß wirklich nicht mehr, ob das nun Klaus war oder Uli, der jetzt in Schwäbisch Hall wohnt.«

»Ist egal, die haben mich beide immer gemeinsam verdroschen.«

Ein Herr, den ich aber nun ganz bestimmt nicht kannte, näherte sich dem Tisch. Er griff nach einem Exemplar der »Pellkartoffeln« und hielt es mir hin. »Würden Sie wohl so freundlich sein und ›Für mein Mütterlein mit einer wehmütigen Träne der Erinnerung‹ hineinschreiben?«

»Wie bitte???«

»Ja, wissen Sie, das ist nämlich so: Früher hat sie in der Onkel-Tom-Straße gewohnt, nun lebt sie in Wilmersdorf im Altersheim, kann sich aber noch genau an alles erinnern. Deshalb hätte ich gerne diese Widmung.«

Meine Hand sträubte sich, als ich diesen sentimentalen Kitsch schrieb, deshalb kann ich nur hoffen, Mütterlein wußte, wem sie den schönen Satz zu verdanken hatte.

Kleine Verschnaufpause, der Laden war gerade mal leer. Aber nicht lange. Ein rundes Persönchen rollte durch die Tür und strahlte mich erwartungsvoll an. »Na, mich kennst du wohl nicht mehr? Hab ich mir beinahe gedacht, deshalb habe ich auch das hier mitgebracht.« Sie zog ein großes Foto aus der Tasche. »Hier, die kleine Dicke in der Mitte bin ich.«

Vor mir lag die Gruppenaufnahme von der ersten Grundschulklasse. Fünfunddreißig Mädchenköpfe, die meisten mit großen Propellerschleifen, grinsten um die Wette. Mich selbst entdeckte ich erst nach längerem Suchen und dann auch nur anhand des Bleyle-Kleids, das ich nie hatte leiden können, weil es immer zum Anstricken in die Fabrik geschickt worden war. Auf diese Weise wurde es zum langlebigsten Kleidungsstück meiner gesamten Garderobe.

»Dämmert's langsam?« Ich war so in das Foto vertieft, daß ich mein Gegenüber völlig vergessen hatte. Ein Finger tippte auf das niedliche runde Gesicht mit den Sommersprossen. »Schlank bin ich schon damals nicht gewesen.«

Endlich fiel der Groschen. »Pummelchen!« Dann verbesserte ich mich schnell. »Inge Peters, stimmt's?«

»Jetzt heiße ich zwar Korschatz, aber bleib ruhig bei Pummelchen. Den Namen bin ich sowieso nie losgeworden. Das ›chen‹ kannst du auch weglassen.«

Pummelchen war das Entsetzen unserer Lehrerin gewesen. Fräulein Korody, ganz im Zeichen der damaligen Zeit geschult und meistens in BDM-Kluft gewickelt, hielt die sportliche

Ertüchtigung ihrer Klasse für mindestens ebenso wichtig wie das Einmaleins, aber mit Pummelchen war einfach nichts anzufangen. Es plumpste wie ein Mehlsack in die Sprunggrube, kam am Klettergerüst nicht mal bis zur vierten Sprosse, und eines Tages ist das ohnehin schon etwas wacklige Seitpferd unter Pummelchens Ansturm zusammengebrochen. Dankbar haben wir sie aus den Trümmern gezogen, denn dieses Gerät war uns allen verhaßt.

Und nun war aus dem Pummelchen ein Pummel geworden, der noch genauso unbekümmert wirkte wie vor vierzig Jahren, als Fräulein Korody nach dem zwanzigsten Bauchklatscher vom Einmeterbrett gedroht hatte: »Warte nur, bis du in den BDM kommst, da werden sie dir die Hammelbeine schon langziehen!« und Pummelchen ungerührt geantwortet hatte: »Das schaffen die auch nicht.«

Leider blieb uns viel zuwenig Zeit zum Quasseln, weil die Pflicht wieder rief. Der Ansturm hatte zwar nachgelassen, aber noch immer tröpfelten echte und nicht ganz so echte Bekannte in den Laden und erwarteten, daß ich sie sofort wiedererkenne. Mittlerweile hatte ich mir aber eine Taktik zurechtgelegt. Sobald jemand mit ausgestreckten Armen auf mich zukam, stand ich auf und zögerte: »Sie sind doch Frau ...«

»... Mahlke, richtig! Sie haben wirklich ein bemerkenswertes Gedächtnis, aber das habe ich schon an Ihrem Buch gemerkt. Woran Sie sich nicht alles erinnern können! Das meiste davon hatte ich längst vergessen.«

Frau Mahlke bekam ihre persönliche Widmung genau wie Frau Kaiser und Frau Schubert und Frau Ichweißnichtmehrwernoch, die ich alle mit dem gleichen Trick hereingelegt hatte.

Nur bei der letzten Besucherin gab es nicht die geringsten Zweifel. Es war kurz nach dem offiziellen Ladenschluß. Wir räumten schon die Bücher zusammen, während Herr Holzer mit zufriedener Miene eine vorläufige Bilanz zog. Plötzlich sah er auf. »Da will noch jemand rein. Soll ich noch mal aufschließen?«

»Selbstverständlich.« Schnell drückte ich die Zigarette aus. »Auf die paar Minuten kommt es auch nicht mehr an.«

Durch die spaltbreit geöffnete Tür marschierte Quasi herein, abwechselnd geliebte und gehaßte und vermutlich deshalb unvergessene Lehrerin seliger Pennälerzeiten.

»Eigentlich wollte ich nur wissen, aus welchem Grund ich in Ihrem Buch so gut weggekommen bin?« forschte sie, nachdem ich sie etwas verhalten begrüßt hatte. »Es ist ja bekannt, daß Autobiographien in der Regel nichts Schlechtes über ihren Verfasser enthüllen, sondern nur über dessen Gedächtnis, aber Ihres ist besonders miserabel! Womit habe ich die schmeichelhafte Charakterisierung meiner Person verdient? Vor etlichen Dezennien sind Sie doch ganz anderer Meinung gewesen?«

Mit hochrotem Kopf stand ich vor ihr wie so oft, wenn sie mich mal wieder wegen unzureichender Hausaufgaben abgekanzelt hatte. Was sollte ich jetzt bloß sagen? Ich konnte doch nicht coram publico gestehen, daß ich sie für die beste Lehrerin hielt, die ich jemals gehabt hatte, und daß ich mich noch heute, wenn ich an der Schreibmaschine sitze, an stilistische und grammatikalische Regeln erinnere, die sie uns seinerzeit bis zum Erbrechen eingetrichtert hatte.

»In der Erinnerung verklärt sich eben alles ein bißchen«, brachte ich schließlich heraus. »Die Schulzeit ist wirklich die schönste Zeit des Lebens, leider merkt man es immer erst hinterher.«

»Kann ich von mir nicht behaupten. Ich genieße jeden Tag seit meiner Pensionierung.«

Richtig, sie mußte ja auch schon um die Siebzig sein. Ein

paar Minuten lang unterhielten wir uns, wobei sie die Fragen stellte und ich folgsam die Antworten gab, dann verabschiedete sie sich. In der Tür drehte sie sich noch einmal um. »Was ich noch sagen wollte, Evelyn – Ihr nächstes Manuskript sollten Sie mir vor Drucklegung vielleicht einmal zuschicken. Ich glaube, Interpunktion ist das einzige, worin ich Ihnen überlegen bin!« Sprach's und enteilte.

Sie konnte es doch nicht bleibenlassen! Leider stimmte ihr unausgesprochener Tadel. Kommaregeln sind seit jeher meine Achillesferse gewesen, und daran hat sich bis heute nichts geändert.

Frau Maibach grinste. »War die schon immer so angriffslustig?«

»Und ob! Am unangenehmsten war aber, daß sie meistens recht hatte.«

Bewaffnet mit Blumenstrauß und einem Bildband über das alte Berlin – Abschiedsgeschenk von Herrn Holzer –, verließ ich die Ladenstraße. Zur unverhohlenen Freude meiner Babysitter hatte ich das gemeinsame Essen abgelehnt, das im Anschluß an spätnachmittägliche Signierstunden obligatorisch ist. Man zieht in ein Freßlokal der gehobeneren Preisklasse und futtert sich durch ein Menü, auf das eigentlich niemand so recht Appetit hat. Die offizielle Eskorte, ohnehin zu häufigem Restaurantbesuch verdonnert, würde statt dessen lieber mal ins Theater gehen, und der Autor, zu dessen Wohlergehen dieser Auftrieb stattfindet, hätte eine kleine gemütliche Kneipe vorgezogen, weil er da hausgemachten Heringssalat bekommen kann, der in Nobelrestaurants selten auf der Speisekarte steht. Das darf er aber nicht sagen, sofern er sein Image nicht untergraben will. Autoren haben Räucherlachs zu mögen und Spargelspitzen.

Wir trennten uns also in der Absicht, das ausgefallene Essen übermorgen nachzuholen, weil wir dann ohnedies mitten im Zentrum sein würden. Mir stand ja noch das Rundfunkinterview bevor.

Irene wartete schon. »Warum bist du nicht runtergekommen?«

»Krieg du mal abends um sechs einen Parkplatz! Ich bin dauernd ums Karree gefahren, und jetzt stehe ich schon wieder im Halteverbot. Steig bloß schnell ein, sonst erwischt mich doch noch die Bulette.«

»Wer?«

»Man merkt, daß du ein Westi geworden bist«, lachte sie. »Buletten heißen bei uns die weiblichen Straßenhyänen, die die Strafzettel verteilen, also die Pendants zu den Bullen.«

Kapitel 16

Der Abend hatte erst in den frühen Morgenstunden geendet, als wirklich kein Tropfen mehr aus den Weinflaschen herausgekommen war, und entsprechend munter fühlte ich mich auf dem Weg zur zweiten Autogrammstunde. Der Nieselregen trug nicht zur Stimmungsförderung bei.

Die Buchhandlung lag irgendwo nahe dem Funkturm an einer vierspurigen Straße. Zwei Fahrbahnen waren wegen Bauarbeiten gesperrt. Wir balancierten über Bohlen und Bretter und wären beinahe mit dem Preßluftbohrer kollidiert, der gleich neben der Ladentür herumtanzte.

»Haben Sie denn überhaupt einen Parkplatz gefunden?« jammerte die Buchhändlerin. »Heute früh haben sie angefangen, die halbe Fahrbahn aufzureißen. Hätte ich das bloß vorher gewußt, dann hätte ich den Termin verlegen können, aber nun war es zu spät. Ich fürchte, das gibt einen Reinfall.«

Es wurde auch einer! Ganze drei Kunden kämpften sich über Sandhügel und vom Regen glitschige Bretter in den Laden, und dann wollte einer bloß ein Kochbuch haben. Wir verbrachten eine ausnehmend ruhige Stunde, die so gar nicht mit der Hektik des gestrigen Nachmittags zu vergleichen war. Autogramme habe ich trotzdem geschrieben. Auf Vorrat. Das sind die Bücher, die später schön sichtbar auf den Ladentisch getürmt werden und eine breite Bauchbinde tragen: Vom Autor signiert. Angeblich werden sie gern zu

Geschenkzwecken gekauft. Mir konnte es nur recht sein, obwohl ich ernsthaft bezweifelte, daß dieser große Stapel, in den ich unermüdlich meinen »Künstler«-Namen schrieb, Interessenten finden würde.

»Spätestens am Heiligen Abend ist das letzte Exemplar weg«, prophezeite Frau Liebetraut. Jetzt hatten wir Mai. Ich wettete dagegen und mußte zum Jahresende eine Flasche Champagner nach Berlin schicken.

»Immerhin sind wir zwei Bücher im Direktverkauf losgeworden«, sagte Frau Maibach tröstend, »das sind zweihundert Prozent mehr als damals in Kaiserslautern. Oder können Sie sich nicht mehr erinnern?«

Und ob ich konnte! Am Gründonnerstag war es gewesen, weil die Geschäftsleitung des Kaufhauses sich wohl im Hinblick auf die Feiertage einen erhöhten Umsatz versprochen hatte. Heutzutage pflegen Ostereier ja nicht mehr nur oval und süß zu sein, sie bestehen vielmehr häufig aus Wolle mit Ärmeln dran, oder sie sind ganz rund, glitzern und sind nicht zum Essen bestimmt. Manchmal sind sie aber auch rechteckig. »Bücher gehören auf jeden Ostertisch«, behauptete denn auch das Schild, das man als Blickfang in ein Schaufenster gestellt hatte. Daneben hing mein Porträt mit den üblichen Angaben, wann und wo ich zu besichtigen sein würde. »In unserem Buch-Shop« las ich erstaunt. Wo denn wohl sonst?

Eskortiert von den drei Töchtern, die jede Gelegenheit zu einem Ausflug in die große weite Welt nutzten, drängelte ich mich in das Kaufhaus und dort zuerst an den Stand mit Regenschirmen. Es goß nämlich wie aus Eimern. Als fernsehgläubiger Optimist hatte ich mich mal wieder auf die Prognosen der Wetterfrösche verlassen und trotz Steffis Warnung auf die Mitnahme von Schirmen verzichtet. »Du mit deinem ewigen Pessimismus! Leichte Bewölkung haben sie angesagt und vereinzelte Niederschläge im Norden. Wir sind im Süden!«

»Ich bin kein Pessimist«, hatte Steffi gesagt, »ich bin bloß ein Optimist in Trauer.«

Der traurige Optimist frohlockte, als ich aus dem Sonderangebot zwei bonbonfarbene Schirme erstand, denn die Mädchen hatten einen längeren Schaufensterbummel vor. »Geh du ruhig arbeiten, wir kriegen die Zeit schon rum!«

Ich suchte die Buchabteilung. Nun will es nicht viel heißen, wenn ich mal etwas nicht auf Anhieb finde, das ist sogar die Regel, aber nachdem ich das Kaufhaus zweimal von ganz oben bis zum Supermarkt im Tiefgeschoß durchpflügt hatte, kam mir die Sache langsam spanisch vor. Eine Buchabteilung ist immerhin größer als eine Butterdose, die ich im Kühlschrank selten finde, weil sie grundsätzlich ganz hinten steht. Schließlich erkundigte ich mich bei der Kochtopfverkäuferin.

»Wisse Se, des is nemlich so: Mer hawe kan eichene Abdeilung.«

»Wie bitte?«

»Mer hawe en rischdiche Buchlade.«

Der mußte mir tatsächlich entgangen sein. »In welcher Etage finde ich ihn?«

»Se misse em Hauptoigang naus un donn rechts die Straß nunner. Noch hunnerd Meder sehn Se'n schunn.«

»Was denn, Sie haben die Bücher gar nicht hier im Haus?«

»Soch ich jo grad.«

Noch einen Regenschirm kaufen? Kommt nicht in Frage, zu Hause stehen drei, dazu die beiden neuen, macht fünf, von meiner Frisur war sowieso nicht mehr viel übriggeblieben, da hätte allenfalls ein Fön helfen können – also raus in den Regen und den Buchshop gesucht. Die angeblich hundert Meter waren mindestens dreimal soviel, und als ich endlich in den Laden stürzte, triefte ich.

»Frohe Ostern«, sagte Frau Maibach, »sind Sie geschwommen?«

»Nein, gerudert.«

Nachdem ich mich halbwegs trockengelegt hatte, betrachtete ich die Dekoration, in der ich mich jetzt eine Stunde lang zur Schau stellen sollte. Es war eine ganz normale Buchhandlung, nicht sehr groß, trotzdem gut sortiert, aber daß sie zu einem Kaufhaus gehörte, war nur am Schild über der Ladentür zu erkennen. »Warum haben Sie mir nicht vorher gesagt, daß wir hier in einer Exklave sitzen?«

»Das habe ich doch selbst nicht gewußt«, verteidigte sich Frau Maibach, »wer kann denn schon so was ahnen?«

»Unsere Kunden wissen es aber, und das ist die Hauptsache«, beeilte sich der Herr Geschäftsführer zu versichern. »Außerdem läuft drüben im Hauptgebäude alle zehn Minuten ein entsprechender Hinweis über die Lautsprecher.«

Diesmal war es ein runder Tisch, an dem ich Platz nehmen mußte. Das dazugehörige Boulevardstühlchen wackelte, war auch nicht sonderlich bequem, aber es sah sehr hübsch aus. Wir warteten zehn Minuten, wir warteten zwanzig Minuten, starrten in den Regen und auf die Menschenmassen, die sich auf der Jagd nach Kabeljau und Festtagsbraten mit ihren Schirmen gegenseitig ins Gehege kamen, tranken Orangensaft und sahen immer wieder verstohlen auf die Uhr. Kein Mensch warf auch nur einen Blick ins Schaufenster, und erst recht keiner betrat den Laden, um sich von der »bekannten und beliebten Autorin« ein Autogramm zu holen.

Der Geschäftsführer wurde zunehmend unruhiger. Ob wir vielleicht einen Kaffee haben möchten? Er könne von gegenüber welchen holen lassen. Oder lieber einen Kognak? Im Schreibtisch habe er immer eine Flasche stehen.

Er tat mir leid. »Sie brauchen sich wirklich keine Vorwürfe zu machen, es ist doch nicht Ihre Schuld, wenn sich niemand blicken läßt. Bei dem Wetter sieht jeder zu, daß er schnell wieder ins Trockne kommt.«

Das leuchtete ihm ein, aber – »Die Durchsagen! Wir machen doch dauernd Durchsagen! Ich habe eben angerufen und es mir noch einmal bestätigen lassen.«

»Die ändern auch nichts. Wahrscheinlich sähe es anders aus, wenn die Buchabteilung im Hauptgebäude wäre, wo die Leute ohnehin einkaufen. Würden Sie denn freiwillig durch den Regen rennen, nur um eine Autorin zu besichtigen, die Sie vermutlich gar nicht kennen, oder um ein Buch zu kaufen, das Sie nächste Woche auch noch holen können? Irgendwann hört es ja mal wieder auf zu regnen.«

Da sagte er nichts mehr. Er wurde erst wieder munter, als das Glöckchen bimmelte und sich zwei klatschnasse Regenschirme gleichzeitig durch die Tür zu zwängen versuchten. »Na, meine Damen, kann ich Ihnen helfen?« Er bemächtigte sich der Schirme und stellte sie in eine Ecke.

»Du machst wohl gerade Pause?« wollte Nicki wissen.

»Ja, seit exakt 39 Minuten.«

»Soll das heißen, es ist überhaupt noch keiner gekommen?«

»Du bist schon immer ein kluges Kind gewesen«, bestätigte ich, bevor ich meine Ableger mit den Anwesenden bekannt machte.

Der Herr Geschäftsführer rieb sich die Hände.

»Wißt ihr was? Ihr bekommt jetzt auch etwas zu trinken, und dann bleibt ihr ein Weilchen hier. Vielleicht locken wir auf diese Weise doch noch ein paar Kunden herein. Viele haben nämlich Hemmungen, wenn das Geschäft ganz leer ist.«

Aber auch die durch den ganzen Laden wieselnden Köder nützten nichts. Sie hoben zwar den Umsatz, weil sie das neue Asterix-Heft haben wollten und den süßen Geburtstagskalender, aber bis zum Schluß der Autogrammstunde blieben sie die einzigen Besucher.

Punkt fünf Uhr verließen wir unter den Beileidsbezeugungen des Gastgebers die Buchhandlung, stürmten in das gegenüberliegende Café, bestellten zwei Whisky sowie drei Eisbecher und – lachten, bis uns die Tränen kamen.

»Ich stelle mir gerade vor, wie die sich nachher auf der Gipfelkonferenz gegenseitig die Schuld in die Schuhe schieben«, sagte Frau Maibach, rundum Papiertaschentücher verteilend, »aber die Sache hat noch ein Nachspiel! Für das miese Wetter kann niemand etwas, doch wenn ich vorher gewußt hätte, daß der Buchshop separat liegt, hätte ich den Termin gar nicht erst festgemacht. Sind Sie jetzt sehr enttäuscht?«

»Warum? Weil mich niemand sehen wollte? Das werde ich schon überleben, mir tut es nur um den verplemperten Nachmittag leid. Jetzt kann ich mich erst am Samstag in die Einkaufsschlacht stürzen, und wenn Ihnen dann die Ohren klingen, wissen Sie, weshalb! Ich werde Sie nämlich in allen Tonarten verwünschen!«

Erst zu Hause merkte ich, daß dieser Tag nun endgültig auf die Verlustliste zu setzen war. Die Mädchen hatten ihre Schirme im Café stehenlassen.

»Kannst du nicht noch ein bißchen länger bleiben?« fragte Irene, während sie für Frau Liebetrauts Bukett eine passende Vase suchte. »So herrliche Blumensträuße kriege ich höchstens einmal im Jahr.«

»Zum Hochzeitstag, was?«

»Nee, zum Geburtstag. Von wegen Hochzeitstag!! Den vergißt Hans regelmäßig. Die schönste Überraschung für ihn wäre, ihn zu erwähnen. Hab ich mir aber abgewöhnt.« Sie kicherte. »Im vergangenen Jahr kam er eines Abends nach

Hause und verlangte von mir, ich solle mich umziehen, weil wir ausgehen würden. Ich hab natürlich gefragt, wie er denn so aus heiterem Himmel auf diese Idee käme, und weißt du, was er geantwortet hat? ›Ja, hast du denn völlig vergessen, daß wir vor neunzehn Jahren, zwei Wochen und fünf Tagen geheiratet haben?‹«

Ich erschrak. »Menschenskind, dann hast du ja demnächst schon deine zwanzig Jahre rum! Im Strafvollzug wird man nach Ablauf dieser Zeit begnadigt, bloß wir haben lebenslänglich.«

Forschend sah sie mich an. »Ich denke, du bist glücklich verheiratet?«

»Bin ich auch, das ändert aber nichts an der Tatsache, daß mir manchmal alles bis oben steht!«

»Midlife-crisis?«

»Die haben doch bloß Männer. Bei uns Frauen heißt das Vitaminmangelerscheinungen!«

»Dem kann abgeholfen werden«, sagte sie lachend, »zum Abendessen gibt es Paprikaschoten. Dafür kannst du ja morgen wieder voll zuschlagen!«

Im Berliner Europacenter gibt es ein Tonstudio, in dem früher hin und wieder kleine Fernsehsendungen aufgezeichnet wurden; heute dient es nur noch dem Hörfunk. Dort sollte der letzte Teil meines Pflichtprogramms stattfinden, nämlich das Interview. Ob ich mich ab 17 Uhr bereithalten könnte?

»Geht das etwa wieder live über den Sender?« wollte ich wissen, nachdem wir in dem überfüllten Terrassencafé endlich einen Tisch gefunden hatten. Eine halbe Stunde blieb uns noch.

»Ich glaube, ja«, sagte Frau Maibach. »Das dürfte Ihnen doch nichts mehr ausmachen, es ist ja nicht das erste Mal.«

»Haben Sie eine Ahnung! Mir sitzt jetzt schon wieder ein Kloß im Hals.«

Worauf Herr Löffelhardt eine Flasche Sekt bestellte und damit die allgemein gängige Meinung unterstrich, nach höchstens zwei Gläsern würde man seine Hemmungen verlieren und in euphorische Stimmung versetzt. Mich macht Weinbrause aber nur müde.

An guten Ratschlägen mangelte es nicht. »Erzählen Sie was von Ihren Kindern«, empfahl Herr Löffelhardt, »Familie zieht immer.«

»Und vergessen Sie nicht, so ganz nebenbei den Titel Ihres neuen Buches zu erwähnen«, erinnerte Frau Maibach. »Das ist noch nicht mal halb fertig.«

»Macht nichts, das weiß ja keiner.«

»Ich kann doch nicht über ungelegte Eier sprechen«, protestierte ich.

»Aber gerade! Immer schön die Werbetrommel rühren, sonst hätte das Interview ja keinen nachhaltigen Wert.«

Wieder hatte ich etwas gelernt: Autoren sollten möglichst wenig über sich und möglichst viel über ihre Bücher reden. Ihre eventuelle Vorliebe für Waldspaziergänge oder Kanarienvogelzucht trägt in der Regel nicht zum vermehrten Verkauf ihrer Werke bei. Warum ist eigentlich noch kein Verlag auf die Idee gekommen, eine jener so beliebten Kaffeefahrten zu organisieren, drei Busse voll Rentnerpaare in ein Landgasthaus zu karren und ihnen statt Rheumadecken oder Schnellkochtöpfen einen Autor und seine Bücher zu verkaufen? Neben den Kuchentellern liegt der Bestellschein, spezielle Autogrammwünsche können in der freien Spalte rechts unten eingetragen werden, und spätestens nach einer Woche erfolgt die Lieferung per Nachnahme.

Ich kam mir auch wie am Ziel einer solchen Kaffeefahrt vor, als ich das Tonstudio betrat. Zwei dicke Filzvorhänge schirmten den Raum ab, so daß selbst bei geöffneter Tür keine Straßengeräusche ins Innere dringen konnten. Verblüfft sah ich mich einer Ansammlung nicht mehr ganz junger bis aber schon sehr spätmittelalterlicher Damen gegenüber, die interessiert das Geschehen auf der Bühne verfolgten. Wobei die Bezeichnung »Bühne« reichlich hochtrabend klingt, denn eigentlich handelte es sich nur um eine Art Fundament, auf dem zwei Stühle standen. Im Augenblick waren sie von zwei Herren besetzt. Einen davon kannte ich. Es war Herr Kronenburger, dem ich vor etlichen Jahren das erste Interview meines Lebens ins Tonband gestottert hatte. Der andere Herr war ganz offensichtlich ein Zauberer. Da es sich um eine Hörfunksendung handelte, mußte er auf eine optische Demonstration seiner Kunst verzichten und sich auf verbale Beschreibungen beschränken, doch wie immer die Kaninchen in den Zylinder kommen, hat er trotzdem nicht verraten.

»Wo sind wir denn hier hineingeraten?«

»Keine Ahnung«, flüsterte Frau Maibach zurück, »ich vermute …«

»Bitte Ruhe!« Ein Jüngling, dank seiner Intelligenzlerbrille, den langen Haaren und den Turnschuhen sofort als dazugehörig erkennbar, zog uns in einen kleinen Nebenraum. »Müller, Regieassistent«, stellte er sich vor, »ich nehme an, Sie sind Frau Sanders?«

Wen von uns beiden er meinte, blieb offen, es erschien ihm nicht wichtig. Viel wichtiger waren die Verhaltensregeln. »Sie setzen sich auf die Stühle gleich links von der Bühne, sprechen nicht und warten, bis Herr Kronenburger Sie holt.« Dann schob er uns wieder hinaus.

Auf dem Podest saß nun eine Dame, die irgend etwas mit Malerei zu tun hatte. Den Anfang hatten wir verpaßt, deshalb bin ich bis zum Schluß nicht dahintergekommen, ob sie nun Bauernschränke bemalte oder Straßenpflaster.

Jedenfalls schien sie in Berlin recht bekannt zu sein, denn bei ihrem Abgang spendete man ihr lebhaften Beifall.

Eine unsichtbare Drei-Mann-Kapelle spielte Folkloristisches, untermalt vom gedämpften Gemurmel der Anwesenden.

»Haben Sie eine Ahnung, wer die ganzen Zuschauer sind?« wisperte ich.

Frau Maibach hatte inzwischen Erkundigungen eingezogen, dabei hatte ich nicht einmal bemerkt, daß sie aufgestanden war. »Diese Veranstaltung nennt sich ›Bunte Stunde‹ oder so ähnlich, findet einmal im Monat statt, ist öffentlich, und wer will, kann kommen. Vorausgesetzt, er hat sich vorher eine Karte besorgt. Der Eintritt ist frei.«

Aha. Nun ja, spontaner Beifall ist besser als vorfabrizierter aus der Konserve.

Die Musik brach ab, Herr Kronenburger trat wieder vor das Mikrofon: »Und nun, meine Damen und Herren« (Welche Herren denn bloß? Außer dem herumwuselnden Turnschuhknaben konnte ich keinen einzigen entdecken!), »kommt der Star des heutigen Nachmittags!« Begeistertes Klatschen, während ich langsam aufstand. Die Kapelle intonierte den »Lachenden Vagabunden«, und auf die Bühne schritt Fred Bertelmann.

Zum Glück hatte mich niemand beachtet, aber ich hatte noch immer einen roten Kopf, als ich endlich auf das Podest geholt und dem nach diesem prominenten Gast nur noch mäßig interessierten Publikum vorgestellt wurde. Im Hintergrund hörte man ihn immer noch lachen. Höflicher Beifall quittierte die Begrüßungsrede, lediglich in der dritten Reihe nickte eine Dame mit grauen Ringellöckchen zustimmend; sie mußte schon mal ein Buch von mir gelesen haben.

Es folgte das übliche Frage- und Antwortspiel, ob ich mich denn freue, wieder einmal in meiner Heimat zu sein, was ich heftig bejahte, denn unten saßen ja lauter Berliner, was mich denn bewogen habe, Bücher zu schreiben, welche Aufgabe ich darin sehe und was ich damit bezwecke.

»Vermutlich müßte ich jetzt sagen, daß ich die Welt verbessern oder an das Bewußtsein der Menschen appellieren will, aus weichem Grund auch immer, aber das stimmt nicht. Muß denn jeder, der ein Buch schreibt, irgend etwas bewirken wollen? Vergangenheitsbewältigung, Abrechnung mit den Altvorderen, Kassandrarufe für die Zukunft … es ist gut, daß es das alles gibt, aber das Leben besteht doch nicht nur aus Finsternis. Ist es also so schlimm, wenn ich sage, daß ich mit meinen Büchern einfach nur unterhalten will? Den Lesern die Möglichkeit geben, mal ein paar Stunden abzuschalten und nicht daran zu denken, wovon sie morgen das Heizöl und in zwei Monaten die Mieterhöhung bezahlen sollen? Ihre Probleme kann ich ihnen nicht abnehmen, aber vielleicht kann ich helfen, sie eine Zeitlang zu vergessen. Wenn ich also unbedingt eine Aufgabe erfüllen muß, dann am liebsten diese!«

So, nun war's raus! Bestimmt nicht im Sinne des Verlags, obwohl Frau Maibach beifällig lächelte, und Reklame hatte ich auch nicht gemacht, aber das war mir egal. Das Publikum jedenfalls applaudierte lebhaft, und das genügte mir als Bestätigung.

»Wie ist es denn gelaufen?« Mit der Entschuldigung, er müsse sich um einen Tisch fürs Abendessen kümmern, hatte Herr Löffelhardt auf sein Mitkommen verzichtet. Wahrscheinlich hatte er geahnt, daß er als einziger Mann unter den ganzen weiblichen Zuschauern mehr Aufmerksamkeit auf sich gezogen hätte als die geladenen Gäste.

»Ganz gut«, sagte ich, froh, daß er auf Einzelheiten keinen Wert legte. Im nachhinein war ich von meinem Monolog gar nicht mehr so überzeugt!

»Mögen Sie asiatische Küche? Ich habe nämlich einen Tisch im Daitokai reservieren lassen.«

Ich nickte zustimmend. »Für chinesische Gerichte habe ich ein Faible, hauptsächlich deshalb, weil man nie weiß, ob das, was man gerade ißt, dick macht.«

»Das Daitokai ist japanisch.«

Das hätte ich mir eigentlich denken können. Chinarestaurants waren zur Zeit nicht mehr in. Im übrigen war mir das ganz egal. Reis und Sake sind bei beiden Nationen obligatorisch, und solange ich keinen Kugelfisch essen mußte, dessen Genuß bekanntlich ebenso tödlich enden kann wie das Russische Roulette, war es mir gleichgültig, ob die Reiskörner nun von chinesischen oder von japanischen Stäbchen wieder zurück auf den Teller kullerten.

Dafür gab es andere Unterschiede. Ein chinesisches Restaurant betritt man durch einen Vorhang aus Perlenschnüren, ein japanisches empfängt seine Gäste mit einem Garten. Rechts und links vom schmalen Weg sind kleine Beete angelegt mit exotischen Pflanzen, Bonsai-Bäumchen und blühenden Gewächsen, meistens schlängelt sich sogar ein winziges Rinnsal durch die Anlage, und erst, wenn man die Miniaturbrücke überquert hat, kommt man in den eigentlichen Speisesaal. Und der überraschte mich. Es gab keine gedeckten Tische, keine Kerzen, nicht mal die übliche Vase mit den drei Nelken drin, statt dessen sah ich große rechteckige, mit Blech beschlagene Tische, die mich ein bißchen an den Anatomiesaal für Medizinstudenten erinnerten. Wir wurden zu einem Ecktisch eskortiert, wo wir uns auf einer Art Ofenbank niederließen. Bei näherer Betrachtung entpuppte sich die vermeintliche Blechverkleidung als riesige Heizplatte, die zwei Drittel des Tisches einnahm; lediglich drei Außenkanten bestanden aus Holz.

So etwas hatte ich noch nie gesehen, hütete mich aber,

meine Unkenntnis zuzugeben. Immerhin war ich in einer Weltstadt aufgewachsen, und daß noch nicht alle Segnungen der fernöstlichen Eßkultur bis in die schwäbische Provinz vorgedrungen waren, war ja nicht meine Schuld.

Die Speisekarte war ebenso groß wie unverständlich, so entschieden wir uns für das Überraschungsmenü. Die Überraschung begann damit, daß man uns große Lätzchen umhängte und kochendheiße Tücher reichte, die den Herren zur Erfrischung dienten, den Damen allerdings nur das Make-up ramponierten, worauf wir uns gezwungen sahen, zwecks Wiederherstellung die dazu geeigneten Räumlichkeiten aufzusuchen.

Als wir zurückkamen, hatte sich unsere Tischrunde um zwei männliche Wesen vergrößert. Das eine war ein in weißes Leinen gehüllter japanischer Koch, das andere war Knop. Eigentlich hieß er Knud Nils Olof Poulsen, was in der Regel die unvermeidlichen Fragen nach seiner Herkunft nach sich zog (er hatte schwedische Vorfahren!), und deshalb nannte er sich treudeutsch Knop. Ohne Herr davor. Knop war 25 Jahre alt, ebenfalls Mitarbeiter des Verlags und absoluter Neuling im Umgang mit Stäbchen.

»Beim Chinesen kriegt man immer ein richtiges Besteck, warum nicht hier?« Sein Protest wurde schweigend überhört, aber als auch Herr Löffelhardt gestand, noch niemals mit »diesem Anmachholz« gegessen zu haben, wurde die Sache problematisch.

»Ist doch gar nicht so schwer«, sagte ich hilfreich, »wir üben das vorher. Ich hab's damals auch innerhalb von ein paar Minuten gelernt. Mit Mikadostäbchen.«

Vor etlichen Jahren hatte Sascha nach erfolgreicher Abschlußprüfung die ganze Familie zum Essen eingeladen, einen Tisch im Chinarestaurant bestellt und zur Bedingung gemacht, daß wir uns entsprechend benehmen müßten. Dann hatte er das Mikadospiel geholt und drei Tüten Erdnußflips. Seitdem kann ich keine mehr sehen.

Bei Knop war alle Mühe vergebens. Nicht ein einziges Streichholz kriegte er mit den Stäbchen zu fassen, sogar die Schachtel fiel immer wieder herunter. »Frauen haben dafür eine angeborene Begabung«, entschuldigte er sich, »oder haben Sie schon mal einen Mann stricken sehen?«

Wenigstens die Suppe durfte er mit dem Löffel essen. Sie war grün und schmeckte nach Spinat. Vor uns auf der Heizplatte lagen vier kleine quadratische Klötze, die der Koch mit bemerkenswertem Geschick drehte, wendete, mit einem Messer zerteilte und schließlich auf die vorgewärmten Teller schob.

Allgemeines Rätselraten.

»Sieht aus wie Speck«, sagte Frau Maibach.

»Schmeckt aber nicht so«, sagte Herr Löffelhardt.

»Eigentlich schmeckt es nach gar nichts«, sagte ich.

»Ich enthalte mich der Stimme«, sagte Knop, »ich hab's noch nicht probieren können.« Heldenhaft kämpfte er mit seinen Stäbchen. Endlich bekam er ein Klötzchen zu fassen. »Das muß Gemüse sein«, mutmaßte er kauend.

»Was denn für welches?«

»Japanisches.«

Auf der Heizplatte brutzelten verschiedenartige Fleischstücke. Sie symbolisierten die vier Jahreszeiten, erläuterte der Koch, genau wie die vier Gemüsehäufchen, von denen ich lediglich das eine als Bambussprossen identifizieren konnte. Es war faszinierend, diesem Meister der Küche zuzusehen. Wie ein Taschenspieler hantierte er mit Messer und Palette, von denen er ein ganzes Sortiment an seinem Gürtel hängen hatte. Während wir noch am Frühling herumkauten, servierte er den Sommer. Am Herbst verbrannte ich mir die Zunge und löschte mit Bier. Knop trank als einziger Sake.

»Wenn ich schon mit den verdammten Stäbchen nicht klarkomme, will ich wenigstens in anderer Hinsicht das asiatische Ritual einhalten.« Nach dem dritten Becherchen verdrehte er leicht die Augen. »Huii, das Zeug hat's aber in sich. Jetzt weiß ich endlich, warum die Japaner immer so tief sitzen.«

Das Überraschungsmenü nahm kein Ende. Immer wieder wurde etwas anderes aus der Küche gebracht, vor unseren Augen zubereitet und in immer größeren Zeitabständen verspeist. Wir waren satt. Obwohl der Koch protestierte, verzichteten wir auf den vorletzten Gang, doch den letzten konnten wir ihm nicht ausreden. Er sei die Krönung des ganzen Essens, sozusagen die Überraschung aller Überraschungen und überhaupt sei es jetzt sowieso zu spät. In unserer Nische gingen die Lampen aus, auf der Heizplatte zischte und qualmte es, ein sekundenlanger Feuerzauber mit bläulichzüngelnden Flammen tauchte den ganzen Tisch in ein märchenhaftes Licht, und dann war's auch schon vorbei. Auf unseren Tellern lag gebratenes Eis.

Ein europäisch gekleideter Japaner näherte sich. Ob wir zufrieden gewesen seien oder noch einen Wunsch hätten.

Alles sei ausgezeichnet gewesen, bestätigte Herr Löffelhardt, aber einen Wunsch habe er doch noch. Ob man vielleicht auch die Rechnung flambieren könne?

Zehn Minuten später irrten wir durch das Parkhaus.

»Ich weiß genau, daß ich den Wagen in der zweiten Etage abgestellt habe!« Suchend eilte Knop an den überwiegend leeren Boxen vorbei. »Die Karre ist bestimmt geklaut worden!«

»Wir sind im dritten Stock«, bemerkte Frau Maibach.

»Warum sagen Sie das nicht gleich?«

Im Gänsemarsch wendelten wir eine Treppe tiefer. Aber auch dort war das »rote Auto mit der Delle vorne links«

genausowenig zu finden wie in der ersten Etage und im Tiefgeschoß.

»Das ist doch nicht zu fassen«, wetterte Knop. »Ich habe mich ja daran gewöhnt, daß mein Wagen dreimal im Jahr aufgebrochen wird, aber ganz verschwunden ist er noch nie. Sie werden wohl ein Taxi nehmen müssen. Ich rufe erst mal die Polizei an.«

»Könnt ihr mich hören?« tönte irgendwo von oben Löffelhardts Stimme. »Hier steht eine rote Rostlaube mit eingebufftem Kotflügel. Ist das deine?«

Der Wagen stand auf dem obersten Parkdeck, mußte nach Knops Ansicht von selbst die Rampe hinaufgefahren sein, denn die allgemeine Vermutung, der Reiswein habe sich nachteilig auf sein Erinnerungsvermögen ausgewirkt, wies Knop entschieden von sich. Im übrigen war der Vorderreifen platt.

Knop öffnete den Kofferraum, schob ein Wäschepaket sowie diverse Bücher zur Seite, fand endlich den Wagenheber, zerrte den Ersatzreifen heraus und – packte ihn schweigend wieder zurück.

»Man sollte sich sein Reserverad nicht erst dann ansehen, wenn man einen Platten hat«, grinste Löffelhardt und begab sich auf die Suche nach einer Telefonzelle.

»Verstehe ich nicht«, meinte Knop kopfschüttelnd, »ich hab den doch noch nie gebraucht.«

»Eben!« sagte Frau Maibach.

Der Taxifahrer freute sich. Da wir alle woanders wohnten, garantierten wir ihm bis zu seinem Schichtwechsel Vollbeschäftigung.

Kapitel 17

An seinem Zweitwohnsitz, wie es im Amtsdeutsch immer so schön heißt, war Sven zum Vereinsmeier geworden. Früher hatte er sich bei der Lektüre unseres Gemeindeblättchens jedesmal mokiert, sobald er etwas von der Tagung des Kleintierzüchterverbandes gelesen hatte, vom Wandertag des Schachclubs oder dem geselligen Beisammensein der Schützenbrüder. »Du brauchst bloß drei Deutsche an einen Tisch zu setzen, und schon gründen sie einen Verein«, hatte er gesagt. »Jetzt gibt es schon wieder einen neuen: Den vereinigten Hausfrauenbund. Willste nicht mitmachen?«

Nun war er selber Mitglied des CB-Funkerclubs geworden, hatte seinen Wagen in eine mobile Funkstation verwandelt und sich den Code »Ritter Blaubart« verpaßt. Die Gründe hierfür blieben im dunkeln, meines Wissens hat er noch niemanden umgebracht.

Und dann war er in den Münkensteiner Kultur- und Heimatverein eingetreten! In den letzten Jahren hatte sich sein kulturelles Interesse eigentlich nur in regelmäßigen Kinobesuchen erschöpft, aber es soll ja Menschen geben, bei denen der Drang nach höheren Werten erst sehr spät einsetzt. Sven besuchte nun gewissenhaft die allmonatlichen Dia-Vorträge weltreisender Vereinsmitglieder, worauf sich seine Geographiekenntnisse deutlich verbesserten. Er nahm auch teil an Exkursionen zu geschichtlichen Baudenkmälern – eine Ansichtskarte von Schloß Neuschwanstein hängt noch immer an Katjas Pinnwand –, und einmal fuhr er sogar mit ins Theater. Dieser Abend muß seinem Leben eine entscheidende Wende gegeben haben. Plötzlich wollte er nicht mehr nur passives Mitglied des Kulturvereins sein, er wollte sich vielmehr aktiv betätigen und trat deshalb der Laienspielgruppe bei. Seine erste Rolle war die eines edlen Recken in selbstgebastelter Silberfolienrüstung, nur hatte ihn das Premierenfieber so gepackt, daß er rechts mit links verwechselte und bei seinem Abgang von der Bühne dort eine Tür suchte, wo gar keine war. Die Kulissen gerieten ins Wanken, das Burgfräulein bekam einen Zinnbecher auf seinen Schultütenhut, und dann mußte der Vorhang fallen, um dahinter erst einmal Ordnung zu schaffen.

Sven fand sich damit ab, daß seine Talente wohl doch woanders zu suchen seien, und da er aufgrund seiner Figur zum Kulissenschieben ganz brauchbar war, ernannte man ihn zum Regieassistenten und nebenher zum Standfotografen. Als der Vereinsvorstand eine Videoanlage bewilligte, gab Sven seinen Regieposten ab und wurde Kameramann. Seitdem müssen wir einmal im Jahr die jeweilige Aufzeichnung über uns ergehen lassen.

Dem Theatervölkchen hatte er mein Doppelleben nicht verschwiegen. Bücher sind letztendlich auch Kultur, und so hatte er meine Werke bereitwillig herumgereicht mit dem Hinweis, er gehöre darin zu den Hauptpersonen. Das erhoffte Erstaunen blieb auch nicht aus, und Svens angeschlagenes Renommee hob sich wieder.

Eines Tages wurde er zum Vorstand zitiert und gefragt, ob seine Mutter eventuell bereit sei, in Münkenstein eine Lesung abzuhalten. So etwas habe man noch nie gehabt, das sei endlich mal was Neues und würde sicher auf ein großes Echo stoßen. Davon war auch Sven überzeugt, sagte in meinem Namen zu und wußte ganz genau, daß ich mich bisher um

Lesungen immer herumgedrückt hatte. Nicht mal Verlegers hatten es geschafft, mich umzustimmen. Selbst das Argument, sogar Simmels Leseabende seien immer ein großer Erfolg, obwohl er doch bekanntermaßen leicht stottere, hatte nicht gezogen.

»Zu dem gehen die Leute nicht, weil sie ihn hören, sondern weil sie ihn sehen wollen. Seine Bücher kennen sie sowieso schon«, hatte ich gesagt und wiederum abgelehnt. Und jetzt wollte ausgerechnet mein eigener Sohn …

»Kommt überhaupt nicht in Frage!« bellte ich ins Telefon, nachdem er mir lang und breit auseinandergesetzt hatte, mit welcher Freude man mich erwarte und wie erfolgreich der Abend werden würde. »Ich werde schon für entsprechenden Zulauf sorgen«, versprach er.

»Na schön, ich überleg's mir noch.« Vielleicht sollte ich es tatsächlich mal versuchen. Einfach ins kalte Wasser springen und abwarten, ob ich wieder hochkäme. Zudem lag Münkenstein nun wirklich am Ende der Welt, von dort würde ein Reinfall kaum nach außen dringen.

Wenige Tage danach rief mich ein Herr Dreher an, stellte sich als Leiter des Münkensteiner Kulturvereins vor und bedankte sich artig für meine Zusage. Ob es mir recht sei, wenn er nächste Woche mal kurz bei mir vorbeikäme? Er sei ohnehin in der Nähe, dann könne man auch die Einzelheiten besprechen.

Jetzt konnte ich nicht mehr zurück! Daran änderte auch die Tatsache nichts, daß Herr Dreher nicht allein, sondern mit Frau, Schwester und Nichte antrabte, mir neben einem Gewürzblumensträußchen auch ein riesiges Kuchenpaket überreichte, weil ich auf so einen massierten Überfall bestimmt nicht vorbereitet sei. Man habe gerade die Oma im Altersheim besucht, aber bei dem Regen könnten die drei Damen nun doch nicht spazierengehen, was sie eigentlich vorgehabt hätten, um die Unterredung nicht zu stören.

Also kochte ich Kaffee, und während ich den Tisch deckte, erläuterte mir Herr Dreher sehr ausführlich seine Vorstellungen von der »Dichterlesung«: »Näschde Monat hewe ma Hauptversammlung. Do komme alle Mitglieder, wo meischdens noch ihr Familie mitbringe, so daß Se e großes Publikum hawe were.«

Das klang ganz vielversprechend, aber – »Generalversammlungen sind doch etwas Offizielles, weshalb brauchen Sie dazu noch ein Rahmenprogramm?«

»So förmlich isch es bei uns net. Mir miede immer de große Saal vom ›Lamm‹, doo passe zweihunnert Persone nei, sogar e Bühn' isch do, un au sonscht geht's uf dene Versammlunge ganz locker zu. Um halwer achde fängt de Sitzung an, die Dagungspunkte hewe mir schpädeschdens um neune erledicht, un wenn Se dann noch e halwe Schtund vorlese, wär des en arg scheener Abschluß des Owends. Se brauche aach gar net früher komme, heschdens de Belange von unserm Kulturverein intressiere Se. Dann sin Se freilich unsern Ehregascht.«

Der würde ich zweifellos sein, aber die Statuten eines weltabgeschiedenen Theatervereins reizten mich herzlich wenig. »Auf jeden Fall bin ich vor neun Uhr dort«, versprach ich, ohne mich auf eine genaue Zeit festzulegen. Es würde sowieso ein Problem werden, dieses Münkenstein überhaupt zu finden. Meine Unfähigkeit, unbekannte Orte anzufahren, ist schon Legende. Zum letzten Geburtstag hatten mir die Kinder sogar einen Taschenkompaß geschenkt sowie einen Leitfaden für Pfadfinder, aber trotz dieser nützlichen Utensilien kam ich immer erst nach häufigem Fragen und endlosen Umwegen ans Ziel.

Nachdem sich Familie Dreher unter vielen Dankesbezeugungen verabschiedet hatte, hängte ich mich ans Telefon und rief Stefanie an. »Jetzt ist es amtlich! Am Achtzehnten habe ich meine erste Lesung in Münkenstein. Kommst du mit?«

»Wo liegt denn das überhaupt?«

»Autobahn bis Stuttgart, und dann rechts ab quer durch die Pampa.«

»Heiliger Himmel, da findest du doch nie hin!«

»Eben! Deshalb sollst *du* ja auch fahren!«

Sie zögerte einen Moment. »Meinetwegen, dann nehme ich mir für den nächsten Tag Urlaub. Was kriege ich denn dafür?«

»Ein kostenloses Abendessen und den Blumenstrauß, den man mir nach Abschluß des Spektakels wahrscheinlich überreichen wird.« Das kannte ich vom Fernsehen, da bekamen weibliche Mitwirkende immer dekoratives Grünzeug.

Steffi lachte. »Und vergiß deinen Fotoapparat nicht, ich muß das bedeutende Ereignis für die Nachwelt konservieren.«

»Brauchst du nicht. Sven ist doch offizieller Hoffotograf bei diesem Klüngel, der wird sich schon gebührend in Szene setzen.«

Nun hatte ich noch drei Wochen Zeit, mich auf die Lesung vorzubereiten. Da blieb zunächst einmal die Frage, was ich vortragen sollte. Die bisher erschienenen Bücher hatten in Münkenstein schon die Runde gemacht (Sven hatte sich von mir bereits neue Exemplare geben lassen, weil seine alten langsam in ihre Bestandteile zerfielen), angeblich hatten einige Kulturapostel sogar selbst welche gekauft – ich konnte also davon ausgehen, daß den meisten potentiellen Zuhörern der Inhalt meines bisherigen Gesamtwerkes bekannt war. Von mir selbst ganz zu schweigen! Das neue Opus bestand zwar erst aus knapp vierzig Schreibmaschinenseiten, aber zwei Kapitel waren schon vollständig, und die müßten eigentlich genügen. So ganz nebenher könnte ich sogar ausloten, ob die Thematik überhaupt »ankommen« würde. Wenn nicht, dann wußte ich wenigstens, was ich mit dem Manuskript machen mußte. Der beste Freund eines Autors ist – neben der Kaffeekanne – der Papierkorb!

Am folgenden Tag übte ich Vorlesen. Zu diesem Zweck holte ich den Kassettenrecorder, vergewisserte mich, daß niemand im Haus war, schloß vorsichtshalber noch die Zimmertür ab und legte los. Nach achtzehn Minuten hatte ich das erste Kapitel beendet, spulte die Kassette zurück, drückte die Wiedergabetaste und – schaltete nach dem dritten Satz das Gerät ganz schnell aus. Das hörte sich ja grauenvoll an! Monotones Geleier ohne Höhen und Tiefen, und mit der Atmung stimmte auch etwas nicht. Ob ich es mal mit Sprechübungen und Korken im Mund versuchen sollte? Quatsch, kein Mensch erwartet von dir bühnenreife Stimmtechnik, tröstete ich mich, aber zumindest dieses einschläfernde Gelaber mußt du korrigieren! Ich malte verschiedenfarbige Zeichen in das Manuskript: Rote Striche, wenn ich die Stimme heben mußte, blaue für das Gegenteil, grün bedeutete Pause, und schwarz hieß, jetzt kommt was Längeres, da darfst du zwischendurch keine Luft holen.

Dann versuchte ich es noch mal. Nun hörte sich der Vortrag schon besser an, aber bevor ich mich damit an die Öffentlichkeit wagen konnte, würde ich den Text vermutlich so lange üben müssen, bis er mir zum Halse heraushing.

So war es dann auch! Aber Stefanie, der ich das zuletzt aufgenommene Band vorspielte, weil sie ja ohnehin Zeuge meiner Premiere sein würde, behauptete, es klänge ganz gut, und für Münkenstein würde es bestimmt reichen. Solchermaßen moralisch aufgerüstet und begleitet von den guten Wünschen der Familie, fuhren wir gegen halb sieben Uhr los.

Nach einer Stunde verließen wir die Autobahn und damit die Zivilisation.

»Erst mal müssen wir nach Weil der Stadt«, sagte Steffi, »das liegt hinter Renningen, und nach Renningen kommt man, indem man Richtung Leonberg fährt.« Das tat sie auch, nur war es falsch.

»Ich hätte eben früher abbiegen müssen«, stellte sie fest, nachdem sie zum ich weiß nicht wievielten Male die Karte studiert hatte, »aber das ist nicht weiter schlimm. Wir können auch obenherum fahren.«

Also fuhren wir obenherum, landeten nach etlichen Kilometern Umweg vorschriftsmäßig in Renningen, kamen sogar bis Weil der Stadt, aber dann war es aus. Nirgends ein Hinweisschild, kein Mensch auf der Straße, den man hätte fragen können – wer ging bei diesem Schneegestöber schon freiwillig vor die Tür? –, keine Kneipe in Sicht, wo man neben Zigaretten auch ortskundigen Rat holen könnte … die Stadt schien ausgestorben zu sein.

»Hatte Sven nicht gesagt, wir sollen Richtung Calw fahren?«

»Ich glaube eher, daß wir nach Bad Liebenzell müssen«, überlegte Steffi, die gerade einen entsprechenden Wegweiser entdeckt hatte.

»Sieh lieber noch mal nach!« schlug ich vor.

»Hat doch keinen Zweck, dieses blöde Kaff findest du höchstens auf einer Wanderkarte. Hier ist es jedenfalls nicht drauf!« Wütend stopfte sie den Atlas ins Ablagefach. »Ich fahre einfach weiter, wenn wir Glück haben, stimmt wenigstens die Richtung so einigermaßen.«

Fast hätte ich es übersehen, erst im letzten Augenblick konnte ich die halbverschneiten Buchstaben entziffern. »Münkenstein 7 km« stand auf dem Schild, das zu einer schmalen Straße wies. »Halt an, wir müssen rechts rein!«

Erschrocken trat Steffi auf die Bremse, der Wagen schlidderte und rutschte sanft auf den Wegweiser zu. »So kurzsichtig bin ich nun doch noch nicht, ich hab's schon vorher lesen können«, versicherte ich meiner Tochter, bevor es ein häßlich knirschendes Geräusch gab. Danach war das Schild verbeult und das Auto um diverse Kratzer reicher.

Nach wenigen hundert Metern verengte sich das Sträßchen zu einer Art Waldweg, aber wenigstens war er asphaltiert und würde kaum irgendwo im Nichts enden. Umkehren wäre sowieso unmöglich gewesen, es sei denn, wir hätten das Auto hochgehoben und in die entgegengesetzte Richtung gestellt. Die Bäume reichten bis an den Straßenrand.

»Was nu, wenn uns einer entgegenkommt?«

»Hier kommt keiner«, beruhigte ich meine Chauffeuse, »da ist seit einer Ewigkeit niemand gefahren. Es könnte uns nur passieren, daß wir in einer Schneewehe steckenbleiben.«

»Erfrieren soll ja ein schöner Tod sein«, bemerkte Stefanie.

Immer kurvenreicher wurde die Strecke, die Bäume nahmen kein Ende, nirgendwo war ein Licht zu sehen, und obwohl ich wirklich kein ängstlicher Mensch bin, wurde mir die Fahrt langsam unheimlich. Die ausgeschilderten 7 Kilometer mußten wir doch längst hinter uns haben! Ich dachte an das Wirtshaus im Spessart, an Straßenräuber, obwohl die in dieser Einöde glatt verhungern würden, an Geiselnahme, an Suchaktionen …

»Ich muß mal!« sagte Steffi.

»Kannst du nicht warten, bis wir aus diesem verdammten Wald raus sind?«

»Nein, ich muß gleich. Außerdem sieht mich hier ja keiner.«

Damit hatte sie nur zu recht. Während sie einen Platz suchte, wo ihr der Schnee nur bis an die Kniekehlen reichte, studierte ich nochmals die Karte, aber das hätte ich mir sparen können. Weder fand ich dieses verflixte Münkenstein noch erst recht nicht den Kuhpfad, auf dem wir hier herumkrochen.

Kurze Zeit später bohrten sich die Scheinwerfer erneut ins Dunkel. Doch dann lichtete sich endlich der Wald, die Straße wurde breiter, und plötzlich tauchte das Ortsschild auf. Münkenstein – Landkreis Calw.

»Siehste, wir hätten doch in die andere Richtung fahren müssen!« trumpfte ich auf. »Dieser Trampelpfad ist gar nicht die reguläre Straße!«

»Na, auf alle Fälle sind wir da.« Steffi bremste an einer Kreuzung und spähte in die Finsternis. »Rechts oder links?«

»Keine Ahnung. Unbewohnt sieht es auf beiden Seiten aus.«

»Dann fahren wir linksrum«, entschied sie, »da liegt weniger Schnee.«

Drei Häuser, eine müde im Wind schwankende Laterne quer über der Straße, ein halbverfallener Schuppen und danach nichts mehr. »Also doch andersrum!« Sie wendete und fuhr zurück. »Guck mal, noch 'ne Laterne und da hinten sogar eine Edeka-Reklame! Ich glaube, wir nähern uns der City!«

Beinahe wären wir vorbeigefahren, aber die zwei geparkten Autos am Straßenrand machten uns stutzig. »Mensch, da isses ja!« Erleichtert zeigte Stefanie auf die vergoldete Kuh, die bei jedem Windstoß jämmerlich in den Angeln quietschte. »Das soll sicherlich ein Lamm sein, wahrscheinlich sehen die Viecher hier anders aus als bei uns.«

Wir stiegen aus und sahen uns erst einmal um, obwohl es eigentlich gar nichts zu sehen gab. Zwei Halbwüchsige lehnten neben dem Eingang an der Mauer und beobachteten uns.

»Hier fällt jeder Fremde auf wie'n bunter Hund«, sagte

Stefanie grinsend. Dann zeigte sie auf die beiden Autos. »Dein Publikum ist aber schon sehr zahlreich erschienen.«

»Sei nicht so pessimistisch! Da dieses Nest offenbar nur aus zwei Dutzend Häusern besteht einschließlich Kneipe und Tante-Emma-Laden, geht man natürlich zu Fuß.«

»Oder man geht überhaupt nicht«, murmelte sie, vorsichtig die Wirtshaustür öffnend. Drinnen war es warm, verräuchert und ziemlich laut. Der Lärm stammte aber keineswegs von den angeblich vollzählig erschienenen Kulturjüngern, er kam schlicht und einfach aus einem voll aufgedrehten Fernsehapparat. An der Theke hockten zwei müde Gestalten, am Stammtisch wurde Binokel gespielt, sonst waren keine Gäste zu sehen.

»Ich glaube, wir sind doch falsch.« Steffi machte bereits einen Rückzieher.

Der Dicke an der Theke plierte uns über sein Bierglas hinweg an. »Wo wolle Se denn hie?«

»Zum Kulturverein«, sagte ich schnell.

»Do müsse Se de Gang nunnergehn un dann rechts. Do isch der Saal.«

Wir tasteten uns durch den schmalen, nur von einer matten Funzel beleuchteten Flur und öffneten vorsichtig die am Ende liegende Tür. »Ach du liebe Zeit«, entfuhr es Steffi, als sie die endlosen Holztische sah, die aneinandergeschoben waren und den riesigen Raum fast völlig ausfüllten. Ganz vorne mit dem Rücken zur Bühne thronte der Vorstand, vertreten durch Herrn Dreher und zwei weitere Männer. Einer von ihnen hielt ein Blatt in der Hand, von dem er endlose Zahlenkolonnen ablas.

»Das ist der Kassenwart«, flüsterte Steffi erklärend, denn sie hatte in ähnlicher Eigenschaft zwei Jahre lang die Klassenkasse verwaltet und jedesmal kurz vor Schuljahresende erhebliche Schwierigkeiten gehabt, Einnahmen und Ausgaben halbwegs in Einklang zu bringen. Mit einem Blick auf meine Uhr stellte ich fest, daß wir ohnehin zwanzig Minuten zu früh dran waren, aber als ich die Tür leise wieder schließen wollte, fing sie entsetzlich an zu knarren, und sofort richteten sich alle Augen auf uns.

»Guten Abend«, sagte ich, weil mir nichts Besseres einfiel.

Totenstille, obwohl der Saal fast bis auf den letzten Platz besetzt war. Endlich wandte sich auch Herr Dreher um und sah uns. Er flüsterte kurz mit seinem Nachbarn zur Rechten, dann kam er schnell auf uns zu, zog uns aus dem Saal und schloß die Tür.

»Endschuldige Se bidde, awer mir sen noch net ganz ferdich. Des dauert doch e bißle länger wie vorg'sehe. Wolle Se reikomme, oder wolle Se liewer in de Gaschdschdub neihocke? Des geht denn nadürlich uff unser Rechnung.«

»Sehr großzügig, vielen Dank«, sagte Steffi ironisch, aber Herr Dreher hob nur abwehrend die Hände. »Awer ich bidd Se, des isch doch selbschdverschdändlich.«

Die empfohlene Gaststube reizte uns wenig, eine Mitgliedervollversammlung hatten wir noch nie miterlebt, und so entschieden wir uns für die Ehrenplätze gleich neben dem Tisch des Vorstands. Auf Anraten unseres Gastgebers bestellte ich ein Glas beinahe einheimischen Wein, während Steffi auf ihrem Lieblingsgetränk bestand, irgendeiner Mixtur, die wie abgestandenes Bier aussah und auch nicht viel anders schmeckte. »Keine Angst, ist alkoholfrei. Ich muß ja noch fahren.«

Der Kassenwart hatte seine Vorlesung beendet, man klatschte Beifall, dann wurde abgestimmt, ob man den Herrn entlasten könne. Man konnte, denn zufrieden lächelnd setzte er sich wieder. Die Bedeutung dieses Vorgangs wurde mir erst später klar, nachdem man auch den Schriftführer, den stellvertretenden Schriftführer, den ersten Vorsitzenden,

den zweiten Vorsitzenden und den Kulturwart entlastet hatte. Im Klartext hieß das, die Herren hatten ihre Sache gut gemacht.

»Wie lange wollen die denn noch labern?« stöhnte Stefanie und orderte das dritte Glas Spezi.

Der nächste Redner trat vor. Diesmal war es der Materialverwalter. »Nach der letzten Bestandsaufnahme verfügt der Münkensteiner Kultur- und Heimatverein über folgende Sachwerte: Eine Videoanlage bestehend aus einer Kamera, einem Wiedergabegerät, 16 bespielten und elf unbespielten Kassetten, drei Scheinwerfern, 98 Wein- und Biergläsern, 117 Meter Lichterkette bunt, einem Diaprojektor ...«

»Mir reicht's, wenn ich nicht sofort an die frische Luft komme, fange ich an zu schreien«, flüsterte ich Steffi zu.

»Warte, ich gehe mit!«

Das Schneetreiben hatte aufgehört, aber immer noch war es lausig kalt. Bald schoben wir uns frierend wieder in den Flur. Erst jetzt fiel mir auf, daß ich meinen Sohn überhaupt noch nicht gesehen hatte. »Wo steckt eigentlich Sven?«

»Das habe ich mich auch gerade gefragt«, meinte Steffi nachdenklich. »Paß auf, der hat das total vergessen! Zuzutrauen wäre es ihm.«

»Unsinn, wir haben vorgestern noch telefoniert, und da hat er mir fest versprochen, pünktlich zu sein.«

»Der lebt doch in einer eigenen Zeitzone.«

»Merkwürdig ist es schon«, gab ich zu, »aber wahrscheinlich wollte er sich das ganze Geschwafel ersparen und kommt erst kurz vor neun.«

»Jetzt ist es halb zehn«, sagte Steffi mitleidlos.

»So spät schon? Wenn die da drinnen nicht in den nächsten fünf Minuten aufhören, verschwinden wir.«

Ich muß wohl über telepathische Fähigkeiten verfügen, denn plötzlich hörte man im Saal ein Stühlerücken, Stimmengewirr setzte ein, und Herr Dreher stürmte aus der Tür. »Jetzt sin mer ferdich, mer müsse nur noch de neue Vorschdand wähle. Heschdens zehn Minude, weil ja doch alles beim alde bleibd.«

Es dauerte zwanzig, und Sven war noch immer nicht aufgetaucht. Sein Freund Michael, den ich auf seinem Weg zu den Installationen dieses Hauses angehalten hatte, wußte auch nichts Genaues. »Die feiern zwar heute oben in der Hütte, aber er hat mir gesagt, daß er noch runterkommt.« Nun verstand ich gar nichts mehr. »Wer feiert was?«

»Der Funkerclub hat seine Faschingsparty.«

»Wo?«

»In der Hütte vom Wanderverein.«

»Ist das weit weg?«

»Das nicht gerade, aber allein finden Sie da nie hin!«

»Will ich auch gar nicht, aber könntest du nicht mal rauffahren und meinem Sohn in den Allerwertesten treten? Schließlich hat er mir die ganze Sache hier eingebrockt, da kann ich zumindest erwarten, daß er auch hier ist. Sag ihm, wenn er nicht gleich auf der Matte steht ...«

»Kann ich nicht, ich hab noch keinen Führerschein.«

»Dann fahre ich eben«, erbot sich Stefanie.

Weitere Dispositionen erübrigten sich, denn nun kam Herr Dreher und geleitete mich feierlich in den Saal. Dort herrschte mittlerweile reges Treiben. Die Vereinsmitglieder, froh, die endlose Sitzung überstanden zu haben, quirlten durcheinander, begrüßten sich, tauschten Neuigkeiten aus, Kellnerinnen schlängelten sich durch die Menge, und es bedurfte eines energischen Gebimmels mit der Kuhglocke, bevor sich Herr Dreher Gehör verschaffen konnte.

»Un jetzt, liebe Oowesende, komme ma zum Höhepunkt von dem heidige Owend. Wie scho in de eich vorliegende Dagesordnung oogekindicht, hewe mir en Gaschd bei uns, und zwar isch des die Mudder von unsern verdiende Videofilmer Sven.«

Der erwartete Beifall blieb aus, denn kaum jemand hatte zugehört. Lediglich aus dem Hintergrund, wo die Familie des Vorstands Platz genommen hatte, tönte zaghaftes Klatschen.

»Zum Donnerwedder nochemol, jetzt hockt euch endlich weder no!« brüllte Herr Dreher.

Nur sehr ungern kam man dieser Aufforderung nach, aber allmählich kehrte Ruhe ein. Der Vorhang wurde geöffnet und enthüllte ein mitten auf der Bühne stehendes Tischchen nebst Klavierhocker sowie ein Mikrofon. An dieser exponierten Stelle sollte ich nun Platz nehmen. Ich breitete mein Manuskript aus, zückte die Brille und – mußte feststellen, daß ich kaum ein Wort entziffern konnte. Es war einfach zu dunkel. Aber ganz aufs Auswendigherunterbeten wollte ich mich nun doch nicht verlassen. »Könnte man nicht vielleicht einen Scheinwerfer aufstellen?« Schließlich hatten sie ja drei.

»Natürlich, sofort!« sagte Herr Dreher und beorderte jemanden in die Gerätekammer, um das Gewünschte zu holen. Der Scheinwerfer wurde aufgestellt, nur war die Strippe zu kurz und ein entsprechend langes Verbindungskabel nicht aufzutreiben.

»Dät's Ihne was ausmache, sich do unde nozusetze?« Allmählich bildeten sich Schweißtröpfchen auf Herrn Drehers Stirn.

Nein, es machte mir nichts aus, wieder von der Bühne herunterzuklettern, ich wollte die Sache so schnell wie möglich hinter mich bringen. Am liebsten wäre ich getürmt, was den Anwesenden vermutlich sehr recht gewesen wäre, denn die Begeisterung für die angekündigte Lesung war ihren Gesichtern nur zu deutlich abzulesen. Dieser angebliche Höhepunkt des Abends stand nun aber auf dem Programm und hatte gefälligst auch stattzufinden.

Inzwischen war das Rednerpult neu aufgebaut worden, der Scheinwerfer war angeschlossen, Herr Dreher flüsterte »Eins ... zwei ... drei ...« ins Mikrofon, worauf schon aus der vierten Reihe der Ruf erklang: »Lauder!« Nach mehrmaligen Versuchen mußte er zugeben, daß das Mikro offenbar defekt und ein zweites nicht vorhanden sei. »Aber die Akuschtik in de Saal isch au so sehr gut!«

Ich fand mich damit ab, meinen Vortrag in den Saal zu brüllen, was dem Inhalt der Geschichte nicht gerade förderlich war. Im übrigen hörten die wenigsten zu.

Kaum hatte ich die ersten Sätze herausgeschrien, da öffnete sich die Tür, und vier Kellnerinnen marschierten herein, beladen mit Tabletts voll Jägerschnitzel und Schlachtplatten. Auch vor Stefanie wurde eine Portion abgestellt. Notgedrungen unterbrach ich meine Lesung und nahm sie erst wieder auf, als jeder fröhlich kauend vor seinem Teller saß. In Windeseile spulte ich meinen Text herunter, denn nun war mir endgültig klargeworden, daß sich kein Mensch dafür interessierte. Zwischenrufe wie »Traute, noch zwei Bier und eine Weißweinschorle süß!« waren auch nicht dazu angetan, mein Engagement für diese Kulturapostel zu stärken. Große Illusionen hatte ich mir ohnedies nicht gemacht, aber selbst in einem Kindergarten wäre es disziplinierter zugegangen.

Endlich hatte ich das erste Kapitel fertiggebrüllt, auf das zweite verzichtete ich, klappte den Schnellhefter zu, setzte die Brille ab und stand auf. Keine Hand rührte sich. Warum auch? Kaum jemand hatte zugehört, und wer es vielleicht doch versucht hatte, hatte nichts verstehen können. Demonstrativ begann Herr Dreher zu klatschen, ein paar ganz besonders Höfliche zogen nach, aus den Falten des Vorhangs wurde ein Wassereimer geholt, in dem der obligatorische Blumenstrauß schwamm, und als ich ihn feierlich überreicht bekam, flammte ein Blitzlicht auf. Also hatte sich Sven wohl doch noch bequemt, hier aufzukreuzen.

Selbst das war ein Irrtum! Michael kam auf mich zugeschossen und bat: »Können wir die Übergabe noch mal wiederholen? Ich habe nämlich die Entfernung falsch eingestellt.«

Herr Dreher drückte mir das farbenprächtige Gemüse ein zweites Mal in die Hand, ich grinste ihn zähneknirschend an, und danach war ich entlassen. Ob ich nicht noch eine Kleinigkeit essen wolle? Nein, danke, ich hatte restlos genug und nur noch den einen Wunsch: Sven ausfindig zu machen und ihm gründlich die Leviten zu lesen! »Wenn der mir in die Finger kommt, kann er was erleben!« orakelte ich mit finsterer Miene, während Steffi den Schnee vom Auto fegte und Michael mir zu erklären versuchte, wie wir diese Waldhütte finden würden. »Ich glaube, ich komme doch besser mit.«

Wie wahr, ohne ihn hätten wir den Schuppen nie entdeckt. Erst ging es eine Zeitlang bergauf, dann quer über eine Wiese bis zu einer Waldschneise, danach über einen besseren Maultierpfad bis zu einer Lichtung. Bevor wir die Hütte sahen, hörten wir schon ihre Besucher. »Humbahumbahumba Täterä ...«

Der Wagen hatte noch gar nicht richtig gehalten, da war ich schon hinaus- und in die Holzbude hineingestürmt. Prompt prallte ich mit einer schwankenden Gestalt zusammen, die – Bierflasche in der Hand – selig lallend über den Gang torkelte. »Immer her-hereinspaziert, wir ham n-noch genug da. W-willste 'n Bier, M-mütterchen?«

Am liebsten hätte ich diesem kaum zwanzigjährigen Bengel eine gescheuert, aber dazu war ich leider nicht berechtigt. »Ist Sven da?«

»A-aber klar doch.« Er drehte sich um und schoß im

Zickzackkurs durch die angelehnte Tür in den Nebenraum. »Mufti, ich g-glaub, deine Alte ist da!«

»Quatsch, die is unten!« kam es zurück.

»Aber w-wer is denn die d-da draußen?«

Ein Stuhl flog polternd um, und dann stand »Mufti« vor mir: Lange weiße Unterhosen, darüber ein blaugelbgeringeltes Hemd mit der Aufschrift »Vati ist der Beste«, auf dem Kopf eine Perücke, zusammengewurstelt aus den Bändern alter Tonbandkassetten. »Wo kommst du denn so plötzlich her???«

»Von da, wo du normalerweise hingehört hättest!« Ich holte aus und knallte ihm die letzte Ohrfeige seines Lebens ins Gesicht. Er war so perplex, daß er mich nur wortlos anglubschte. Dann riß er sich zusammen. »Ich wollte gerade runtergehen«, behauptete er. »Das stimmt doch, nicht wahr, Tommi?«

Tommi winkte bestätigend mit der Flasche.

»Es ist drei Minuten nach Mitternacht!« erklärte ich meinem Sohn, drehte mich um und donnerte die Tür hinter mir zu. Sie flog aber sofort wieder auf, und so konnte ich Steffi noch hören: »Ich glaube, vor Ostern brauchst du dich zu Hause nicht mehr blicken zu lassen. Was du dir heute geleistet hast, war wirklich der Hammer!«

Mehr schlingernd als fahrend rutschten wir den Berg wieder hinunter. Bevor wir Michael an dem Gasthaus absetzten, ließen wir uns genau den Rückweg zur Autobahn beschreiben. Er tat das ebenso wortreich wie umständlich, und schon an der zweiten Kreuzung wußten wir nicht mehr weiter.

»Wir sollen uns immer links halten«, rekapitulierte Stefanie die Anweisungen und hielt sich links. Die Straße endete an einer weiteren Kreuzung, Steffi bog wieder links ab, und nach etwa zehn Kilometern erblickten wir das ersehnte blaue Schild.

»Na also«, frohlockte sie, aber die Ernüchterung folgte auf dem Fuß. »Autobahn Stuttgart-Karlsruhe« las ich entgeistert. »Das ist ja völlig verkehrt! Wir müssen doch nach Heilbronn!«

Stefanie überlegte laut. »Zwei Möglichkeiten haben wir nur. Entweder tasten wir uns durch die Einöde zurück zur richtigen Autobahn, von der wir beide nicht wissen, ob und wann wir sie finden, oder wir nehmen hundert Kilometer Umweg in Kauf und fahren über Karlsruhe nach Hause. Immerhin haben wir so die Chance, noch vor dem Morgengrauen ins Bett zu kommen.«

»Reicht denn das Benzin?«

»Bis zur nächsten Tankstelle auf jeden Fall.«

»Wenn zwanzig Mark genügen, ist es in Ordnung. Ich hab nämlich vergessen, Geld einzustecken.«

Die Autobahn war leer, kein Wagen überholte uns, aber das dürfte auch unser Glück gewesen sein, denn jeder normale Fahrer hätte sofort die Polizei verständigt und vor den beiden Verrückten gewarnt, die da mutterseelenallein und lauthals grölend über die Straße bretterten. Um die aufkommende Müdigkeit zu bekämpfen, hatten wir das Seitenfenster geöffnet, die Heizung hoch- und das Radio auf volle Lautstärke gedreht. Schlager der sechziger Jahre tönten aus den Boxen, und die kannte ich alle! Von Arrividerci Hans über Adelheid mit dem Gartenzwerg bis zu den zwei kleinen Italienern sang ich alles mit, begleitet von Stefanies Protestgeschrei, die das »schmalztriefende Gesülze« als unerträglich bezeichnete. Dank ihres pausenlosen Schimpfens blieb sie wenigstens wach, und irgendwann zwischen Mitternacht und Morgen landeten wir tatsächlich unversehrt im Heimathafen.

»Nie wieder eine Lesung!« schwor ich, das Angebinde aus Gerbera und Iris in die nächstbeste Vase stopfend. »Da trete ich doch lieber als Pausenclown im Zirkus auf!«

»Da kriegst du aber keine Blumen«, lachte Steffi, »und überhaupt hast du ganz prima gelesen.«

»Woher willst du das denn wissen? Sag bloß, du hast etwas verstanden?«

»Nicht direkt«, gab sie zu, »aber ich habe doch deine Mundbewegungen gesehen.«

Kapitel 18

Eines Abends passierte es! Völlig unerwartet, weil von so was immer nur andere betroffen werden, die man erst mal bedauert und sich hinterher fragt, wie sie das denn bloß fertiggekriegt haben!

Im Januar war es, also in dem Monat, den ich am meisten hasse, weil sich dann die Nachwirkungen von Weihnachten besonders bemerkbar machen: Das Bankkonto hat ab-, man selber hat zugenommen, und der Frühling ist noch so entsetzlich weit weg.

Ein Vorteil des Landlebens besteht darin, daß man viele Dinge direkt vom Erzeuger bekommt; Stiefmütterchenpflanzen zum Beispiel, Kuhmist für die Tomatenstauden, Einkellerungskartoffeln, frische Erdbeeren und natürlich Milch. Seit Jahren schon holen wir unsere Milch vom Bauern, kennen die Namen aller dreiunddreißig Kühe und legen eine Löwenzahnblüte auf den verwaisten Platz, wenn mal wieder eins der Viecher geschlachtet worden ist.

Milch gibt es ab sieben Uhr abends. Der Hof liegt ein paar hundert Meter von uns entfernt, was im Sommer einen kurzen Spaziergang bedeutet, im Winter eine unüberwindlich lange Strecke, weil es um diese Zeit bereits dunkel ist und kalt.

An jenem Januartag hatte Nicole keine Zeit und Katja keine Lust. Warum immer sie diejenige sein müßte, welche … und von wegen die jüngsten Beine haben, das sei doch

Schwachsinn, Nicki sei bloß drei Minuten älter, überhaupt brauchten wir gar keine Milch, von gestern sei noch welche übrig, und allein ginge sie auf keinen Fall.

»Dann gehe *ich* eben«, drohte ich an, wohl wissend, daß es schließlich doch nicht dazu kommen würde.

»Okay, wir gehen zusammen«, entschied Katja, »die frische Luft tut dir bestimmt gut.«

Die frische Luft war kalt und roch nach Schnee. Fröstelnd hakte ich mich bei meiner Tochter ein; ich hätte mir besser die gefütterte Jacke anziehen sollen.

Wie es genau passiert ist, kann ich nicht mehr sagen, jedenfalls riß es mir plötzlich beide Beine weg, und ich lag auf dem gefrorenen Boden. Später ermittelte Katja, daß ich auf genau 47 Zentimetern Glatteis ausgerutscht war, weit und breit die einzige Pfütze, auf der sich Eis gebildet hatte.

»Willst du nicht mal wieder aufstehen?«

Nein, das wollte ich ganz und gar nicht. Ich kam mir vor wie auf Watteballchen gebettet und fühlte mich sehr wohl. Trotzdem wußte ich genau, was geschehen war. »Ich hab mir den Oberschenkel gebrochen.«

»Mach keinen Quatsch!« Jetzt war Katja doch beunruhigt. »Woher willst du das wissen? Hat es geknackt?«

Es hatte nicht geknackt, aber das war auch gar nicht nötig gewesen. Ich bin ein sehr gründlicher Mensch, und wenn's mich mal erwischt, dann habe ich auch etwas davon! Im stillen rechnete ich schon: Vier Wochen Krankenhaus, anschließend Gehgips mit Krücken, danach Therapie mit Massagen und Gymnastik – das alles kannte ich noch von Steffis Operation her. Und in drei Monaten sollte ich mein Manuskript abliefern! Ob es wohl gestattet war, eine Schreibmaschine ins Krankenhaus mitzubringen?

Inzwischen hatte Katja die Bäuerin aus dem Kuhstall geholt. Gemeinsam hievten sie mich aus meiner horizontalen

Lage in eine vertikale und lehnten mich an den Zaun. Auf dem linken Bein konnte ich ohne weiteres stehen, aber als ich mit dem rechten vorsichtig aufzutreten versuchte, schoß ein wahnsinniger Schmerz durch den ganzen Körper. »Geht nicht«, knirschte ich mit zusammengebissenen Zähnen.

»Ich rufe die Unfallstation an«, sagte Frau Schmidt.

Unfallstation bedeutete die ortsansässige orthopädische Klinik, bedeutete Sechsbettzimmer, bedeutete striktes Rauchverbot ... »Könnten Sie mich nicht erst mal nach Hause bringen?«

Der subventionierte Daimler war groß genug, mich halbwegs bequem abtransportieren zu können. Schwieriger waren da schon die drei Treppenstufen vor unserer Haustür, aber auch die schaffte ich. Erleichtert ließ ich mich aufs Sofa legen.

Rolf stand hilflos daneben, wollte mir abwechselnd Tee und Kognak einflößen, fragte, ob mir vielleicht ein kalter Umschlag guttun würde, holte Kissen, die ich nicht brauchte, holte eine Decke, die ich erst recht nicht brauchte, und kam gar nicht auf die Idee, sich um das Nächstliegende zu kümmern, nämlich um einen Arzt.

Den hatte Katja alarmiert. Er war auch wenig später da, sah mich kurz an, lupfte mein rechtes Bein wenige Zentimeter an, ich schrie auf – »Schenkelhalsfraktur«, sagte er.

»Das hab ich schon vorher gewußt.«

Jetzt kam Leben ins Haus! Der Arzt telefonierte nach dem Krankenwagen, die Zwillinge packten einen Handkoffer, wobei sie meine geistigen Bedürfnisse höher einschätzten als meine körperlichen, denn später räumte die Nachtschwester vier Bücher in den Schrank, suchte jedoch vergebens nach Seife und Handtüchern, und Rolf notierte Anweisungen, die mir zur Fortführung eines geordneten Haushalts unerläßlich erschienen.

»Übermorgen kommt der Schornsteinfeger, gib also den Hausschlüssel nebenan ab, wenn du nicht dasein solltest, denk dran, mittwochs ist Müllabfuhr, freitags kommt das Eier-Auto, wir brauchen jedesmal zwanzig Stück, Nicki soll den Termin beim Zahnarzt nicht vergessen, steht auf'm Kalender, die Betriebsanleitung für die Waschmaschine liegt im Handwerkskasten, und dann ruf um Himmels willen Tante Lisbeth an, sag ihr, was passiert ist, sie soll ihren Besuch verschieben. Oder sag ihr lieber nicht, daß ich im Krankenhaus liege, sonst kommt sie erst recht, und das möchte ich euch doch nicht zumuten. Die bleibt in drei Tagen länger als andere in drei Wochen. Ach ja, und vergiß nicht, dem Heizölfritzen den Marsch zu blasen, sonst sitzt ihr demnächst im Kalten. Ich hab schon vor zwei Wochen Nachschub bestellt, aber bis jetzt hat er noch nicht geliefert. Kartoffeln sind auch alle und ...«

»Halt! So schnell komme ich nicht mit.« Er sah mich mit einer ungewohnten Hochachtung an.

»Wie merkst du dir das bloß? Hast du irgendwo einen Stundenplan liegen?«

»In zwei Wochen kannst du das auch«, sagte ich, »ist alles nur Routine.«

»Glaubst du wirklich, du mußt so lange im Krankenhaus bleiben? Geht das nicht schneller?« Die Aussicht, eine Zeitlang allein verantwortlich zu sein, schien ihm mehr Kopfzerbrechen zu bereiten als mein desolater Zustand.

»Wenn es ein komplizierter Bruch ist, dauert es bestimmt noch länger«, prophezeite ich düster, obwohl ich mir natürlich das Gegenteil erhoffte. Wochenlang in so einer Matratzengruft eingesperrt zu sein, stellte ich mir entsetzlich vor. Krankenhäuser hatte ich nur viermal von innen gesehen – abgesehen von gelegentlichen Besuchen –, und da hatte sich die Aufenthaltsdauer schon vorher ausrechnen lassen. Zehn

Tage maximal, dann hatte man mich samt Säugling wieder nach Hause geschickt.

Als Kind hatte ich davon geträumt, nur ein einziges Mal mit Tatütata durch die Straßen fahren zu dürfen; jetzt fand ich das gar nicht mehr so aufregend. Das Gejaule nervt nämlich, und bis zum Kreiskrankenhaus waren es dreißig Kilometer.

»Wir haben schon auf Sie gewartet«, sagte der Arzt, während er mich in den Fahrstuhl rollte.

»Wieso? Haben Sie keine anderen Patienten?«

Für meinen Galgenhumor hatte er nichts übrig. Das Krankenhaus sei über Funk verständigt worden, und deshalb habe man alles vorbereiten können.

»Werde ich sofort operiert?«

»Jetzt???« Nun hatte ich ihn wirklich aus der Fassung gebracht. »Es ist doch schon Wochenende.«

Natürlich, daran hatte ich nicht gedacht. Wie rücksichtslos von mir, ausgerechnet an einem Freitagabend hinzufallen! (Aus Gründen der Gerechtigkeit muß ich allerdings zugeben, daß man mich trotz geheiligter Samstagsruhe am nächsten Tag fachmännisch zusammengeflickt hat.)

Zunächst aber wurde ich »für die Nacht« hergerichtet. Das dauerte lange. Endlich hing das lädierte Bein an irgendwelchen Gewichten, die mich zur absoluten Regungslosigkeit verurteilten und mir eine schlaflose Nacht bereiteten. Zum Glück hatte die diensthabende Schwester nicht viel zu tun. Am nächsten Morgen kannte ich ihre ganze Lebensgeschichte, die ihres Mannes und zum Teil auch die meiner Mitpatienten.

Frühstück fiel aus, ich mußte nüchtern bleiben. Das war ich schon seit 36 Stunden, zum Abendessen war ich ja nicht mehr gekommen. Rauchen durfte ich auch nicht. Die Stunden dehnten sich, einzige Abwechslung war der Anästhesist mit seinem Fragebogen. Nein, Epileptikerin war ich nicht, ich trug weder falschen Schmuck noch falsche Zähne, mein Alkoholkonsum hielt sich in Grenzen, mein Gewicht ebenfalls. Der Herr Doktor war's zufrieden.

»Dann machen wir bei Ihnen einfach eine Teilnarkose«, sagte er fröhlich, »da sind Sie wach und merken trotzdem nichts.«

Darauf legte ich nicht den geringsten Wert. »Ich lasse mich doch nicht bei vollem Bewußtsein schlachten!«

»Wenn Sie wollen, bekommen Sie eine Schlafspritze.«

Das hörte sich schon besser an. Jetzt sah ich den kommenden Stunden zuversichtlicher entgegen.

Kurz vor eins war es endlich soweit. Ich wurde in einen gekachelten Raum geschoben und neben einem defekten Sauerstoffgerät geparkt. Ein Mechaniker schraubte fluchend daran herum. »Hoffentlich wird es heute nicht mehr gebraucht«, dabei streifte mich ein beziehungsvoller Blick, »da fehlt ein Ersatzteil, das muß ich erst besorgen.«

Eine herumstehende Schwester fürchtete wohl um meinen Seelenfrieden, jedenfalls beeilte sie sich zu versichern, daß man selbstverständlich ein zweites Gerät habe, und die Intensivstation sei ja auch noch da.

Der Narkosearzt erschien, schon ganz in Grün und vermummt wie ein Bankräuber, und setzte mir eine Spritze. Sekunden später tauchte ich weg und fand mich in einem tief dunkelblauen Raum wieder, aus dem ich in einen pinkfarbenen fiel, dann in einen gelben, plötzlich war es ein roter, der sich langsam zu violett färbte – ein ganzer Regenbogen kam mir entgegen, und ich mußte mitten durch! Dann war ich wieder wach und glaubte, alles sei vorbei. Dabei hatte es noch gar nicht angefangen.

»Was haben Sie mir denn eben verpaßt?« fragte ich entrüstet. »Das war ja gräßlich!«

»Haben Sie etwas gesehen? Erzählen Sie mal!«

Ich schilderte meinen Farbenrausch, worauf der Arzt ungerührt meinte: »Da haben Sie doch einen wunderschönen Trip gehabt. Gestern hatte ich einen Patienten, dem sind angeblich Benzinkanister um den Kopf geflogen.«

Wo, um alles in der Welt, war ich hier bloß gelandet? Bei Dr. Frankenstein? Bei Mr. Hyde??? Hatten die mir LSD gegeben, und wenn ja, warum?

Das Entsetzen mußte mir wohl im Gesicht gestanden sein. Beruhigend tätschelte der Arzt meine Hand. »Die Teilnarkose wird direkt neben die Wirbelsäule gespritzt, und dazu mußten wir Sie aufrichten. Mit Ihrem gebrochenen Bein wäre das sehr schmerzhaft gewesen, deshalb haben wir Sie kurz außer Betrieb gesetzt. – So, und jetzt bekommen Sie noch etwas zum Schlafen.«

Den Einstich spürte ich kaum mehr, aber statt zu zählen, murmelte ich: »Jetzt weiß ich wenigstens, warum Sascha lieber Hasch geraucht hat. Ist wohl bekömmlicher.«

Richtig wach wurde ich erst wieder in einem Zweibettzimmer neben Frau Imle. Sie war sechsundfünfzig, Witwe, hatte acht Kinder, elf Enkel, fünf Geschwister und circa zwei Dutzend nähere Verwandte. Vor zehn Tagen hatte man ihr ein künstliches Hüftgelenk eingesetzt, sie war schon wieder mobil und betreute mich in rührender Weise.

Die erste Überprüfung meines gegenwärtigen Zustandes fiel recht zufriedenstellend aus. Ein halbmeterlanges Pflaster verdeckte die Operationswunde, und statt in einem Gipsverband ruhte das Bein in einem ausgehöhlten Styroporkasten. Mich irritierten lediglich die Schläuche, die neben dem Pflaster aus meinem Oberschenkel hingen und in drei auf dem Boden aufgereihten Flaschen endeten. Jedesmal, wenn ich mich bewegte, klirrte es verdächtig.

»Die gehen nicht kaputt«, zerstreute die Schwester meine

Bedenken, während sie den wenig appetitlichen Inhalt begutachtete, »es läuft sehr gut ab.«

Im Laufe der nächsten Stunden lernte ich die wichtigsten Personen der Unfallchirurgie kennen. Da war zunächst einmal Irmtraut, ihres Zeichens Oberschwester, mit Damenbart und Brille, die an einem Goldkettchen vor ihrem mütterlichen Busen baumelte. Die zweite in der Hierarchie der Schwesternschaft hieß Vanessa, war Mitte Dreißig, wasserstoffblond und lispelte, aber sie war die netteste von allen. Dann gab es noch Hildegard und Helga sowie Karin, Lernschwester im zweiten Jahr. Ihre verantwortungsvolle Tätigkeit bestand überwiegend im Austeilen von Bettpfannen, Fieberthermometern und Mittagessen. Die männliche Komponente des Pflegepersonals vertrat Roland, der Zivi. Von Berufs wegen hatte er etwas mit Textilien zu tun, und nun weiß ich auch, wodurch sich Brandbinden von elastischen Binden unterscheiden und warum Mullbinden Mullbinden heißen.

Roland war ein Grüner. Er versorgte mich mit Lesestoff über Umweltschutz, Waldsterben, Protestkundgebungen gegen Atomkraftwerke und Nikotinmißbrauch. Letzteres sah ich gar nicht so gern. Inzwischen hatte ich nämlich herausbekommen, daß es auf der Station eine Raucherecke gab, und davon fühlte ich mich unwiderstehlich angezogen. Mir ging's ja schon wieder recht ordentlich. War am ersten Tag die Schwester noch mit fliegenden Röcken ins Zimmer gestürzt, sobald ich klingelte, so ließ sie sich am zweiten schon erheblich mehr Zeit, und vom dritten Tag an trank sie erst ihren Kaffee aus, bevor sie den Kopf durch die Tür steckte. Es mußte mir also gutgehen! Ich durfte auch schon dreimal täglich in den Rollstuhl gehievt und auf die Toilette gefahren werden, warum also nicht auch in die Raucherecke?

Wider Erwarten hatte Roland sogar Verständnis dafür. »Es ist ja Ihre Lunge, die Sie ruinieren«, konstatierte er und rollte mich nach draußen. Da saßen sie alle, die Aussätzigen, die Verfemten, die Abhängigen – bandagiert, eingegipst, mit und ohne Krücken, tranken Bier, spielten Skat und waren guter Laune. Nur ein dürres Männchen hockte mit Leidensmiene auf seinem Stuhl. Kein sichtbares Zeichen in Form von Gips oder Verbänden deutete auf seine Zugehörigkeit zu dieser Station hin.

»Der ist von der Inneren«, wurde ich aufgeklärt, nachdem der Mann auf die Uhr gesehen, hastig die Zigarette ausgedrückt und das Rauchergetto verlassen hatte. »Er hat was am Magen und striktes Rauchverbot. Trotzdem kommt er immer heimlich her. Jetzt ist gleich Visite, deshalb hat er's so eilig.«

Seitdem ich die grüngetünchten Wände des Krankenzimmers verlassen durfte, lebte ich wieder auf, und jeden Mittag kurz vor zwei ergriff ich die Flucht. Dann nämlich saß Frau Imle im frischgemachten Bett, umgeben von Nelken und »Hohem C«, und wartete auf ihre Besucher. Und die kamen! Während der ersten Tage hatte ich den Massenandrang wehrlos über mich ergehen lassen müssen, denn selbstverständlich wurde ich in das muntere Geplauder einbezogen. Mangels ausreichend vorhandener Stühle und wegen des bereits vollbesetzten Bettes von Frau Imle diente bald auch mein Bett als Sitzbank. Auf der rechten Seite unterhielten sich Onkel Erwin und Kusine Berta, auf der linken Seite hockten zwei Nichten und diskutierten über das mögliche Vergnügungsprogramm.

»Kommsch obends mit in de Disco?«

»Nä, ich will heit mal wieder vor 'em elfe ins Bett.«

»Was willsch'en so frih im Bett? Das isch doch langweilig.«

»Das merksch doch net, wenn schläfsch.«

Gegen drei Uhr war Schichtwechsel. Der erste Schwung Besucher ging, der nächste kam. Das war der mit den Thermosflaschen voll Kaffee und dem Streußelkuchen. Die Zahnputzgläser wurden requiriert, mitgebrachte Pappteller ausgepackt, Büchsenmilch herumgereicht – manchmal erinnerte mich dieser Umtrieb an die Speisung der Fünftausend. Und mitten in die kauende und kaffeeschlürfende Gesellschaft platzte jedesmal Lernschwester Karin mit ihrer Tabelle und wollte wissen, ob man heute schon Stuhlgang gehabt habe.

Kurz vor halb fünf, wenn draußen das erste Tellerklappern zu hören war, räumte der letzte Besucher das Feld. Im Verlauf des Abendessens erfuhr ich von Frau Imle, wer der Mann mit dem Hitlerbärtchen gewesen war, und daß Base Elfriede – »die mit dem lila Kleid« – schon seit zwei Jahren mit Herrn Wilhelm zusammenlebe, der mir wegen seiner roten Krawatte bestimmt aufgefallen sei.

Um halb sechs setzte noch einmal hektisches Treiben ein. Das abendliche Aufräumen begann. Während eine Schwester die Kuchenreste aus den Betten entfernte (Wer nie sein Brot im Bette aß, weiß nicht, wie Krümel pieken!), schleppte eine andere die Blumenvasen auf den Flur, eine dritte verteilte Pillen, eine vierte Ermahnungen. »Das geht aber nun wirklich nicht, Frau Sanders, daß Sie die Bücher immer auf den Boden legen! Wie soll denn da die Putzfrau saubermachen?«

Die kam ohnehin erst am nächsten Vormittag, fuhr einmal mit dem Lappen durch das Zimmer, schob den Staub aus der vorderen Ecke in die hintere, wobei sie abgestellte Rollstühle, Krücken und ähnliche Hindernisse weitläufig umrundete, und verschwand mit einem fröhlichen »Bis morgen also« ins nächste Zimmer.

Frau Imle saß schon wieder in Warteposition. Die Abendstunden waren der allernächsten Verwandtschaft vorbehalten. Die Söhne hatten ihren Achtstundentag beendet, die Enkel die Hausaufgaben, die Allerkleinsten den Nachmittagsschlaf. Mit Kinderwagen und Quietschpüppchen fielen sie ein. Oma wurde abgeküßt, ich wurde nicht vergessen (»Gib mal der Tante das schöne Händchen!«), saubere Nachthemden wurden abgeladen (»Ich hab dir auch noch drei Unterhosen mitgebracht, war doch richtig?«), Handtücher ausgewechselt, Weintrauben gewaschen. »Die schickt dir Frau Rothenhöfer mit vielen Grüßen, und die Orangen sind von Frau Kremser!« Frau Kremser hatte nicht ahnen können, daß Frau Imle bereits über einen genügenden Vorrat verfügte und die Apfelsinenpyramide täglich höher wurde.

Gegen zwanzig Uhr begann die Nachtruhe. Sie machte sich dadurch bemerkbar, daß überall die Fernseher eingeschaltet wurden. Karlheinz Köpcke in Stereo.

Besorgt um mein geistiges Wohl, hatten die Zwillinge ihren tragbaren Apparat angeschleppt, obwohl ich gar keinen so großen Wert darauf gelegt hatte. »Heute gibt es aber so einen schönen Hollywoodschinken aus der Antike«, hatte Nicki gesagt.

»Aus der Antike des Fernsehens?«

»Nee, irgendwas aus dem alten Ägypten.«

Als ich den Kasten nach drei Stunden ausschaltete, blieb eigentlich nur die Erkenntnis, daß Cleopatra ihr Reich bestimmt nicht verloren hätte, wenn sie das ganze Geld hätte haben können, das der Film über sie gekostet hatte.

Frau Imle interessierte sich nicht fürs Fernsehen, sie las lieber die mitgebrachte Lektüre: Gemeindeblättchen, Fleischerzeitung, Kirchenanzeiger. Den brachte der Obere mit, wenn er zweimal wöchentlich zum Gottesdienst kam. Frau Imle gehörte nämlich einer Sekte an. Ich weiß nicht mehr, welcher, aber sie muß um ihre Schäfchen sehr bemüht sein. Zum täglichen Besucherreigen gehörten immer ein paar Gemeindemitglieder, und einmal tauchte sogar der ganze Kirchenchor auf, postierte sich draußen auf dem Gang, sämtliche Zimmertüren wurden geöffnet, und dann genossen wir mehr oder weniger erfreut die musikalische Darbietung. Es war Freitag, und im Fernsehen lief Derrick.

Der Obere, ein noch recht junger Mann in maßgeschneidertem Zweireiher, erschien dienstags und freitags, baute auf einem mitgebrachten Klappstuhl seine Gerätschaften auf und hielt mit Frau Imle eine Andacht ab. Sie fiel immer sehr kurz aus, weil die Feierlichkeit zu den unterschiedlichsten Zeiten stattfand und meistens durch die profanen Auftritte des Pflegepersonals unterbrochen wurde. »Ist hier noch eine Bettschüssel abzuholen?«

Einmal platzte sogar die große Visite mitten in die heilige Handlung. Der voranschreitende Chefarzt stutzte, blieb stehen, die nachfolgende Phalanx von Schwestern und Assistenzärzten prallte auf ihn drauf, er kriegte den Verbandwagen ans Schienbein und gab einen wenig christlichen Fluch von sich, bevor er sich diskret wieder zurückzog. »Wir kommen später noch mal.«

Die tägliche Chefvisite war das einzige, was die Oberschwester aus der Ruhe bringen konnte. Wenn sich die niederen Chargen vor der Glastür zur Unfallchirurgie sammelten, des weißen Halbgottes harrend, fegte Schwester Irmtraut zwecks letzter Inspektion durch alle Krankenzimmer. Waren die Nachttische aufgeräumt? Waren die Laken glattgezogen? Lagen auch keine Illustrierten mit provozierenden Titelbildern in Sichtweite? Wenn doch, wurden sie umgedreht. Und hatte vor allen Dingen Fräulein Weber aus Zimmer 3 ihr Bettjäckchen an? Die Nachthemden dieser Dame waren wirklich nicht das, was man hier schicklicherweise anzuziehen hatte. In diesen Räumen herrschte langärmeliger Flanell vor, an zweiter Stelle bedruckte Baumwolle. Perlon war gerade noch tragbar, mit Spitze obendran nur geduldet, sofern durch etwas weniger Aufreizendes verhüllt. Ich trug

Schlafanzüge und sicherte mir zumindest in diesem Punkt Schwester Irmtrauts Wohlwollen.

Bereits am Abend des zweiten Tages, als ich noch ziemlich reglos in meinem Bett lag und die Gewichtsverlagerung von der rechten Pobacke auf die linke als Fortschritt empfand, scheuchte mich Herr Dr. Jellinek von meinem Schmerzenslager. »Stehen Sie mal auf!«

»Wer? Ich?«

»Natürlich Sie. Ich helfe Ihnen auch.«

Er ließ nicht locker, bis ich schließlich, gestützt auf den Nachttisch, wie ein Storch auf einem Bein vor dem Bett stand. »Sehr gut! Nun treten Sie mal mit dem anderen Bein auf!«

»Etwa mit dem kaputten?«

»Das ist nicht mehr kaputt. Ich habe Ihnen 685 Gramm Edelstahl eingebaut, das hält.«

Vorsichtig suchte ich mit dem rechten Fuß Bodenkontakt. Es ging sogar.

»Und nun allmählich belasten.«

Ich trat etwas stärker auf. Es tat weh, aber sehr.

»So, und jetzt ziehen Sie das linke Bein an!«

»Meinen Sie, ich soll nur auf dem kaputten stehen?«

»Das ist nicht kaputt«, versicherte er nochmals, »Sie können wirklich voll auftreten. Auf meine Verantwortung.«

»Na schön, es ist Ihre Verantwortung, aber mein Bein.« Ich traute mich einfach nicht. Erst als Frau Imle aufmunternd sagte: »Wennsch dr Doktor sagt, wird's scho recht sein«, wagte ich den Versuch. Weder knickte ich zusammen, noch gab es andere Schwierigkeiten, ich zertrampelte lediglich eine dieser vermaledeiten Flaschen, die entgegen aller Behauptungen doch zerbrach und ihren Inhalt über Dr. Jellineks weiße Schuhe versprühte.

»Scheiße!« sagte er kurz und bündig, worauf er in meiner Achtung stieg. Dann ordnete er noch an, daß man mir morgen die Schläuche ziehen und in zwei Tagen »Gehstöcke« bringen solle. Das klang wohl weniger nach Invalidität als die gebräuchliche Bezeichnung »Krücken«.

Steffi war gerade da, als sie hereingestellt wurden. Nur stimmten die Proportionen nicht. Ich hätte ein Zweimeterweib sein müssen.

»Kein Problem, die Dinger sind verstellbar.« Stefanie kannte sich mit Krücken aus, immerhin hatten die sie ein Vierteljahr ihres Lebens begleitet. Sie schraubte und drehte, besser gesagt, sie versuchte es, aber die eingerosteten Metallteile ließen sich nicht bewegen.

»Ich tausche sie um«, sagte sie und ließ mich, die ich in Erwartung neugewonnener Beweglichkeit schon aus dem Bett gestiegen war, einfach stehen. Endlich kam sie zurück, in einer Hand die alten Krücken, in der anderen eine Zange. »Von deiner Krankenkasse haben sie bloß noch die hier.«

»Was soll das heißen ›von meiner Krankenkasse‹? Im Verbandszimmer stehen mindestens ein halbes Dutzend Paar.«

»Hab ich auch gesehen«, bestätigte meine Tochter, »aber die Schwester sagt, die sind von anderen Krankenkassen. Du bist eben in der falschen.«

»Und wodurch, bitte sehr, unterscheiden sich die Krükken?«

»Sie haben verschiedenfarbige Klebestreifen am Griff.«

»Ach so.« Ich nahm mir vor, unsere Kasse von den antiquierten Gehstöcken des Kreiskrankenhauses zu unterrichten und sie auf die zweifellos kostspieligen Folgeschäden hinzuweisen, die beim Zusammenbrechen eines dieser angerosteten Gestelle entstehen würden. Vielleicht würde man dann doch die Lieferung neuerer Modelle erwägen.

Nachdem ich nicht mehr auf Roland und den Rollstuhl angewiesen war, wurde ich unternehmungslustig. Ich wagte mich manchmal in die Eingangshalle, wo es Sessel gab, einen Kiosk und endlich mal andere Gesichter.

Meine Lieben suchten mich schon gar nicht mehr im Zimmer, sie kamen gleich in die Raucherecke. Da war es sowieso viel unterhaltsamer. Seit neuestem wurde sogar ein Bett hergefahren, belegt von einem Patienten mit angeknackster Wirbelsäule, der zu zwei Monaten Rückenlage auf einem Holzbrett verdonnert war. Allerdings scherte er sich einen Deibel um ärztliche Anordnungen und drehte sich sofort auf die Seite, sobald Roland nicht mehr zu sehen war.

Dann gab es noch Alwin, der – bereits im Flügelhemdchen und mit Häubchen auf dem kahlen Schädel – der Schwester entwischt war, um vor der Operation noch schnell eine Zigarette zu rauchen. Entsetzt kam sie hinterhergelaufen, wobei sie wohl weniger die Flucht als solche störte als vielmehr die unsittliche Bekleidung ihres Schützlings. Mit dem Tischtuch bedeckte sie notdürftig seine Blöße und führte ihn zurück.

Alwin war auch später noch ein unerschöpfliches Gesprächsthema. Seine geistigen Fähigkeiten waren weit weniger entwickelt als seine physischen, und die wiederum schienen auf einen einzigen Körperteil fixiert zu sein. Sobald seine Frau erschien, die Helene hieß und auch genauso aussah, verschwanden die beiden auf der Toilette, dem einzigen Raum, in dem man hier mal allein sein konnte. Erst nach geraumer Zeit tauchten sie wieder auf, Alwin sehr zufrieden, die Gattin verlegen am Rockbund nestelnd. Eines Tages wurden sie von der Oberschwester in flagranti ertappt, worauf Alwin seine drei Karstadt-Tüten packen mußte und sich zur weiteren Behandlung nur noch in der Ambulanz einfinden durfte. Ob ich wohl Rolf auch zu einem Schäferstündchen animieren konnte?

Anderthalb Wochen hing ich schon hier herum, durfte aufstehen, wann ich wollte, durfte herumlaufen, durfte mir dreimal täglich eine Spritze in die Bauchdecke geben lassen, damit ich keine Thrombose bekam (als ich entlassen wurde, sah mein Bauch aus wie die Landkarte von Spanien – braun, gelb und grün), durfte im Schwesternzimmer Kaffee trinken ... bloß nach Hause durfte ich nicht. Da gab es nämlich keine Folterkammer.

So wurde die Gymnastikabteilung genannt, in die jeder Unfallpatient gescheucht wurde, sobald er die Zehenspitzen über die Bettkante schieben konnte. Wenn es sein mußte, wurde man auch im Rollstuhl hingekarrt.

Die Folterkammer lag im Keller, wahrscheinlich deshalb, damit die Schmerzensschreie gequälter Opfer nicht nach draußen drangen. Im allgemeinen fing die tägliche Prozedur ganz harmlos an. Mit den Füßen mußte ich einen Gummiball hin- und herrollen, mußte die Beine heben und senken, mußte in der Luft ein bißchen radfahren – alles Übungen, die so lange dauerten, bis der Folterknecht den vorigen Patienten zu einem jammernden, schwitzenden Wrack verarbeitet und wieder auf seine Station geschickt hatte. Dann widmete er sich dem nächsten. Gestorben ist da unten keiner, aber es hat auch niemanden gegeben, der nicht kurz davor gewesen wäre. Eine halbe Stunde dauerte diese Tortur jedesmal, und hinterher war man drei Stunden lang damit beschäftigt, die malträtierten Knochen wieder zu beruhigen.

Frau Imle durfte nach Hause gehen. Sie hinterließ mir drei Pfund Orangen, fünf Nelkensträuße in den verschiedenen Stadien des Verwelkens und alle Traktätchen, die sie im Laufe ihrer Genesung auf dem Nachttisch angehäuft hatte. Die Putzfrau war dankbar dafür. Ihre Schwiegertochter hatte einen Gemüseladen und brauchte immer Einwickelpapier.

Einen halben Tag und eine ganze Nacht lang genoß ich das Alleinsein, dann bekam ich wieder Zuwachs ins Zimmer. Im Gegensatz zu den meisten anderen Patienten, die entweder auf Tragen oder Rollstühlen in die Station gebracht wurden, erschien Frau Dombrowski auf ihren eigenen zwei Beinen. Sehr stämmigen übrigens, die sie aber auch brauchte, um das restliche Körpergewicht tragen zu können.

Eine Nachoperation stehe ihr bevor, die dritte schon, irgendwas am Knie sei es, das käme wohl vom vielen Stehen, und das wiederum bringe der Beruf so mit sich, als Verkäuferin sei man ja immerzu auf den Beinen und abends noch der Haushalt mit Mann und Sohn, sie freue sich direkt auf eine Zeitlang Auspannenkönnen, einige Wochen würden wohl draufgehen, sie kenne das schon, im übrigen auch die beste Gelegenheit zu einer kleinen Abmagerungskur, das falle ihr hier gar nicht schwer, sie werde sich wieder auf Diät setzen lassen, nur 750 Kalorien am Tag, nach der Operation habe sie ohnedies nie Hunger, und ob es freitags immer noch Fisch in Senfsoße gebe?

Soviel hatte Frau Imle den ganzen Tag über nicht geredet wie ihre Nachfolgerin in fünf Minuten. Während sie ihren Schrank einräumte, plapperte sie munter weiter. Danach verschwand sie erst einmal, um die Schwestern zu begrüßen. Sie kannte alle, denn die Wiedersehensfreude drang durch die geschlossene Zimmertür. Trotzdem hatte ich den Eindruck, daß diese Freude etwas einseitig war.

Zum Glück war Frau Dombrowski Nichtraucherin, ins Getto kam sie also nicht, und vom nächsten Tag an war sie ohnehin ans Bett gefesselt. Jetzt war ich diejenige, die Samariterdienste leisten konnte. Es war nicht weiter schwierig, einen kalten Waschlappen zu bringen oder ihr die Zippeltasse mit Tee an den Mund zu halten; ein Handtuch ließ sich ebenso leicht über die Krücke hängen wie der gehäkelte Taschentuchbehälter, aber als ich den Rosenstrauß vom Nachttisch entfernen sollte, weil er so stark duftete, mußte ich doch nach der Schwester klingeln. Wie sollte das bloß werden, wenn ich wieder nach Hause durfte? Ich war ja nicht mal in der Lage, einen Teller auf den Tisch zu stellen.

Ob es nun die Diät war oder die Marzipankartoffeln, mit denen Frau Dombrowski die Pausen zwischen den Mahlzeiten überbrückte, weiß ich nicht, jedenfalls bekam sie Magenschmerzen. Und Tabletten gegen die Magenschmerzen. Die spülte sie statt mit Wasser lieber mit Multivitamintrank hinunter, worauf die Magenschmerzen zunahmen. Dr. Jellinek holte einen Kollegen von der Inneren. Der empfahl statt Tabletten Supp.

»Ach ja«, sagte Frau Dombrowski dankbar, »liever mol e Supp, ich konn die ewische Rühreier net mehr sehe.«

Sie war schwer enttäuscht, als man ihr sagte, daß sie künftig keine gehaltvollen Suppen zu erwarten hätte, sondern daß man die Tabletten lediglich gegen Suppositorien, also Zäpfchen, auswechseln werde. Frau Dombrowski ließ sich von der Diätliste streichen, orderte ab sofort Vollkost, zu der auch ein Teller Suppe gehörte, aß bis zur Dekorationspetersilie alles auf und wurde ihre Magenschmerzen los. »Es wor bloß de Hunger.«

Dienstags war Tag der Kultur. Dann nämlich wurde die mobile Krankenhausbibliothek durch die Zimmer gerollt, gesteuert von einer älteren Dame, die sich immer erst für die selbst mitgebrachte Lektüre interessierte, bevor sie einem etwas Gleichwertiges anbot. Auf meinem Nachttisch lag »Der Name der Rose«, Nummer eins der Bestsellerliste, jedoch ein ziemlich schwerer Brocken und nicht unbedingt die richtige Krankenhauskost.

»Das ist viel zu anstrengend«, sagte Frau Schäfer, denn so hatte sie sich vorgestellt. »Sie sollten lieber etwas Leichteres, Heiteres lesen, das lenkt ab. Haben Sie Kinder?«

»Ja, sogar eine ganze Menge.« Mir schwante etwas. Und richtig, da kam es auch schon:

»Dann hab ich etwas für Sie!« Prompt zog sie zwei Bücher mit den mir hinlänglich bekannten Schutzumschlägen heraus. »Die hat eine Mutter von fünf Kindern geschrieben, ganz entzückend. Sie haben Glück, daß sie noch nicht weiterverliehen sind, ich habe sie gerade von einer Patientin aus dem Nebenzimmer zurückbekommen. Der haben sie auch so gut gefallen.«

Das war ja sehr schmeichelhaft, trotzdem: »Ich kenne die Bücher schon«, sagte ich bescheiden.

»Schade.« Sie suchte weiter und wurde nochmals fündig. »Haben Sie auch das letzte gelesen? Ist zwar eine Reisegeschichte, aber von derselben Autorin und auch sehr lustig.«

»Das kenne ich auch.«

»Ach, dann gehören Sie wohl zu den Sanders-Fans?« Jetzt konnte Frau Dombrowski nicht mehr an sich halten. »Ha, das isch se doch selbsch!«

Weder war ihr der launige Genesungsgruß vom Verlag entgangen noch die Kilopackung Edelpralinen, die Verlegers geschickt hatten, und deren Inhalt ihre Marzipankartoffeldiät wacker unterstützte. Sie hatte so lange gebohrt, bis ich mein Doppelleben preisgeben mußte.

Frau Schäfer war entzückt. Nein, daß sie das erleben durfte! Die bekannte Autorin hier im Bett, und keiner hat etwas davon gewußt!

»Mir wäre es ganz lieb, wenn es dabei bleiben würde«, dämpfte ich ihre Begeisterung, aber das nützte nicht viel. »Wenn ich den anderen Patienten erzähle, mit wem sie hier unter einem Dach liegen, dann sind die ganz aus dem Häuschen.«

Eben! Im Geiste sah ich schon eine Prozession Kurzzeit-Invaliden in mein Zimmer schlappen in der Erwartung, mich lorbeerbekränzt oder in einer wie auch immer gearteten außergewöhnlichen Aufmachung vorzufinden. Ich schlug Frau

Schäfer einen Kompromiß vor: Sie würde den Mund halten, und ich würde für ihre Bibliothek jeweils ein zweites Exemplar meiner Bücher spenden.

»Das würden Sie wirklich tun?«

»Sogar gerne. Eine bessere Reklame kann ich mir doch gar nicht wünschen.«

»Da haben Sie recht!« Hoch befriedigt schob sie mit ihrem Wägelchen von dannen, vergaß die Tür zu schließen, und wenig später hörte ich sie nebenan verkünden: »Sie glauben ja gar nicht, Frau Ungesell, welche Überraschung ich eben erlebt habe!«

Abends war es rum, und schon am nächsten Morgen kam Oberschwester Irmtraut mit einem noch verschweißten Exemplar meines kinderreichen Muttertums und bat um eine Widmung. Von da an durften die Illustrierten sogar mit dem Titelblatt nach oben liegenbleiben. Zum erstenmal war auch der Kaffee heiß, der uns sonst immer lauwarm serviert worden war, weil wir im vorletzten Zimmer lagen.

Vielleicht hätte ich doch weniger verschwiegen sein sollen, denn die kleinen Privilegien, die mir plötzlich zugestanden wurden, konnte ich nur noch zwei Tage genießen. Dann durfte ich nach Hause.

Sascha holte mich ab. Er war erst vor vierundzwanzig Stunden aus dem Urlaub zurückgekommen und stand nun ziemlich entgeistert vor mir. »Dich kann man aber auch keine drei Tage allein lassen!«

»Du warst immerhin fast einen Monat weg, das ist eine lange Zeit. Weshalb mußtest du auch ans andere Ende der Welt fahren? Nicht mal von meinem Ableben hätte man dich verständigen können. Und selbst wenn, dann wärst du zur Beerdigung doch nicht mehr pünktlich gekommen.« Neidisch betrachtete ich seine Kenia-Bräune. Ich war seit drei Wochen nicht an die Luft gekommen und hatte jenen blütenweißen

Teint erreicht, den die Damen des vorigen Jahrhunderts noch für begehrenswert gehalten hatten. Warum, weiß ich nicht, ich kam mir jedenfalls vor wie ein Harzer Käse.

Sascha kniete zu meinen Füßen – das hatte er noch nie getan! – und band mir die Schuhe zu. Zumindest in der ersten Zeit würde ich noch auf fremde Hilfe angewiesen sein. Weder war ich imstande, mir selbst die Strümpfe anzuziehen, noch konnte ich mich nach dem Duschen allein abtrocknen, und in die Hosen kam ich nur rein, wenn sie unten weit geschnitten waren.

»Wie sieht es denn zu Hause aus?« Die Zwillinge hatten mir bei ihren Besuchen jedesmal versichert, alles laufe prima, ich solle mir bloß keine Sorgen machen, sie seien großartig aufeinander eingespielt. »Wir machen nämlich Teamwork«, hatte Nicki gesagt.

»Macht Papi auch mit?«

»Na klar. Wem sollten wir denn sonst die Schuld geben, wenn was schiefgegangen ist?«

»Ich denke, es geht nichts schief?«

Katja hatte ihrer Schwester beschwörende Blicke zugeworfen, die Warnung noch mit einem kräftigen Fußtritt unterstrichen, und endlich war Nicki aufgegangen, daß sie sich wohl verplappert hatte. Schnell hatte sie versucht, den Fehler wiedergutzumachen. »War ja gar nicht schlimm, das Wasser hatte die Feuerwehr nach einer Viertelstunde schon wieder rausgepumpt.«

»Welches Wasser?«

»Das von der Waschmaschine. Der Schlauch war vom Hahn abgesprungen, und da hat ihn Papi selber wieder angeschraubt. Bloß nicht fest genug. Aber er hat uns schon neue Skistiefel gekauft. Und der Sonnenschirm war sowieso schon mürbe, hat er gesagt, der hätte den nächsten Sommer gar nicht mehr überstanden. Es war also ganz gut, daß er in das aufgeweichte Streusalz gefallen ist, da konnten wir ihn gleich zum Sperrmüll geben. Jetzt steht er wenigstens nicht mehr rum.«

Sascha behauptete, außer einigen neuen Kochtöpfen sei ihm nichts aufgefallen, er habe aber auch nicht besonders darauf geachtet. »War der Spiegel im Flur eigentlich schon immer rechteckig?«

»Vor drei Wochen ist er noch rund gewesen.«

»Siehste, ich wußte doch, daß da was nicht stimmt. Gefällt mir jetzt aber besser als vorher.«

Der Spiegel war nicht die einzige Veränderung, die ich bei meinem ersten Inspektionsgang bemerkte. Die meisten Topfblumen schienen eine gründliche Metamorphose hinter sich zu haben, wobei sich die Christsterne in Alpenveilchen verwandelt hatten und die Efeuaralie in ein grünweißes Rankengewächs. Aus der Yuccapalme in meinem Zimmer war ein Apfelsinenbäumchen geworden, aber am verblüffendsten hatte sich der Gummibaum im Wohnzimmer verändert. Er war um einen halben Meter gewachsen und hatte plötzlich lauter gezackte Blätter.

»Ja, weißt du«, sagte Rolf schuldbewußt, »der hatte bei 15 Grad minus neben der offenen Terrassentür gestanden.«

»Hat er das etwa übelgenommen?«

»Am nächsten Tag hat er keine Blätter mehr gehabt.«

Der Verlust störte mich wenig. Ich hatte dieses Gewächs noch nie leiden können, aber Sven hatte es mal auf dem Rummel gewonnen, jahrelang gehegt und später immer wieder vergessen, den Topf in seine eigene Bude mitzunehmen. Richtig dekorativ hatte er nur ein einziges Mal ausgesehen: Als am Heiligen Abend die Tanne umgekippt war und plötzlich das ganze Lametta in den grünen Gummibaumblättern gehangen hatte.

In den Keller durfte ich nicht. Mit den Krücken sei das viel zu gefährlich, es gebe ja auch nichts Besonderes zu sehen. Bei der ersten Gelegenheit stakste ich natürlich doch hinunter, freute mich über die frischgekalkten Wände, wurde jedoch skeptisch, als ich das große Schild über der Waschmaschine sah: Sind die Taschen leer???

»In Papis Hose war ein Zwanzigmarkschein, und in meiner steckte noch der Schülerausweis, als ich das Zeug gewaschen habe«, lautete Katjas Erklärung. »Seitdem ist so was auch nie mehr passiert.«

»Und warum hängen oben neue Badetücher?«

»Woher sollte ich denn wissen, daß man Socken nicht kochen darf?« verteidigte sich Rolf.

»Mache ich aber immer, sonst werden die Dinger doch nie sauber.«

»Papi meint nicht die Tennissocken, sondern seine gräßlichen grünen Wollstrümpfe.«

»Sind die endlich hinüber?« fragte ich hoffnungsvoll.

»Ja, aber die Badetücher auch. Statt sie in Entfärber zu schmeißen, hat er sie in dieser Chlorbrühe eingeweicht, die wir für die Toiletten benutzen.«

»Die grüne Farbe ist aber rausgegangen«, protestierte Rolf.

»Stimmt, nur waren danach lauter Löcher drin.«

Offenbar hatte mein Unfall nicht nur die Krankenkasse einen Haufen Geld gekostet, sondern auch in Rolfs Privatbudget ein erhebliches Loch gerissen. Trotzdem war ich froh, als ich mich abends wieder in mein eigenes Bett legen konnte. Zum erstenmal seit Wochen schlief ich sofort ein. Wahrscheinlich hatte mir das vertraute Quietschen gefehlt.

Kapitel 19

Für einen Schriftsteller gibt es keine bessere Inspiration als die Befürchtung, daß er seinen Honorarvorschuß zurückzahlen muß, wenn er nicht schreibt. Der Verlag hatte mir zwar eine Fristverlängerung eingeräumt, aber die lief auch bald ab. Ich mußte endlich wieder was tun. Bloß wann und wie? Als ich nämlich zum erstenmal ohne Krücken an einer Schaufensterscheibe vorbeiging, stellte ich zu meinem Entsetzen fest, daß ich hinkte. Nicht viel, aber mir reichte es.

Das geht vorbei, redete ich mir gut zu, du bist das Laufen nicht mehr gewöhnt, wahrscheinlich trittst du immer noch viel zu vorsichtig auf, das bessert sich von allein. Dachte ich. Das ausgeprägte Taktgefühl der Zwillinge belehrte mich eines Besseren. »Mami, du eierst!« Es mußte also etwas geschehen.

Ein Kurort heißt deshalb Kurort, weil man da kuren kann. Das tun die Kurgäste, die hierhergeschickt werden und dann vier Wochen lang inhalieren, Fangopackungen kriegen, massiert werden, schwimmen, saunen, kneip(p)en und ihrer Gesundheit leben. Aus diesem Grunde verfügen Kurorte über Kurmittelhäuser. Wir haben auch eins. Ich kannte es nur von außen, denn ich bin Einheimische, und die kuren – wenn überhaupt – woanders. Genau das sollte ich nach Dr. Jellineks Ansicht tun.

Ich streikte. Drei Wochen Kasernierung hatten mir gereicht, außerdem hatte Rolf seinen Hausarrest satt, er wollte mal wieder persönlich mit seinen Kunden reden, und die Zwillinge meinten, sie müßten sich jetzt doch regelmäßiger in der Schule sehen lassen.

Dr. Jellinek sah das ein. Er verschrieb mir Massagen, Gymnastik und Wassertherapie. Ich bekam einen genauen Stundenplan, wann ich wo in welchem Kostüm zu erscheinen hatte, und von da an stand ich jeden Morgen pünktlich um neun Uhr im Jogginganzug vor dem Gymnastikraum. Anschließend mußte ich im babybadwarmen Schwimmbecken herumkrebsen, zum Schluß wurde ich massiert. Danach war Ruhe verordnet. Wenn ich endlich wieder nach Hause kam, war der Vormittag vorbei. In normalen Zeiten hatte ich den meistens am Schreibtisch verbracht. Ich mußte also umdisponieren. Künftig würde ich mich gleich nach dem Mittagessen in meine Klause zurückziehen. Nicht gerade der beste Zeitpunkt, weil nach neuesten Forschungen gerade dann die Leistungskurve einen Tiefpunkt erreicht, aber auf dem hing ich ohnehin seit Wochen. Noch tiefer konnte es gar nicht mehr gehen.

Als ich die Staubschicht von der Maschine entfernt hatte und mich auf den Schreibtischstuhl setzen wollte, kam das Wie. Ich konnte nämlich nicht sitzen. Jedenfalls nicht lange. Der Metallnagel drückte, und die Schrauben piekten. Das sei Einbildung, behauptete Dr. Jellinek. Die Schrauben könnten gar nicht pieken, und das Druckgefühl lasse mit der Zeit nach.

»Wann?«

»Ein paar Wochen lang werden Sie noch etwas spüren, aber ganz wird es wohl erst verschwinden, wenn wir Ihnen im nächsten Jahr das Alteisen wieder herausholen.«

»So lang kann ich nicht warten.«

»Die deutsche Kultur wird es überleben, wenn Sie mal ein Weilchen pausieren. (Hinterhältiger Schuft! Dabei hatte er mir noch am letzten Tag ein Buch abgeluchst.) Ruhen Sie sich erst mal auf Ihren Lorbeeren aus!«

»Wenn ich das täte, dann trüge ich sie an der falschen Stelle«, sagte ich pampig und knallte den Hörer auf die Gabel.

Ich mußte mir etwas einfallen lassen, wie ich Tisch, Stuhl, hochgelegtes Bein und Schreibmaschine in Einklang bringen konnte. Meine derzeitige Lieblingshaltung erinnerte an die Ruhelage von Teenagern: Halb im Sessel liegend, Kissen im Kreuz und Beine auf dem Couchtisch. So kann man aber nicht schreiben. Ich versuchte es mit Brett auf dem Bauch und darauf die Maschine. Nach zehn Minuten hatte ich Magenschmerzen. Ich probierte es mit handschriftlichen Notizen. Die konnte ich später nicht mehr lesen, außerdem taten mir bald die Finger weh. Seit Jahren schon schreibe ich mit Ausnahme des Einkaufszettels und der Ansichtskarten aus dem Urlaub alles mit der Maschine. Zu längeren handschriftlichen Abhandlungen war ich gar nicht mehr in der Lage.

Schließlich räumten wir mein Zimmer um, so daß ich auf einem Eßzimmerstuhl sitzen und mein lädiertes Bein auf einen mit Kissen gepolsterten Hocker legen konnte. Sehr bequem war es nicht, aber es ging.

Schreiben ist ganz einfach. Man setzt sich nur hin und starrt auf das weiße Blatt Papier, bis sich Blutstropfen auf der Stirn bilden. Als ich diesen Zustand erreicht hatte, gab ich erst mal auf. So hatte das keinen Zweck. Eine halbe Ewigkeit lang hatte ich dieses Manuskript nicht angesehen, hatte den Faden verloren, wußte nicht mehr weiter. Am besten war wohl, das bisher Geschriebene noch einmal von Anfang an zu lesen in der Hoffnung, wieder den Anschluß zu finden.

»Tinchen räkelte sich in der Sonne«, hieß der letzte Satz. Das versuchte ich mir plastisch vorzustellen. Ging nicht, weil es draußen schneite. Überhaupt kann man nicht mitten im Winter das Strandleben an der sommerlichen Riviera beschreiben! Mit dem Buch hatte ich angefangen, als die Kirschbäume geblüht hatten, jetzt war es bald wieder soweit, und Tinchen hatte ihren Florian noch immer nicht gekriegt. Vor meinem Unfall hatte ich die beiden auseinandergebracht, und nun wußte ich nicht mehr, wie ich das geradebiegen sollte.

Tinchen räkelte sich immer noch. Seit exakt zweieinhalb Monaten. Langsam müßte sie damit aufhören und was anderes tun. Aber was? Herrgott noch mal, warum hatte ich mir als Hobby ausgerechnet die Schriftstellerei ausgesucht, statt Briefmarken zu sammeln oder Kakteen zu züchten? Die wachsen von alleine. Im Gegensatz zu Büchern. Die wachsen nicht von alleine, und sie wachsen überhaupt nicht, wenn man den Ablieferungstermin im Nacken hat. Das beste wäre, ich würde Tinchen im Meer ersaufen lassen, dann hätten sie und ich es überstanden. Geht aber nicht, ein heiterer Roman hat nicht tragisch aufzuhören, sondern heiter. Also mit Happy-End.

»Happy-End ist kitschig«, sagte Katja, als sie sich meinen letzten intakten Kugelschreiber auslieh. »Denk mal an die ›Dornenvögel‹. In der letzten Folge haben sie alle bloß geheult, und gestorben sind sie reihenweise. So was ist jetzt ›in‹.«

Also doch Tod im Mittelmeer? Wäre sogar ein guter Titel, aber wohl mehr was für einen Krimi. Außerdem lebte Tinchen ja noch, ganz abgesehen davon, daß man an einem vollbesetzten Strand nicht ertrinken kann. Da mußte sie erst mal weg.

»Mami, wie schreibt man Rekonvaleszent?« Vorsichtshalber war Nicki in der Tür stehengeblieben. Es konnte ja sein, daß ich im Augenblick nicht zu orthographischer Hilfestellung aufgelegt war. War ich auch nicht. »Guck doch im Duden nach!«

»Wenn ich nicht weiß, wie man es schreibt, finde ich es nicht.«

Auch wieder wahr. »V-a-l-e-s-z und dann ent.«

»Danke. Mit c oder mit k?«

»Mit k. Und jetzt raus!!«

Tinchen räkelte sich immer noch. Die hatte es gut! Ich würde auch lieber mein Bein in den heißen Sand legen statt auf das kratzende Kissen. Ob ich mir mal die Reiseprospekte vom letzten Sommer holen sollte? Bestimmt lagen sie noch im Keller, wenn sie nicht ebenfalls der Flutkatastrophe zum Opfer gefallen waren. Quatsch, nützt ja doch nichts. Ich brauche mehr als nur ein Dutzend Hochglanzfotos zur Inspiration, wie ich Tinchen in Florians Arme treiben konnte, wo sie nach meinem und Verlegers' Willen hingehörte. Vom vorzeitigen Ableben meiner Heldin war ich inzwischen abgekommen.

Ich humpelte in die Küche und kochte Kaffee. Als die Tasse leer war, war ich noch immer nicht inspiriert. Dafür war der Aschenbecher voll. Soviel hatte ich schon lange nicht mehr geraucht. Und immer noch keine zündende Idee. Konzentriere dich endlich, Mütterchen, sonst wird dein Tinchen von der Sonne mumifiziert.

Was tat sie überhaupt am Strand? Ach ja, sie räkelte sich. Klingt sowieso doof, muß man streichen. Im Bett räkelt man sich, keineswegs unter Leuten. Das ist unfein. Ich x-te den Satz durch. Jetzt blinzelte Tinchen in die Sonne, aber an der Situation als solcher änderte das auch nichts.

Vor dem Fenster brach die Dämmerung herein. Nachbars Kinder schmissen Schneebälle auf den Balkon. Einer knallte an die Scheibe. Hoffentlich trafen sie das nächste Mal besser. Eine kaputte Fensterscheibe wäre eine großartige Entschuldigung, den Schreibtisch zu räumen. In einem kalten Zimmer kann man nicht schreiben. In einem warmen auch nicht.

Ich zog den Bogen aus der Maschine, legte mich aufs Bett und knipste mich aus. Zum Teufel mit Tinchen, mit Verlegers, mit Manuskripten und Terminen – immerhin war ich gerade erst dem Krankenhaus entronnen und noch Rekonvaleszent. Mit s-z.

Kurz bevor sich zwischen meinen Zehen die ersten Anzeichen von Schwimmhäuten bildeten, schmiß ich den ganzen Kram hin. Halb Deutschland hatte ich schon auf dem Standfahrrad durchquert, war mindestens einmal durch den Ärmelkanal geschwommen, und mit der Energie, die mich meine täglichen Gymnastikstunden gekostet hatten, hätte ich einen Winter lang unser Haus beheizen können. Und was hatte diese ganze Plackerei gebracht? Gar nichts.

»Halb sieben!« sagte Sascha, wenn er hinter mir herging.

»Was soll das heißen?«

»Überleg mal, wie die Zeiger stehen, wenn es sechs Uhr dreißig ist.«

Ich tat es und wurde wütend. »Ist es meine Schuld, daß das rechte Bein nach der Operation fünf Millimeter länger geworden ist?«

»Du humpelst aber für mindestens fünfzig.«

Ich schleppte drei Paar Schuhe zum Schuster und ließ den linken Absatz erhöhen. Danach konnte ich endlich wieder normal laufen. Das glaubte ich so lange, bis Tante Lisbeth ihren längst überfälligen Besuch bei uns nachholte. »Sag mal, Kind, seit wann hinkst du denn?«

»Seitdem ich auf Eis ausgerutscht bin.«

»Und wie hast du den Fuß ins Whiskyglas gekriegt?«

Boshafte alte Schachtel! Aber wenn man seit dreißig Jahren Abstinenzler ist und sogar zu Silvester Apollinaris ins Sektglas gießt, ist natürlich jeder ein Säufer, der eine Flasche Eierlikör im Schrank stehen hat.

Jedenfalls hatte mir Tante Lisbeth endgültig meine Illusion geraubt. Ich sortierte das Regal durch. Alle Schuhe mit hohen Absätzen kamen in den Keller. Das waren die meisten. Die mit den halbhohen stellte ich ins untere Fach, vielleicht würde sich mein Gleichgewichtssinn eines Tages so weit regenerieren, daß ich sie wieder anziehen konnte. Dann kaufte ich mir Slipper, und die legten mein Selbstbewußtsein restlos lahm. Jetzt überragten mich nämlich alle fünf Nachkommen um vier bis zwanzig Zentimeter. Bisher hatte ich wenigstens noch mit Katja Schritt halten können, aber nun brauchte sie gar nicht mehr zu wachsen, sie hatte es auch so geschafft. Ich war zu »unserer Kleinen« degradiert.

Seitdem ich meine Vormittage nicht mehr im Planschbecken verbringen mußte, konnte ich mich wieder intensiver um Tinchens Liebesleben kümmern. Endlich war es soweit: Auf dem Düsseldorfer Hauptbahnhof stammelte Florian seinen Heiratsantrag, ich hatte mein Happy-End, Verlegers ihr immer dringender angemahntes Manuskript.

Im Nachbargarten blühte der erste Kirschbaum.

Kapitel 20

Nachdem ich seinerzeit in Münkenstein meine »völlig unnötigen Hemmungen überwunden und die erste Lesung zweifellos souverän hinter mich gebracht« hatte, war ich nach Verlegers Meinung reif für Größeres.

»Sie müssen mal raus und sich Ihren Lesern persönlich vorstellen. Das gehört ganz einfach dazu!«

Warum hatte ich bloß nicht meinen Mund halten können? Anläßlich eines Besuchs im Verlag hatte ich eine offenbar sehr plastische Schilderung meines Leseabends gegeben, brüllendes Gelächter geerntet, aber nicht an die Folgen gedacht.

»Warten Sie mal ab, wie wohl Sie sich fühlen werden, wenn Sie in der richtigen Umgebung vor einem interessierten Publikum lesen. Da herrscht doch eine ganz andere Atmosphäre«, hatte der Herr Verleger gesagt und gleich etwas Passendes zur Hand gehabt. »Frau Haselmann in Duisburg möchte schon lange einen Leseabend mit Ihnen machen, und der Herr Waldvogel in Mönchengladbach ist ebenfalls scharf darauf.«

»In Voerde habe ich auch noch jemanden«, fiel Frau Maibach ein, »und in der Nähe von Köln.«

»Dann können wir auch gleich die Buchhandlung in Hammershausen mitnehmen«, sagte Herr Adler, ein sehr rühriger Außendienst-Mitarbeiter. »Dort hat man mich schon ein paarmal gefragt, wann Frau Sanders mal Zeit hätte.«

Dann gab es noch jemanden in der Umgebung von Heidelberg, der mich seinen Kunden vorzustellen wünschte, und der Kaufhof in Nürnberg hatte sich gleichfalls gemeldet.

»Soll ich da etwa zwischen Unterhosen und Lampenschirmen lesen?«

»Da sollen Sie überhaupt nicht lesen, man möchte Sie nur für eine Signierstunde haben.«

Ich dachte an den Gründonnerstag in Kaiserslautern und winkte ab. »Gegen Kaufhäuser bin ich allergisch.«

»Auch dann, wenn sich die Buchabteilung im Haus befindet?«

Ich ließ mich breitschlagen. Hauptsächlich deshalb, weil ich noch nie in Nürnberg gewesen war und nun eine Möglichkeit witterte, diese Bildungslücke zu schließen.

»Da bekommen wir eine sehr schöne Tournee zusammen.« Frau Maibach war zufrieden, als ich mich am nächsten Tag verabschiedete. »Jetzt muß ich nur noch die einzelnen Termine aufeinander abstimmen. Sobald ich alle Daten habe, schicke ich Ihnen die genaue Reiseroute.«

»Und wann etwa muß ich Koffer packen?«

»Auf jeden Fall erst nach der Buchmesse. Wir müssen an das Weihnachtsgeschäft denken.«

Natürlich, das hätte ich beinahe vergessen.

»Reicht der schwarze, oder soll ich den Überseekoffer von Onkel Henry aus dem Keller holen?«

Die Zwillinge halfen beim Packen. Den halben Inhalt des Kleiderschrankes hatten sie schon im Zimmer verteilt, begutachtet und das meiste davon als »total ätzend« verworfen.

»Wie kann man sich bloß solche Hosen kaufen?« Mit spitzen Fingern hielt Katja das Corpus delicti in die Höhe. »Nicht mal zum Rasenmähen würde ich die anziehen!«

»Dazu wären sie auch völlig ungeeignet«, bestätigte ich.

Trotzdem mußte ich Katja recht geben. Diese weiß-rosa Röhre mit den Nudelstreifen, einem Liegestuhlbezug nicht unähnlich und wahrscheinlich in einem Anflug von geistiger Umnachtung gekauft, hatte ich noch nie getragen und würde es vermutlich auch nie tun. Aber das konnte ich nicht zugeben, denn nach Ansicht meiner Töchter habe ich sowieso keinen Geschmack, was sie allerdings nicht hindert, bei jeder Gelegenheit kräftig zuzulangen. Als die beiden kürzlich ins Theater gingen und sich vor dem Abmarsch bei mir einfanden, um Eintritts- und Verpflegungsgeld für McDonald's abzuholen, traute ich meinen Augen nicht. Zu meiner schwarzen Hose trug Katja eine Bluse von mir und dazu die Lederkrawatte von ihrem Vater. Meinen weißen Blazer hatte sie über dem Arm hängen. Nicki hatte sich zwar mit ihrem eigenen Rock begnügen müssen, weil sie bei mir nichts Geeignetes gefunden hatte, aber den Glitzerpullover kannte ich nur zu gut. Plötzlich schoß sie wie ein Habicht auf mich zu. »Da ist er ja!« Ungeduldig zerrte sie an meinem Gürtel. »Wenn du ihn selber trägst, kann ich natürlich lange suchen!«

Selbstverständlich handelt es sich hierbei um Ausnahmen. Niemals würden sie meine karierte Hemdbluse anziehen, höchstens unter dem blauen Pulli, weil man da nur den Kragen sieht, und der paßt farblich recht gut dazu, aber der hellgraue Pullover, den ich mir neulich gekauft hatte, war ja nun wirklich das Allerletzte! Vor der nächsten Tanzstunde war er aus meinem Schrank verschwunden. Genau wie der Seidenschal, den mir Rolf mal aus Brüssel mitgebracht hatte. »Pink mit Grau«, hatte Katja damals verächtlich gesagt, »so was hat Frau Schmidt immer auf dem Kopf, wenn sie Kühe melken geht.«

Jedenfalls hatte ich mir angewöhnt, vermißte Kleidungsstücke zuerst in den Schränken der Zwillinge zu suchen oder im Wäschekorb, wo ich sie meistens auch fand, oft genug mit den Spuren von Cola oder schwarzem Eyeliner verziert.

Zumindest in dieser Hinsicht waren Stefanies Teenagerjahre unproblematischer gewesen. Sie hatte sich nur aus dem Schrank ihres Vaters bedient und mit Vorliebe Pullover getragen, die ihr vier Nummern zu groß gewesen waren. Seine Shorts hatte sie in der Taille irgendwie zusammengewurstelt und als knielange Radfahrerhosen benutzt, und eines Tages war sie dahintergekommen, daß sich sogar seine Krawatten als lässig geschlungene Gürtel verwenden ließen. Selbst ein paar von Rolfs Wollstrümpfen hatte ich in ihrem Schubfach gefunden. Steffi hatte sie so lange mit heißem Wasser bearbeitet, bis sie auf Damenskisöckchengröße geschrumpft waren.

Was also trägt die Frau von Welt zur Dichterlesung? Etwas Seriöses? Nein, nicht schon wieder das Beerdigungskostüm! Oder sollte ich mich auf Künstler trimmen, zu denen ich nach Ansicht unserer Steuerberaterin ohnehin gehörte? Woran erkennt man Künstler? Beuys trug Hut, Elton John trägt Sonnenbrillen, Nena Netzstrümpfe, Cleo von allem etwas, aber davon möglichst wenig. Ich besaß von allem nichts, womit sich die Frage des künstlerischen Outfits von selbst erledigte.

Wie immer stieß ich bei Rolf auf Verständnislosigkeit, als ich seinen Rat einholen wollte. »Es ist doch völlig egal, was du anziehst, das meiste davon sieht man eh nicht.«

? ? ?

»Nur ihr Frauen kriegt es fertig, knielange Stiefel für hundertachtzig Mark zu kaufen, einen Hosenanzug für dreihundert drüberzuziehen und das Ganze dann unter einem Maximantel für vierhundert zu verstecken.«

Gegen diese Behauptung muß ich entschieden protestieren! So teuer war die Kombination gar nicht gewesen, weil ich nämlich eine Freundin habe, deren Freund eine Boutique hat. Da bekomme ich immer Prozente.

Steffi rief an und bat um einen zweiten Koffer, ihrer sei zu klein.

»Was willst du denn alles mitschleppen? Wir sind sechs Tage unterwegs und nicht sechs Wochen.«

»Ich hab mir ein ganz tolles Kleid gekauft, aber das knautscht so, wenn ich es noch reinquetsche. Dafür brauche ich einen extra Koffer.«

Du lieber Himmel, jetzt fing sie auch schon an durchzudrehen! Ich hatte meine Tochter als Reisebegleitung angeheuert, weil ich es mir ziemlich langweilig vorstellte, den ganzen Tag allein in einer fremden Stadt herumzuhängen und darauf zu warten, daß es Abend wird. Prominente Autoren, die wegen ihres Bekanntheitsgrads angeblich nicht allein über die Straße gehen können, bekommen natürlich einen offiziellen Begleiter gestellt. Er muß den Star vom Flugplatz abholen und die Blümchen, die er zur Begrüßung überreicht hat, wieder zurück ins Hotel tragen; er muß den VIP zum Dinner führen, vom Friseur abholen und dafür sorgen, daß eine polizeiliche Genehmigung vorliegt, aufgrund derer der prominente Gast auch in der Fußgängerzone mit dem Wagen vorfahren kann.

Diese Art Job ist bei den davon Betroffenen nicht gerade beliebt. Er kostet Zeit, Nerven und viel Selbstbeherrschung, weil der prominente Gast häufig gar nicht so nett ist, wie man geglaubt hatte.

Kein VIP zu sein hat aber auch seine Vorteile. Man muß nicht schon morgens in voller Kriegsbemalung das Frühstückszimmer betreten, weil einen sowieso keiner kennt. Man kann beim Stadtbummel vor einem Billigladen stehenbleiben und ungeniert die Sonderangebote prüfen. Man darf das Nobelrestaurant links liegen lassen und statt dessen im nächsten Imbiß eine Currywurst essen, und man braucht vor allem keine Sorge zu haben, ob man auch überall erkannt und entsprechend gewürdigt wird. Prominente Autoren fühlen sich schon auf den Schlips getreten, wenn bei ihrem Eintreffen im Hotel der Geschäftsführer nicht sofort mit dem Gästebuch auf sie zueilt.

Der lauwarmen Anfrage des Verlags, ob ich einen Babysitter brauche oder nicht vielleicht doch allein zurechtkäme, hätte es gar nicht bedurft. Ich wollte keinen, und Herr Adler, dem diese Aufgabe zugefallen wäre, war mir dafür sehr dankbar. Zu den Lesungen werde er selbstverständlich kommen, das sei ihm ein Vergnügen und keine Pflicht (er kann sehr überzeugend schwindeln!), und bei nicht vorhersehbaren Pannen sei er immer erreichbar. Anbei drei Telefonnummern.

Stefanie hatte noch zwei Wochen Urlaub gut und eine sehr verschwommene Vorstellung vom Ruhrgebiet. Südlich der Mainlinie kannte sie bis zu dreitausend Kilometer Entfernung schon eine ganze Menge, in nördlicher Richtung war sie noch nie über Wiesbaden hinausgekommen. Außerdem baute ich auf ihren Pfadfinderinstinkt, der sie auch in fremden Gegenden an das erwünschte Ziel bringt. Meistens!

Unsere erste Etappe hieß Mönchengladbach. Kein Problem, da führt die Autobahn direkt vorbei. Gemächlich zukkelten wir durch die Landschaft und kamen am frühen Nachmittag an den ersten großen Kreisel.

»Wir müssen Richtung Neuss«, sagte ich zu Steffi, denn ich hatte die Karte gründlich studiert.

»Wir müssen Richtung Düsseldorf«, widersprach Steffi, denn auch sie hatte die Karte gründlich studiert. Es mußte aber eine andere gewesen sein, weil urplötzlich die Autobahn zu Ende war und wir am Stadtrand von Leverkusen standen. Eine halbe Stunde später befanden wir uns auf dem Weg nach Remscheid.

»Also nee«, moserte meine Tochter, »jetzt weiß ich wenigstens, weshalb das Ruhrgebiet so verschrien ist. Hier sind alle Schilder so angebracht, daß man sich einfach verfahren muß!«

»Erstens sind wir noch gar nicht im Ruhrgebiet; und zweitens habe ich dir schon vor zwanzig Minuten gesagt, daß das die falsche Richtung ist. Jetzt laß mich mal ans Steuer!«

Inzwischen war es vier geworden und Mönchengladbach noch in weiter Ferne. Die Rush-hour setzte ein, zeitweilig kamen wir nur schrittweise voran, aber das spielte nun auch keine Rolle mehr, wir befanden uns ohnehin schon wieder auf der falschen Autobahn.

Der Zufall in Gestalt eines Lastwagenfahrers brachte uns dann doch noch auf den richtigen Weg. Wie wir hatte er einen Parkplatz mit der dringend gesuchten Wellblechhütte angefahren, er kannte sich hier in der Gegend aus und konnte uns weiterhelfen. Bei der nächsten Betonbrezel sollten wir rechts ab und dann gleich wieder rechts und auf der linken Spur bleiben (oder so ähnlich), Steffi notierte alles gewissenhaft – und warf den Zettel zusammen mit dem ganzen Automüll in den Papierkorb. Das merkten wir erst nach zehn Kilometern, und deshalb halte ich es auch heute noch für ein Wunder, daß wir nicht nur Mönchengladbach fanden, sondern auch noch das richtige Hotel.

»Das ist aber süß«, sagte Steffi beim Anblick des weinlaubumrankten Hauses.

Schon vom Volumen her paßte die Bezeichnung »süß« absolut nicht zu diesem alten Gemäuer, aber mir gefiel es ebenfalls. Endlich mal nicht so ein kastenförmiger Zweckbau mit seiner sterilen Atmosphäre.

Innen hielt das Hotel noch mehr, als sein Äußeres versprochen hatte. Ein grünes Dirndl überreichte uns den Schlüssel, ein rotes Dirndl brachte uns die Koffer hinauf, ein braunes

Dirndl erkundigte sich, ob wir vielleicht für den Abend einen Videofilm haben möchten. Stefanie hatte sich schon mit dem Angebot vertraut gemacht und war ganz begeistert. »Au ja, Määm, die haben sogar ›Easy Rider‹. Ich weiß nicht, warum, aber den Film habe ich nie gesehen. Kann ich nachher nicht hierbleiben?«

Diese Frage erledigte sich von allein, weil »Easy Rider« schon vergeben war und die restliche Auswahl nach Ansicht meiner Tochter unter die Rubrik »Tote Hose« fiel.

Als das Telefon klingelte, zuckte ich zusammen. Wer konnte jetzt schon etwas von mir wollen? Zu Hause hatte ich zwar genaue Angaben hinterlassen, wann ich wo zu erreichen sein würde, aber wir waren doch kaum ein paar Stunden weg, da konnte unmöglich schon das Haus abgebrannt oder die Waschmaschine kaputtgegangen sein.

Herr Adler war dran. Ob es mich störe, wenn er in der Badewanne singe?

»Ich bin auch unmusikalisch«, beruhigte ich ihn. Was sollte diese Frage überhaupt? Soviel ich wußte, wohnte er mindestens hundert Kilometer weit weg, da hört man ja nicht einmal mehr einen Tiefflieger.

»Ich hab das Zimmer neben Ihnen und wollte eigentlich fragen, ob wir noch zusammen einen Kaffee trinken?«

Und ob! Dazu mindestens zwei Stück Torte, denn die Ochsenschwanzsuppe in der Autobahn-Raststätte hatte nicht mal von weitem ein Rindvieh gesehen und war entsprechend gehaltvoll gewesen. Steffi glaubte sogar schon die ersten Anzeichen eines Hungerödems zu spüren.

Das unerwartete Auftauchen eines Babysitters hatte angeblich eine ganz simple Ursache. Da er ohnehin in der Gegend zu tun gehabt habe, sei es nur eine logische Konsequenz gewesen, hier Quartier zu beziehen und mich bei meiner ersten offiziellen Lesung moralisch zu unterstützen. Ohnehin sei die Buchhandlung schwer zu finden, noch schwerer anzufahren, er kenne aber Schleichwege ... Herr Adler schwindelte, was das Zeug hielt.

Schon als Steffi vorhin ihr »tolles Kleid« auf einen Bügel gehängt hatte, waren mir die ersten Zweifel gekommen, aber nachdem sie sich hineingewickelt hatte, konnte ich nur mit Mühe ein Lachen unterdrücken.

»Zieh bloß diesen Fummel aus, dafür bist du zwanzig Jahre zu jung!«

»Die Verkäuferin hat aber gesagt, das Kleid sei sehr damenhaft.«

»Eben! Aus dir wird nie eine, selbst wenn du jede Nacht im Abendkleid schläfst.«

Das war wohl ein bißchen zu drastisch gewesen! Ich nahm Steffi in die Arme und schob sie sanft vor den Spiegel. »Sei doch mal ehrlich! Findest du wirklich, daß dieses Rüschengebammsel zu dir paßt?«

»Ich muß mich erst dran gewöhnen.«

»Das schaffst du heute abend aber nicht mehr. Was hat denn Horst Hermann zu dieser Kreation gesagt?«

Steffi lächelte kläglich. »Der findet sie scheußlich.«

»Ich auch. Jetzt ziehst du das Ding aus, holst deine schwarze Hose aus dem Koffer, ich gebe dir meinen Pulli, den Schal kannst du auch haben, und dieses blaue Ungetüm tauschst du nächste Woche wieder um. Die Verkäuferin, die dir das angedreht hat, sollte man wegen Körperverletzung anzeigen.«

Herr Adler wartete schon. Höflich fragte er, ob ich bereits in der Lage sei, meine Lesung auswendig vorzutragen, er finde das erstaunlich. Himmel ja, die Bücher! Die hatte ich im Zimmer liegenlassen. Mit einer wenig schmeichelhaften Bemerkung über mein fortschreitendes Alter und die damit verbundene Arterienverkalkung trabte Steffi ab.

Die nun folgenden zwei Stunden sind nicht weiter erwähnenswert. Herr Waldvogel war sehr freundlich, das Publikum war noch freundlicher, denn es lachte an den richtigen Stellen, am freundlichsten aber war Herr Adler, weil er mir hinterher versicherte, das habe er schon vorher gewußt.

»Was?«

»Daß Sie die Sache spielend hinkriegen werden.«

Trotzdem trank ich dankbar den Kognak, den der Buchhändler hinstellte, während ich die letzten Bücher »auf Vorrat« signierte. Der zweite schmeckte auch noch, auf den dritten verzichtete ich lieber.

Um zehn Uhr abends pflegen Fußgängerzonen menschenleer zu sein. Deshalb heißen sie ja auch so. Weit und breit war niemand zu sehen, den wir hätten überfahren können, als Herr Adler, vorsichtig die Blumenkübel umkurvend, die Straße ansteuerte. Dann merkten wir aber doch, daß das Stadtzentrum noch nicht ganz ausgestorben war. Aus einem abgestellten Auto winkte eine Polizeikelle.

»Führerschein und Wagenpapiere!« forderte der Mann in Rollkragenpullover und Cordhosen.

»Zeigen Sie mir lieber erst mal Ihre«, parierte Herr Adler, »da könnte ja jeder kommen!«

Die Legitimationen wurden ausgetauscht. Herr Adler überzeugte sich, daß vor ihm ein beamteter Zivilfahnder stand, der nun mit einer Taschenlampe ins Wageninnere funzelte, offenbar nichts fand, was er zu finden erwartet hatte, die Hoffnung aber noch nicht aufgeben wollte. »Öffnen Sie bitte den Kofferraum!«

Auch das geschah. Außer Büchern und dem üblichen Kleinkram, den jeder spazierenfährt, weil er nie zum Ausräumen kommt, war nichts Verdächtiges zu sehen.

»Haben Sie getrunken?«

»Ja, einen Kognak. Vor fünf Minuten«, gab Herr Adler sofort zu. »Aber der kann noch gar nicht gewirkt haben.«

Der Beamte nahm das schweigend zur Kenntnis. Sein Opfer bewegte sich anscheinend noch innerhalb der Toleranzgrenze, schwankte nicht und lallte nicht, war nicht angriffslustig, sondern im Gegenteil betont höflich und bereit, alles zu tun, was man von ihm verlangte.

Endlich kam dem Beamten eine Erleuchtung. »Was haben Sie eigentlich mit dem Auto in der Fußgängerzone zu suchen?«

»Wir kommen von einer Autorenlesung, Frau Sanders ist gehbehindert und zur Zeit nicht in der Lage, längere Strecken zu Fuß zurückzulegen.«

Na warte! Von wegen gehbehindert! War ich nicht erst im Sommer stundenlang durch den Grunewald getigert? Zwar dezent hinkend, doch ungebrochen.

»Das kann jeder behaupten«, sagte der Polizeimensch und wollte nun auch noch meinen Ausweis sehen. In dem steht aber nur mein richtiger Name und nicht mein Pseudonym. Offenbar erschien ihm die ganze Angelegenheit äußerst suspekt. Ich sah uns schon auf dem nächsten Revier. Schnell präsentierte ich den Blumenstrauß, den mir Herr Waldvogel zum Abschied überreicht hatte, und Steffi zeigte mein Foto auf dem Schutzumschlag des Buches.

Jetzt wurde der Beamte unsicher. Wer weiß, vielleicht saß da vor ihm etwas ganz Berühmtes, das sich am Ende noch bei der vorgesetzten Stelle beschweren würde, man kann schließlich nicht jeden Dichter kennen, im Zweifelsfall sollte man Ärger aus dem Weg gehen …

»Also fahren Sie schon weiter, ich habe nichts gesehen!«

Erleichtert sah Herr Adler dem Blaulicht hinterher. »Die Schlauheit des Fuchses besteht zu neunzig Prozent aus der Dummheit der Hühner. Nicht auszudenken, wenn der mich hätte pusten lassen.« Er grinste. »Ich hab wirklich nur einen einzigen Kognak getrunken, aber das ist ein dreistöckiger gewesen! – Und jetzt nichts wie zurück ins Hotel. Ich habe Hunger.«

Leider sei das Restaurant schon geschlossen, bedauerte das blaue Dirndl, aber die kalte Küche sei auch zu empfehlen.

»Die kenne ich«, knurrte Herr Adler, »Ikebana auf'm Teller.«

Satt geworden sind wir trotzdem, bis auf Steffi natürlich, aber sie dürfte nicht die letzte gewesen sein, die auf den berühmten »Halve Hahn« hereingefallen ist.

Zum Frühstück kam Herr Adler zu spät, was er mit den Worten entschuldigte, er habe so lange zum Rasieren gebraucht, da kämen ihm immer die besten Ideen, und genauso eine hätte er jetzt. »Ihre Tochter ist doch zum erstenmal im Rheinland, nicht wahr? Na also, dann hat sie gefälligst auch einmal über die Kö zu bummeln, sonst ist sie ja gar nicht hiergewesen. Was halten Sie von einem Abstecher nach Düsseldorf?«

Steffi hielt viel davon, ich weniger. Düsseldorf ist teuer, der eine Kilometer Königsallee wahrscheinlich das teuerste Pflaster in ganz Deutschland, und Stefanies Faible für hübsche Schuhe kannte ich nur zu gut. Sie entdeckte auch gleich welche, ging in den Laden, war aber nach kurzer Zeit wieder draußen. »Als ich den Preis gesehen habe, haben sie mir überhaupt nicht mehr gefallen.«

»Und nun zum ›Uerige‹!« kommandierte Herr Adler. Wie oft hatte seinerzeit in dieser urigen Kneipe unser Altstadtbummel angefangen (oder aufgehört!), wenn die halbe Redaktion zusammen losgezogen war, um den fünfunddreißigsten Geburtstag, den dritten Vater oder den endlich wiedererlangten Führerschein zu feiern! Nichts, aber auch gar nichts hatte sich in all den Jahren verändert. Bei Altbier studierten wir eine Zeitlang Wirtschaftswissenschaft, dann mahnte unser Cicerone zum Aufbruch. »Wir müssen noch nach Duisburg.«

Ach ja, Frau Haselmann wartete. Und mit ihr vermutlich die ganze Autobusbesatzung, die sie damals zur Buchmesse gekarrt hatte.

Steffi reklamierte die Kohlenhalden. Das ganze Ruhrgebiet läge doch voll davon, und einen Förderturm habe sie auch noch nicht gesehen.

»Abwarten!« sagte Herr Adler.

Duisburg ist eine hübsche Stadt, wenn man vom richtigen Ende hereinkommt. Wir kamen vom falschen und sahen nichts als Lagerhäuser, Schuppen, Fabrikgebäude und die tristen Fassaden dreißig Jahre alter Sozialbauten. In Bahnhofsnähe dann das Hotel mit Blick auf eine vierspurige Schnellstraße. Ähnlich anheimelnd das Plastikmobiliar des Zimmers. Sogar die Blumenvase war aus Kunststoff.

Die Zeit reichte gerade noch für einen schnellen Kostümwechsel, dann saßen wir wieder im Auto.

»Da hätte ich nie hingefunden!« sagte Steffi überzeugt, nachdem Herr Adler in die siebenunddreißigste Querstraße eingebogen war und vor der Buchhandlung stoppte. »Warum sind die Städte hier bloß so fürchterlich groß?«

Im Geschäft herrschte emsiges Treiben. Die Stühle, Leihgabe des evangelischen Gemeindehauses und bis eben noch für den Konfirmandenunterricht gebraucht, standen auf einem Lastwagen vor der Hintertür.

Na, dann wollen wir mal!« Herr Adler griff mit zu, Steffi krempelte sich die Ärmel hoch, und ich hatte auch keine Lust, tatenlos mitten im Weg herumzustehen. Da es noch einen Herrn Haselmann gab und die Eltern Haselmann und die Teenager Haselmann, waren wir mit dem Aufbau schnell fertig. Selbst unter Berücksichtigung der anwesenden Haselmänner sowie der zwei Angestellten, die zusammen schon anderthalb Stuhlreihen besetzen würden, kamen mir die bereitgestellten Plätze entschieden zuviel vor. »Die kriegen wir ja nicht mal zur Hälfte voll.«

»Warten Sie's ab!«

Die letzten zehn Minuten, bevor man raus muß, sind immer die schlimmsten. Man sitzt irgendwo in einem Hinterstübchen, hält sich an der Teetasse fest, raucht eine Zigarette nach der anderen, memoriert noch einmal die Begrüßungsworte, und zwischendurch wird man informiert, ob überhaupt, und wenn ja, wie viele Besucher schon gekommen sind. Ist die erwartete Mindestzahl noch nicht erreicht, wird der Beginn hinausgezögert. In einem kleinen Nest habe ich einmal zwanzig Minuten später angefangen, weil die Buchhändlerin der Ansicht gewesen war, man müsse den politisch Interessierten noch Zeit lassen für die Tagesschau. Danach kämen sie bestimmt.

Offenbar waren Frau Haselmanns Kunden bereit, heute mal auf Herrn Köpcke zu verzichten. Fünf Minuten vor acht signalisierte sie volles Haus, drei Minuten vor acht zog sie mir den Stuhl weg, weil er gebraucht wurde. Punkt acht wurde die letzte Zuhörerin von Herrn Haselmann auf ihren Platz geleitet. Es handelte sich um eine blinde alte Dame, die er abgeholt hatte und später auch wieder nach Hause bringen würde. Schon vorher hatte er mich gebeten, ein bißchen in ihre Richtung zu sprechen. »Ich werde sie zwar ganz nach vorne setzen, aber sie hört leider nicht mehr sehr gut.«

Nach einem letzten Blick auf die vollen Stuhlreihen gab Frau Haselmann das Startsignal. »Sie können anfangen. Wenn jetzt noch jemand kommt, müssen wir ihn ins Schaufenster setzen.«

Nie wieder habe ich vor einem interessierteren und begeisterungsfähigeren Publikum gelesen! Mehrmals war ich gezwungen zu unterbrechen, weil ich von seinem Lachen angesteckt wurde, ins Schwimmen kam und den Absatz noch einmal von vorne beginnen mußte. Ich war richtig froh, als ich nach einer Dreiviertelstunde eine Pause machen konnte.

»Das halten wir immer so«, hatte Frau Haselmann gesagt. »Die Nikotinjünger können vor der Tür ihre Zigarette rauchen, die anderen sich die Füße vertreten. Und frische Luft kommt auch wieder in den Laden.«

Bis zur Tür schaffte ich es erst gar nicht. Ein bärtiger Mann mit der Figur eines Preisringers baute sich vor mir auf, zückte seinen Fotoapparat und bat um die Erlaubnis, einige Bilder machen zu dürfen.

Aha, Presse ist also auch da, dachte ich und setzte ein professionell sein sollendes Lächeln auf. Es nützt aber nie, weil ich damit auf allen Fotos gleich dämlich aussehe.

»Ich bin in Vertretung meiner Mutter hier, die leider zur Kur mußte und sehr bedauert, Ihnen nicht selbst guten Tag sagen zu können. Sie kennt Sie nämlich von früher her.«

»Wie heißt denn Ihre Mutter?«

»Karin Titze.«

Eine Karin Titze kannte ich nicht, konnte mich auch nicht erinnern, jemals eine gekannt zu haben. »Wo sollen wir uns denn begegnet sein?«

»In der Grundschule.«

»Unmöglich! Das würde ich wissen.«

»Damals hieß sie auch noch Hesse.«

Meine Güte, hätte er das nicht früher sagen können? Natürlich kannte ich Karin, so ein schmales Handtuch mit blonden Haaren, das im Alphabet immer vor mir drangekommen war. Unvorstellbar, daß dieser Kleiderschrank von Mann ihr Sohn sein sollte.

Unter reger Anteilnahme des halben Auditoriums ließ ich

mir von Karins Wohlbefinden erzählen, und dann war die Pause schon wieder vorbei.

Ein einziges Kapitel hatte ich noch lesen wollen, es wurden drei, und danach war noch immer kein Ende abzusehen. Jetzt kamen die Fragen. Steffi stand hinten Rede und Antwort, ich vorne. Zwischendurch schrieb ich Autogramme in hingehaltene Bücher, begleitet vom so angenehm klingenden Scheppern der Ladenkasse. Sogar die blinde Dame kaufte ein Exemplar und bat um eine Widmung »Für Annemarie«. »Das ist die Studentin, die mir immer vorliest.« Einen Moment zögerte sie, dann tastete sie nach meiner Hand und drückte sie kräftig. »Würden Sie mir wohl verraten, was mein Liebling Sascha jetzt macht? Ich mag diesen Jungen ganz besonders gern.«

»Sie kennen ihn ja auch nur von weitem«, lachte ich, »aber ich kann Ihnen versichern, daß es ihm wahrscheinlich besser geht als uns allen zusammen. Er sitzt nämlich im Warmen irgendwo zwischen Tahiti und Bangkok.«

»Ach«, staunte sie, »macht er gerade Urlaub?«

»Ich würde es ja so nennen, er streitet das allerdings ab. Zur Zeit arbeitet er als Steward auf einem Kreuzfahrtschiff.«

Das hätte ich lieber nicht erzählen sollen. Auch die schon im Aufbruch begriffenen Besucher kehrten an der Tür wieder um, und die Autorenlesung endete mit einer Debatte über die Vor- und Nachteile der christlichen Seefahrt.

Es war schon nach elf, als Frau Haselmann endlich abschließen konnte.

»Ich dachte, die gehen überhaupt nicht mehr! Dabei habe ich solch einen Hunger.«

Die Haselmänner, ein paar Freunde des Hauses sowie die Autorin samt Anhang verteilten sich auf die vorhandenen Autos, der Konvoi setzte sich in Bewegung und hielt erst irgendwo außerhalb, wo es dunkel, kalt und ungemütlich war. Nie hätte ich hier ein Restaurant vermutet und schon gar kein italienisches.

»Ist wohl wieder ein Geheimtip?« vermutete Herr Adler, was ihm auch sofort bestätigt wurde.

Man hatte bereits auf uns gewartet. Offenbar schon ziemlich lange, aber trübsinnig geworden war nur das Grünzeug auf den Vorspeisetellern. Wir tranken auf den gelungenen Abend, auf die nächste Lesung, auf mein nächstes Buch, auf das nächste Wiedersehen – und als wir genug getrunken hatten, war es halb drei.

»Jetzt bestelle ich ein Taxi«, entschied Herr Adler, als es nun wirklich nichts mehr gab, worauf wir hätten anstoßen können. Den letzten Toast hatte sein Hängebauchschwein Berta abgekriegt, das er sich aus Gründen des Umweltschutzes als Müllverwerter zugelegt hatte. »Ich setze mich nicht mehr ans Steuer!«

»Aber ich«, sagte Stefanie, auf, die Batterie Colaflaschen vor ihrem Platz deutend, »vorausgesetzt natürlich, Sie trauen mir zu, Ihren Schlitten heil nach Hause zu bringen.«

So ganz sicher war er sich wohl nicht. »Der ist hinten ein ganzes Stück länger als Ihr Wagen.«

»Dafür ist er vorne kürzer«, entschied meine Tochter. »Soll ich nun, oder soll ich nicht?«

Es siegte die Bequemlichkeit. Die Aussicht, morgen eine Stunde früher aufstehen und den Wagen holen zu müssen, schien Herrn Adler noch mehr zu erschrecken als die Möglichkeit, im Straßengraben zu enden.

»Da bin ich noch nie gelandet«, widersprach Steffi. »Ich hab zwar schon mal eine Straßenlaterne angekratzt und einen Wegweiser mitgenommen, aber noch kein fremdes Auto kaputtgefahren.«

»Dann versprechen Sie mir, heute nicht damit anzufangen.«

Steffi versprach es. Und weil man sich darauf verlassen kann, daß sie ihre Versprechen hält, brachte sie uns unversehrt ins Hotel. Das knirschende Geräusch beim Einparken stammte von der Glasscherbe, die sie überfahren hatte, und die wirklich nur winzig kleine Beule in der Stoßstange war schon vorher dagewesen, das hatte sie ganz genau gesehen!

Kapitel 21

Von nun an mußten wir uns allein durchwursteln. Nach dem Frühstück hatte sich Herr Adler verabschiedet, nicht ohne uns vorher genau zu erklären, wie wir an unser nächstes Ziel kämen.

Voerde. Ich hatte schon mal von dieser Stadt gehört, sie in Niedersachsen eingeordnet und erst auf der Karte gesehen, daß sie dicht vor der holländischen Grenze liegt. Auf Signiertourneen lernt man nicht nur seine Leser kennen, sondern auch sein Heimatland.

Wo das Ruhrgebiet nicht mit Abraumhalden, Zechen und Großstädten vollgepflastert ist, gibt es Autobahnen. Und Schnellstraßen. Und Zubringer zu den Autobahnen. Und Baustellen, aus denen Zubringer für die Zubringer zu den Autobahnen werden sollen. Wer dort nicht geboren und zusammen mit den immer neu entstehenden Betonkreiseln aufgewachsen ist, sollte erst gar nicht versuchen, sich ohne fremde Hilfe durchzulavieren. Wir versuchten es trotzdem, und daß wir mal wieder auf der verkehrten Autobahn gelandet waren, merkten wir erst, als wir uns dem Zollgrenzbezirk näherten.

»Nächste Abfahrt runter, Steffi, und dann auf irgendeine Landstraße, die nach rechts geht!«

Es gab sogar eine. Als sie zu Ende war, sahen wir in der Ferne die Silhouette einer Stadt. Voerde. Gar nicht weit weg. Unser Pech war nur, daß der Rhein dazwischen lag. Und die nächste Brücke in Wesel.

Maximal zwei Stunden Fahrt, hatte Herr Adler gesagt. Wir schafften spielend das Doppelte, und dann mußten wir noch das Hotel suchen. Wenn man zum Beispiel in Obermühlbach ist und nach Untermühlbach will, darf man mit Fug und Recht annehmen, daß man gleich da ist. Am Niederrhein ist das anders. Da liegen Ober und Unter mindestens zwanzig Kilometer weit auseinander mit drei Dörfern dazwischen. Eigenartig ist auch, daß die wenigsten Bewohner von Ober wissen, wie man nach Unter kommt, und die, die es zu wissen glauben, wissen es nicht richtig. Wir brauchten noch mal eine Stunde, bis wir endlich das Hotel gefunden hatten.

»Keinen einzigen Kilometer fahre ich heute mehr!« sagte Steffi. »Mir Wurscht, wie du nachher zu deiner Lesung kommst. Kann dich die Büchertante nicht abholen?«

Das war eine ausgezeichnete Idee! Natürlich werde man kommen, hieß es am Telefon, sogar gerne, und ob es recht sei, wenn Ute uns um sieben in der Halle erwarte?

Jetzt war es fünf. Draußen nieselte der Novemberregen, das Himmelbett mit dem wuchtigen Kasten darunter, in den man regelrecht hineinsteigen mußte, lockte, die vorangegangene Nacht war sowieso viel zu kurz gewesen ... Steffi sah mich an, ich sah Steffi an ... fünf Minuten später lagen wir in den Buntkarierten und schliefen. Der Wecker auch. Ich hatte geglaubt, Steffi habe ihn gestellt, Steffi hatte geglaubt, ich habe ihn gestellt, und so wurden wir erst durch das Telefongebimmel wach. An der Rezeption warte jemand auf uns.

»Schei ...! Immer wenn man's eilig hat, passiert so was!« Zeit zum Annähen blieb nicht, erst recht nicht zum Umziehen, andererseits hatte der Hosenknopf eine wichtige Funktion und die Sicherheitsnadel ein zu kleines Format.

»Wenn du nicht tief atmest, passiert nichts«, versicherte Steffi.

Mit nur einer Viertelstunde Verspätung begrüßten wir Ute,

die gar keine Angestellte war, sondern unsere Gastgeberin selber. Wieder mal stiegen wir in ein Auto und ließen uns wieder mal zu einer Buchhandlung bringen. Eine sehr abgelegene mußte es sein, weil wir die Stadt links liegen ließen und im Industriegebiet herumkurvten vorbei an Großmärkten, Lagerschuppen, leeren Parkplätzen und einer spärlich befunzelten Schrotthalde. Da konnte doch irgendwas nicht stimmen!

»Ich sollte Ihnen vielleicht sagen, daß die Lesung nicht in meinem Geschäft stattfindet, dazu ist der Raum zu klein«, sagte Ute. »Hier haben wir mehr Platz!«

Zweifellos! Wir standen nämlich vor einem hell erleuchteten Möbelhaus. Weit und breit war kein zweites Auto zu sehen, zu Fuß würde sich niemals jemand hier herauswagen, es regnete, war kalt, in der Ferne schlug eine Kirchturmuhr drei Viertel acht.

»Glauben Sie wirklich, es kommt noch jemand?«

Ute glaubte es. Sie habe in der Zeitung inseriert, und die Plakate hingen ja auch schon seit einigen Tagen.

Ein Wagen näherte sich. Der erste Besucher! Es war aber bloß der Möbelhausbesitzer mit dem Schlüssel. Zuerst durchquerten wir die Sitzgarnituren, danach die Schrankwände, kamen zu den Küchen und schließlich zur Treppe.

»Oben ist es gemütlicher«, sagte der Möbelhausbesitzer, dessen Namen ich nie erfahren habe, »das werden Sie gleich sehen. Ich darf doch vorangehen?«

Es war tatsächlich gemütlicher, denn oben waren die Schlafzimmer aufgebaut, und mittendrin … »Das kann doch nicht wahr sein!« flüsterte Steffi.

Es war aber wahr! Umgeben von Doppelbetten und Frisierkommoden, stand ein kleines Podest mit Tisch, Stuhl und Lampe, davor ein Sortiment Sitzgelegenheiten aller Stilrichtungen, und dahinter kam schon wieder das nächste Bett.

Am liebsten wäre ich umgekehrt, aber ich hatte ja kein Auto, und außerdem schienen sich nun doch einige Zuhörer eingefunden zu haben, die allerdings erst einmal die Verkaufsräume besichtigten, bevor sie sich in die Schlafzimmerabteilung bemühten. Insgesamt waren es neunzehn, die sich schließlich auf Altdeutsch, Kiefer furniert und Kunststoff niederließen. Ich konnte anfangen.

Vorher mußte ich noch die Lampe richtig einstellen, die alles, was oberhalb meiner Knie lag, in sanftes Dämmerlicht tauchte. Ich bückte mich, es knackte leise, und dann hatte ich auch schon die Sicherheitsnadel im Bauch. Zum Glück hing noch meine Jacke über der Lehne. Ich hatte sie gerade erst ausgezogen, weil mir warm geworden war, nun zog ich sie wieder an, schloß die beiden unteren Knöpfe und hoffte, daß wenigstens der Reißverschluß von der Hose halten würde. Solange ich sitzen blieb, konnte nicht viel passieren, aber irgendwann würde ich ja mal wieder aufstehen müssen.

Nach dem gestrigen Erfolg war diese Lesung eine ziemliche Enttäuschung. Schon nach wenigen Minuten spürte ich, daß ich nicht »rüberkam«, kein Echo fand, kaum jemandem ein müdes Lächeln entreißen konnte. Wahrscheinlich lag es an mir selbst, da ich meine Aufmerksamkeit zwischen der Lektüre und der aufgeplatzten Hose teilen mußte, aber ich halte dem Publikum noch heute zugute, daß es der Verlokkung heroisch widerstanden und keine Anstalten gemacht hatte, in eins der zahlreichen Betten zu steigen.

Steffi hatte mitbekommen, was geschehen war, und in Ermangelung geeigneterer Hilfsmittel einen Schnürsenkel aus ihrem Schuh gezogen. Als ich endlich mein Buch zugeklappt hatte und erst mal in meiner Tasche kramte, um nicht aufstehen zu müssen, kam sie sofort nach vorne und zog mich hinter eine Säule, immer darauf bedacht, daß sie sich zwischen mir und den Zuhörern befand.

»Ich hab dir doch gesagt, du sollst nicht tief atmen!« Erst zog sie den Schnürsenkel durch das Knopfloch der Hose, dann durch das winzige Loch vom Reißverschluß, und schließlich verknotete sie die Strippe im untersten Knopfloch der Bluse. »Das hält bestimmt! Es könnte nur am Hals ein bißchen eng werden, weil jetzt alles nach unten zieht!« Jacke drüber, dann war ich wieder präsentabel. Nur wollte mich gar keiner mehr sehen. Die meisten Besucher waren gegangen, und die wenigen, die noch herumstanden, tauschten untereinander den Stadtklatsch aus.

»Es muß wohl am Wetter gelegen haben«, sagte Ute hinterher.

»Oder am Fußball-Länderspiel«, meinte der Möbelhausbesitzer, »das hätte ich nämlich auch gern gesehen.« Trotzdem sah er gar nicht unzufrieden aus, er hatte so ganz nebenbei eine Polstergarnitur verkauft.

»Wo müssen wir denn morgen hin?« wollte Steffi wissen, als wir in das zweihundert Jahre alte Himmelbett krochen.

»Westerwald.«

»Ach du liebe Zeit«, meinte sie erschrocken, »das ist ja noch mehr Pampa als hier.« Aber dann tröstete sie sich schnell. »Noch schlimmer als heute abend kann es gar nicht mehr werden.«

Schon geschlossen! signalisierte der kleine Mann hinter der Scheibe, wobei er mit dem Zeigefinger mehrmals auf seine Armbanduhr pochte und schließlich im Hintergrund des Ladens verschwand.

Es war zehn nach sechs. Steffi rüttelte noch einmal an der Klinke, erreichte aber nur, daß das Licht gelöscht wurde und wir im Dunkeln standen.

»Ist der Kerl behämmert, oder was? Der müßte sich doch denken können, wer du bist.«

»Vielleicht erwartet er, daß ich mit einer Polizeieskorte vorfahre. Komm, wir versuchen es mal hintenherum. Jedes anständige Geschäft hat einen Lieferanteneingang.«

Der war aber auch verschlossen, eine Klingel gab es nicht, dezentes Klopfen wäre vergeblich gewesen, und so bearbeitete Steffi die massive Holztür mit den Füßen. Das half! Sie wurde von innen aufgerissen und machte der personifizierten Entrüstung Platz. »Was denken Sie sich eigentlich?«

»Entschuldigen Sie bitte ...« Weshalb entschuldigte ich mich überhaupt? Er wollte ja was von mir, nicht ich von ihm! »Mein Name ist Sanders.«

Jetzt wurde er zugänglicher. »Ach so, das habe ich nicht gewußt, und so früh hatte ich noch gar nicht mit Ihnen gerechnet, wir fangen doch erst in zwei Stunden an.«

»Ich habe auch nicht die Absicht, so lange hier zu warten.« Nun wurde ich ebenfalls patzig. »Wir fahren jetzt ins Hotel und werden kurz vor acht wieder dasein, das wird wohl genügen.«

Er fand das auch, aber dann fiel ihm doch noch etwas ein. »Wie ist das mit dem Essengehen? Man hat mir gesagt, ich soll Sie zum Essen einladen. Wollen wir das gleich jetzt machen?«

O nein, vielen Dank! Auf diese Pflichtübung konnte ich gern verzichten. »Wir haben noch gar keinen Hunger«, versicherte Steffi, »vielleicht nachher.«

»Nachher auch nicht«, sagte ich entschieden, als wir wieder im Auto saßen, »unsere Bratkartoffeln kann ich noch selber bezahlen.«

»Bist du sicher, daß es in dieser Einöde überhaupt welche gibt?«

Ob der Westerwald schön ist, weiß ich nicht, aber der Wind ist wirklich kalt. Er pfiff nicht nur über die Höhen, er war einfach überall, und den Regen hatten wir vorsichtshalber gleich aus Voerde mitgebracht. Weltuntergangsstimmung.

»Das ist ja nicht mal ’n Wetter für Enten«, schimpfte Stefanie, »ich sehe kaum noch etwas. Kannst du das Schild da hinten entziffern?«

»Zur Waldklause«, las ich.

»Na, Gott sei Dank, dann kann es nicht mehr weit sein.«

Vor die Wahl gestellt, ob wir im »Ersten Haus am Platz« Quartier beziehen wollten oder lieber in der Waldklause, hatte ich mich für die Klause entschieden. Das klang nach Tannenrauschen und munteren Rehlein, die durch ebendiese Tannen hüpfen, nach Eichhörnchen vorm Fenster und nach Bachforellen.

Rund um die Klause rauschte es tatsächlich. Die Regenrinne war kaputt, und das melodische Plätschern auf den asphaltierten Hof begleitete uns später in den Schlaf. Dafür war das Zimmer sehr gemütlich mit richtigen Bauernbetten und handgemalten Herzchen auf den Schranktüren.

»Ich gehe duschen«, sagte Steffi, »mir ist nämlich kalt.« Vergeblich hatte sie versucht, der alten Dampfheizung einen Hauch von Wärme zu entlocken, aber die pfiff sich bloß eins und erstarb dann mit einem kläglichen Gurgeln.

»In der einen Nacht werden wir schon nicht erfrieren. Ich schlage vor, wir essen erst mal was, dann geht’s dir sowieso gleich besser, und nachher sehen wir weiter. Wenn bloß die nächsten Stunden schon vorbei wären.«

Die erste war schnell herum. Der Kachelofen in der rustikalen Bauernstube bullerte Wärme, der Hirschbraten war eine Delikatesse, und das Gespräch mit dem Ehepaar am Nebentisch versickerte infolge Verständigungsschwierigkeiten bald im Sande. Ich glaubte, die beiden wollten uns einen Teppich verkaufen, während Stefanie vermutete, daß es sich bei den in einheimischem Dialekt vorgebrachten Erklärungen um einen Hinweis auf ertragreiche Pilzfundstellen handelte.

Gerne wäre ich noch sitzen geblieben, aber Steffi klapperte schon ungeduldig mit den Wagenschlüsseln. »Was ich noch sagen wollte … kannst du heute nicht mal was anderes lesen als Tante Klärchen? Die geht mir allmählich ganz schön auf den Senkel.«

»Mir auch, aber das Kapitel mit Tante Klärchen zieht am meisten und garantiert mindestens vier Lacher.«

»Ich kann's nicht mehr hören! Außerdem versprichst du dich immer an derselben Stelle.«

»Weiß ich auch.«

»Kann ich nicht wenigstens mein Strickzeug mitnehmen? Ich setze mich auch ganz nach hinten, wo es keiner sieht.«

»Untersteh dich!!!«

Herr Bobbeck erwartete uns bereits. Neben ihm stand Frau Bobbeck, die ihren Mann um Haupteslänge überragte und auch sonst dominierte. »Die Regenschirme bitte da drüben in den Ständer, Ihre Mäntel können Sie im Hinterzimmer aufhängen.«

Jawoll, hier herrschte Ordnung, das sah man sofort. Die Stühle standen alle in Reih und Glied, davor – und zwar akkurat in der Mitte – mein Tisch, dahinter – auch in der Mitte – ein Stuhl mit Lehne. Der Unterricht konnte beginnen.

Es fehlten bloß noch die Schüler. Fünf waren erst erschienen, die sich möglichst weit nach hinten verteilten. Vorne blieb alles frei. Sicher für die Honoratioren, dachte ich, denn Herr Bobbeck hatte mir erzählt, die heutige Lesung sei die erste überhaupt, die er veranstalte, und dazu habe er alle wichtigen Leute persönlich eingeladen. Die müssen aber was anderes vorgehabt haben, denn die paar Zuhörer, die doch noch hereintröpfelten, mieden die ersten Stuhlreihen und waren somit wohl nicht der Stadtprominenz zuzurechnen.

Herr Bobbeck stellte mich vor, was gar nicht nötig gewesen wäre, denn inzwischen hatte ich mein großes Auditorium schon einzeln mit Handschlag begrüßt, und dann legte ich los. Tante Klärchen zum viertenmal in dieser Woche. Die erste Passage mit dem garantierten Lacher kam. Keine Reaktion! Na ja, war wohl nicht richtig angekommen. Drei Seiten weiter die nächste Möglichkeit, das Eis zu brechen. Es brach nicht. Himmel noch eins, hörten die denn überhaupt zu? Ich überschlug ein paar Absätze, improvisierte eine Überleitung zum nächsten Gag und rechnete fest damit, daß nun wenigstens einer mal schmunzelte. Niemand tat mir den Gefallen.

So etwas ist tödlich. Man sitzt da vorne und hat das Gefühl, gegen eine Wand zu sprechen, der es ja auch völlig gleichgültig ist, ob man nun aus dem Telefonbuch vorliest oder aus dem Struwwelpeter. Das einzige Geräusch außer meiner eigenen Stimme war das anhaltende Schneuzen in ein Taschentuch.

Na schön, wenn ihr nicht wollt, will ich auch nicht! Das Kapitel brachte ich noch zu Ende, dann klappte ich das Buch zu und leitete damit die schon vorher angekündigte Pause ein. Kein Mensch rührte sich, nur Steffi stand auf, alles drehte sich nach ihr um, dann gingen die Köpfe zurück nach vorne. Achselzuckend setzte sich auch Steffi wieder hin. Herr Bobbeck, dem ich einen auffordernden Blick zugeworfen hatte, lächelte freundlich, verschränkte die Arme vor der Brust und wartete ab. Die anderen auch.

Am liebsten hätte ich jetzt gesagt: »Die Liveübertragung ist beendet, zum Programmschluß schalten wir zurück in die Sendezentrale«, aber das ging ja wohl nicht. So suchte ich das kürzeste Kapitel aus dem ganzen Buch heraus, las es herunter, schlug das Buch wieder zu, knipste die Lampe aus und stand auf. Nun begriff auch der letzte, daß nichts mehr kommen würde. Steffi fing an zu klatschen, und brav fielen die meisten mit ein. Dann gingen sie nach Hause.

Der Abschied war kurz und schmerzlos. Bevor wir diese gastliche Stätte verließen, empfahl ich Herrn Bobbeck, auf weitere Leseabende erst einmal zu verzichten und abzuwarten, bis seine Kunden dafür empfänglicher seien. Er war ganz erstaunt. »Aber warum denn? Es war doch sehr schön.«

Hammershausen liegt in der Nähe von Frankfurt, da sind die Menschen aufgeschlossener, heiterer, schon wegen des Äppelwois, denn sauer macht bekanntlich lustig – außerdem schien endlich wieder die Sonne, das war auch ein gutes Zeichen, und so wich unsere depressive Stimmung mit jedem zurückgelegten Kilometer einem gesunden Zweckoptimismus.

»Hotel am Schwimmbad« hieß die angesteuerte Herberge für diese Nacht. »Klingt gut«, hatte Steffi gesagt und vorsichtshalber ihren Badeanzug in den Koffer gepackt.

»Was willst du im November in einem Freibad?«

»Wer redet denn davon? Die werden ein Planschbecken im Haus haben.«

Hatten sie nicht. Präzise ausgedrückt, hatten sie erst mal gar nichts außer einem Schild an der Tür, das besagte, man solle doch bitte nachstehende Nummer anrufen (Telefonzelle am Ende der Straße) oder im Haus Nummer soundsoviel, zweite Querstraße rechts, den Schlüssel abholen.

»Muß wohl ein Selbstbedienungshotel sein«, vermutete ich, »Personal wird immer teurer.«

»Ich tippe eher auf Obdachlosenasyl, die machen auch immer erst abends auf.«

Dafür sah das Haus allerdings zu gepflegt aus. Wir verschoben die Klärung dieser Frage auf später und machten uns auf die Suche nach der zweiten Querstraße rechts. Groschen fürs Telefon hatten wir nicht.

Eine behäbige Frau vom Typ Viktualienmarkt, Abteilung Obst und Gemüse, öffnete. In der einen Hand hielt sie ein Fleischermesser, die andere wischte sie bei unserem Anblick schnell an der Schürze ab. »Sie wünschen bitte?«

Ich betete mein Sprüchlein herunter und erfuhr, daß die Hotelrezeption außerhalb der Saison nur abends besetzt sei, wenn die Gäste, hauptsächlich Handelsvertreter, zurückkämen. Tagsüber sei das Haus immer leer. Ob wir einen Moment warten könnten, sie hole nur den Schlüssel.

Als sie zurückkam, hatte sie die Schürze ab- und Lippenstift aufgelegt. Gemeinsam trotteten wir zum Hotel. Erster Stock Zimmer zwölf, wenn's recht wäre, und gleich hier unten sei der Aufenthaltsraum, in der Ecke der Kühlschrank mit Getränken, Entnommenes bitte in die obenaufliegende Liste eintragen, Abrechnung erfolge beim Frühstück, beim Fernseher sei das dritte Programm leider gestört, essen könnten wir am besten im Bräustübel am Markt, da gebe es durchgehend warme Küche, und ob wir sonst noch Fragen hätten? Wir hatten keine. Beruhigt kehrte die Frau Wirtin zu ihrem Fleischermesser zurück.

»Was machen wir nun?« fragte Steffi, nachdem wir uns häuslich eingerichtet und den Kühlschrank um die letzte Flasche Orangensaft geplündert hatten. »Sollen wir etwa bis zum Abend hier rumsitzen?«

»Quatsch! Wir gucken uns ein bißchen die Stadt an und machen einen Antrittsbesuch in der Buchhandlung.«

Außer einigen Fachwerkhäusern und einem Teich mit ein bißchen Park drum herum gab es nicht viel zu gucken. Die Eisdiele war zu, und für das Tagesgericht vom Bräustübel, Leberknödelsuppe und Kalbsgeschnetzeltes, konnten wir uns nicht so recht erwärmen.

Frau Höfer freute sich aufrichtig, als wir in ihren Laden marschierten. »Endlich hob ich en Grund zum Kaffeetrinken. Bärbele, hole mal Kaffeestickscher!«

Es war eine vergnügliche Runde, die da literweise Kaffee trank und Kalorien in sich hineinschaufelte. Von der allgemein üblichen Hierarchie im Geschäftsleben hielt Frau Höfer nicht viel, Lehrmädchen wie Hausherr machten sich gleichberechtigt über die Cremetorte her, und das letzte Stück bekam der kleine Knirps, der doch nur ein Rechenheft hatte kaufen wollen.

Hier gefiel es mir! Wenn die übrigen Bewohner von Hammershausen genauso freigebig waren – nicht mit Torte, Beifall wäre mir lieber! –, dann durfte heute abend eigentlich nichts schiefgehen.

Die Lesung sollte in der alten Poststation stattfinden, kulturelles Zentrum der Gemeinde Hammershausen, denn dort war die Stadtbibliothek untergebracht, der Probensaal für den Kirchenchor sowie das Verkehrsamt. Kurz vor Beginn der Veranstaltung stand ich mit Steffi auf dem Hof und suchte im Kopfsteinpflaster nach Hufabdrücken, die dreihundert Jahre alt und noch immer deutlich zu sehen sein sollten. Hin und wieder schielte ich zum Eingang, vor dem sich doch eigentlich die Besuchermassen hätten stauen müssen, wenn das Interesse an meinem Gastspiel so groß war, wie Frau Höfer behauptet hatte. Ich sah aber nur einen einzelnen Herrn, der suchend umherirrte und schließlich Anstalten machte, den Hof wieder zu verlassen.

»Der will bestimmt zu dir und findet nicht hin«, mutmaßte Stefanie, »ich fange ihn mal ein.«

Er wollte aber gar nicht zur Lesung, sondern zu Herrn Pfeifer in der Postgasse 9. »Wissen Sie vielleicht, wo das ist?«

»Ich glaube, wir müssen«, seufzte ich, als die Turmuhr acht schlug. Von mir aus hätte die Treppe gar kein Ende zu nehmen brauchen. Was sollte mich da oben im Lesesaal schon erwarten? Leere Stuhlreihen und eine ratlose Frau Höfer, die nach einer glaubhaften Entschuldigung suchte. Ich gab mir einen Ruck, öffnete die Tür und – prallte zurück. Der Raum war voll. Sogar zwischen die Bücheregale hatte man Stühle gestellt, das merkte ich erst, als der Auftrittsapplaus noch aus den verstecktesten Winkeln kam. Wo waren die Leute bloß alle hergekommen?

»Mir hawwe Se schon überall gesucht! Moin Monn hat bereits in Ihr'm Hodel ongeruffe, awwer do worn Se jo a net!« Frau Höfer war sehr erleichtert, als sie uns sah.

Die wundersame Publikumsvermehrung klärte sich schnell: Steffi und ich hatten am Hintereingang gewartet!

Auch dieser Abend verlief anders als vorgesehen. Nachdem ich Tante Klärchen abgespult – sicher ist sicher! – und endlich wieder einmal die ersehnte Resonanz gefunden hatte, hängte ich noch ein Kapitel dran und läutete die Pause ein. Kaum jemand blieb sitzen, die meisten Zuhörer kamen nach vorne, stellten Fragen, wollten wissen, wie alt meine Kinder denn jetzt seien, was sie täten, ob sie noch zu Hause wohnten und wo denn das überhaupt sei … Ich rief Steffi zu Hilfe, die nun ihrerseits umlagert wurde und munter aus dem Nähkästchen plauderte. Die zehn Minuten waren längst vorbei, niemand machte Anstalten, auf seinen Platz zurückzukehren, die Fragen gingen weiter, ob ich etwas Neues in Arbeit hätte, wann es herauskäme, und welche Thematik es denn habe.

Da kam mir eine Idee: Im Wagen lag das angefangene Manuskript zu diesem Buch. Für Tinchens Problem mit Tante Klärchen interessierte sich sowieso kein Mensch mehr, die meisten hatten den Roman ohnehin schon gelesen, das hatte ich mittlerweile herausgefunden, jetzt war meine Familie wieder aktuell geworden. Ich flüsterte Steffi etwas zu, sie nickte verstehend und entwetzte.

»Man soll ja nicht über ungelegte Eier sprechen«, wandte ich mich an meine Zuhörer, »und wenn ich es heute trotzdem tue, dann nur, weil Sie ein so ausnehmend nettes Publikum sind.« Na ja, war ja wohl ein bißchen sehr dick aufgetragen, schadet aber nichts, nett sind sie wirklich alle.

»Wenn Sie einverstanden sind, dann lese ich Ihnen jetzt noch ein Kapitel aus dem ›Unvollendeten‹ vor, von dem ich hoffe, daß ihm nicht das gleiche Schicksal blüht wie Schuberts Sinfonie. Es soll in diesem Jabr nämlich noch fertig werden.«

Als Steffi mit dem Schnellhefter zurückkam, saßen alle wieder auf ihren Stühlen. Ich überlegte kurz, in welchem Kapitel die Familie komplett in Erscheinung trat, und entschied mich für die Heimreportage. Es muß wohl die richtige Wahl gewesen sein! Frau Höfer notierte die ersten Vorbestellungen, und wehe dem Herrn Verleger, wenn er das Buch nicht herausbringt. Zumindest in Hammershausen dürfte er sich nicht mehr blicken lassen!

In Nürnberg sitzt die Lebkuchenindustrie. Das weiß ich deshalb, weil uns Tante Lisbeth jedes Jahr zu Weihnachten ein Paket direkt vom Hersteller schicken läßt. Das ist bequem, und »die Kinder freuen sich ja immer so«. Daß die Kinder inzwischen über das Pfefferkuchenhäuschenalter hinausgewachsen sind, hat sie noch nicht zur Kenntnis genommen.

In Nürnberg gibt es auch ein Spielzeugmuseum. Das habe ich aber nur von außen gesehen, weil wir während unserer Irrfahrt zweimal daran vorbeigekommen sind.

In erster Linie ist Nürnberg aber eine Großstadt, und wie jede echte deutsche Großstadt baut sie eine U-Bahn. So was dauert lange, ist teuer und behindert den Verkehr. Einheimische wissen, wie sie unter Umgehung der neugeschaffenen Einbahnstraßen doch noch an ihr Ziel kommen. Ortsfremde verlassen sich auf den Stadtplan und merken erst zu spät, daß er nicht mehr stimmt. Den Bahnhof haben wir genau sechsmal umfahren, weil jeder, den wir nach dem Weg fragten, mit dem gleichen Satz begann: »Da müssen Sie erst mal um den Bahnhof rum und dann ...« Als wir zum siebtenmal vor der Ampel standen und die große Digitaluhr nebst Thermometer im Blick hatten, stellten wir fest, daß seit Beginn der Odyssee fast zwei Stunden vergangen waren und die Luft sich um vier Grad erwärmt hatte.

»Wenn wir nicht so lange weiterfahren wollen, bis die Temperatur wieder sinkt, muß uns endlich was einfallen«, bemerkte Steffi ganz richtig. Ich bewunderte ihren Gleichmut, mit dem sie immer wieder in dieselbe falsche Straße einbog, jedesmal aufs neue hoffend, in diesem Wust von überklebten, abgeänderten und zusätzlich angebrachten Wegweisern den richtigen zu finden. Plötzlich steuerte sie einen Taxistand an. Kurzes Palaver, der Fahrer nickte grinsend, dann kam sie zurück.

»Der fährt jetzt vor uns her. Am besten heuern wir ihn gleich für den Rest des Tages an, auf Dauer gesehen ist das die preiswertere Lösung.«

Das war aber nicht nötig, denn unser Hotel lag unmittelbar neben der Fußgängerzone, und genau dorthin mußten wir. »Au fein«, sagte Steffi, »wir gehen bummeln. Zeit genug haben wir ja.«

»Wir bummeln nicht, wir besichtigen! Tu endlich mal was für deine Bildung! Lorenzkirche, Frauenkirche, Gänsemännchenbrunnen, Dudelsackpfeiferbrunnen ...« Ich leierte alles herunter, was vom Geschichtsunterricht noch hängengeblieben war.

»Ich will nicht Kultur, ich will Schaufenster gucken. Außerdem steht die Frauenkirche in München, da war ich schon drin.«

»In Nürnberg gibt es auch eine.«

»Da können sich die Nürnberger aber freuen.«

Natürlich kam sie doch mit. Mürrisch stapfte sie zwei Meter hinter mir her, interessierte sich weder für Tucheraltar noch für das Sakramentshäuschen, wurde erst munterer, als sie das im Keller der Mauthalle gelegene Restaurant bemerkte. »Hast du eigentlich keinen Hunger?«

Frisch gestärkt war ich nun auch bereit, meinen Arbeitsplatz in Augenschein zu nehmen. Endlich ein Vorschlag, der Steffis volle Zustimmung fand. Ich weiß nicht, weshalb Warenhäuser auf Jugendliche solch eine magische Anziehungskraft haben. Sie kaufen ja doch nichts, können aber stundenlang im Wühltischangebot herumkramen, um sich dann mit einer Bluse in Großblumenbaumwollbatist vor den Spiegel zu stellen und zu sagen: Igitt, wie kann jemand bloß mit so was rumlaufen?

Ich ließ Steffi bei den Duftwässerchen stehen, von denen sie noch nicht mal die Hälfte durchprobiert hatte, und machte mich auf die Suche nach der Buchabteilung. Im obersten Stockwerk fand ich sie. Links davon Puppen, rechts davon Legosteine und Pappflugzeuge zum Selberbasteln. Na ja, immer noch besser als Schlafzimmermöbel.

Im übrigen sah ich noch keinerlei Vorbereitungen, obwohl die Autogrammstunde bald beginnen sollte. Es war auch ziemlich leer hier oben, kaum Kunden zu sehen. Hinten bei den Gardinen standen zwei, einer guckte Teppiche an, zwei weitere eilten zum Erfrischungsraum. Ich schloß mich ihnen an.

Steffi wartete schon. »Is aber'n müder Betrieb hier oben. Unten ist mehr los.«

»Kann ja noch kommen. Im Augenblick interessiert mich viel mehr, wo Herr Sebaldt bleibt. Der müßte längst dasein.«

War er auch, nur hatte er sich schnurstracks in die Buchabteilung begeben und dort »erst mal Dampf gemacht«, wie er sich später ausdrückte. »Da tut sich ja überhaupt noch nichts.«

Herr Sebaldt war ein Abgesandter des Verlags, der meine Werke und mich vor den Übergriffen enthusiastischer Fans schützen sollte. Glaubte er zumindest, denn er war noch neu im Haus.

Nun tat sich endlich etwas. Ein Küchentisch wurde geholt, Bücher herangekarrt, das Plakat hing schon, eine Verkäuferin suchte Stifte zusammen, eine andere bemühte sich um Blumen und war stolz, als sie ein paar Stengel künstlicher Freesien aufgetrieben hatte. Die Wäscheabteilung spendierte Handgewebtes für den Plastiktisch.

Dann saß ich und wartete. Nach zehn Minuten hätte ich jede Puppe bis ins Detail beschreiben können, nach zwanzig Minuten hatte ich das Gefühl, ihre starren Blicke hätten sich in Mitleid verwandelt, nach dreißig Minuten kriegte ich Halluzinationen. Jetzt winkten mir die Puppen sogar schon zu.

Nun pflegt sich Anfang November kaum jemand für Gardinen und Teppiche zu interessieren, denn das sind unübliche Weihnachtsgeschenke. Für Spielzeug war es zu früh, Weihnachten ist noch lange hin, die Gratifikation noch nicht auf dem Konto, außerdem muß man erst mal abwarten, was Oma und Opa den lieben Kleinen schenken wollen, sonst kauft man eventuell doppelt – lediglich eine ältere Dame wollte Rollerskates haben, und die wurde dann auch noch in die Sportabteilung geschickt. Ihr blieb gar keine Zeit, die »bekannte und beliebte Autorin« überhaupt zur Kenntnis zu nehmen. Und sonst gab es hier oben nichts, was Kunden anlocken konnte. Bücher wollte nämlich auch niemand kaufen. Weihnachten ist noch lange … (siehe oben), und vielleicht fällt einem für Onkel Friedrich doch noch etwas anderes ein. Bücher hat er ja schon.

Ob es die beiden Damen durch Zufall nach hier verschlagen oder ob man sie gleich an der Rolltreppe abgefangen hatte, kann ich nicht sagen, jedenfalls entschlossen sie sich zum Kauf je eines Buches, und dann durfte ich endlich den Kugelschreiber benutzen. Daß er neu war und nicht schrieb, wunderte mich nun auch nicht mehr.

Die Sitzung näherte sich dem Ende. Es fehlte nur noch das obligatorische Foto. Zu diesem Zweck erscheint in der Regel der Hausfotograf, der sonst immer die Schaufenster knipsen muß, dekoriert werbewirksam die Bücher, eins kriegt der Autor in die Hand, damit er tut, als schriebe er etwas hinein, und im Hintergrund stehen halbkreisförmig die Fans. Sie dürfen einem ruhig über die Schulter sehen, das macht sich später gut auf dem Bild.

Was aber tut man, wenn erst gar keiner da ist, der einen umlagert? Das geht natürlich nicht, so etwas schadet dem Renommee des Hauses. Holt man sich schon einen Autor, dann hat die Signierstunde gefälligst auch entsprechend großen Zulauf zu haben.

Die Verkäuferinnen der Buchabteilung genügten nicht. Der Herr Substitut von den Teppichen wurde um Mitwirkung gebeten, die Gardinenabteilung konnte auch jemanden kurzfristig entbehren, eine zufällig vorbeischlendernde Kundin kam genau im richtigen Augenblick, und schließlich wurde noch Steffi mit dem Rücken zur Kamera gestellt, zwei Bücher unterm Arm, ein drittes in der Hand.

Kurz vor Schluß der Vorstellung kam sogar ein Bevollmächtigter der Geschäftsleitung, dem das alles ja so furchtbar peinlich war, aber der Geschäftsführer sei in Urlaub, sein Stellvertreter krank – oder umgekehrt –, er selber nicht genügend informiert, habe normalerweise auch gar nichts mit Büchern zu tun, aber trotzdem vielen Dank fürs Kommen und gute Heimfahrt.

»Wollen wir?« fragte ich Steffi, als wir das gastliche Haus verlassen hatten. »In drei Stunden könnten wir's schaffen.«

»Aber nicht am verkaufsoffenen Samstag abends um fünf. Oder weißt du, wie wir auf kürzestem Weg aus der Stadt rauskommen?«

Ich wußte es nicht, hatte auch keine große Lust, es herauszufinden, war sauer, wollte nach Hause und wollte doch wieder nicht, weil die Autobahn bestimmt krachend voll sein würde.

»Weißt du was«, sagte Steffi, rührend bemüht, meine schlechte Laune zu ignorieren, »wir gehen nachher ins Kino!«

»Einverstanden. Und vorher lade ich dich ganz groß zum Essen ein.«

»Wird das nicht zu teuer?«

»Nee, die Rechnung schicke ich nämlich Verlegers, dann haben sie auch noch ein bißchen Freude an der erfolgreichen Autogrammstunde.«

Wieder zu Hause, fand ich unter der Post einen Brief vom Verlag. Ob ich am 27. d. M. Zeit für eine Signierstunde hätte? Wo? Im Kaufhof Heilbronn!

Kapitel 22

Acht Jahre sind vergangen seit jenem Tag, an dem ich meinen ersten Vertrag unterschrieben habe – Zeit genug also für eine Zwischenbilanz. Was ist geblieben von den Illusionen, den Träumen, die ich an diese Unterschrift gehängt hatte.

Eins vorweg: Berühmt geworden bin ich nicht! Vielleicht ein bißchen bekannter als damals, aber auch das hält sich in Grenzen. Eine neu zugezogene Nachbarin, vom Briefträger über mein Doppelleben aufgeklärt, konnte mit dem Namen nichts anfangen. »Evelyn Sanders? Nie gehört!«

Dafür kannte mich der Direx vom Gymnasium. Er rief mich eines Tages an und bat um meine Mitwirkung beim bevorstehenden Schulfest. »Könnten Sie nicht Ihre Bücher verkaufen? Die bekommen Sie doch bestimmt billiger, und der Differenzbetrag zum Ladenverkaufspreis wäre ein schöner Zuschuß für die Klassenkasse Ihrer Töchter.«

Nicht mal unser Hauswirt weiß, wer unter seinem Dach wohnt. Er hat sich nur gewundert, daß wir die letzte Mieterhöhung kommentarlos geschluckt haben. Wir leben nämlich immer noch in der Doppelhaushälfte, sind weder Eigentümer eines repräsentativen Bungalows noch Besitzer eines Ferienhauses. Und die Segeljacht, auf der berühmte Leute mit ihren mindestens ebenso berühmten Gästen durchs Mittelmeer schippern, besteht bei uns aus einem Schlauchboot mit kaputtem Außenbordmotor.

Reich bin ich also auch nicht geworden! Sascha bedauert das mehr als ich, er wartet noch immer auf seinen Porsche. Und ich auf meine Kreuzfahrt durch die Karibik. Dazu hat es eben doch noch nicht gelangt. Aber wenigstens bis Rom bin ich gekommen!

ERSTER TAG: Die ewige Stadt! Seit Cäsars Zeiten hatte sie sich um einiges verändert, das merkte ich schon auf der Fahrt vom Flugplatz zum Hotel. Kein einziger Streitwagen, dafür Tausende von Autos, deren Fahrer sich alle nach dem gleichen Prinzip vorwärts bewegten: Fuß auf dem Gas, Finger auf der Hupe, Augen zu und dann los! Da wir in einem Bus saßen, rechnete ich mir gewisse Überlebenschancen aus, zumal uns unser Chauffeur an Eides Statt versichert hatte, die Narben in seinem Gesicht stammten nicht von einer Karambolage, sondern vom Holzhacken.

Das Hotel lag an der Via Aurelia, zum Glück weit genug weg vom Verkehr und deshalb relativ ruhig. Wir mußten drei Hinterhöfe durchqueren, die so schmal waren, daß der Bus nicht durchkam. Also Gepäck an der Straße ausladen, das eigene suchen und zusehen, wie man seine 18,5 kg netto über das Kopfsteinpflaster zum Hotel schleifte. Der zweite Bürgermeister erbarmte sich meiner. Er kam aus einer Kreisstadt in Bayern, was man ihm schon äußerlich ansah, denn er wuchtete meinen Koffer mit derselben Leichtigkeit hoch, mit der er wohl sonst seinen Maßkrug stemmt. Wir hatten zwar gewisse Verständigungsschwierigkeiten, doch ich begriff immerhin, daß ich für seine Tasche verantwortlich war, wenn er sich bei gegebener Notwendigkeit um meinen Koffer kümmern würde. Manchmal hat Hinken auch seine Vorteile!

Auf dem Zimmer erwarteten mich ein Blumenstrauß, eine Flasche Wein sowie eine frankierte Ansichtskarte für den ersten Gruß an die Lieben daheim, eine Aufmerksamkeit des Reiseveranstalters. Ich fand das sehr großzügig. Aber auch nur so lange, bis mich Frau Marquardt darüber aufklärte, daß ich ein VIP sei.

»Warum bin ich eine very impertinent person? Benehme ich mich wirklich so?«

»Unsinn, aber ich hab mal so ein bißchen durchblicken lassen, was Sie in Ihrer Freizeit treiben. Seien Sie doch froh! Sie haben das ruhigste Zimmer gekriegt und sogar einen Sessel. Die anderen haben bloß Stühle. Außer dem Bürgermeister natürlich, der reist ebenfalls mit dem VIP-Status.«

Wir bekamen auch die besten Plätze im Bus gleich hinter dem Fahrer, was uns einen ungehinderten Blick auf das Verkehrschaos ermöglichte und zumindest *meinen* Blutdruck in gefährliche Höhen trieb. Den Fensterplatz überließ ich künftig dem Herrn Bürgermeister, auf diese Weise hatte ich wenigstens auf der linken Seite einen respektablen Prellbock.

Der erste Nachmittag war dem antiken Rom vorbehalten. Deshalb fuhren wir auch am Petersplatz vorbei, dessen Besichtigung zur Kategorie »christliches Rom« gehörte und erst morgen dran war.

Erste Station: Pantheon. Ein sehr altes und sehr großes Bauwerk, das wir ehrfürchtig von außen umrundeten, denn rein konnten wir nicht, weil es mittwochs geschlossen ist. Zweitausend Jahre sei es alt, erzählte Hannelore, eine Münchnerin, die in Rom Kunstgeschichte studierte, und man müsse sich jetzt mal den gewaltigen Innenraum vorstellen, der so geschaffen sei, daß die Sonne von oben und dann im richtigen Winkel …

Die Schilderungen überstiegen meine Vorstellungskraft, statt dessen schielte ich immer wieder zu der Gelateria hinüber, aus der Prozessionen eistütenbewaffneter Touristen kamen. Es mußte eine sehr gute Eisdiele sein. Sollte ich es mal wagen? – Ich wagte es nicht! Zu profan war mein Verlangen angesichts dieser geballten Masse von Antikem.

Allen römischen Göttern sei das Pantheon geweiht, erzählte Hannelore, erbaut unter Kaiser Hadrian, einhundertundsoundsoviel nach Christus ... Ob die ollen Römer auch schon Speiseeis gekannt haben?

Endlich war das Pantheon abgehakt. Zu Fuß ging es zur Piazza Navona zwecks Besichtigung des Brunnens mit den Flußgöttern. War auch sehr eindrucksvoll! Direkt neben unserer Gruppe, die sich in ehrfürchtigem Abstand von den wasserspeienden Fischmäulern hielt, ein Eiscafé. Könnte man sich die kunsthistorischen Erläuterungen nicht im Sitzen anhören? Nein, ging nicht, wir mußten weiter, der Bus wartete. Das Kapitol auch. Zu ihm führt eine endlose Treppe hinauf. Zum Glück kann man in etwa halber Höhe eine Pause machen, weil man von dort den besten Blick auf die Dachgartenwohnung von Paul Getty jr. hat (das ist der mit dem abgeschnittenen Ohr). Die Fotoapparate klickten.

Das Kapitol hat eine gelbe Fassade und eine lange Geschichte, deren Details in jedem Lexikon nachzulesen sind. Nur das, was mich am meisten interessierte, fand ich nicht: Das Standbild von Mark Aurel. Ich hatte mich schon immer gewundert, daß man ausgerechnet ihm, unter dessen Regentschaft der Untergang des Römischen Reiches begonnen hatte, ein solch monumentales Denkmal gesetzt hatte, und nun wollte ich es endlich mal in natura sehen.

Das habe man in einen vollklimatisierten Raum gebracht, sagte Hannelore, der Öffentlichkeit sei es nicht mehr zugänglich. Leider. Und da sich die Stadtverwaltung nicht einigen könne, ob man statt des umweltgeschädigten Originals eine Kopie aufstellen solle oder lieber gar nichts, können die Besucher des Kapitols bis auf weiteres nur den leeren Sockel bestaunen. Der ist aber keine zweitausend Jahre alt und deshalb nicht besonders sehenswert.

Forum Romanum! Mittelpunkt des antiken Rom, Schauplatz geschichtlicher Ereignisse, mit deren Daten sich geplagte Schüler im Lateinunterricht noch heute herumärgern müssen – der ehrfurchtsvolle Schauder, der mir eigentlich den Rücken herunterlaufen müßte, blieb aus angesichts der von Unkraut überwucherten Reste zerborstener Mauern und umgestürzter Säulen. Dominierend über allem der mit grüner Plastikfolie verhängte Titusbogen.

»Christo was here«, murmelte ich leise.

»Sieht beinahe so aus, nicht wahr«, bestätigte Hannelore, »aber die Planen hängen schon seit Monaten. Angeblich wird dahinter restauriert. Ich habe allerdings noch nie einen Handwerker gesehen. Wahrscheinlich ist der Stadt mal wieder das Geld ausgegangen.«

»Dann soll sie das Gelände verkaufen«, kam eine Stimme aus dem Hintergrund. »Das ist doch bestimmt der teuerste Bauplatz von ganz Rom! Solch eine exponierte Lage! Wenn das Areal mir gehörte, wüßte ich sofort, was ich damit täte: Luxuswohnungen bauen!« Wie sich am Abend herausstellte, stammte dieser Vorschlag von einem Grundstücksmakler aus Hamburg.

Die Rundfahrt ging weiter. Engelsburg. Zu besichtigen nur aus der Ferne, weil die Brücke gesperrt war und wir unserem Zeitplan sowieso schon hinterherhinkten. Von der Spitze der Burg ragt eine riesige Antenne gen Himmel. Zu Puccinis Zeiten kann sie aber noch nicht da gewesen sein, sonst wäre uns Toscas Selbstmord als MAZ-Aufzeichnung erhalten geblieben.

Nächste Station eine Kirche: San Pietro in Vincoli. »Wer sich von der Gruppe trennen will, muß spätestens in zwanzig Minuten wieder am Ausgang sein«, mahnte Hannelore, bevor wir geschlossen durch das Portal marschierten.

Nun sehe ich mir Kirchen am liebsten allein und in Ruhe an. Es ist mir nämlich egal, welcher Papst aus welchem Grund gerade dieses Gotteshaus erbauen ließ und wer die Fensterrosette geschaffen hat. Mich beeindruckt vielmehr die Harmonie des Ganzen und nicht nur zwei Meter Wandfries. Allerdings hat diese Kirche etwas ganz Besonderes zu bieten: Michelangelos »Moses«. Zehn Minuten lang habe ich davorgestanden, während um mich herum die Kameras klickten. Warum eigentlich? Kein Foto kann die vollendete Schönheit dieser Statue auch nur annähernd wiedergeben.

Als Sakrileg empfand ich die an der Wand hängenden Telefone. Man wirft eine Münze hinein, drückt eine Taste und bekommt in allen gängigen Sprachen einschließlich Japanisch die der Kirchenverwaltung notwendig erscheinenden Informationen. Da hängen sie dann reihenweise an den Strippen, schielen mit einem Auge zu Moses, mit dem anderen zu ihrem Reiseleiter, und kontrollieren, ob er auch nichts von dem ausläßt, was gerade durch den Telefonhörer kommt.

»Sie hätten uns auch noch auf den Faltenwurf des Mantels aufmerksam machen müssen, als Laie sieht man das ja nicht!«

Bloß weg hier! Auf dem Weg zum Ausgang wurde ich mit einem weiteren Produkt moderner Errungenschaften konfrontiert. Im allgemeinen pflegen Gläubige, die von der Mutter Gottes etwas erbitten, eine Kerze anzuzünden und vor dem Altar aufzustellen. Hier läuft die Sache bereits computergesteuert ab. Man entrichtet sein Scherflein, betätigt einen Knopf, und sofort flammt eine Glühbirne auf, die je nach Größe der Spende entsprechend lange brennt. Dutzende stehen nebeneinander aufgereiht, flackern auf, verlöschen, wenn die Zeit abgelaufen ist – es hat eine fatale Ähnlichkeit mit einer defekten Lichterkette auf dem Jahrmarkt.

Auf der Fahrt zur vorerst letzten Sehenswürdigkeit sahen wir in einiger Entfernung auf dem Palatin die Fundamente der ehemaligen Paläste.

»Guck mal, Otto, das ist bestimmt das Kolosseum!«

Das Ehepaar hinter mir stammte aus Wuppertal und war auf der zweiten Hochzeitsreise. Die erste hatte es nach Venedig gemacht. Vor siebenundvierzig Jahren. Otto folgte dem ausgestreckten Zeigefinger seiner Angetrauten. »Das ist ja so klein. Ich hatte mir das alles viel größer vorgestellt.«

»Mein Gott, Otto, du weißt doch, wie die das auf den Fotos immer retuschieren.«

Otto war dann aber doch zufrieden, als er das »richtige« Kolosseum in seiner imposanten Größe sah. »Wenn man sich nu mal so denkt, daß da die Löwen rumgelaufen sind und Ben Hur und der Nero, wenn er immer mit dem Daumen nach unten gezeigt hat … und jetzt kann man hier ganz gemütlich Kaffee trinken und über die Geschichte nachdenken. Was meinst du, Trudchen, ob die in ihrer Cafeteria Ansichtskarten haben? Ich muß noch eine an Paul und Roswitha schreiben.«

Mit einem Pappbecher Orangensaft in der Hand spazierte ich durch die riesige Anlage und hatte ähnliche Empfindungen wie Napoleon beim Anblick der Pyramiden. Es waren ja auch ein paar Jahrtausende, die auf mich herabsahen.

Hannelore pfiff zum Sammeln. Der Busfahrer sah ungeduldig auf die Uhr. Er wollte nach Möglichkeit noch vor der Rush-hour das Stadtzentrum verlassen haben. Wir sind nur dreimal im Verkehr steckengeblieben, also muß ihm das wohl gelungen sein.

Als wir fußlahm und ziemlich erschöpft über den zweiten Hinterhof zum Hoteleingang schlurften, stöhnte der Herr Bürgermeister: »Wenn Rom nicht an einem Tag erbaut worden ist, weshalb, um alles in der Welt, haben wir es dann an einem Tag besichtigen müssen?«

Da wir am nächsten Morgen früh aufstehen mußten, fiel das gesellige Beisammensein nach dem Abendessen recht kurz aus. Es sollte ja auch nur dem besseren Kennenlernen der Gruppe dienen. Die meisten Teilnehmer waren Ehepaare, die je nach Ausstellungsdatum des Trauscheins Hand in Händchen liefen oder aber in zwei Meter Abstand. Dann gab es noch zwei alleinreisende Damen, die sich ein Doppelzimmer teilten und schon auf der Fahrt vom Flugplatz zum Hotel nicht einig wurden, ob sie bei geöffnetem oder geschlossenem Fenster schlafen sollten; einmal wegen des Krachs, zum anderen wegen der Diebe.

Am bemerkenswertesten war die Quadriga, bestehend aus Mutter und drei Söhnen, die ständig nebeneinander hergingen und mitunter den Verkehrsfluß zum Halten brachten. Jedes Jahr in den Pfingstferien unternehme sie mit ihren Kindern eine Bildungsreise, hatte die Mutter erzählt, Paris, Florenz, Wien, überall seien sie schon gewesen, und nun sei eben Rom an der Reihe. Die Knaben sahen schon richtig kulturgeschädigt aus. Ein Bummel durch das nächtliche Rom? Aber nein, auf gar keinen Fall, die Jungs müßten ausgeschlafen sein, um all das Wissens- und Sehenswerte aufnehmen zu können. Die Jungs blickten ergeben vor sich hin. Zwei Stunden später stürzten sich die beiden älteren ins Nachtleben, nur der Jüngste konnte nicht, weil er mit seinem Zerberus im selben Zimmer nächtigte.

Ich hatte auch keine Lust, mich dem vergnügungssüchtigen Trupp anzuschließen. Wer weiß, wie viele Kilometer Kopfsteinpflaster uns morgen wieder bevorstanden.

ZWEITER TAG: Er begann auf dem Petersplatz, wo bereits die ersten Vorbereitungen zur abendlichen Papstmesse getroffen wurden. Der Herr Bürgermeister wunderte sich. »Ist der denn mal zu Hause?«

Frau Marquardt offerierte Eintrittskarten. Zwölf Stück habe sie ergattern können, und wer interessiert sei, solle sich bei ihr melden. Abends hatte sie immer noch vier übrig.

Auf dem Petersplatz war es auch, wo der erste Teilnehmer unserer Gruppe seine Brieftasche vermißte. Gerade habe er sie noch gehabt, beteuerte er, da drüben an der Andenkenbude, wo er das Kolosseum in nachgemachter Bronze gekauft habe. Und nun sei sie plötzlich weg.

»Man sollte den Heiligen Vater zum Schutzpatron der Taschendiebe ernennen«, regte Frau Marquardt an, »in ganz Rom wird nicht so viel geklaut wie hier auf dem Petersplatz. Und passen Sie auch auf, wenn wir jetzt hineingehen. Religiöse Skrupel kennen die Handtaschenmarder nicht.«

Man kann mich jetzt für einen Banausen halten oder sogar Schlimmeres, aber ich empfand das Innere des Petersdoms als eine Ansammlung monumentaler Scheußlichkeiten, abgesehen natürlich von der phantastischen Kuppel und Michelangelos »Pietà«. Aber die Statuen der diversen Päpste und Heiligen, die Gobelins, die Wandmalereien quer durch die Jahrhunderte wirken in dieser Vielfalt erdrückend. In den Ecken Beichtstühle mit dezent angebrachten Schildern, in welchen Sprachen man seine Sünden offenbaren kann, und überall Schulklassen und Touristengruppen mit den unvermeidlichen Fotoapparaten. »Marlies, stell dich mal neben das Gitter da, dann kriege ich den Altar auch noch mit drauf.«

Wie viele Kirchen wir an diesem Vormittag noch besucht haben, weiß ich nicht mehr, ihre Namen habe ich auch nicht alle behalten, aber es waren sehr schöne darunter, weniger schöne und absolut häßliche. Meistens waren das diejenigen, denen aus religiösen Gründen eine ganz besondere Bedeutung zukommt. Manchen Basiliken sieht man von außen gar nicht an, daß sie Kirchen sind, dazu gehört auch Santa Maria Maggiore. Ich stand am Fuß der Treppe und schaute mir die Fassade an, blickte hoch zu der Balustrade mit den großen Säulen und bemerkte nicht, daß sich Otto zu mir gesellte. Er folgte meinen Augen. »Ist ja'n bißchen schwer zu erkennen, aber ich glaube, es ist zehn Minuten vor zwölf.«

»Wie bitte?«

»Na ja, die Uhr meine ich. Hätten sie ruhig größer machen sollen.«

O heilige Einfalt!

Santa Maria Maggiore war der letzte Punkt des heutigen Pflichtprogramms, den Nachmittag hatten wir frei. Alle Fußkranken und Vollpensionäre (»Wir haben unser Mittagessen schließlich bezahlt!«) fuhren zurück zum Hotel, der Rest verkrümelte sich in verschiedene Richtungen – die Quadriga auf der Suche nach weiteren Kirchen, der Bürgermeister auf der Suche nach Faßbier. Otto wollte wissen, wo man etwas zu essen bekäme. Frau Marquardt empfahl ihm ein Restaurant in der Nähe des Petersplatzes, da gebe es sogar eine deutsche Speisekarte. Am gestrigen Abend hatte Otto nämlich in Unkenntnis der italienischen Sprache »Zweimal bistecca« geordert in der Annahme, hierzulande müsse man die notwendigen Eßgeräte extra bestellen, und als ihm nach den Beefsteaks auch noch eine Schinkenplatte serviert worden war, hatte er die italienische Küche in den höchsten Tönen gelobt. Erst beim Anblick der Rechnung war ihm sein fataler Irrtum klargeworden.

»Was wollen Sie denn nun unbedingt noch sehen?« erkundigte sich Frau Marquardt, nachdem sie ihre Schutzbefohlenen entlassen hatte, wohlversehen mit Adressen von Ledergeschäften, Andenkenläden und Wechselstuben.

»Natürlich das, was man in Rom einfach gesehen haben muß«, sagte ich. »Zu Hause kann ich doch keinem imponieren, wenn ich nicht die Spanische Treppe raufgestiegen bin und die obligatorische Münze in den Trevi-Brunnen geschmissen habe.«

Beide Sehenswürdigkeiten gehörten nicht zum offiziellen Programm, sie waren wohl den privaten Entdeckerfreuden vorbehalten. Und prompt haben wir sie auch alle wiedergetroffen: Die Damen Moll und Klinger (das waren die mit dem Doppelzimmer), wie sie in ihren Brustbeuteln nach den kleinsten Liremünzen fischten, den Bürgermeister, der die tägliche Gesamteinnahme zu errechnen versuchte, und natürlich Otto und Trudchen, die sich nicht einigen konnten, ob man das Geld nun über die linke oder die rechte Schulter zu werfen habe.

Im übrigen hat mich die Fontana di Trevi tief enttäuscht! Ich hatte einen riesigen freistehenden Brunnen erwartet, wie es in Rom Hunderte gibt, statt dessen sah ich ein paar nicht sonderlich schöne Figuren, die an der Fassade eines grauen Gebäudes klebten. Im halbkreisförmigen Becken schwammen Fahrscheine, Eislöffel, Plastiktüten sowie eine Baseballmütze mit der Aufschrift »Boston-Rangers«.

Die Spanische Treppe sah sehr italienisch aus, war dreckig und hatte abbröckelnde Stufen.

»Soll ich Sie fotografieren?« Probehalber hielt Frau Marquardt ihre Kamera ans Auge.

Erschrocken winkte ich ab. »Sehe ich so aus? Nachher kaufe ich mir eine Ansichtskarte, darauf sind dann wenigstens die Blumenkübel bepflanzt. Jetzt wuchert doch bloß Unkraut drin. Verstehe ich gar nicht, wir haben doch schon Mai.«

»Eben! Die offizielle Touristensaison beginnt nämlich erst im Juni.«

In einer kleinen Trattoria aßen wir Omelette mit Pilzen, tranken einen wunderbaren Barolo dazu, danach schlenderten wir über die Via del Corso, bestaunten gleichermaßen die illustren Namen über den Geschäften wie die horrenden Preise und landeten schließlich im Caffè Greco, weil man als informierter Romreisender dort seinen Espresso getrunken haben muß. Welch eine Blamage, wenn man zu Hause beim nächsten Smalltalk nicht beiläufig erzählen kann, man habe im Greco Marcello Mastroianni vor seinem Aperitif getroffen und die kleine – na, wie heißt sie doch gleich? – Ornella Dingsda. Wir haben allerdings keine Prominenz gesichtet, nur gelangweilt herumstehende Kellner, und den Kaffee habe ich woanders auch schon besser bekommen. Als die Quadriga hereinmarschierte, flüchteten wir.

Am Abend schlenderten wir durch die engen dunklen Gäßchen von Trastevere, dem ehemaligen jüdischen Getto, das auch heute streckenweise aussieht wie im Mittelalter.

»Hier treffen wir garantiert niemanden von der Herde«, hatte Frau Marquardt gesagt, »die sitzen jetzt alle auf der Via Veneto oder in diesem auf Alt-Heidelberg getrimmten Mammutschuppen und betrachten Rom aus der Bierglasperspektive.«

Wie recht sie hatte! Das Restaurant, in dem wir endlich einen Tisch im Freien fanden, war bevölkert von italienischen Großfamilien einschließlich Urahne und Säugling, der ungeachtet des lebhaften Treibens um ihn herum in seinem Korbwagen schlief. Kein deutscher Tourist war zu sehen, kein gummikauender Collegeboy mit University-of-Columbia-Sweatshirt, kein Besucher aus dem Fernen Osten mit schußbereiter Kamera und Stadtplan in der Hand.

»Hier gefällt's mir! Das ist Rom, wie ich es mir vorgestellt habe! Eine warme Frühsommernacht, Straßenmusikanten, fröhliche Gesichter überall – sogar der Mond scheint ordnungsgemäß fast rund. Ob die hier frische Scampi haben?«

Hatten sie. Auch die Minestrone war hervorragend und

der Prosciutto mit eisgekühlter Melone und der Bardolino und die frischen Erdbeeren hinterher ... wir merkten gar nicht, wie die Zeit verging. Um halb zwölf mahnte Frau Marquardt zum Aufbruch.

»Wir müssen zusehen, daß wir noch vor Ende des Spektakels am Petersplatz vorbeikommen, nachher ist dort die Hölle los!«

Nicht gerade ein passender Vergleich für die heilige Handlung, aber ein durchaus berechtigter, wie sich am nächsten Morgen herausstellte. Die letzten Besucher der Papstmesse waren nachts um drei ins Hotel gekommen.

Als unser Taxi den riesigen Platz umfuhr, war die Zeremonie noch in vollem Gange.

»Ich denke, die Messe hat um acht angefangen? Jetzt haben wir gleich Mitternacht. Wie lange dauert denn so was?« Schließlich bin ich evangelisch und nicht sehr bewandert, was die Rituale der katholischen Kirche anbelangt.

»Wenn der Papst erst mal anfängt zu predigen, hört er so schnell nicht wieder auf«, sagte der Taxifahrer, »er ist ja so selten hier, dann hat er natürlich eine ganze Menge zu sagen.«

Der Vatikan muß einen exzellenten Zeremonienmeister haben, denn der optische Eindruck dieser Massenveranstaltung war überwältigend. Auf der Treppe zum Petersdom schimmerte alles in Rot und Gold, dazwischen ein bißchen Violett. Die Goldtupfer stammten von den Stuhllehnen, das Lila wahrscheinlich von jenen Kardinälen, die aus Versehen das falsche Käppchen aufgesetzt hatten. Das allerdings ist meine private Vermutung, denn wie schon gesagt, kenne ich mich nicht so genau aus.

Ein paar Stufen tiefer in gebührendem Abstand von den aufgereihten Würdenträgern der Altar, daneben einsam auf einem Stühlchen der Heilige Vater ganz in Weiß. Sein Auftritt schien beendet zu sein, für die Abschlußzeremonie war er nicht mehr zuständig. Überall verteilte Kandelaber tauchten die Szenerie in strahlendes Licht. Es sah wirklich sehr beeindruckend aus und – Verzeihung! – auch ein bißchen theatralisch.

Unübersehbar die Menschenmenge, die nun schon seit Stunden auf ihren Stühlen saß (wohl dem, der einen bekommen hatte!) oder seitlich zwischen den Säulen stand. »Hier würde ich Platzangst kriegen!«

»Dio mio«, sagte der Taxifahrer mit einer wegwerfenden Handbewegung, »das ist noch gar nichts! Kommen Sie mal am Ostersonntag her!«

DRITTER TAG: Kunst und Kultur. Darauf war ganz besonders der weibliche Teil der Quadriga erpicht, denn für die Kirchen hatten sich die Söhne nicht so recht erwärmen können. Da waren die Vatikanischen Museen schon ganz etwas anderes. Besonders für den Jüngsten, wo der doch malerisch so begabt war, wie uns die stolze Mutter beim Frühstück erzählt hatte.

Die Schlange vor dem Eingang war ungefähr einen halben Kilometer lang, brav in Zweierreihen gegliedert wie am Lenin-Mausoleum, bewegte sich aber zügig voran, so daß wir schon nach zwanzig Minuten das Innere der musealen Hallen betreten konnten – vorbei an uniformierten Wächtern mit Walkie-talkie am Ohr, die jeden Vorübergehenden auf korrekte Bekleidung musterten. Shorts und schulterfrei waren verpönt.

Zuerst besichtigten wir das Ägyptische Museum, ein Sammelsurium von ganzen und halben Köpfen, die in Regalen rechts und links an den Wänden aufgestellt waren und mich an die Walhalla erinnerten, wo wir ja auch die großen Deutschen in Marmor bewundern können. Unter all den Ausgrabungen, Funden, Geschenken früherer Potentaten an frühere Päpste war nichts, was besonders bemerkenswert gewesen wäre. Keine Nofretete, kein Tutenchamun, nicht mal eine farbige Brosche von Kleopatra – nur mehr oder weniger kaputte steinerne Überreste einer längst vergangenen Epoche. Kein Wunder, daß wir die einzigen Besucher waren.

Da herrschte im Saal der Gobelins schon erheblich mehr Betrieb. Wer einen Blick auf die Kostbarkeiten werfen konnte, hatte Glück, denn die Aufseher waren bestrebt, den Besucherstrom in möglichst zügigem Tempo durch den Mittelgang zu treiben, damit sich keine Staus bilden konnten.

Zum Luftschnappen sammelten wir uns im Innenhof zwecks Besichtigung von Laokoon. Und prompt kam Otto an. »Kennt ihr den schon? Da fragt ein Tourist ein paar andere Touristen: ›Wo ist denn die Laokoon-Gruppe?‹ – ›Wissen wir nicht‹, sagen die anderen, ›wir sind von Neckermann.‹ Hahaha, der ist gut, nicht wahr?«

»Ja, und genauso alt«, brummte der Bürgermeister. Otto störte das nicht, er fotografierte schon wieder. Laokoon von vorne, von rechts und von links, mal mit Trudchen, mal ohne. Bloß an die Rückseite kam er nicht ran, da war eine Wand.

Auf die berühmten Stanzen von Raffael hatte ich mich besonders gefreut, war aber nicht auf das vorbereitet gewesen, was uns dort erwartete. In den relativ kleinen Sälen drängten sich die Menschen wie Sardinen in der Büchse, traten sich gegenseitig auf die Füße, bohrten sich Regenschirme in die Seite und Kameras in den Bauch (Wo waren die bloß alle hergekommen? Fotografieren war doch verboten!), und über allem schwebte ein babylonisches Sprachengewirr. Links von mir erläuterte ein französischer Reiseleiter das dritte Bild, vor mir nuschelte ein englischer Guide seine Erklärungen, hinter mir wurde japanisch gesprochen, nur unsere Hannelore war kaum zu verstehen, obwohl sie sich redliche Mühe gab. Schade, denn was sie zu sagen hatte, hätte mich wirklich interessiert.

Seit Stunden ließen wir uns nun schon durch die Gänge schieben, kanalisiert durch Absperrseile, eine ergeben trottende Herde in der ständigen Angst, den Anschluß an den Leithammel zu verlieren. Jeder Gruppenführer hatte sein individuelles Erkennungszeichen. Der Franzose vor mir winkte seine Schäflein jedesmal mit einem hocherhobenen Regenschirm zusammen, der Amerikaner wedelte mit einem abgebrochenen Palmenzweig, der Engländer schwenkte einen Union Jack aus Papier, und der Japaner hatte ein himmelblaues Bändchen an eine alte Fahrradspeiche gebunden, ein in diesem Gedränge beinahe schon lebensgefährliches Instrument. Unsere Gruppe mußte dem zusammengerollten »Corriere della sera« folgen, den Hannelore vor dem Betreten der Museen noch schnell gekauft hatte, weil diese Zeitung ziemlich großformatig ist.

Endlich wurden die Gänge ein bißchen breiter und ein bißchen leerer. Wir befanden uns in den Andenkensälen. Rechts und links Glasvitrinen mit Kostbarkeiten. Wieder einmal mußte ich feststellen, daß ich im falschen Jahrhundert lebte. Wenn mir jemand ein Souvenir mitbringt, dann kriege ich ein Almglöcklein mit Edelweiß drauf oder bestenfalls einen handbemalten Teller »Gruß aus Mallorca«, aber eine mit Edelsteinen besetzte Schmucktruhe hat mir noch niemand geschenkt. Allerdings bin ich auch kein Papst.

Der Besucherstrom nahm wieder zu und ballte sich vor einer Wendeltreppe zu einer dichten Menschentraube. Der Abstieg zur Sixtinischen Kapelle begann.

Michelangelo muß geahnt haben, was dermaleinst auf die Kapelle zukommen würde, und hat in weiser Voraussicht seine Kunstwerke an die Decke gemalt. Der Blick nach oben ist nämlich frei – aber auch nur dorthin. Wer vielleicht noch etwas anderes sehen wollte als das Deckengemälde, hätte sich von der Mitte aus zielstrebig an eine Wand vorkämpfen müssen, um sich daran entlang bis zur nächsten weiterzutasten. Der Einsatz von Ellenbogen wäre unerläßlich gewesen. Ich bin aber Pazifist, und als solcher kaufte ich mir später einen Bildband über die Sixtinische Kapelle, um mir in Ruhe ansehen zu können, was ich mir nicht ansehen konnte.

Normalerweise herrscht in einer Kirche andachtsvolle Stille oder schlimmstenfalls gedämpftes Stimmengemurmel. Hier ging es aber zu wie auf einem Wochenmarkt. Kinder quäkten, Mutti rief nach Vati, John suchte Jack. Otto und Trudchen übten sich in Kunstbetrachtung.

Otto:

»Wie lange hat der wohl daran gemalt?«

Trudchen:

»Lange. Sieh mal, Otto, der zweite Jünger von links hat dieselben Augen wie die Mona Lisa.«

Otto:

»Wie kommst du darauf?«

Trudchen:

»Weiß ich nicht, finde ich eben. Vielleicht hat der Maier für beide Bilder dasselbe Modell benutzt.«

Otto:

»Die Mona Lisa hat Leonardo da Vinci gemalt.«

Trudchen:

»Weiß ich doch. Deshalb meine ich ja auch, daß das dieselben Augen sind.«

Otto:

»Die Decke hier ist aber von Michelangelo.«

Trudchen:

»Ach?« Und nach einer kurzen Pause: »Macht ja nichts, Italiener sind sie doch beide, nicht wahr? Heute teilen sich die

Maler ja auch ein Modell, weil es für einen allein sonst zu teuer wird.«

Wenn der Lärm die zulässige Phonstärke überstieg, ertönte ein Gong, und eine weibliche Lautsprecherstimme bat in fünf Sprachen um Ruhe. Danach wurde es ein paar Minuten lang etwas stiller, aber sobald die nächste Touristenwelle in die Kapelle schwappte, fing das Spiel von vorne an. Nach dem fünften Gongschlag hatte ich genug und ließ mich zum Ausgang schieben.

Hannelore wartete schon. Neben ihr auf einem Mäuerchen hockte Frau Moll und rieb ihre Füße mit einem in Kölnisch Wasser getränkten Taschentuch ab. »Die haben schon bei Raffael schlappgemacht«, stöhnte sie, »ich hätte doch besser nicht mitgehen sollen.«

»Dann verzichten Sie einfach heute nachmittag auf den Ausflug und legen sich statt dessen auf Ihrem Balkon in die Sonne«, empfahl Hannelore.

»Ich will aber den Grafen sehen.«

»Werden Sie auch! Auf das Weingut fahren wir erst morgen.«

Schon am ersten Abend, als Frau Marquardt einen kurzen Abriß des Gesamtprogramms gegeben hatte, war Frau Moll ganz aus dem Häuschen gewesen. Einen richtigen italienischen Grafen würde sie kennenlernen, sein Weingut besichtigen und von ihm zum Abendessen eingeladen werden! Nein, also damit hatte sie nun wirklich nicht gerechnet. Daß sie diesen Ausflug einschließlich Essen extra bezahlen mußte, störte sie nicht. »Stell dir vor, Elisabeth, was die im Seniorenclub für Augen machen werden, wenn wir erzählen, daß wir mit einem richtigen Grafen gespeist haben.«

Frau Klinger nickte. »Ob man da wohl auch Autogrammkarten bekommen kann?«

Ich weiß nicht, inwieweit Frau Moll Hannelores Rat befolgt

und die Busfahrt zum Prominentenviertel auf einem der sieben Hügel Roms hat sausen lassen, ich jedenfalls habe es getan und statt dessen ein Sonnenbad genommen. Man sollte ruhig mal auf ein Vergnügen verzichten können.

VIERTER TAG: »Kaiserwetter!« sagte der Bürgermeister, in den wolkenlos blauen Himmel blinzelnd.

»Papstwetter!« korrigierte Trudchen, denn wir befanden uns auf dem Weg zum Castel Gandolfo. Die Caracallathermen und die Katakomben hatten wir schon hinter uns gelassen. Tief betrübt war Otto wieder an die Oberwelt gestiegen, sein Blitzlicht hatte versagt, und er glaubte nicht, daß die matten Glühbirnen in den Gängen ausgereicht hätten.

»Na, laß man, Trudchen, so wichtig ist das ja auch nicht, bloß alte Mauern mit Nischen drin. Versäumt haste gar nichts.«

Trudchen war nämlich oben geblieben, weil sie sich in Kellern immer so grault.

Über die Via Appia Antica fuhren wir südwärts. Plötzlich hielt der Bus an, und der Fahrer wies auf etwa dreißig Meter Kopfsteinpflaster, die sich in der Asphaltdecke etwas seltsam ausnahmen.

»Hier hat man den ursprünglichen Zustand der alten Heerstraße beibehalten«, erläuterte Hannelore, »da sind schon Cäsars Legionen drübermarschiert.«

»Na, dann wollen wir das mal nachvollziehen«, beschloß der Bürgermeister und gab damit das Startsignal. Trudchen mußte mit, weil Otto ihren söckchenbestrumpften Fuß neben einem besonders großen Stein im Bilde festgehalten haben wollte. Frau Moll pflückte am Straßenrand Margeriten. Sie waren sicherlich für den Grafen bestimmt.

»Da drüben steht übrigens das Haus von Italiens Nationalheiliger.« Hannelore zeigte auf einen von wildwuchernden

Hecken durchwachsenen Maschendrahtzaun. Von einem Haus war nichts zu sehen.

»Und wer soll das sein?« fragte ich.

Hannelore grinste. »Na, wer wohl? Gina Lollobrigida natürlich.«

Aha. Otto suchte die Eingangspforte, vielleicht konnte man von dort mehr sehen. Enttäuscht kam er wieder zurück. »Da ist bloß ein Weg mit Bäumen. Nicht mal ein Namensschild steht an der Tür. Ich glaube gar nicht, daß die Lollo wirklich hier wohnt.« Er knipste trotzdem. Die Hecke sah ja auch ganz malerisch aus.

Weiter ging es den Albaner Hügeln zu, und endlich kurvte der Bus in eine Parklücke zwischen vielen anderen Bussen. Die Restbesteigung erfolgte zu Fuß. Wir kamen auf einen rechteckigen Platz, in der Mitte der übliche Brunnen, an drei Seiten Kitsch- und Kramläden, an der vierten ein Gebäude, dessen rosa Fassade dringend einen neuen Anstrich nötig hatte.

»*Das* ist Castel Gandolfo?« Frau Moll war entsetzt. Einen Palast hatte sie erwartet oder wenigstens ein Schlößchen mit Türmen dran und einem großen Portal, aber doch nicht diesen schäbigen Kasten, der so gar nichts hermachte. »Der Papst kann sich doch wirklich was Besseres leisten!«

Auf die leibliche Anwesenheit des Hausherrn mußten wir natürlich verzichten, aber wir konnten ihn in sechs verschiedenen Größen nicht nur bewundern, sondern sogar kaufen. Echt Gips. Trudchen wollte den zweitkleinsten. »Der kommt aufs Vertiko neben das Foto vom Frings.«

Am Nemi-See machten wir eine längere Pause. Hier schoß ich auch ein paar Fotos. Hauptsächlich für Stefanie, damit sie endlich mal wußte, wie der »Kratersee südlich von Rom« aussieht, den sie immer in ihre Kreuzworträtsel schreibt.

Eine Bauersfrau bot Körbchen mit frischen Walderdbeeren an. »Die nimmst du nicht, Trudchen! Denk an Tschernobyl!« mahnte Otto, aber diesmal zeigte Trudchen Widerspruchsgeist. »Bis hierhin ist die Wolke ja gar nicht gekommen!« Sie steckte ein paar Beeren in den Mund. »Die schmecken kein bißchen nach Becquerel.«

Der Busfahrer hupte uns wieder zusammen. Auf zur letzten Etappe! Müdigkeit machte sich breit. Frau Klinger schnarchte dezent, Frau Moll beträufelte ihre Margeriten mit Mineralwasser. Trudchen aß Erdbeeren. Die Quadriga studierte eine auseinandergefaltete Landkarte. »Wenn wir auf dieser Straße weiterfahren, kommen wir direkt nach Neapel.«

»Wollen wir denn dahin?« fragte Trudchen kauend.

Hannelore bemühte sich, uns die Schönheit der vorüberhuschenden Landschaft nahezubringen, wies auf Besonderheiten hin, auf scheinbar an Felsen geklebte Häuschen, auf ein winziges Dörflein hoch oben auf dem Berg, sah aber nur in gähnende Gesichter und schaltete das Mikrofon wieder ab.

»Haben Sie diesen Job nicht manchmal satt bis obenhin?« fragte ich leise.

»Damit verdiene ich mir mein Studium. Diese kunsthistorischen Führungen mache ich eigentlich recht gern, weil ich selber immer wieder etwas dazulerne, aber von den Ausflügen bin ich weniger begeistert.«

Ich warf einen Blick auf die dösende und sanft vor sich hin schnorchelnde Busbesatzung und konnte Hannelore verstehen.

Irgendwann bogen wir von der Straße ab auf einen besseren Feldweg, und nach wenigen Kilometern standen wir auch schon vor einer Barriere. »Endstation! Alles aussteigen!« sagte Frau Marquardt.

Auf einen Schlag waren alle wieder munter. Otto holte einen neuen Film aus dem Handgepäck, Trudchen puderte die Nase, Mutter Quadriga nahm das Defilee ihrer Söhne ab und überprüfte deren untadeliges Aussehen. »Deine Krawatte sitzt schief, Bernd!«

Frau Moll kämpfte mit sich, ließ dann aber doch den welkgewordenen Blumenstrauß liegen. Wahrscheinlich nahm sie an, der Herr Graf habe selber welche.

Staubig war der Weg zum Schloß hinauf und ziemlich lang, aber am Ziel sollte uns ja ein Willkommenstrunk erwarten. Er stand schon da, als wir endlich den Garten erreichten und uns ein schattiges Plätzchen suchten. Stühle gab es nicht, aber ein Mäuerchen, auf das man sich setzen und den herrlichen Blick ins Tal genießen konnte. Wie auf Bestellung ging blutrot die Sonne unter.

Dann kam il Conte. Sehr leger mit Seidenschal im offenen Hemdkragen und roten Socken, aber sonst wirkte er distinguiert. Für einen Italiener recht groß, graue Schläfen, Adlernase – doch sein professionelles Lächeln konnte nicht darüber hinwegtäuschen, daß er diese Ansammlung neugierig starrender Menschen als äußerst lästig empfand.

Von der Terrasse aus hielt er eine Rede an sein Volk. Hannelore übersetzte: Der Graf freue sich, uns alle begrüßen zu können, und hoffe, wir würden einen recht vergnüglichen Abend verleben.

Dann bat er uns ins Haus. Wir durften uns in dem Gemach gleich links vom Eingang auf leicht verblichenem Brokat niederlassen und dem musikalischen Vortrag lauschen. Auf dem Pianoforte brachten der Herr Graf Klassisches zu Gehör mit viel Routine und viel Pedal. Der artige Beifall nach Beendigung des Stückes animierte ihn zu einer Zugabe, die Frau Moll nur unter Aufbietung aller Kräfte durchhielt. Sie mußte dringend einen gewissen Ort aufsuchen, und ob ich wohl wüßte, wo der sei?

Il Conte klappte den Klavierdeckel zu und gab damit das

Zeichen zum Aufbruch. Der Oberhofmeister, oder wie auch immer das schwarzgekleidete Männlein zu bezeichnen war, erwartete uns an der Tür, auf daß er uns zu den oberen Räumen geleite. Dort war allerlei Antikes zu besichtigen sowie das Gästebuch, in das wir uns eintragen sollten. Ich verzichtete darauf, konnte mir aber nicht verkneifen, nachzulesen, was meine Mitreisenden hineingeschrieben hatten.

Gertrud Wilhelmine Heisenbüttel, geborene Weissmann, hatte Trudchen in altmodischer Sütterlinschrift hinterlassen, und darunter stand kernig: Otto Heisenbüttel, Wuppertal.

Frau Moll dankte dem »hochverehrten Herrn Grafen für die erwiesene Gastfreundschaft«, und Frau Klinger hatte sogar gedichtet:

In kristallenem Glase funkelt der Wein,
schimmert im Abendsonnenschein.
Dank dem Spender dieser Pracht
und dem Herrgott, der das alles gemacht.

Das mit dem kristallenen Glas stimmte aber nicht. Der Willkommenstrunk war uns in simplen Wassergläsern kredenzt worden. So ähnliche stehen bei mir auch im Küchenschrank. Früher war mal Senf drin gewesen.

Unter Führung des Kastellans trotteten wir wieder bergab. Zur Enttäuschung der Damen Moll und Klinger fand das gemeinsame Abendessen nicht im Schloß statt und erst recht nicht im Beisein des Grafen, sondern in einer umgebauten ehemaligen Scheune gleich neben dem Busparkplatz. »In rustikaler Umgebung« hatte es geheißen, und das war wirklich nicht untertrieben. Weißgekalkte Wände, lange Tische mit blauweiß karierten Decken, Holzstühle. Junge Mädchen schleppten Weinkaraffen heran, junge Männer Riesenschüsseln mit Spaghetti. Das Gelage konnte beginnen.

Dem Herrn Bürgermeister sah man an, daß er im Umgang mit einer Kalbshaxe wesentlich trainierter war als im Umgang mit diesen endlosen Nudeln, aber er kämpfte sich tapfer durch. Otto war weniger auf Etikette bedacht. Rücksichtslos säbelte er mit dem Messer drauflos und schaffte es trotzdem, sein Hawaiihemd mit Tomatensoße zu bekleckern. Frau Moll machte sich angeblich nichts aus Nudeln, worauf Frau Klinger ebenfalls verzichtete. Beide hofften auf den nächsten Gang.

Der bestand aus kleinen Bratwürstchen und einer Art Hackfleischbällchen, alles ziemlich scharf gewürzt. Zum Glück war der Wein nicht kontingentiert, jeder konnte soviel trinken, wie er wollte. Die meisten wollten. Und wurden immer lustiger. Frau Marquardt sah auf die Uhr.

»Wenn der Graf nicht bald kommt, könnte es kritisch werden.«

»Wieso?« fragte ich leise. »Gibt uns il Conte denn noch mal die Ehre?«

»Natürlich. Das ist dann aber auch das Zeichen zum Aufbruch.«

»Aha, also Rausschmiß auf adlig?«

»So ungefähr«, lachte sie.

Wie auf Kommando schritt der Graf durch die Tür, ließ fragen, ob alle zufrieden gewesen wären, was ihm lautstark bestätigt wurde, und erbat sich zum Abschluß des Abends eine Kostprobe deutschen Liedguts. Gesättigt und hinreichend mit Landwein abgefüllt, wurde diesem Wunsch stattgegeben. Der Brunnen war's mal wieder, der vor dem Tore stand. Unter leutseligem Winken verließ uns der Gastgeber, worauf wir uns ebenfalls erhoben und auf mehr oder weniger schwankenden Beinen die gastliche Stätte räumten. Neben dem Ausgang war inzwischen ein Tisch aufgebaut worden, bestückt mit den flüssigen Produkten der gräflichen Weinberge, zum

Teil schon transportfertig verpackt. Sehr schnell füllte sich die Zigarrenkiste mit Barem, selbst große Scheine wurden ohne Zögern entgegengenommen, es war genügend Wechselgeld vorhanden.

Die Rückfahrt verlief schweigend. Ein paar Sangesbrüder, die auf den Geschmack gekommen waren, wurden niedergezischt. Bald schlief der ganze Bus. Ich auch.

LETZTER TAG: Ausgang bis zum Mittagessen. Dem Instinkt der Herde folgend, sammelte sich der größte Teil der Gruppe zu einem Marsch ins Stadtzentrum, obwohl die Ziele der einzelnen weit auseinander lagen. Der Bürgermeister wollte sich die berühmte Stazione Termini ansehen, von der er sich vielleicht Anregungen für den in seiner Stadt geplanten Busbahnhof erhoffte. Die Quadriga hatte im Stadtführer festgestellt, daß das offizielle Programm die Villa Medici ausgespart hatte, und die mußte man ja auch gesehen haben. Frau Moll und Frau Klinger suchten Mitbringsel für die Mitglieder des Seniorenclubs, na, und Otto hatte bei Durchsicht seiner fotografischen Aufzeichnungen entdeckt, daß ihm noch Bilder vom Denkmal Viktor Emanuel II. fehlten. Was er an diesem geschmacklosen Monument für fotografierenswert hielt, wußte nur er allein. Mich erinnerte das Ding an eine altmodische Schreibmaschine, die Amerikaner bezeichnen es als »weddingcake«, was aber nicht stimmt, weil die Hochzeitskuchen hübscher aussehen.

Mutterseelenallein bummelte ich durch Straßen, die wir auf den Besichtigungstouren im Eilmarsch durchschritten hatten, kam auf der Piazza Navona endlich zu meinem Eiskaffee und hatte Zeit genug, den phantastischen Blumenschmuck an den Häusern rund um den Platz zu bewundern. Wahre Kaskaden von verschiedenfarbigen Geranienblüten fielen aus fast jedem Fenster und vereinten sich zu einem

Blumenflor, wie ich ihn in dieser Fülle an Häuserfronten noch nie gesehen hatte. Und das im Mai! Meine Blumenkästen zu Hause standen noch im Keller, weil sich die Eisheiligen mal wieder verspätet hatten.

Als ich ins Hotel zurückkam, stapelten sich bereits die Koffer in der Halle, und ich hatte meinen noch nicht mal gepackt! Wozu hatte ich eigentlich die dicken Pullover mitgenommen? Nicht einen davon hatte ich gebraucht, aber für die Rückreise würde ich wohl besser einen draußen lassen. Zehn Grad sollten wir in Deutschland haben, nachts immer noch Bodenfrost. Ich hätte vielleicht doch einen Südländer heiraten und mich jenseits der Alpen ansiedeln sollen. Es mußte ja nicht gerade Rom sein, da waren die Überlebenschancen zu gering.

Trotzdem brachte uns der Busfahrer ein letztes Mal ungeschoren durch den brodelnden Verkehr. Erst nachdem wir schon alle ausgestiegen waren, krachte es, aber die Delle im Lieferwagen, der etwas zu schwungvoll die Kurve genommen hatte, war größer als die Beule im Bus.

Der Bürgermeister schleppte meinen Koffer, ich seine Tasche, die erheblich schwerer geworden war als zu Beginn der Reise, und mit einem letzten Blick zum strahlendblauen Himmel trotteten wir ins Terminal. Dort kam uns mit allen Anzeichen des Entsetzens Hannelore entgegen. »Irgendwas ist schiefgelaufen, die Maschine ist überbucht.«

»Was heißt das?« fragte Frau Moll.

»Acht Plätze sind doppelt verkauft worden.«

»Dürfen die denn so was machen?«

Das durften sie natürlich nicht, aber es war nun mal geschehen. Fehler des Computers.

»Irren ist menschlich«, feixte der Bürgermeister, »aber ein richtig schönes Chaos bringt nur ein Computer zustande. Was passiert denn jetzt?«

Genau das versuchte Frau Marquardt zu klären. Wir hockten derweil auf unseren Koffern und warteten. Jeder von uns hätte seinen Aufenthalt in Rom gern noch ein bißchen ausgedehnt, aber diese Galgenfrist hätten wir lieber im Caffè Greco oder sonstwo verbracht statt in diesem ungemütlichen Flughafengebäude, wo wir nicht mal was zu trinken kriegten, weil wir uns nicht vom Schalter entfernen durften. Es könnte immerhin sein, daß doch noch ein Wunder geschähe. Allzuweit vom Vatikan waren wir ja nicht weg.

Um Frau Marquardt sammelten sich bereits höhere Chargen, aber auch die standen angeblich vor einem Rätsel. Keiner konnte sich erklären, wie es zu dieser Überbuchung gekommen war. So ein Computer ist doch eine großartige Erfindung: Es passieren genauso viele Fehler wie früher, aber jetzt ist niemand mehr daran schuld.

Schließlich fiel die Entscheidung: Acht Mitglieder unserer Gruppe würden zurückbleiben müssen und zwei Stunden später mit einer anderen Maschine nach Mailand fliegen. Dort werde man weitersehen. Die Frage war nur, wen es treffen würde.

»Frauen und Kinder zuerst«, sagte der Bürgermeister, worauf sich Mutter Quadriga nebst Anhang sofort nach vorne schob.

»Lassen Sie doch einfach das Los entscheiden!« empfahl Hannelore.

Die Damen Moll und Klinger traten freiwillig zurück, wahrscheinlich erhofften sie sich von der unerwarteten Panne einen weiteren Höhepunkt der Reise. Der mit dem Grafen war ja etwas enttäuschend gewesen.

Otto und Trudchen hatten auch nichts zu versäumen. Ihnen war es egal, ob sie um sechs oder um zehn Uhr wieder in Deutschland landeten. »Sollen mal die mit Familie sehen, daß sie wegkommen«, sagte Otto, »auf uns wartet keiner. Wir übernachten im Hotel und fahren erst morgen wieder nach Hause.«

Nun waren es schon vier Freiwillige. Frau Marquardt war von Berufs wegen zum Bleiben verdonnert, und ich hatte mir inzwischen überlegt, daß Rolf ein späterer Ankunftstermin vermutlich auch ganz recht war. Er kriecht höchst ungern abends um sechs über die Autobahn am Frankfurter Kreuz.

Jetzt fehlten noch zwei.

»Ich trete auch zurück«, sagte der Bürgermeister zum allgemeinen Erstaunen. Besonders Frau Marquardt wunderte sich, reiste der Herr doch mit dem VIP-Status und hatte somit das Vorrecht, als allererster berücksichtigt zu werden. Später verriet er uns, daß er diese Romfahrt nur deshalb angetreten habe, weil seine Schwiegermutter gekommen sei, und die könne er nun mal gar nicht ab. »Bis Mittwoch bleibt sie noch, und jede Stunde ohne sie ist eine geschenkte Stunde.«

Schließlich fand sich noch der männliche Teil eines Ehepaares, der seiner anderen Hälfte empfahl, »doch inzwischen Klaus und Erika zu besuchen, die wohnen ja ganz dicht am Flugplatz. Kannst auch deinen Koffer hierlassen.«

»Und wenn das Flugzeug nun abstürzt?«

»Welches? Meins oder deins?«

Die Auserwählten begaben sich in den Warteraum, wir Zurückgebliebenen stürmten die Telefonzellen. Zwei waren kaputt, die dritte nur für Ortsgespräche programmiert. Lediglich der vierte Apparat funktionierte, deshalb dauerte es auch fast eine Stunde, bis wir unsere zum Teil schon im Aufbruch begriffenen Lieben daheim von der veränderten Situation verständigt hatten. Aus den bereits erwähnten Gründen begrüßte Rolf meine verspätete Ankunft, die Zwillinge dagegen meckerten. Wann sie denn jetzt das Wasser für die Nudeln aufsetzen sollten, und ob ich nachts um elf überhaupt noch Appetit auf Spaghetti Bolognese hätte? Wirklich eine großartige Idee!

Der Flug nach Mailand dauerte nur eine Stunde, deshalb gab es auch nichts zu essen, obwohl uns allen allmählich der Magen knurrte. In Rom hatten wir unsere letzten Lire zusammengekratzt fürs Telefon und einen lauwarmen Kaffee, jetzt waren wir mehr oder weniger pleite und setzten unsere Hoffnung auf Frau Marquardt. Sie hatte uns ein lukullisches Abendessen in Aussicht gestellt, das sei ja wohl das mindeste, was uns die Alitalia bieten müsse.

Die dachte aber gar nicht daran. Als wir in Mailand die Paßkontrolle passiert hatten und uns vergebens nach einem Bevollmächtigten der Fluggesellschaft umsahen, mußten wir feststellen, daß uns niemand erwartete. Weder war unser versprengtes Häuflein avisiert worden, noch wußte jemand, was mit uns zu geschehen habe. Frau Marquardt wurde zunehmend lauter, die Uniformierten wurden zunehmend leiser. Die Telefone liefen heiß. Endlich erschien ein höherer Abgesandter, der sich zwar für nicht zuständig erklärte, uns aber wenigstens Gutscheine für einen Imbiß in die Hand drückte. Ein Sandwich pro Person und eine Tasse Kaffee. Von ihm erfuhren wir auch, daß wir in anderthalb Stunden weiterfliegen würden. Zum Glück sei die Maschine nicht ausgebucht gewesen.

Ob wir denn auf Kosten der Alitalia telefonieren dürften, wollte Frau Marquardt wissen, schließlich müßten wir die endgültige Ankunftszeit durchgeben.

So etwas sei nicht vorgesehen, behauptete der Flughafenmensch, da könne ja jeder kommen, das gehe auf gar keinen Fall ...

»Wir haben jemanden von der Presse unter uns«, sagte Frau Marquardt und zeigte auf mich, »ich glaube kaum, daß

Ihre Vorgesetzten erfreut wären, wenn Frau Sanders einen kleinen Artikel über unsere Irrfahrt veröffentlicht.«

Das zog! Wir durften telefonieren, und eine zweite Tasse Kaffee bekamen wir auch noch. Danach hockten wir im Warteraum. Frau Moll schälte Orangen und verteilte sie. Trudchen bot Kekse an. Die hatte sie schon seit dem Hinflug in der Tasche, »weil man ja nie wissen kann, ob man nachts mal Hunger kriegt«. Plötzlich tauchte der Herr Bürgermeister auf, unter jedem Arm eine Flasche Sekt.

»Wo haben Sie denn die aufgetrieben?« staunte ich.

»Im Duty-free-Shop kann man mit D-Mark bezahlen.«

Als wir eine Dreiviertelstunde später in die Maschine stiegen, waren die Flaschen leer und wir alle recht aufgekratzt, was uns mißbilligende Blicke der übrigen Passagiere eintrug. Bei den meisten handelte es sich um Geschäftsreisende, die in Nadelstreifen mit Aktenköfferchen auf dem Schoß Tabellen studierten oder in Sitzungsprotokollen blätterten.

Besonders unangenehm fielen wir auf, als während der Schwimmwesten-Oper der Bürgermeister die Freiübungen der Stewardessen mit der Frage unterbrach: »Über welches Meer fliegen wir eigentlich?«

Es war schon nach zehn, als wir endlich wieder deutsche Regenpfützen unter den Füßen hatten. Zum letztenmal zückte Otto seinen Knipskasten.

»Rückt mal alle ein bißchen zusammen, damit ich das Flugzeug noch mit draufkriege.«

»Aber das ist doch gar nicht unseres«, sagte Trudchen.

»Spielt keine Rolle, die Dinger sehen ja alle gleich aus.« Klick machte es, und dann hatte Otto als Hintergrund einen Jumbo mit einem Ahornblatt auf den Film gebannt.

Rolf empfing mich mit leidgeprüfter Miene. »Zurückfahren mußt du, ich habe inzwischen drei Kognak intus. Seit einer

Stunde renne ich zwischen der Ankunftstafel und der Parkuhr hin und her.«

»Dann hast du dir wenigstens die Beine vertreten können. Ich mußte die ganze Zeit sitzen.«

»Nun werd bloß nicht sarkastisch! – Hat sich denn die Reise überhaupt gelohnt?«

»O ja«, sagte ich überzeugt, »jetzt weiß ich nämlich, warum der Papst immer den Boden küßt, wenn er aus dem Flugzeug gestiegen ist. Er fliegt auch mit Alitalia!«

Der ganz normale Familienwahnsinn
... auf witzige Weise eingefangen!

Evelyn Sanders bei Knaur – ein herrlich leichtes Lesevergnügen!

Hühnerbus und Stoppelhopser
Roman

Mit Fünfen ist man kinderreich
Roman

Werden sie denn nie erwachsen?
Roman

Radau im Reihenhaus
Roman

Pellkartoffeln und Popcorn
Roman